Die Kunst des Mordens

Exquisite Kriminalgeschichten

von Patricia Highsmith, Roald Dahl, Dashiell Hammett, Frederick Forsyth, Stanley Ellin, Celia Fremlin u. a.

SCHERZ

Die Erstausgabe dieser Crime Stories
erschien 1997 unter dem Titel
«Mord zum Sonntag«
Herausgegeben von Gisela Eichhorn

Sonderausgabe 1998

Umschlaggestaltung: Adolf Bachmann
Umschlagbild: John Lund/Tony Stone, München

Inhalt

PATRICIA HIGHSMITH

Der geheimnisvolle Friedhof

Am Rande des ostösterreichischen Städtchens G. liegt ein geheimnisvoller, kaum vierzig Ar großer Friedhof, letzte Ruhestätte vorwiegend für Arme, deren Gräber meist gar nicht oder bestenfalls mit Grabsteinfragmenten gekennzeichnet sind, die jedoch inzwischen alle an den falschen Stellen stehen.

Dieser Friedhof wurde dennoch berühmt, und zwar durch die sonderbaren knolligen Gewächse, bläulich-grüne und weißliche Gebilde, die sich gespenstisch über dem Boden erhoben und zum Teil bis zwei Meter hoch wurden. Andere solche pilzförmigen Gewächse wurden nur einen halben Meter hoch oder blieben noch kleiner, aber alle waren bizarr wie sonst nichts mehr in der Natur, nicht einmal Korallen. Nachdem sich einige dieser kleinen Exemplare über dem grasbewachsenen, matschigen Boden gezeigt hatten, machte der Friedhofswärter eine Schwester aus dem benachbarten Landeskrankenhaus darauf aufmerksam. Der Friedhof lag auf der Rückseite des ziegelsteinernen Gebäudes, und man sah ihn gar nicht so ohne weiteres, wenn man sich dem Krankenhaus auf der einzigen Straße näherte, die daran vorbeiführte und eine Abzweigung bis direkt vor dem Haupteingang hatte.

Andreas Silzer, der Friedhofswärter, sagte, er habe ein paar von diesen Gewächsen mit seiner Hacke umgehauen und auf den Komposthaufen geworfen, damit sie dort verrotten sollten, doch das täten sie nicht.

«Bloß ein Pilz», erklärte Andreas, «aber es wachsen noch mehr nach. Ich hab schon ein Pilzmittel gestreut, und was Stärkeres will ich nicht nehmen, damit die Blumen nicht eingehen.» Andreas pflegte getreulich die Stiefmütterchen und Rosensträucher, die ein paar Angehörige von Verstorbenen hier gepflanzt haben. Ab und an bekam er für seine Mühen ein Trinkgeld.

Die Schwester zögerte ein paar Sekunden mit der Antwort.

«Ich werd's Dr. Müller sagen. Danke, Andreas.»

Schwester Susanne Richter sagte nicht weiter, was Andreas ihr berichtet hatte. Dafür hatte sie ihre Gründe – oder Ausreden. Erstens übertrieb Andreas wahrscheinlich und hatte nach dem Regen der letzten Zeit nur ein paar Pilze auf den Grabsteinen gesehen; zweitens kannte sie ihren Platz, der nicht schlecht war, und wollte ihn gern behalten und nicht als neugierige Nase dastehen, die sich in Dinge mischte, die sie nichts angingen, wie zum Beispiel den Friedhof.

So gut wie keiner setzte je den Fuß auf diese düstere Parzelle hinter dem Landeskrankenhaus, außer dem fünfundsechzigjährigen Andreas, der mit seiner Frau in der Stadt wohnte. Dreimal wöchentlich fuhr er mit dem Fahrrad hin. Andreas war eigentlich schon in Rente, bekam aber für die Pflege der Krankenhausanlagen und des Friedhofs einen kleinen Zuschuß zum staatlichen Ruhegeld. Den etwa drei Beerdigungen im Monat wohnte meist nur der Stadtpfarrer bei, der ein paar Worte sprach, sowie die Totengräber, die das Grab hinterher wieder zuschaufeln mußten, und etwa jedes zweite Mal war auch irgendein Angehöriger des Verstorbenen dabei. Manche von den alten Leuten, die da starben, waren ganz allein auf der Welt, oder ihre Kinder wohnten weit fort. Es war ein trister Ort, dieses Landeskrankenhaus Nummer sechsunddreißig.

Gar nicht so trist war es dagegen für einen jungen Medizinstudenten der Universität von G., Oktavian Ziegler. Er war zweiundzwanzig Jahre alt, groß und dünn, doch voll Tatendrang und Humor, was ihn bei den Mädchen beliebt machte. Zudem war er ein hochbegabter, von seinen Leuten sehr geschätzter Student. So hatte man Oktavian – er hieß so, weil sein Vater als Oboist ein Verehrer von Richard Strauss war und hoffte, sein Sohn werde vielleicht Komponist – sogar zu den Experimenten beigezogen, die ein paar Krankenhausärzte und einige seiner Professoren hier im Landeskrankenhaus mit Krebspatienten im letzten Stadium machten. Die Experimente fanden im obersten Stockwerk statt, in einem großen Raum mit langen Tischen, ein paar Waschbecken und guter Beleuchtung. Hygiene war hier nicht so wichtig, denn man experimentierte meist an Leichen oder herausgeschnittenem Krebsgewebe von Lebenden oder schon Toten, bevor diese auf den Friedhof gebracht wurden. Dabei wollten die Ärzte mehr über Krebs in Erfahrung bringen, wodurch er entstand, wie man ihn behandeln konnte und warum er weiterwuchs, nachdem er einmal angefangen hatte. In diesem Jahr hatten amerikanische Wissenschaftler entdeckt, daß eine bestimmte Veränderung innerhalb eines Gens eine Stufe zur Krebsentstehung bildete, zur Entstehung bösartiger Zellen aber noch eine zweite Stufe nötig war. «Karzinogene» lautete der Überbegriff für die Substanzen, die bei Meerschweinchen und anderen Organismen die schreckliche Krankheit auslösen konnten, sofern der Wirtsorganismus von Natur aus schon die erste Voraussetzung mitbrachte. Soviel war inzwischen Allgemeinwissen. Die Ärzte und Wissenschaftler am Landeskrankenhaus wollten indessen mehr wissen, wie schnell und warum ein Tumor wuchs oder wie ein Krebsgewebe reagierte, wenn man ihm Karzinogene in hoher Konzentration zuführte – lauter Experimente, die man nicht ohne weiteres an lebenden Menschen machen konnte, wohl aber an Organen oder Gewebestücken, die man zum Beispiel über eine kleine Pumpe unabhängig mit Blut versorgte. Nun hätte man entweder dieses Blut immer wieder reinigen oder fortwährend frisches Blut nehmen müssen, aber keiner der Ärzte wollte ja ein solches Experiment über Wochen und Monate laufen lassen. Eines konnten die Ärzte und Oktavian jedoch an einem Lebertumor (er stammte von einem verstorbenen Patienten) beobachten, daß nämlich das kranke Gewebe, nachdem man ihm Karzinogene zuführte, auch noch weiterwuchs, nachdem die Blutversorgung unterbrochen war. Die Ärzte fanden es nicht der Mühe wert festzustellen, wie groß das Gewächs noch würde, aber sie bewahrten Proben davon auf, um sie unterm Mikroskop zu untersuchen, falls sie ihnen doch noch neue Erkenntnisse brächten. Beseitigt wurden diese zuletzt nicht mehr gewünschten Überbleibsel im Keller des Krankenhauses, wo sich ein großer, von der Heizungsanlage unabhängiger Verbrennungsofen befand, der ausschließlich zur Vernichtung von Verbandsmaterial und allerlei sonstigem verunreinigten Zeug diente.

Anders war das mit den etwa drei Leichen im Monat, die ohne Einbalsamierung und manchmal nur in einem Tuch statt einem hölzernen Sarg auf den Friedhof gebracht wurden. Manchen Krebspatienten, deren letzte Stunde geschlagen hatte, injizierten die Ärzte noch Karzinogene, nachdem Morphium ihre Sinne abgestumpft hatte und eine Lokalanästhesie den Rest besorgen konnte, wovon sie sich einen «schlagartigen Durchbruch» erhofften, wie die Journalisten es nennen würden, aber nie hätten die Ärzte einen solchen Ausdruck gebraucht. Die Tumoren vergrößerten sich dann auch, die ohnehin im Sterben liegenden Patienten starben, und das nicht unbedingt früher aufgrund der Experimente. Manchmal wurden die vergrößerten Gewächse herausgeschnitten, meist nicht.

Oktavian fiel die als untergeordnet geltende und somit einem Studenten angemessene Aufgabe zu, dafür zu sorgen, daß die «Versuchsleichen» mit dem großen alten Lastenaufzug aus dem Labor im Obergeschoß hinuntergeschafft und nach kurzem Zwischenaufenthalt in der Leichenhalle, wo man sie in ein Tuch hüllte oder einsargte, auf den Friedhof gebracht wurden. Oktavian mußte die Totengräber, die das nebenbei machten, telefonisch herbeirufen, manchmal kurzfristig, und dann taten sie alle ihr Bestes. Einer der Männer war meist angetrunken, aber Oktavian drückte ein Auge zu, scherzte mit ihnen und achtete darauf, daß sie die Grube tief genug aushoben. Manchmal mußten sie einen Toten über oder unmittelbar neben einer anderen Leiche begraben. Manchmal kam Kalk darüber. Das galt natürlich nur für die Armen, von denen keine Angehörigen dabei waren. Und bei einer solchen Beisetzung im Herbst bemerkte Oktavian dann die runden Auswüchse, von denen Andreas ein paar Tage zuvor der Schwester berichtet hatte. Oktavian sah sie, während er eine seiner gelegentlichen Zigaretten paffte und sich gegen die Kälte die Füße vertrat. Er wußte sofort, was das war und woher es kam, und sagte den Arbeitern, die in seiner Nähe schaufelten, kein Wort davon. Eins von den Dingern (er sah mindestens zehn), das in seiner Nähe stand, wollte er sich genauer ansehen, und als er hinging, stolperte er über einen dunklen Grabstein, denn die Nacht war recht finster. Das Ding war bläulichweiß, etwa fünfzehn Zentimeter hoch, oben abgerundet und hatte in halber Höhe eine Art Wulst oder Falte, die im Boden verschwand. Oktavian war überrascht, amüsiert und erschrocken zugleich. Diese Gebilde waren riesenhaft gegenüber dem, was er und seine Vorgesetzten im Labor erzeugt hatten. Und wie groß sie erst unter dem Boden sein mußten, wenn sie sich durch fast zwei Meter Erde emporarbeiteten!

Oktavian ging zu den Totengräbern zurück und merkte erst jetzt, daß er die ganze Zeit den Atem angehalten hatte. Er vermutete, war fast sicher, daß die Gewächse da draußen im Dunkeln höchst ansteckend waren. Sie vereinigten in sich die Karzinogene, die ihnen die Ärzte injiziert hatten, mit den wildgewordenen Zellen, die den Krebs ursprünglich ausgelöst hatten. Wie groß würden sie noch werden? Und was ernährte sie? Beklemmende Fragen! Wie die meisten Medizinstudenten schickte Oktavian gelegentlich Freunden ein kurioses Stück der menschlichen Anatomie. Es kam fast einer Liebeserklärung gleich, wenn ein junger Mann ein solches Geschenk von einer Studentin in der Post fand, aber *so* etwas? Nein!

«Jetzt noch feststampfen», sagte Oktavian zu den Arbeitern und ging mit gutem Beispiel voran, indem er anfing, auf dem Erdhügel herumzutrampeln, der das neue Grab bedeckte. Alle vier stampften jetzt, *stapf, stapf, stapf*. Und wie lange dauerte es wohl noch, fragte sich Oktavian, bis etwas Blasses, Rundes sich aus dieser Erde drängte?

Der junge Mann behielt sein Geheimnis für sich, bis er sich Samstagabend mit Marianne traf, dem Mädchen, das er seit ungefähr einem Monat als seine Liebste betrachtete.

Marianne war nicht sonderlich hübsch, sie lernte wie besessen und nahm sich zu ihren Verabredungen selten die Zeit, etwas Lippenstift aufzutragen und sich die hellbraunen Haare zu kämmen, aber Oktavian liebte sie für ihr herzhaftes Lachen. Sie konnte, wenn sie nach endloser Büffelei ihre Bücher zuklappte, vor Freude und Befreiung regelrecht zerspringen, und Oktavian bildete sich gern ein – obwohl er zu sehr Realist war, um es wirklich zu glauben –, er allein sei die Ursache ihrer Verwandlung.

«Heute gibt's was Besonderes», sagte Oktavian, als er sie unten in ihrem Wohnheim abholte. Er hatte ihr gesagt, sie solle Gummistiefel anziehen, und sie hatte welche an. Oktavian besaß ein Motorrad mit Sozius.

«Willst du etwa eine Nachtwanderung mit mir machen?»

«Wart's ab.» Oktavian brauste los.

Es regnete ein wenig, und der Wind war kalt und böig. Kein schöner Abend. Aber es war Samstag, und Marianne klammerte sich an Oktavians Taille, zog den behelmten Kopf ein und lachte, während er übers Land dahinbrauste.

«Hier!» sagte er, als er schließlich anhielt.

«Das Krankenhaus?»

«Nein, der Friedhof», flüsterte er und nahm sie bei der Hand. «Komm mit.»

Er hielt ihre Hand die ganze Zeit. Die gespenstischen bleichen Gewächse waren höher geworden, fand Oktavian, oder war es Einbildung? Marianne war sprachlos vor Verwunderung. Lachen konnte sie nicht, nur verwirrt nach Luft schnappen. Oktavian erklärte ihr, was es mit den Gewächsen auf sich hatte. Er hatte eine Taschenlampe mitgebracht. Eines der knolligen Gewächse war fast einen Meter hoch! Marianne fand, es sehe fast aus wie ein Embryo in dem Stadium, in dem sich bei Fischen wie Säugetieren die Kiemenansätze unterhalb des künftigen Kopfs zeigten. Marianne hatte eine künstlerische Ader; Oktavian wäre nie auf so eine Idee gekommen.

«Was *geschieht* denn jetzt?» flüsterte sie. «Wissen die Ärzte nichts davon?»

«Weiß ich nicht», antwortete Oktavian. «Irgendwer wird es ihnen wohl melden.»

Oktavian hatte sie die ganze Zeit zur Mitte des dunklen Friedhofs zu ziehen versucht. Links von ihnen erhoben sich die roten Ziegelmauern des fünfstöckigen Krankenhauses, dessen Fenster zur Hälfte erleuchtet waren. Im obersten Stock waren alle Fenster hell. «Nun sieh dir das mal an!» rief Oktavian, der im wandernden Lichtstrahl seiner Taschenlampe etwas entdeckt hatte.

Es war eine Doppelknolle, fast wie siamesische Zwillinge mit zusammengewachsenen Hüften, zwei Köpfen und zwei Armen, an deren Enden Finger waren – nicht fünf an jeder Hand, aber doch so etwas wie Finger. Zufall, klar, aber unheimlich war es schon. Oktavian lächelte verlegen, aber lachen konnte er nicht. Marianne zog ihn fort. «Na schön», sagte er. «Aber ich schwöre – ich meine, ich hätte eins von den Dingen gerade *wachsen* sehen.»

Marianne zog ihn zum Motorrad. Oktavian wollte es nicht in den Kopf, daß noch kein Arzt, keine Schwester irgendwann einmal nach draußen geschaut und gesehen hatte, was sich da auf dem Friedhof tat. Komisch, sich vorzustellen, daß Ärzte, Praktikanten und Krankenschwestern allesamt die ganze Zeit so sehr mit ihrer jeweiligen Arbeit beschäftigt sein sollten, daß keiner die Zeit hatte, einmal aus dem Fenster zu gucken oder einen kleinen Spaziergang zu machen.

Als Marianne und Oktavian eine halbe Stunde später in einem kleinen Gasthaus, wo nicht weit von ihrem Tisch ein lustiges Feuer im Kamin prasselte, bei einem heißen, scharfen Gulasch saßen, konnten sie wieder lachen, aber es klang nervös und verkrampft.

«... *muß* ich Hans erzählen!» sagte Oktavian. «Der flippt aus!»

«Und Marie-Luise. Und *Jakob*!» Marianne grinste, wieder ganz die alte Marianne vom Samstagabend.

«Wir lassen eine Party steigen. Schon bald. Sonst wird die Zeit knapp», sagte Oktavian ernst über den Tisch.

Marianne wußte, was er meinte. Sie machten einen Plan, stellten eine Liste mit einem runden Dutzend Auserwählter zusammen. Kommenden Dienstag sollte es sein. Der nächste Samstag war vielleicht schon zu spät, da konnte das Krankenhaus inzwischen entdeckt haben, was auf dem Friedhof los war, und etwas dagegen unternommen haben.

«Eine Gespensterparty», sagte Marianne. «Wir kommen alle in Bettlaken – und wenn's regnet.»

Oktavian brauchte nicht zu antworten, denn Marianne kannte ihn gut genug, um zu wissen, daß er einverstanden war. Er überlegte, ob Regenwasser das Wachstum dieser aberwitzigen Tumoren fördern könne. Oder der Erdboden? Ob die fleißigen Adern, die den Krebs nährten, Würmer und Maden ihrer kümmerlichen Nährstoffe wegen einzufangen begannen, wenn das Blut in den Leichen verbraucht war? Griffen die Kapillaren am Ende gar auf andere Leichen über, die daneben lagen? Wie auch immer, fest stand jedenfalls, daß der Tod des Wirtsorganismus nicht auch das Ende des Krebses bedeutete.

Oktavian und Marianne ernteten hämisches Grinsen, auch ein paar zynische Zweifel, als sie mündlich – und heimlich – zur «Echten Gespensterparty» am Dienstag abend auf dem Friedhof von Landeskrankenhaus sechsunddreißig einluden. Hängt euch ein Bettlaken um oder bringt eins mit und erscheint eine Vietelstunde vor Mitternacht, hieß die Weisung.

Am Dienstag abend regnete es wieder leicht, aber dazwischen waren ein paar regenfreie Tage gewesen, und Oktavian hatte gehofft, das schöne Wetter würde halten. Der Schnürlregen dämpfte jedoch nicht die Stimmung des runden Dutzends Medizinstudenten, das sich mehr oder weniger pünktlich beim Friedhof einfand, teilweise auf Fahrrädern, denn sie waren ermahnt worden, nicht zuviel Lärm zu machen, damit ihnen nicht das Krankenhauspersonal auf die Pelle rückte.

Halblaute «Oooohs» und «Aaaahs» ertönten, als die weißgewandeten Studenten sich auf dem Friedhof umsahen; dabei hatte Oktavian jeden einzelnen ermahnt, still zu sein. «Alles Schwindel – das sind Plastikbälle, du Schlawiner!» zischelte ein Mädchen Oktavian vernehmlich zu.

«Nein – nein!» zischelte Oktavian zurück.

«Igitt! Mein Gott, nun guckt euch das an!» rief ein junger Bursche so gedämpft wie möglich.

«Krebspatienten? Heilige Muttergottes, Okki, was macht ihr denn hier für Experimente?» fragte ein ernster junger Mann neben Oktavian.

Lakenverhüllte Gestalten zogen um den Friedhof, gingen in der mondlosen Nacht zwischen den Grabsteinen umher, die Taschenlampen mit Bedacht nach unten gerichtet, um einerseits nicht zu stolpern, andererseits nicht entdeckt zu werden. Oktavian hatte sich ausgemalt, zu einer Gespensterpolonaise um den Friedhof aufzurufen, traute sich jedoch nicht, dafür seine Stimme zu heben, was allerdings auch nicht nötig war. Aus bloßer Erregung, Angst und allgemeinem Staunen begannen schon alle zu tanzen, anfangs nicht in derselben Richtung, doch bald formierte sich der Tanz von selbst zu einem Kreis, in dem sie gegen den Uhrzeigersinn dahinstolperten, sich wieder fingen, einander bei den Händen hielten und leise summten und kicherten, während ihre durchnäßten weißen Laken im Wind flatterten.

Wie immer brannte im Krankenhaus Licht, fast die Hälfte der Fenster, sah Oktavian, waren leuchtende Rechtecke. Er hielt Marianne an der einen und einen Kommilitonen an der anderen Hand.

«Seht mal da! He, guckt doch mal!» rief einer. Seine Taschenlampe strahlte etwas an, was ihm bis zu den Hüften reichte. «Untendrunter *rosa*! Ehrlich!»

«Halt doch um Himmels willen die Klappe!» zischte Oktavian zurück.

In dem Moment sah Oktavian einen jungen Burschen auf der andern Seite gegen einen blassen Klumpen treten und hörte ihn lachen. «Die sind am Boden fest! Die sind aus *Gummi*!»

Oktavian hätte ihn umbringen können! Der Kerl verdiente nicht, Arzt zu werden! Marianne schrie auf, weil Oktavian ihre Hand zu fest drückte. «Die sind echt, du Trottel!» rief Oktavian. «Und sei bloß *still*!»

«Masern, Malaria, Milzbrand, Mumps!» sangen die Studenten und schwenkten die Beine wie beim Ballett. Langsam drehte sich der Kreis.

Eine Trillerpfeife schrillte.

«Los, rennt *weg*!» schrie Oktavian, dem sofort klar war, daß einer aus dem Krankenhaus sie gesehen oder gehört haben mußte, vielleicht der alte Wachmann, der um Mitternacht meist hinter der Haupteingangstür ein Nickerchen machte. Oktavian lief mit Marianne zu seinem Motorrad, das am Straßenrand stand.

Die übrigen folgten lachend, stolpernd, kreischend. Ein paar waren mit dem Auto gekommen, aber die Autos standen ein gutes Stück weg.

«He!» sagte Oktavian zu einem Jungen und Mädchen, die neben ihnen liefen. «Behaltet das für euch! Weitersagen!»

Sie zerstreuten sich erstaunlich leise, die Laken zusammengefaltet, wie eine gut gedrillte Truppe. Oktavian ließ sein Gefährt erst ein paar Meter rollen, bevor er den Motor anließ. Hinter ihnen bewegten sich langsame Gestalten mit Taschenlampen, Leute aus dem Krankenhaus, suchend um den Friedhof herum.

Oktavian blieb die nächsten Tage in Deckung. Er hatte an der Universität reichlich zu tun, die andern auch. Aber sie studierten aufmerksam den *Anzeiger*, der jedoch mit keinem Wort etwas von «Störungen» oder «Vandalen» auf dem Krankenhausfriedhof meldete, und dieses Schweigen hatte Oktavian erwartet. Die da oben konnten sich die Meldung nicht leisten, daß auf den Gräbern herumgetrampelt und Blumentöpfe umgeworfen worden waren, denn sonst kamen womöglich ein paar Angehörige Verstorbener, um die Schäden zu beheben und sich über mangelnde Sorgfalt zu beschweren, und das Krankenhaus wollte die Öffentlichkeit sicher nichts von diesen seltamen Gewächsen wissen lassen, die jetzt so zahlreich waren, daß sie jedem aufgefallen wären. Denen mußte ein ordentlicher Schrecken in die Glieder gefahren sein, dachte Oktavian.

Am Donnerstag abend ging Oktavian wie gewöhnlich um neun ins Krankenhaus, um mit den Ärzten im Obergeschoß zu arbeiten. Als er sein Motorrad abstellte, warf er einen Blick zum Friedhof. Dieser war so finster wie eh und je, dennoch sah er die blassen kugeligen Formen, sechs oder sieben, vielleicht noch immer dieselben. Oben war die Atmosphäre verändert. Dr. Stefan Roeg, der jüngste von den Ärzten, mit dem Oktavian am besten ausgekommen war, sagte ihm fast im selben Atemzug guten Abend und auf Wiedersehen. Er hatte seine Überschuhe und einen Schirm in der Hand, obwohl es gar nicht regnete, und war anscheinend überhaupt nur gekommen, um diese abzuholen. Der alte Professor Braun, der den kahlen Kopf, auf dem nur noch ein paar lange Büschel über den Ohren wuchsen, in den Wolken trug, benahm sich als einziger von den Anwesenden wie immer. Er wollte gern über die «Fortschritte» der kleinen Gewebestückchen reden, die seit letzter Woche unter Glas lagen. Oktavian sah aber, daß die anderen es aufgegeben hatten. Höflich lächelnd wünschten sie Professor Braun gute Nacht.

«Es ist gefährlich», sagte einer der Ärzte noch rasch zu Professor Braun, bevor er ging.

Auch Oktavian konnte sich davonmachen. Ob der alte Professor Braun jetzt allein bis nach Mitternacht arbeiten würde? Schweigend gingen Oktavian und die Ärzte die fünf Treppen nach unten. Oktavian hielt es für klüger, keine Fragen zu stellen. Sie alle kannten ein furchtbares Geheimnis. Die Ärzte behandelten ihn, den kleinen Studenten, wie ihresgleichen. Hatten sie schon etwas Bestimmtes vor? Oder wollten sie nur stillschweigend abwarten?

Etwas sickerte dann doch durch. Ein paar Neugierige kamen aus der Stadt und beäugten von fern den Friedhof. Oktavian sah sie, als er einmal rasch mit dem Motorrad hinfuhr. Die Leute, drei oder vier, wagten sich nicht auf den Friedhof, sondern starrten nur vom Rand aus die Gewächse an, die im Dämmerlicht aussahen wie festgebundene Luftballons. Es waren Gespenster, böse Geister von Verbrechern und an furchtbaren Krankheiten Verstorbenen, die hier begraben lagen; es waren unheimliche Folgen des Fallouts von Atombombentests; es kam von den unhygienischen Zuständen im Krankenhaus, das ja nicht gerade das modernste im Land war, wie jedermann wußte. Derartige Erklärungen wurden Oktavian von Marianne hinterbracht, die sie vom Hauspersonal ihres Wohnheims zu hören bekam, das den Friedhof nicht einmal gesehen hatte.

Der *Anzeiger* meldete in einem kurzen Absatz den Tod Andreas Silzers. Er hatte «getreulich die Anlagen des Landeskrankenhauses gepflegt». Gestorben war er an einem «metastastierenden Tumor». Der arme alte Andreas, dachte Oktavian, war monatelang mit den Gewächsen auf dem Friedhof in Berührung gekommen. Würde die Stadt dort jemals aufräumen?

Eines Samstags fuhren Oktavian und Marianne abends zum Landeskrankenhaus und sahen auf dem Parkplatz davor zwei große Lastwagen stehen. Im Schein mehrerer Laternen gingen ein paar Gestalten auf dem Friedhof umher. Auf den zweiten Blick sahen sie, daß diese Gestalten Gesichtsmasken, graue Uniformen und Handschuhe trugen und Hacken schwangen.

«Müllwerker!» flüsterte Marianne. «Schau! Sie stecken die Dinger in große Plastiksäcke.»

Oktavian sah es. «Aber was machen sie dann mit den Säkken?» fragte er sich selbst. «Komm. Wir gehen.»

Nur zwei Tage später erlitt einer der Müllwerker einen Zusammenbruch. Seine Frau ließ nicht zu, daß er ins Landeskrankenhaus eingeliefert wurde, und behauptete, er sei von der Arbeit auf dem Friedhof krank geworden. Das brachte die Bombe zum Platzen, denn die Frau wurde wörtlich im *Anzeiger* zitiert. Sofort klagten auch die anderen «Sanitärarbeiter» über Übelkeit und Schwäche. Man zog einen stabilen Drahtzaun ein paar Meter entfernt um den Friedhof herum und hängte in Abständen ein paar LEBENSGEFAHR-Schilder auf. Durch ein breites Gatter im Zaun konnte ein Bulldozer hineinfahren und die Erde abtragen. Desinfektionsmittel aller Art wurden ausgestreut. Die Arbeiter trugen Schutzanzüge und Masken. Das Landeskrankenhaus wurde von Patienten und Personal evakuiert, das Gebäude selbst gründlich gereinigt und desinfiziert. Im *Anzeiger* stand, ein seltsamer Pilz habe den Friedhof befallen, und bis die Medizin mehr über ihn wisse, halte man es für ratsam, der Öffentlichkeit den Zutritt zu verwehren.

Doch überall drangen aus der aufgewühlten Friedhofserde weitere Gewächse, zuerst kleine, am Boden kriechende Knollen, dann begannen sie, wie aus dem Nichts, immer schneller zu wachsen – einen, ja zwei Meter in vierzehn Tagen! Künstler kamen mit Campingstühlen, um sie zu zeichnen. Andere Leute machten Fotos, und die ganz Vorsichtigen hielten Abstand und schauten nur durch Ferngläser. Es war die Rede davon, den Friedhof bis in zwei, sogar drei Meter Tiefe auszubaggern. Aber wohin dann mit dem Aushub? Die Meeresschützer hatten vor Wochen einen Parlamentsbeschluß durchgesetzt, wonach die Friedhofserde von Landeskrankenhaus sechsunddreißig nicht ins Meer gekippt werden dürfe. Landwirte und Ökologen verwahrten sich dagegen, daß man sie unter ihrem oder staatseigenem Land vergrub, egal wie tief. Die Grenzbeamten der Nachbarländer kontrollierten Lastwagen, die das Land verließen, doppelt genau, ob sie nicht heimlich Friedhofsschutt geladen hatten.

Man entschied sich also für Verbrennung. Es gab horrende Gefahrenzulagen für die Männer, die mit Kränen die Erde in Container luden, die man vor die Hintertür des Krankenhauses gerollt hatte, durch die in umgekehrter Richtung schon so viele Leichen transportiert worden waren. Die große Heizanlage und der Verbrennungsofen waren als einzige von allen Einrichtungen des Hauses wieder in Betrieb. Die Asche, die dort schwarz und dunkelgrau herauskam, beanspruchte weniger Platz als das Erdreich, wurde aber von den Arbeitern ebenso vorsichtig gehandhabt. Sollte man jetzt *sie* ins Meer kippen? Nein, auch das war verboten. Es blieb schließlich nichts anderes übrig, als die Asche vorläufig in dicken Plastiksäcken in der Leichenhalle und im Erdgeschoß des Krankenhauses zu stapeln.

Und immer mehr Gewächse kamen, als wären bei all dem Hacken und Graben Hunderte von Sporen freigesetzt worden, aber das war, wie Oktavian sich sagte, nur gleichnishaft zu verstehen, denn Tumoren wuchsen nicht aus Sporen. Immerhin war diese Friedhofserde erstaunlich fruchtbar! Doch dann vergaß er das Landeskrankenhaus über seinen Abschlußprüfungen. Marianne hatte noch ein Jahr vor sich. Danach wollten sie vielleicht heiraten.

Trotz lauter offizieller Proteste, aber zum Jubel der linksradikalen Kunstszene waren manche Skulpturen, die jetzt auf Ausstellungen erschienen, eindeutig von dem inspiriert, was ihre Schöpfer auf dem Friedhof von Landeskrankenhaus sechsunddreißig gesehen und skizziert hatten. Es waren gewiß keine abstoßenden Gebilde, bestanden sie doch aus lauter Rundungen, die Gesäßen oder Brüsten ähnelten, je nachdem, wie man sie interpretieren wollte. Einige bekamen Preise. Ein halbabstraktes Werk glich einer dicken Frau mit Strandball; ein anderes zeigte eine sitzende Gestalt und hieß «Mutterschaft».

Der Friedhof, obwohl jetzt abgesenkt, brachte weiter seine sonderbaren Früchte hervor. Arbeiter mit Gesichtsmasken und Handschuhen – meist ältere Rentner – hackten sie an der Basis ab wie das Unkraut daheim in ihren Gärten. Bei einigen reichten die Wurzeln so tief hinunter, daß die Arbeiter meinten, man müsse den Boden noch einmal abtragen und verbrennen. Die städtischen Behörden hatten das Ganze satt. Millionen Schillinge hatten sie dafür schon ausgegeben. Sie wollten das Gelände einfach absperren und dann versuchen, es zu vergessen. Die Straße führte sowieso nur am leeren Krankenhaus vorbei und dann in die Berge, wo sie in einen schmalen Pfad überging, den vornehmlich Wanderer benutzten. Man würde den Friedhof vergessen. Die Presse hatte das Thema bereits fallengelassen. Man wußte, daß Ärzte am Landeskrankenhaus Experimente gemacht hatten, die mit Krebs zusammenhingen, aber die Schuld am Zustand des Friedhofs verteilte sich auf so viele

Leute, daß kein Arzt oder Klinikdirektor dafür zur Verantwortung gezogen wurde.

Die Annahme der Behörden, der Friedhof werde in Vergessenheit geraten, war falsch. Er wurde zur Touristenattraktion, die das Geburtshaus eines unbedeutenden Dichters in G. an Beliebtheit weit übertraf. Ansichtskarten vom Friedhof fanden reißenden Absatz. Aus vielen Ländern kamen Maler, auch Wissenschaftler (die Tests, die sie an den vom Friedhof genommenen Proben vornahmen, gaben allerdings auch keine weiteren Aufschlüsse über die Ursachen und Heilungsmöglichkeiten von Krebs). Künstler und Kunstkritiker merkten an, daß die Formgebungen der Natur, wie sie sich in den Friedhofsgewächsen manifestierten, an Genialität die Kristalle überträfen und in ihrer Ästhetik nicht zu verachten seien. Einige Philosophen und Schriftsteller sahen in den grotesken Figuren Sinnbilder für die vom Menschen selbst zerstörte menschliche Seele, für das wahnwitzige Sichvergreifen an der Natur, aus dem ja auch die verfluchte Atombombe hervorgegangen sei. Andere Philosophen hielten entgegen, ob Krebs denn etwa nicht zur menschlichen Natur gehöre.

Oktavian sagte zu Marianne, diese Frage könnten sie getrost stellen, denn die Antwort könne ja und nein lauten – oder ja für den einen und nein für den anderen – und die Diskussion darüber könne man ewig fortsetzen.

Dashiell Hammett

Der Engel vom ersten Stock

Carter Brigham – Carter Webright Brigham, wie es im Inhaltsverzeichnis verschiedener populärer Zeitschriften heißt – wachte mit einem Ruck auf, wobei er zu plötzlich vom Unbewußtsein zu voller Wachheit gelangte, um darüber im Zweifel zu sein, daß sein Schlaf durch etwas gestört worden war, das von außen kam.

Der Mond schien nicht, und seine Wohnung lag auf der der Straßenbeleuchtung entgegengesetzten Seite des Hauses; die Dunkelheit um ihn her war vollkommen – er konnte nicht einmal bis zum Fußende seines Bettes sehen.

Mit angehaltenem Atem und ohne sich nach dem Schreck des Erwachens zu rühren, lag er mit gespannten Augen und Ohren da. Fast im selben Moment hörte er ein Geräusch – vielleicht eine Wiederholung dessen, was ihn geweckt hatte – aus dem Nebenzimmer: das verstohlene Schleifen von Füßen über den Holzfußboden. Eine Sekunde Stille, dann kratzte ein Stuhl über den Fußboden, als würde er von einem unachtsamen Schienbein von der Stelle gerückt.

Dann wieder Stille, dann ein leises Rascheln wie von einem Körper, der an der rauhen Papiertapete entlangstrich.

Nun war Carter Brigham weder ein Held noch ein Feigling, aber er war nicht bewaffnet. Es gab in seiner Wohnung nichts

Tödlicheres als ein Paar Kerzenleuchter, aber die – zur Not durchaus keine verachtenswerten Waffen – befanden sich hinten in dem Zimmer, aus dem die Geräusche kamen.

Hätte er nach seinem Erwachen nur sehr leise und wenige Geräusche im anderen Zimmer gehört – ein Rascheln, wie es selbst der geschickteste Einbrecher möglicherweise nicht vermeiden konnte –, dann hätte sich Carter wohl damit zufriedengegeben, im Bett zu bleiben und zu versuchen, den Einbrecher dadurch zu verscheuchen, daß er ihn anschrie. Keinesfalls hätte er außer acht gelassen, daß bei einem Handgemenge unter diesen Voraussetzungen alle Vorteile auf seiten des Räubers lagen.

Aber dieser spezielle Räuber hatte einen ziemlichen Lärm veranstaltet, war gegen einen Stuhl gestolpert und hatte gezeigt, daß er für lautlose Operationen wenig begabt war. Daß ein unerfahrener Einbrecher ohne weiteres ebenso gefährlich sein konnte wie ein erfahrener, kam dem Mann im Bett nicht in den Sinn.

Vielleicht lag es daran, daß in den vielen Kriminalgeschichten, die er geschrieben hatte, die tödlichen Gefahren immer mit Geschick und Erfahrung verbunden und die Pfuscher vergleichsweise harmlos waren und leicht überwältigt werden konnten und für ihn diese Theorie allmählich zur Wahrheit geworden war. Schließlich, wenn jemand etwas oft genug sagt, wird er höchstwahrscheinlich früher oder später irgendwie daran glauben.

Wie dem auch sei, Carter Brigham ließ seinen durchaus muskulösen Körper vorsichtig aus dem Bett gleiten und schlich auf leisen, nackten Sohlen auf die offene Tür des Zimmers zu, aus dem das Geräusch gekommen war. Er bewegte sich zu einem Punkt neben der Tür des Nachbarzimmers, wo er mit dem Rücken gegen die Wand gepreßt stehenblieb.

Wo Carter jetzt war, herrschte genauso große Dunkelheit wie dort, woher er gekommen war; und so blieb er reglos stehen und wartete darauf, daß der Räuber verriet, wo er sich befand.

Seine Geduld wurde nicht zu sehr strapaziert. Schon bald war der Einbrecher wieder zu hören; und dann nahm Carter vor dem Rechteck des Fensters – das kaum heller war als das übrige Zimmer – einen nur um eine Nuance dunkleren, menschenförmigen Schatten wahr, der auf ihn zukam. Gleich aber bewegte er sich aus dem Fensterausschnitt wieder hinaus und verschwand erneut in der Finsternis.

Mit angespanntem Körper rührte Carter sich nicht, bis er meinte, der Einbrecher habe genug Zeit gehabt, einen Punkt zu erreichen, wo keine Möbel im Weg standen. Und unvermittelt stürzte er sich mit zum Greifen bereiten Händen an weit ausgebreiteten Armen nach vorn.

Er rammte den Eindringling mit der Schulter, und beide stürzten zu Boden. Ein Unterarm reckte sich nach Carters Hals und preßte sich in ihn. Er riß ihn weg und bekam einen Schlag auf die Wange. Es gelang ihm, einen Arm um den Körper des Einbrechers zu schlingen, und mit der noch freien Faust schlug er zurück. Sie rollten ein-, zweimal über den Fußboden, bis sie von den Beinen eines massiven Tisches aufgehalten wurden, der Einbrecher zuoberst.

Mit wilder Begeisterung über seine Stärke, die sich im bisherigen Getümmel als dem anderen deutlich überlegen erwiesen hatte, drehte Carter seinen Körper herum, wodurch er seinen Widersacher gegen den schweren Tisch schmetterte. Dann stieß er eine Faust in den Körper, den er gerade abgeschüttelt hatte, rappelte sich hoch auf seine Knie und versuchte den Einbrecher an der Kehle zu packen. Als er sie gefunden hatte, stellte er fest, daß der Räuber regungslos und ohne sich zu wehren auf dem Rücken lag. Mit einem triumphierenden Lachen stand Carter auf und schaltete das Licht an.

Das Mädchen am Boden rührte sich nicht.

Halb liegend, halb gegen den Tisch gelehnt, gegen den er sie geschleudert hatte, gab sie kein Lebenszeichen von sich. Eine stille, verrenkte Gestalt in einem streng geschnittenen schwarzen Anzug – aus dem ein Ärmel an der Schulter herausgerissen war –, mit einem ungebändigten Gewirr kurzer kastanienbrauner Haare über einem Gesicht, das kreidebleich war, bis auf die

Stellen, wo Carters Schläge es verfärbt hatten. Die Augen des Mädchens waren geschlossen. Ein Arm war über den Boden vom Körper weggespreizt, der andere lag schlaff an ihrer Seite; ein seidiges Bein war ausgestreckt, das andere lag eingeknickt unter ihr.

Ihr Hut, eine kleine schwarze Toque, war in eine Zimmerecke gerollt, und nicht weit davon lag ein winziges Hebeeisen, die Brechstange, mit der sie sich Einlaß verschafft hatte. Das Fenster über der Feuerleiter – nachts immer verschlossen – stand weit offen. Der Verschluß hing verbogen nach unten.

Mechanisch, systematisch – bis vor kurzem noch war er Reporter bei einer Morgenzeitung gewesen, und die Lektionen von Jahren verlernt man nicht in wenigen Wochen – nahmen Carters Augen diese Einzelheiten wahr und teilten sie seinem Gehirn mit, während er sich bemühte, seiner Verblüffung Herr zu werden.

Erst nach einer Weile nahm sein Verstand die Tätigkeit wieder auf; er ging zu dem Mädchen und beugte sich herab. Ihr Puls ging regelmäßig, aber andere Lebenszeichen gab sie nicht von sich. Er hob sie vom Boden hoch und trug sie zur Ledercouch auf der anderen Seite des Zimmers. Dann holte er kaltes Wasser aus dem Bad und nahm den Brandy aus dem Bücherschrank. Reichliches Zuführen des ersteren auf Schläfen und Gesicht und des letzteren zwischen ihre Lippen brachte schließlich ein Zittern um ihren Mund und ein Beben auf ihre Lider.

Bald darauf öffnete sie die Augen, blickte sich verwirrt im Zimmer um und versuchte sich aufzusetzen. Er drückte ihren Kopf vorsichtig zurück auf die Couch.

«Bleiben Sie noch einen Augenblick liegen – bis Sie sich besser fühlen.»

In diesem Moment schien sie ihn zum erstenmal zu sehen und sich zu erinnern, wo sie war. Sie zog den Kopf unter seiner besänftigenden Hand weg, setzte sich auf und schwang die Füße auf den Boden.

«Also hab ich wieder mal den kürzeren gezogen», sagte sie mit versuchter Gleichgültigkeit, in der nur ganz leicht Bitterkeit mitschwang, während ihr Blick auf seinen traf. Ihre Augen waren grün und sehr groß, und sie erhellten ihr Gesicht, das ohne ihr sanftes Licht zu düster erschienen wäre, um Schönheit auszustrahlen, trotz der Regelmäßigkeit seiner Züge.

Carters Blick fiel auf ihre farblosen Wangen, auf denen seine Knöchel bläuliche Striemen hinterlassen hatten.

«Tut mir leid, daß ich Sie geschlagen habe», entschuldigte er sich. «Im Dunkeln dachte ich, Sie wären ein Mann. Ich hätte nicht –»

«Vergessen Sie's», befahl sie kühl. «Gehört alles zum Spiel.»

«Aber ich –»

«Ach, hören Sie auf!» Ungeduldig. «Ist doch völlig gleichgültig. Ich bin okay.»

«Das freut mich.»

Seine nackten Zehen gelangten in sein Blickfeld, und er ging, um in Pantoffeln und Morgenmantel zu schlüpfen. Als er zu ihr zurückkam, beobachtete ihn das Mädchen schweigend, unverhohlenen Trotz im Gesicht.

«Also», schlug er vor und zog sich einen Stuhl heran, «wie wär's, wenn Sie mir die ganze Geschichte erzählten.»

Sie lachte kurz auf. «Ist eine lange Geschichte, und die Bullen sollten jetzt jede Minute hiersein. Gibt keine Zeit, sie zu erzählen.»

«Die Polizei?»

«Hmm.»

«Aber ich habe sie nicht gerufen! Warum sollte ich?»

«Weiß der Himmel!» Sie sah sich im Zimmer um, dann blickte sie ihm plötzlich direkt in die Augen. «Wenn du glaubst, ich werd mir meine Freiheit erkaufen, Herzchen» – ihre Stimme war eiskalt und unverschämt – «bist du schwer auf dem Holzweg!»

Er wies den Gedanken von sich. Dann: «Wie wär's, wenn Sie mir dennoch alles erzählten.»

«Scharf drauf, 'ne Tränengeschichte zu hören?» höhnte sie. «Also, sie geht so: Ich hatte 'n bißchen Pech bei den letzten paar Dingern, die ich gedreht habe, und mußte abtauchen – so tief, daß ich ein, zwei Tage nicht mal was zu essen hatte. Mir war klar, ich mußte noch 'n krummes Ding einfädeln, um mir Reisegeld zu verschaffen – damit ich für 'ne Weile aus der Stadt verduften konnte. Und das hier war's! Mir war irgendwie schwindlig, weil ich nichts gegessen hatte, deshalb der ganze Krach; aber trotzdem» – mit einem verächtlichen Lachen – «würden Sie mich niemals geschnappt haben, wenn ich 'ne Pistole bei mir gehabt hätte!»

Carter war aufgesprungen.

«Da ist was im Eisschrank. Essen wir was, ehe wir weiterreden.»

Vom offenen Fenster her, durch das das Mädchen eingestiegen war, drang ein Grunzen zu ihnen herüber. Beide drehten sich rasch danach um. Im Fenster eingerahmt stand ein bulliger Mann mit rotem Gesicht, der einen glänzenden blauen Sergeanzug und eine schwarze Melone trug. Er schwang eins von seinen dicken Beinen über das Fensterbrett und kam mit schwerfälliger, bärenhafter Beweglichkeit ins Zimmer.

«Na, na», kamen selbstgefällig die Worte unter einem kurzgeschnittenen grauen Schnurrbart aus seinem dicklippigen Mund, «wenn das man nicht meine alte Freundin Angel Grace ist!»

«Cassidy!» rief das Mädchen schwach und verfiel gleich darauf wieder in düstere Gleichgültigkeit.

Carter machte einen Schritt vorwärts.

«Was –?»

«Is schon in Ordnung!» versicherte der Ankömmling und zeigte ihm eine glänzende Marke. «Detective Sergeant Cassidy. Ich kam grade vorbei und sah, wie jemand Ihre Feuerleiter hochstieg. Beschloß zu warten, bis die Person wieder rauskäme, um sie mit der Beute zu schnappen. Hatte keine Lust mehr zu warten und bin hochgekommen, um mal nachzusehen.»

Vergnügt wandte er sich an das Mädchen.

«Und nun stellt sich raus, daß es Angel höchstpersönlich ist! Na komm, Kleine, wir machen 'ne hübsche Spazierfahrt.»

Carter streckte beschwichtigend die Hand aus, als das Mädchen schon ergeben auf den Detective zugehen wollte.

«Einen Augenblick! Können wir das nicht irgendwie regeln? Ich möchte die Dame nicht belangen.»

Cassidy schielte boshaft von dem Mädchen auf Carter und wieder zurück, dann schüttelte er den Kopf.

«Geht nicht! Angel wird wegen 'nem halben Dutzend oder mehr krummer Dinger gesucht. Macht kein' Unterschied, ob Sie sie anzeigen oder nicht – sie wird so oder so für ziemlich lange verschwinden.»

Das Mädchen nickte zustimmend.

«Danke, mein Alter», sagte sie zu Carter mit dem nur teilweise erfolgreichen Versuch, unbekümmert zu erscheinen, «aber ich werd' wirklich dringend gesucht.»

Aber Carter wollte sich nicht kampflos ergeben. Die Götter schickten doch nicht jeden Abend der Woche einen echten weiblichen Gangster aus Fleisch und Blut in die Wohnung eines Schriftstellers! Um den Erhalt eines solchen Geschenks lohnte es sich zu kämpfen. Das Mädchen, dachte er, muß über Stoff für Tausende und Abertausende von Wörtern für Romane und Erzählungen verfügen. War das ein Segen, auf den man so einfach verzichtete? Und dann war ihre Attraktivität an sich schon etwas; und einen noch stärkeren Anspruch auf seinen Beistand – wenn auch vielleicht nicht so einfach zu erklären – stellte die marmorierte Fläche dar, die seine Fäuste auf ihrer glatten Haut hinterlassen hatten.

«Könnten wir das nicht irgendwie arrangieren?» fragte er. «Könnten wir es nicht so hinbiegen, daß die Beschuldigungen für den Moment – äh – offiziell ignoriert werden könnten?»

Cassidys schwere Augenbrauen senkten sich, und die Röte seines Gesichts wurde noch ein Stück dunkler.

«Wollen Sie versuchen, mich –» Er hielt inne, und seine kleinen blauen Augen verengten sich so, daß sie fast vollständig verschwanden. «Reden Sie weiter! Sie haben das Wort.»

Bestechung, das wußte Carter, war eine ernste Sache, und ganz besonders, wenn man einem Gesetzesvertreter damit kam. Das Gesetz läßt sich durch einen einzelnen nicht so einfach aufheben, verfälschen. Dieser mächtigen Maschinerie ein paar Stückchen grünbedrucktes Papier hinzuwerfen und zu erwarten, daß man sie so von ihrem Kurs abbrachte, war, gelinde gesagt, ein tollkühnes Unterfangen.

Doch das Gesetz, wie es vom dicken Cassidy in seinen ausgebeulten, nicht allzu reinlichen Kleidern repräsentiert wurde, schien, obgleich es ohne Zweifel immer noch das Gesetz war, fraglos weniger erhaben, weniger unnahbar. Es nahm fast menschliche Züge an – die Züge eines Mannes, der nicht gänzlich ohne Fehl war. Genaugenommen hielt das Gesetz in diesem Moment mit kleinen blauen Augen Ausschau, die sichtlich geldgierig waren, auch wenn sie in einem Pokergesicht saßen.

Carter zögerte, um nach den Worten zu suchen, in die sein Angebot am reizvollsten zu verpacken war, aber der Detective entband ihn von der Notwendigkeit, das Thema richtig anzupacken.

«Hör'n Sie zu, Mister», sagte er freimütig. «Ich versteh genau, was Sie wollen. Aber ehrlich gesagt, glaube ich nicht, daß es das wert wäre, was es Sie kosten würde.»

«Was würde es denn kosten?»

«Na ja, als Belohnung sind vierhundert für sie ausgesetzt, soweit ich weiß – vielleicht noch mehr.»

Vierhundert Dollar! Das war erheblich mehr, als Carter zu zahlen erwartet hatte. Trotzdem, er konnte von ihr Stoff erhalten, der ein paarmal soviel wert war.

«Abgemacht!» sagte er. «Vierhundert!»

«Pah!» polterte Cassidy. «Das bringt mir doch nix! Für was für 'n Trottel halten Sie mich eigentlich? Wenn ich das Mädchen übergebe, krieg ich ja schon so viel, von den Aussichten auf 'ne Beförderung mal abgesehen. Welchen Sinn soll's denn dann zum Teufel noch mal haben, wenn ich sie für die gleiche Summe laufenlasse und das Risiko eingeh, selber eingesperrt zu werden, wenn's rauskommt?»

Carter sah die Berechtigung von Cassidys Standpunkt.

«Fünfhundert», bot er.

Cassidy schüttelte nachdrücklich den Kopf.

«Ehrlich gesagt, für unter tausend rühr ich die Sache nicht an – und Sie wären 'n Dummkopf, wenn Sie soviel bezahlen würden! Sie ist 'n klasse Mädchen, sicher, aber auf der Welt wimmelt's von welchen, die genauso klasse sind und Sie 'ne Menge billiger kommen.»

«Tausend kann ich nicht zahlen», sagte Carter langsam; er hatte nur ein paar Dollar mehr als das auf der Bank.

Sein gesunder Menschenverstand mahnte ihn, sich um des Mädchens willen nicht völlig zu verausgaben, er wies ihn warnend darauf hin, daß die Zahlung von auch nur fünfhundert Dollar für ihre Freiheit schon ein Schritt über die Grenzen jeder Vernunft hinaus wäre.

Er hob den Kopf, um seine Niederlage einzugestehen und Cassidy zu sagen, daß er das Mädchen mitnehmen könne; dann richteten sich seine Augen auf sie. Zwar bemühte sie sich immer noch, die Haltung ironischer Gleichgültigkeit gegenüber ihrem Schicksal aufrechtzuerhalten, und tatsächlich gelang ihr ein sorgloses Lächeln, doch ihr Kinn zitterte und ihre Schultern waren nicht mehr herausfordernd gestrafft. Alle Gebote der Vernunft waren wirkungslos angesichts dieser offensichtlichen Verzweiflung.

Unwillkürlich entschlüpften Carter die Worte: «Das Höchste, was ich kann, sind siebenhundertfünfzig.»

Cassidy schüttelte lebhaft den Kopf, doch nahm er eine Seite seiner Unterlippe zwischen die Zähne, was der ablehnenden Geste ihre Endgültigkeit nahm.

Das Mädchen, durch die Unentschlossenheit des Detective Sergeant in Bewegung gebracht, legte ihm spontan die Hand auf den Arm und fügte der Versuchung des Geldes das Gewicht ihrer Persönlichkeit hinzu.

«Kommen Sie, Cassidy», flehte sie. «Seien Sie ein netter Kerl – gönnen Sie mir 'ne Pause! Nehmen Sie die siebenfuffzig! Ihr Ruf ist gut genug, auch ohne daß Sie mich einbuchten!»

Abrupt wandte sich Cassidy an Carter. «Ich mach mich zum Idioten, aber geben Sie mir die Moneten!»

Beim Anblick des Scheckbuchs, das Carter aus einer Schreibtischschublade nahm, bockte Cassidy von neuem und verlangte Bargeld. Schließlich überredeten sie ihn, die als Barscheck ausgestellte Zahlungsanweisung anzunehmen.

An der Tür drehte er sich noch mal um und drohte Carter mit seinem dicken Finger.

«Vergessen Sie nicht», warnte er, «wenn Sie irgendwelche komischen Tricks mit diesem Scheck versuchen, schnapp ich mir sie, und wenn ich Ihnen was Falsches anhängen muß!»

«Es wird keine komischen Tricks geben», versicherte ihm Carter.

Am Hunger des Mädchens gab es keinen Zweifel: Gierig nahm sie kalten Braten, Salat, Brötchen, Kuchen und Kaffee zu sich – was Carter auch vor sie hinstellte. Keiner von beiden sprach viel, während sie wieder und wieder zugriff. Das Essen fand ihre ungeteilte Aufmerksamkeit, wogegen Carter damit beschäftigt war, darüber nachzudenken, wie sich aus dieser günstigen Gelegenheit der größtmögliche Nutzen ziehen ließe.

Als sie bei den Zigaretten waren, wurde das Mädchen etwas zutraulicher, und er redete ihr zu, von sich zu erzählen. Aber offensichtlich hatte sie ihn unter reichlich Vorbehalten akzeptiert, und sie tat nicht so, als wolle sie ihre Wachsamkeit verringern.

Sie erzählte ihm ihre Geschichte kurz und ohne ins Detail zu gehen.

«Mein Alter hieß John Cardigan, war aber weit bekannter unter dem Namen ‹Pappkarton-John›, wegen dem Trick, seine Werkzeuge in einem harmlos aussehenden Schuhkarton mit sich rumzutragen. Auch wenn ich es bin, die das sagt, er war ein so raffinierter Einbrecher wie wenige im Metier! An meine Mutter kann mich nicht sehr gut erinnern. Sie ist gestorben oder weggegangen oder irgend so was, als ich noch klein war, und der Alte mochte nicht über sie reden.

Aber ich hatte 'ne so gute Erziehung, kriminell gesehen, wie man sich das nur denken kann. Da war mein Alter, eine Kanone in seinem Fach, und mein älterer Bruder Frank – augenblicklich sitzt er 'ne Knaststrafe zwischen ein und vierzehn Jahren in Deer Lodge ab –, der mit 'm Dosenöffner alles andere als 'ne Niete war, Safeknacken, Sie verstehn. Zwischen ihnen und den Banden, mit denen sie zusammenarbeiteten, kriegte ich in 'ner gewissen Richtung 'ne ziemlich gute Ausbildung.

Alles lief prima, ich besorgte die Wirtschaft für den Alten und Frank, und sie gaben mir alles, was ich wollte, bis der Alte eines Nachts in Philly von einem Nachtwächter umgelegt wurde. Dann, ein paar Wochen drauf, wurde Frank in 'nem Kaff drüben in Montana hochgenommen – Great Falls. Das brachte mich mächtig in die Klemme. Wir hatten nicht viel auf der Kante – wie gewonnen, so zerronnen –, und das, was wir hatten, schickte ich an Franks Verteidiger, einen Anwalt, damit er ihn rausholte. Aber es war zwecklos, sie verknackten ihn.

Danach mußte auch ich sehn, wo ich blieb. Entweder machte ich zu Geld, was mir der Alte und Frank beigebracht hatten, oder ich mußte auf die Straße. Natürlich hätte ich nicht wirklich auf die Straße gemußt, es gab reichlich Männer, die bereit waren, mich bei sich aufzunehmen, es ist bloß so, daß es 'ne saumäßige Art ist, sich seinen Lebensunterhalt zu verdienen. Ich will niemandem gehören!

Vielleicht denken Sie, ich hätte mir 'n Job irgendwo in 'nem Geschäft oder 'ner Fabrik oder so besorgen können. Aber erstens ist es für 'n Mädchen ohne Erfahrung schwer, genug Zaster reinzukriegen, um davon zu leben, und dann kannte mich die Hälfte aller Bullen in der Stadt als die Tochter vom Alten, und die hätten's nicht für sich behalten, hätten sie erst rausgekriegt, daß ich irgendwo arbeitete – hätten sich gedacht, ich hätt mir 'n Job verschafft, um irgend'ne Bande drauf anzusetzen.

Und nachdem ich über das Ganze nachgedacht hatte, beschloß ich, die Masche vom Alten zu probieren. Das ging zuerst ganz einfach. Ich kannte alle Tricks, und es war nicht schwer, sie in die Praxis umzusetzen. Auch daß ich 'n Mädchen bin, kam mir zugute. Ein paarmal, als ich geschnappt wurde, glaubten mir die Leute aufs Wort, daß ich aus Versehen die falsche Wohnung erwischt hätte.

Aber ein Mädchen zu sein, hat auch seine Nachteile. Als einzige aktive Frau im Gewerbe war meine Arbeit irgendwie auffällig, und es dauerte nicht lange, da hatten die Bullen Hinweise auf mich. Ich wurde 'n paarmal festgenommen, doch zum Glück hatte ich 'n guten Anwalt, und sie konnten mir nichts anhängen und ließen mich wieder laufen; aber sie vergaßen mich nicht.

Dann hatte ich 'n paarmal Pech und drehte 'n paar Dinger, von denen sie wußten, die konnten sie mir verpassen, und so fingen sie an, im Ernst nach mir zu suchen. Um alles noch schlimmer zu machen, hatte ich die Gefühle von 'ner ganzen Menge Jungs verletzt, die gelegentlich bei mir zu landen versucht hatten, und die hatten mich bei allen schlechtgemacht – ich wär hochnäsig und so weiter, und das hat mir bei den Leuten nicht gerade genützt, die mir hätten helfen können, als ich im Dreck saß.

Außer daß ich mich also vor den Bullen verstecken mußte, hatte ich mich auch vor der Hälfte der Gangster in dem verdammten Nest hier in acht zu nehmen, aus Angst, sie würden mich verpfeifen – an die Bullen verraten. Dieses Gequatsche von wegen Ehre unter Dieben gilt in New York nicht sehr viel!

Schließlich wurde es so schlimm, daß ich nicht mal mehr in mein Zimmer konnte, wo meine Kleider und das, was ich an Geld hatte, waren. Ich saß in ein Kabuff eingesperrt, das ich auf der anderen Seite der Stadt hatte, hielt nach Bullen Ausschau, die die Bude beobachteten, und wußte, wenn ich mich sehen ließ, war ich geliefert.

Ich konnte das nicht durchhalten, besonders, als ich nichts mehr zu essen hatte und niemanden kriegte, dem ich trauen konnte, und also hab ich's heute nacht drauf ankommen lassen und bin übers Dach, um die erste geeignete Bude auszunehmen, die mir in die Quere kam; für was zu essen und 'ne Fahrkarte aus der Stadt raus.

Und dann hab ich mir das Haus hier ausgesucht, und damit wär ich mit meiner Geschichte in der Gegenwart angekommen.»

Beide schwiegen eine Weile, während sie Carter aus den Augenwinkeln beobachtete und anscheinend zu lesen versuchte, was in ihm vorging, und er die Geschichte in seinem Kopf herumwälzte und ihre literarischen Möglichkeiten bewunderte. Dann sprach sie von neuem, und nun hatte ihre Stimme wieder dieses leicht Metallische, das sie gehabt hatte, ehe sie in ihrer Konzentration auf die Geschichte etwas von ihrer Vorsicht aufgegeben hatte.

«So, alter Freund, ich weiß nicht, was für 'n Spiel Sie spielen, aber ich hab Sie ja gleich gewarnt, daß ich mich auf nichts einlasse.»

Carter lachte. «Angel Grace – der Name paßt zu Ihnen. Der Himmel muß Sie mir geschickt haben», sagte er, und dann setzte er ein bißchen verlegen hinzu: «Mein Name ist Brigham, Carter Webright Brigham.»

Er hielt geradezu erwartungsvoll inne – nicht vergebens.

«Doch nicht der Schriftsteller?»

Daß sie ihn sofort erkannte, veranlaßte ihn, sie anzustrahlen – noch hatte er nicht die Erfolgsstufe erklommen, wo er erwarten konnte, daß jeder seinen Namen kannte.

«Sie haben was von meinen Sachen gelesen?» fragte er.

«Aber ja! ‹Das Gift reicht nur für einen› und ‹Das Vermächtnis› in *Warner's Magazine*, ‹Die Nemesis GmbH› im *National* und alle Ihrer Geschichten in *Cody's*!»

Ihre Stimme, auch ohne das zusätzliche Zeugnis der Bewunderung, die an die Stelle der Berechnung in ihrem Blick getreten war, ließ ihn nicht im Zweifel, daß ihr seine Geschichten wirklich gefallen hatten.

«Also, das beantwortet die Sache wohl», erklärte er ihr. «Das Geld, das ich Cassidy gegeben habe, war eine Investition. Die Sachen, die sie mir erzählen können, werden sich geradezu von selber schreiben, und die Zeitschriften werden sie mir aus den Händen reißen!»

Komischerweise schien ihr die Mitteilung, daß sein Interesse rein beruflich war, keine Freude zu bereiten, im Gegenteil: Im klaren Grün ihrer Augen tauchten kleine Schatten auf.

Als Carter sie sah, setzte er aus einer intuitiven Besorgnis heraus eilig hinzu: «Aber ich nehme an, ich hätte das gleiche getan, auch wenn ich auf keine Geschichte gehofft hätte – ich konnte es doch nicht zulassen, daß der Kerl Sie ins Gefängnis geschafft hätte.»

Sie lächelte ihn daraufhin zwar immer noch mißtrauisch an, aber ihre Augen wurden wieder klar.

«Das ist ja alles sehr schön», bemerkte sie, «soweit jedenfalls. Aber Sie dürfen nicht vergessen, daß Cassidy nicht der einzige Schnüffler in der Stadt ist, der Jagd auf mich macht. Und vergessen Sie nicht, daß Sie sich wahrscheinlich selber ganz schön in Gefahr begeben, wenn Sie mir helfen.»

Carter kam auf die Erde zurück.

«Das ist richtig! Wir müssen überlegen, was man am besten tun kann.»

Dann sagte das Mädchen: «Es führt kein Weg drumrum, daß ich aus der Stadt muß! Zu viele suchen nach mir, und ich bin viel zu bekannt. Und noch was: Cassidy können Sie so lange trauen, wie er das Geld noch nicht ausgegeben hat, aber das wird nicht lange dauern. Höchstwahrscheinlich läßt er's gerade jetzt über'n Spieltisch wandern. Sobald er pleite ist, kommt er Sie wieder besuchen. Was ihn selbst betrifft, da können Sie ziemlich sicher sein – er kann Ihnen nichts nachweisen, ohne sich selbst zu verraten –, aber wenn ich irgendwo bin, wo er mich finden kann, wird er mich festnehmen, wenn Sie nicht noch mehr Knete auf'n Tisch legen; und er wird mich durch Sie zu finden versuchen. Für mich gibt's nichts anderes, als aus der Stadt abzuhauen.»

«Genau das ist es, was wir tun werden», rief Carter. «Wir suchen einen sicheren Ort aus, nicht allzuweit weg, wo Sie noch heute hinfahren können. Ich komme morgen nach, und dann können wir ja irgendwelche dauerhaften Vereinbarungen treffen.»

Es war schon fast hell, als sie mit ihren Plänen fertig waren.

Carter fuhr zu seiner Bank, kaum daß sie geöffnet hatte, und hob alles Geld ab, bis auf das, was nötig war, um die Schecks zu decken, die von ihm unterwegs waren, darunter der, den er dem Detective Sergeant gegeben hatte. Das Mädchen würde Geld für Verpflegung und Reise brauchen und auch für Kleidung, denn ihr Zimmer, davon war sie überzeugt, wurde immer noch von der Polizei beobachtet.

Sie verließ Carters Wohnung und bestieg ein Taxi; sie sollte sich was zum Anziehen kaufen, in einer anderen Farbe und Machart als der von dem, was sie im Augenblick trug und wovon die Polizei eine Beschreibung hatte. Dann sollte sie sich ein neues Taxi nehmen und zu einem Bahnhof fahren, der etwas außerhalb der Stadt lag – sie fürchteten, daß die Kripoleute, die auf den Bahnhöfen in der Stadt und an den Fähranlegestellen Dienst taten, sie trotz ihrer neuen Aufmachung erkennen könnten. Auf diesem außerhalb der Stadt gelegenen Bahnhof sollte sie einen Zug besteigen, der sie in die Stadt im Norden des Bundesstaates bringen würde, die sie sich für ihr gemeinsames Rendezvous ausgesucht hatten.

Carter sollte dann am nächsten Tag zu ihr stoßen.

Er ging nicht mit ihr hinunter an die Haustür, als sie abfuhr, sondern sagte ihr in seiner Wohnung auf Wiedersehen. Beim Abschied legte sie ihre Schutzschicht aus weltlichem Zynismus ab und versuchte, ihre Dankbarkeit zum Ausdruck zu bringen.

Aber er fiel ihr ins Wort, indem er, peinlich berührt, ihren eigenen früheren Verweis nachahmte: «Ach, hören Sie auf!»

Carter Brigham arbeitete an diesem Tag nicht. Die Geschichte, mit der er beschäftigt gewesen war, erschien ihm jetzt steif und leblos und ohne jede Beziehung zur Wirklichkeit. Der Tag und die Nacht schleppten sich dahin, aber ganz gleich wie langsam, am Ende vergingen sie doch, und in der Stadt, in der sie auf ihn warten sollte, entstieg er einem schmutzigen Nahverkehrszug.

Als er sich in dem Hotel einschrieb, das sie ausgesucht hatte, überflog er die Seite, die den Anmeldungen des Vortags vorbehalten war. «Mrs. H. H. Moore», der Name, den sie hatte benutzen sollen, tauchte nicht auf. Diskrete Nachfragen ergaben, daß sie nicht eingetroffen war.

Carter ließ sein Gepäck auf sein Zimmer bringen, verließ das

Haus und rief die anderen Hotels in der Stadt an. Sie war nicht da. An einem Kiosk kaufte er sich einen Schwung New Yorker Zeitungen, fand aber nichts über ihre Verhaftung. Wäre sie festgenommen worden, ehe sie die Stadt verlassen konnte, hätten die Zeitungen die Neuigkeit groß herausgebracht.

Drei Tage lang klammerte er sich hartnäckig an die Überzeugung, daß sie ihm nicht weggelaufen sei. Er verbrachte die Zeit in seiner New Yorker Wohnung, die Ohren aufs Klingeln des Telefons gespitzt, während er verzweifelt die Post durchsah und unablässig den Boten erwartete, der nicht kam. Ab und zu schickte er Telegramme an das Hotel in der Stadt im Norden – vergebliche Telegramme.

Dann akzeptierte er die unausweichliche Wahrheit: Sie hatte beschlossen – es vielleicht von vornherein so geplant –, nicht das Risiko einzugehen, das in einer Begegnung mit ihm lag, sondern hatte sich selbst ein Versteck gesucht: Sie hatte nicht vor, ihre Verpflichtungen ihm gegenüber zu erfüllen, sondern war einfach verschwunden.

Ein weiterer Tag voller Tatenlosigkeit ging dahin, während er sich an die Bitterkeit seiner Erkenntnis gewöhnte. Dann machte er sich an die Arbeit, um zu retten, was zu retten war. Zum Glück schien das eine ganze Menge zu sein. Allein die Geschichte, die ihm das Mädchen über die Reste ihrer Mahlzeit hinweg erzählt hatte, konnte ohne größere Probleme in einen Kurzroman eingebaut werden, der sich mühelos würde verkaufen lassen. Gangstergeschichten waren immer gefragt, besonders eine mit einem echten Einbrechermädchen, das dem wirklichen Leben entstammte.

Als er sich über die Schreibmaschine beugte und auf sein Handwerk konzentrierte, begann sich seine Enttäuschung zu legen. Das Mädchen war weg. Sie hatte ihn schäbig behandelt, aber vielleicht war es besser so. Das Geld, das sie ihn gekostet hatte, würde aus dem Verkauf der Fortsetzungsrechte an der Geschichte mit Zinsen wieder hereinkommen. Was die persönliche Seite betraf: Sie war durchaus hübsch und reizvoll – und freundlich – gewesen. Trotzdem *war* sie eine Betrügerin...

Tagelang verließ er seinen Schreibtisch höchstens, um zu essen und zu schlafen, was er beides nicht im Übermaß tat.

Schließlich war das Manuskript fertig und ging auf die Post. Die nächsten zwei Tage ruhte er sich so hemmungslos aus, wie er geschuftet hatte, blieb im Bett liegen, vertrödelte die wachen Stunden und schöpfte so die Nervenkraft, die ihn die Arbeit immer wieder kostete.

Am dritten Tag erreichte ihn ein Brief vom Chefredakteur der Zeitschrift, an die er seine Geschichte geschickt hatte, mit der Frage, ob es ihm passe, am nächsten Nachmittag um halb drei in der Redaktion vorbeizukommen.

Vier Männer saßen bereits in einer Runde zusammen, als Carter das Büro betrat. Zwei davon kannte er: Gerald Fulton und Harry Mack, Schriftsteller wie er. Die anderen wurden ihm vorgestellt: John Deitch und Walton Dohlman. Er kannte ihre Werke, war ihnen selbst aber noch nie begegnet; sie schrieben für einige der Zeitschriften, die auch schon Geschichten von Carter gebracht hatten.

Als man es sich allgemein gemütlich gemacht hatte und Zigarren und Zigaretten brannten, lächelte der Redakteur in die unverstellt neugierigen Gesichter, die ihm zugewandt waren.

«Also, kommen wir zur Sache», sagte er. «Sie werden die Angelegenheit zunächst für kurios halten, aber ich will versuchen, Sie nicht länger als nötig auf die Folter zu spannen.» Er wandte sich an Carter. «Sie haben doch sicher nichts dagegen, uns zu erzählen, Mr. Brigham, wie Sie eigentlich auf die Idee zu Ihrer Geschichte ‹Der Engel vom ersten Stock› gekommen sind, nicht wahr?»

«Natürlich nicht», sagte Carter. «Es war ziemlich seltsam. Ich wurde eines Nachts durch die Geräusche eines Einbrechers in meiner Wohnung geweckt und stand auf, um nachzusehen. Ich machte mich über ihn her, und wir kämpften eine Weile im Dunkeln. Dann machte ich Licht und –»

«Und es war eine Frau – ein Mädchen!» soufflierte Gerald Fulton heiser.

Carter zuckte zusammen.

«Woher wissen Sie das?» fragte er.

Dann sah er, daß Fulton, Mack, Deitch und Dohlman steif in ihren Sesseln saßen und ihre so verschiedenen Gesichter im Moment samt und sonders den gleichen, verblüfften Ausdruck zeigten.

«Und nach einer Zeit kam ein Detective dazu?»

Es war Macks Stimme, rauh und gedämpft.

«Sein Name war Cassidy!»

«Und zu einem bestimmten Preis ließ sich alles regeln», nahm Deitch den Faden auf.

Danach trat ein langes Schweigen ein, währenddessen der Chefredakteur so tat, als würde er von den Konturen eines halbkugelförmigen Briefbeschwerers aus Glas auf seinem Schreibtisch in Anspruch genommen, und die vier Berufsschriftsteller starrten mit puterroten und einfältigen Gesichtern angestrengt ins Leere.

Der Redakteur zog eine Schublade auf und entnahm ihr einen Stapel Manuskripte.

«Hier sind sie», sagte er. «Ich wußte, daß irgendwas nicht stimmen konnte, als mir innerhalb von zehn Tagen fünf Geschichten zugeschickt wurden, die trotz aller Unterschiede unübersehbar von demselben Mädchen handelten!»

«Werfen Sie meine in den Papierkorb», gab Mack leise zu verstehen, und die anderen schlossen sich dieser Entscheidung nickend an. Alle, bis auf Dohlman, der sich offenbar mit einem Gedanken quälte. Schließlich wandte er sich an den Redakteur.

«Dabei ist es doch 'ne ziemlich gute Geschichte, stimmt's, alle fünf Versionen?»

Der Chefredakteur nickte.

«Eine hätte ich ja gekauft, aber fünf –»

«Warum also nicht eine? Wir knobeln –»

«Sicher, das ist in Ordnung», sagte der Chefredakteur.

Und so geschah es. Mack gewann.

Gerald Fultons runde blaue Augen waren vor Verwunderung größer denn je. Schließlich fand er Worte.

«Mein Gott! Ich möchte nur wissen, wie viele Leute gerade noch an dieser Geschichte schreiben!»

Aber in Carters Kopf summte ein ganz anderes Problem herum.

«Meine Güte! Ich möchte nur wissen, ob sie den ganzen Verein geküßt hat!»

Roald Dahl

Der Weg zum Himmel

Zeit ihres Lebens hatte Mrs. Foster an einer geradezu pathologischen Angst gelitten, einen Zug, ein Flugzeug, ein Schiff oder den Beginn einer Theatervorstellung zu verpassen. Im allgemeinen war sie gar nicht besonders nervös, aber der bloße Gedanke, sie könnte sich bei solchen Anlässen verspäten, setzte ihr derart zu, daß sie Zuckungen bekam. Es war nicht schlimm – nur eine kleine Muskelreizung im Winkel des linken Auges, wie ein verstohlenes Blinzeln –, doch das Unangenehme war, daß dieser Tic noch mindestens eine Sekunde lang anhielt, wenn sie den Zug, das Flugzeug, oder was es nun war, glücklich erreicht hatte.

Merkwürdig, wie sich bei gewissen Leuten eine einfache Besorgnis, zum Beispiel die, den Zug nicht mehr zu erreichen, zu einer Besessenheit auswachsen kann. Spätestens eine halbe Stunde bevor es Zeit war, zum Bahnhof zu fahren, pflegte Mrs. Foster reisefertig, angetan mit Hut, Mantel und Handschuhen aus dem Aufzug zu treten. Unfähig, sich hinzusetzen, lief sie ziellos von einem Zimmer ins andere, bis ihr Mann, dem ihre Aufregung nicht entgangen sein konnte, endlich zum Vorschein kam und trocken bemerkte, man könne jetzt vielleicht aufbrechen, nicht wahr?

Mr. Foster war durchaus berechtigt, sich über das närrische

Benehmen seiner Frau zu ärgern, nicht aber dazu, ihre Qualen zu vergrößern, indem er sie unnötig warten ließ. Daß er das tat, ist zwar durch nichts bewiesen, doch sooft sie zusammen irgendwohin wollten, erschien er unweigerlich im letzten oder vielmehr im allerletzten Moment und benahm sich dabei so betont freundlich, daß die Vermutung sehr nahe lag, er habe seiner unglückseligen Frau ganz bewußt eine boshafte kleine Privatqual auferlegt. Eines jedenfalls mußte ihm klar sein: Sie hätte niemals gewagt, nach ihm zu rufen oder ihn zur Eile anzutreiben. Dazu hatte er sie zu gut erzogen. Und er wußte auch, daß er nur ein klein wenig zu lange zu zögern brauchte, um sie in einen Zustand zu versetzen, der hart an Hysterie grenzte. Bei ein oder zwei besonderen Gelegenheiten in ihren späteren Ehejahren sah es fast so aus, als hätte er den Zug verpassen *wollen*, um die Leiden der armen Frau zu verschlimmern.

Genau kann man es ja nicht wissen, aber nimmt man an, daß er schuldig war, so wird sein Verhalten doppelt verwerflich durch die Tatsache, daß ihm Mrs. Foster, abgesehen von dieser einen kleinen Schwäche, immer eine gute und liebevolle Gattin gewesen war. Dreißig Jahre und mehr hatte sie ihm treu und brav gedient. Daran war nicht zu zweifeln. Bei all ihrer Bescheidenheit wußte sie das selbst, und wenn sie sich auch jahrelang gegen den Argwohn gewehrt hatte, Mr. Foster wolle sie absichtlich quälen, so hatte sie sich doch in letzter Zeit mehrmals bei einem beginnenden Zweifel ertappt.

Der nahezu siebzigjährige Mr. Eugene Foster lebte mit seiner Frau in New York City, und zwar in einem großen sechsstöckigen Haus der Zweiundsechzigsten Straße Ost; sie hatten vier Dienstboten. Die Wohnung war ziemlich düster, und sie bekamen nicht viel Besuch. An diesem Januarmorgen aber herrschte im Hause reges Leben und Treiben. Ein Mädchen trug Stapel von Staubhüllen in alle Zimmer, während ein anderes die Tücher über die Möbel breitete. Der Butler brachte die Koffer hinunter und stellte sie in die Halle. Die Köchin kam immer wieder aus der Küche, um mit dem Butler zu reden, und Mrs.

Foster selbst, in einem altmodischen Pelzmantel und mit einem schwarzen Hut auf dem Kopf, eilte bald hierhin, bald dorthin, angeblich um alles zu überwachen. In Wirklichkeit dachte sie an nichts anderes als daran, daß sie ihr Flugzeug versäumen werde, wenn ihr Mann nicht bald aus seinem Arbeitszimmer käme und sich zurechtmachte.

«Wie spät ist es, Walker?» fragte sie den Butler.

«Zehn Minuten nach neun, Madam.»

«Ist der Wagen da?»

«Ja, Madam, er wartet. Ich will gerade das Gepäck hinausbringen.»

«Bis Idlewild brauchen wir eine Stunde», sagte sie. «Mein Flugzeug startet um elf, aber wegen der Formalitäten muß ich eine halbe Stunde früher dort sein. Ich werde zu spät kommen. Ich *weiß*, daß ich zu spät kommen werde.»

«Sie schaffen es bequem, Madam», antwortete der Butler beruhigend. «Ich habe Mr. Foster gesagt, daß Sie um neun Uhr fünfzehn hier wegmüssen. In fünf Minuten also.»

«Ja, Walker, ich weiß, ich weiß. Aber bitte, beeilen Sie sich mit dem Gepäck, ja?»

Sie ging in der Halle auf und ab, und sooft der Butler vorbeikam, fragte sie ihn, wie spät es sei. Dabei wiederholte sie sich immer von neuem, daß sie gerade dieses Flugzeug nicht versäumen dürfe. Monate hatte sie gebraucht, ihrem Mann die Erlaubnis zur Reise abzuringen. Kam sie zu spät, so verlangte er womöglich, sie solle ihr Vorhaben aufgeben. Das Schlimme war, daß er darauf bestand, sie zum Flugplatz zu begleiten.

«Guter Gott», sagte sie laut, «ich komme zu spät. Ich weiß, ich weiß, ich *weiß*, daß ich zu spät komme.» Der kleine Muskel am linken Auge zuckte bereits heftig. Die Augen selbst waren dicht am Weinen.

«Wie spät ist es, Walker?»

«Achtzehn Minuten nach, Madam.»

«Jetzt verpasse ich es ganz bestimmt!» rief sie. «Wenn er doch nur käme!»

Für Mrs. Foster war diese Reise sehr wichtig. Sie wollte allein nach Paris fliegen, um ihre Tochter, ihr einziges Kind, zu besuchen, die mit einem Franzosen verheiratet war. Für den Franzosen hatte Mrs. Foster nicht viel übrig, aber sie liebte ihre Tochter, und vor allem sehnte sie sich danach, endlich einmal ihre drei Enkel zu sehen. Sie kannte sie nur von den vielen Fotos, die sie erhalten hatte und die überall in der Wohnung aufgestellt waren. Entzückende Kinder. Mrs. Foster hing mit einer wahren Affenliebe an ihnen, und sooft ein neues Bild kam, zog sie sich damit zurück, betrachtete es lange und liebevoll und suchte in den kleinen Gesichtern nach den befriedigenden Kennzeichen der Blutsverwandtschaft, die so viel bedeutet. In letzter Zeit war ihr immer stärker zum Bewußtsein gekommen, daß sie keinen Wert darauf legte, den Rest ihres Lebens an einem Ort zu verbringen, wo sie diese Kinder nicht in ihrer Nähe haben, sie besuchen, auf Spaziergänge mitnehmen, beschenken, aufwachsen sehen konnte. Natürlich wußte sie, daß es falsch und gewissermaßen pflichtvergessen war, solche Gedanken zu hegen, solange ihr Mann lebte. Und ebenso wußte sie, daß Mr. Foster – obgleich er sich nicht mehr in seinen vielen Unternehmungen betätigte – niemals einwilligen würde, New York zu verlassen und nach Paris zu übersiedeln. Es war schon ein Wunder, daß er ihr gestattet hatte, für sechs Wochen hinüberzufliegen und ihre Lieben zu besuchen. Ach, wie sie wünschte, immer bei ihnen leben zu können!

«Wie spät, Walker?»

«Zweiundzwanzig Minuten nach, Madam.»

Der Butler hatte noch nicht zu Ende gesprochen, als die Tür aufging und Mr. Foster in die Halle trat. Er blieb einen Moment stehen, den Blick auf seine Frau gerichtet, und auch sie sah ihn an, den kleinen, noch immer hübschen alten Mann, dessen Gesicht mit dem gewaltigen Bart den bekannten Fotografien von Andrew Carnegie verblüffend ähnelte.

«Nun», sagte er, «ich glaube, wir sollten wohl langsam aufbrechen, wenn du das Flugzeug noch erreichen willst.»

«Ja, Lieber – ja! Es ist alles bereit. Der Wagen wartet.»

«Gut.» Er neigte den Kopf ein wenig zur Seite und musterte

sie aufmerksam. Diese Angewohnheit, den Kopf schräg zu legen und ihn dann in kleinen, schnellen Rucken zu bewegen, war charakteristisch für ihn. Deswegen und weil er die Hände in Brusthöhe zu verschränken pflegte, erinnerte er, wenn er so dastand, an ein Eichhörnchen, ein nettes, lebhaftes Eichhörnchen aus dem Park.

«Hier ist Walker mit deinem Mantel, Lieber. Zieh ihn an.»

«Ich muß mir noch die Hände waschen», sagte er. «Bin gleich zurück.»

Sie wartete, während der Butler Hut und Mantel bereithielt.

«Meinen Sie, daß ich zu spät komme, Walker?»

«Nein, Madam», erwiderte der Butler, «Sie schaffen es bestimmt.»

Als Mr. Foster erschien, half ihm der Butler in den Mantel. Mrs. Foster eilte hinaus und stieg in den gemieteten Cadillac. Ihr Mann folgte ihr, ging aber die Stufen vor der Haustür sehr gemächlich hinunter und blieb auf halbem Wege stehen, um den Himmel zu betrachten und die kalte Morgenluft zu schnuppern.

«Sieht ein bißchen neblig aus», meinte er, als er sich im Wagen neben sie setzte. «Und draußen in Idlewild ist es meistens noch schlimmer. Ich würde mich nicht wundern, wenn gar keine Flugzeuge starten dürften.»

«Sag das nicht, Lieber – *bitte*.»

Sie schwiegen beide, bis der Wagen den Fluß überquert und Long Island erreicht hatte.

«Mit den Dienstboten habe ich alles geordnet», sagte Mr. Foster. «Sie gehen heute weg. Ich habe ihnen für sechs Wochen den halben Lohn gegeben und Walker gesagt, daß ich ihm telegrafieren werde, wenn wir sie wieder benötigen.»

«Ja», antwortete sie. «Er hat's mir erzählt.»

«Ich ziehe heute abend in den Klub. Wird zur Abwechslung mal ganz nett sein, im Klub zu wohnen.»

«Ja, Lieber, und ich werde dir schreiben.»

«Ab und zu schaue ich dann zu Hause nach, ob alles in Ordnung ist, und hole die Post.»

«Meinst du nicht, daß Walker doch lieber die ganze Zeit dableiben sollte, um nach dem Rechten zu sehen?» fragte sie zaghaft.

«Unsinn. Ganz überflüssig. Und ich müßte ihm dann den vollen Lohn zahlen.»

«Ach ja, natürlich.»

«Außerdem weiß man nie, was die Leute anstellen, wenn sie allein im Hause sind», verkündete Mr. Foster. Er zog eine Zigarre heraus, knipste die Spitze mit einem silbernen Zigarrenabschneider ab und ließ sein goldenes Feuerzeug aufflammen.

Seine Frau saß regungslos neben ihm, die Hände unter der Decke zusammengekrampft.

«Wirst du mir schreiben?» fragte sie.

«Mal sehen», antwortete er. «Ich glaub's aber nicht. Du weißt, ich schreibe nicht gern Briefe, wenn nichts Besonderes mitzuteilen ist.»

«Ja, Lieber, ich weiß. Mach's, wie du willst.»

Sie fuhren weiter, den Queens Boulevard entlang, und als sie sich dem flachen Marschland näherten, auf dem Idlewild erbaut ist, wurde der Nebel dichter, und der Wagen mußte das Tempo verlangsamen.

«Oh!» rief Mrs. Foster. «Jetzt werde ich das Flugzeug *bestimmt* verpassen! Wie spät ist es?»

«Reg dich nicht auf», sagte der alte Mann. «Ob du zur Zeit kommst oder nicht, spielt gar keine Rolle. Das Flugzeug kann ohnehin nicht starten. Bei solchem Wetter fliegen sie nie. Ich begreife nicht, warum du überhaupt losgefahren bist.»

Täuschte sie sich, oder hatte seine Stimme plötzlich einen neuen Klang? Sie wandte sich ihm zu. Die vielen Haare machten es schwierig, eine Veränderung in seinem Gesichtsausdruck wahrzunehmen. Das wichtigste war der Mund. Wie schon so oft, wünschte sie sich, ihn deutlich sehen zu können. Seine Augen verrieten nie etwas, ausgenommen, wenn er zornig war.

«Natürlich», fuhr er fort, «falls das Flugzeug zufällig doch startet, kommst du zu spät – darin muß ich dir zustimmen. Wäre es nicht besser, gleich umzukehren?»

Sie antwortete nicht und schaute durch das Fenster nach dem Nebel. Je weiter sie kamen, desto dichter schien er zu werden; sie konnte gerade den Straßenrand erkennen und dahinter ein wenig Grasland. Sie spürte, daß ihr Mann sie noch immer beobachtete. Auch sie sah ihn nun an, und dabei stellte sie mit einer Art Entsetzen fest, daß er unverwandt auf die Stelle in ihrem linken Augenwinkel blickte, wo sie den Muskel zucken fühlte.

«Nun?» fragte er.

«Was denn?»

«Wenn das Flugzeug startet, erreichst du es bestimmt nicht mehr. Bei dem Nebel können wir nicht schnell fahren.»

Nach diesen Worten hüllte er sich in Schweigen. Der Wagen kroch dahin. Der Fahrer hielt eine gelbe Lampe auf den Straßenrand gerichtet, und das half ihm weiter. Andere Lichter, weiße oder gelbe, tauchten vor ihnen aus dem Nebel auf, und ein besonders helles folgte ihnen die ganze Zeit.

Plötzlich hielt der Fahrer an.

«So!» rief Mr. Foster. «Jetzt sitzen wir fest. Wundert mich gar nicht.»

Der Fahrer drehte sich um. «Nein, Sir, wir haben's geschafft. Dies ist der Flughafen.»

Mrs. Foster sprang wortlos aus dem Wagen und eilte zum Haupteingang. In der Halle belagerten zahlreiche Menschen, meist verzweifelte Reisende, die Schalter. Sie bahnte sich einen Weg durch die Menge und befragte den Angestellten.

«Ja», sagte er er, «der Abflug ist verschoben worden. Aber gehen Sie bitte nicht weg. Das Wetter kann sich jeden Augenblick aufklären.»

Sie kehrte zu ihrem Mann zurück, der noch immer im Wagen saß, und erzählte ihm die Neuigkeit. «Du brauchst wirklich nicht zu warten, Lieber», fügte sie hinzu. «Das hätte keinen Sinn.»

«Ich warte auch nicht», sagte er. «Vorausgesetzt, daß der Chauffeur mich zurückfahren kann. Wird das möglich sein, Chauffeur?»

«Ich denke ja», meinte der Mann.

«Ist das Gepäck abgeladen?»

«Ja, Sir.»

«Leb wohl, Lieber.» Mrs. Foster beugte sich in den Wagen und gab ihrem Mann einen raschen Kuß auf den stachligen grauen Pelz seiner Wange.

«Leb wohl», antwortete er. «Gute Reise.»

Der Wagen verschwand im Nebel, und Mrs. Foster blieb allein zurück.

Der Rest des Tages war eine Art Alpdruck für sie. Stunde um Stunde saß sie auf einer Bank, möglichst nahe bei dem Schalter der Fluggesellschaft, und etwa alle dreißig Minuten stand sie auf, um zu fragen, ob sich irgend etwas geändert habe. Immer erhielt sie die gleiche Antwort – sie müsse weiter warten, weil sich der Nebel jeden Augenblick lichten könne. Erst nach sechs Uhr abends gaben die Lautsprecher bekannt, der Abflug sei auf elf Uhr am nächsten Vormittag verlegt worden.

Als Mrs. Foster das hörte, wußte sie sich keinen Rat. Sie saß noch mindestens eine halbe Stunde auf ihrer Bank und dachte müde und verwirrt darüber nach, wo sie die Nacht verbringen sollte. Den Flugplatz zu verlassen, hatte sie keine Lust. Ihren Mann zu sehen auch nicht. Sie fürchtete, es werde ihm irgendwie gelingen, ihre Reise nach Frankreich zu hintertreiben. Am liebsten wäre sie geblieben, wo sie war: auf der Bank. Von allen Lösungen war dies die sicherste. Aber Mrs. Foster war erschöpft, und zudem wurde ihr klar, daß sie, eine ältere Dame, sich damit lächerlich machen würde. So ging sie denn schließlich in eine Telefonzelle und rief zu Hause an.

Ihr Mann, der gerade in den Klub fahren wollte, meldete sich. Sie berichtete ihm, was geschehen war, und fragte, ob die Dienstboten noch dort seien.

«Die sind alle weg», antwortete er.

«Dann werde ich mir ein Hotelzimmer nehmen. Du brauchst dich keinesfalls um mich zu kümmern.»

«Das wäre verrückt», entgegnete er. «Hier hast du doch das ganze Haus zu deiner Verfügung.»

«Aber mein Lieber, es ist *leer*.»

«Dann bleibe ich eben bei dir.»

«Wir haben auch nichts zu essen im Hause. Nichts.»

«Iß, bevor du kommst. Sei nicht so dumm. Du bist wirklich das unbeholfenste Geschöpf, das mir je begegnet ist.»

«Ja», sagte sie. «Es tut mir leid. Ich werde hier ein Sandwich essen und dann kommen.»

Draußen hatte sich der Nebel ein wenig gelichtet, aber sie mußte trotzdem eine lange, langsame Taxifahrt überstehen und traf erst sehr spät in der Zweiundsechzigsten Straße ein.

Ihr Mann öffnete die Tür seines Arbeitszimmers, als er ihren Schritt hörte. «Nun?» fragte er von der Schwelle her. «Wie war's in Paris?»

«Ich fliege morgen früh um elf», antwortete sie. «Endgültig.»

«Du meinst, wenn sich der Nebel verzieht.»

«Er verzieht sich jetzt schon. Es ist Wind aufgekommen.»

«Du siehst müde aus», sagte er. «Du hattest gewiß einen unruhigen Tag.»

«Sehr angenehm war's nicht. Ich denke, ich gehe gleich zu Bett.»

«Ich habe für morgen um neun einen Wagen bestellt.»

«Ach, vielen Dank, Lieber. Und ich hoffe wirklich, du wirst dir nicht die Mühe machen, wieder mit hinauszufahren.»

«Nein», sagte er langsam. «Ich glaube nicht, daß ich mitkommen werde. Aber eigentlich könntest du mich unterwegs im Klub absetzen.»

Sie schaute ihn an und hatte plötzlich das Gefühl, er stehe weit weg von ihr, jenseits irgendeiner Grenze. Er wirkte so klein, so entfernt, daß sie nicht recht wußte, was er tat, was er dachte, oder auch nur, was er war.

«Der Klub ist in der City», wandte sie ein. «Das ist nicht die Richtung zum Flugplatz.»

«Du hast reichlich Zeit, meine Liebe. Oder magst du mir den Gefallen nicht tun?»

«Doch, natürlich.»

«Dann ist ja alles in Ordnung. Wir sehen uns morgen früh um neun.»

Sie ging in ihr Zimmer im zweiten Stock und war so erschöpft von den Anstrengungen dieses Tages, daß sie sofort einschlief.

Am nächsten Morgen stand Mrs. Foster zeitig auf, und um halb neun war sie bereits reisefertig.

Kurz nach neun erschien ihr Mann. «Hast du Kaffee gemacht?» fragte er.

«Nein», antwortete sie. «Ich dachte, du würdest im Klub ein gutes Frühstück bekommen. Der Wagen ist da. Er wartet schon eine ganze Weile.»

Sie standen in der Halle – neuerdings schienen sie sich immer in der Halle zu treffen –, sie in Hut und Mantel, die Handtasche über dem Arm, er in einem altmodischen Jackett.

«Dein Gepäck?»

«Das ist auf dem Flugplatz.»

«Ach ja», sagte er, «natürlich. Wenn du mich zuerst in den Klub bringen willst, dann sollten wir wohl lieber gleich aufbrechen, wie?»

«Ja!» rief sie. «O ja – *bitte*!»

«Ich hole mir nur noch ein paar Zigarren. Geh ruhig schon vor, ich komme sofort nach.»

Sie drehte sich um und eilte hinaus. Der Chauffeur öffnete ihr die Wagentür.

«Wie spät ist es?» fragte sie ihn.

«Ungefähr neun Uhr fünfzehn.»

Fünf Minuten darauf kam Mr. Foster. Er stieg langsam die Stufen hinunter, und seine Frau stellte fest, daß er in den engen Röhrenhosen, die er trug, Beine wie ein Ziegenbock hatte. Wie tags zuvor blieb er auf halbem Wege stehen, schnupperte die Luft und betrachtete den Himmel. Wenn auch das Wetter noch nicht ganz klar war, so drangen doch ein paar Sonnenstrahlen durch den Dunst.

«Vielleicht hast du diesmal mehr Glück», meinte er und kletterte in den Wagen.

«Beeilen Sie sich, bitte», sagte sie zu dem Chauffeur. «Halten Sie sich nicht mit der Decke auf. Das mache ich schon. Bitte fahren Sie, wir haben uns ohnehin verspätet.»

Der Mann setzte sich hinter das Lenkrad und ließ den Motor an.

«Moment mal», meldete sich Mr. Foster plötzlich. «Warten Sie einen Augenblick, Chauffeur, ja?»

«Was ist denn, Lieber?» Sie sah ihn in seinen Manteltaschen wühlen.

«Ich hatte ein kleines Geschenk, das du Ellen mitbringen sollst», sagte er. «Herrje, wo ist es denn nur? Ich weiß genau, daß ich's in der Hand hatte, als ich in die Halle kam.»

«Mir ist gar nicht aufgefallen, daß du etwas trugst. Was für ein Geschenk?»

«Eine kleine, in weißes Papier gewickelte Schachtel. Ich habe gestern vergessen, sie dir zu geben. Heute möchte ich es nicht wieder vergessen.»

«Eine kleine Schachtel!» rief Mrs. Foster. «Ich habe keine kleine Schachtel gesehen!» Sie suchte fieberhaft auf den Wagensitzen herum.

Ihr Mann kramte weiter in seinen Taschen. Dann knöpfte er den Mantel auf und tastete sein Jackett ab. «Zu dumm», sagte er. «Ich muß es im Schlafzimmer gelassen haben. Warte, ich bin sofort wieder da.»

«*Bitte!*» flehte sie. «Wir haben keine Zeit! *Bitte,* laß es! Du kannst es schicken. Es ist ja doch nur ein alberner Kamm. Du schenkst ihr immer Kämme.»

«Und was hast du gegen Kämme, wenn ich fragen darf?» Er war wütend, weil sie sich so hatte gehenlassen.

«Gar nichts, mein Lieber. Gewiß nicht. Aber ...»

«Warte hier», befahl er. «Ich hole die Schachtel.»

«Mach schnell, Lieber! *Bitte,* mach schnell!»

Sie saß im Wagen und wartete und wartete.

«Chauffeur, wie spät ist es?»

Der Mann schaute auf seine Armbanduhr. «Gleich halb zehn.»

«Schaffen wir's in einer Stunde bis zum Flughafen?»

«Ja, mit knapper Not.»

In diesem Augenblick entdeckte Mrs. Foster plötzlich die

Ecke von etwas Weißem, das zwischen Sitz und Lehne eingekeilt war, dort, wo ihr Mann gesessen hatte. Sie zog ein in Papier gewickeltes Päckchen heraus und stellte dabei unwillkürlich fest, daß es so tief im Polster steckte, als hätte eine Hand nachgeholfen.

«Hier ist es!» rief sie. «Ich hab's gefunden! Oje, und nun sucht er da oben alles durch! Chauffeur, rasch – laufen Sie hinein und rufen Sie ihn, wenn Sie so gut sein wollen!»

Dem Chauffeur, einem Mann mit einem trotzigen, schmallippigen irischen Mund, paßte das alles nicht recht, aber er stieg aus und ging die Stufen zur Haustür hinauf. Gleich darauf kam er zurück. «Die Tür ist zu», sagte er. «Haben Sie den Schlüssel?»

«Ja, einen Moment . . .» Sie kramte wild in ihrer Handtasche. Ihr kleines Gesicht war vor Angst verzerrt, der Mund krampfhaft zusammengepreßt.

«Hier! Nein – ich gehe selbst. Das ist besser. Ich weiß, wo er ist.»

Sie sprang aus dem Wagen und eilte die Stufen hinauf, den Schlüssel in der Hand. Schon hatte sie ihn ins Schlüsselloch gesteckt, war im Begriff, ihn zu drehen – da hielt sie inne. Sie hob den Kopf und stand vollständig regungslos, wie erstarrt inmitten all der Hast, die Tür zu öffnen und das Haus zu betreten. Sie wartete – fünf Sekunden, sechs, sieben, acht, neun, zehn. Wie sie da stand, mit erhobenem Kopf und angespanntem Körper, schien sie zu lauschen, ob sich ein Laut wiederholen werde, den sie soeben aus dem Innern des Hauses gehört hatte.

Ja, sie lauschte – das war offensichtlich. Ihre ganze Haltung drückte Lauschen aus. Man sah förmlich, wie sie ihr Ohr immer näher an die Tür brachte. Nun lag es unmittelbar an dem Holz, und sekundenlang behielt sie diese Stellung bei: den Kopf erhoben, das Ohr an der Tür, den Schlüssel in der Hand, bereit einzutreten, aber doch nicht eintretend und statt dessen offenbar bemüht, die schwachen Laute zu analysieren, die aus dem Innern des Hauses drangen.

Auf einmal kam wieder Leben in Mrs. Foster. Sie zog den

Schlüssel aus der Tür, machte kehrt und rannte zum Wagen zurück.

«Es ist zu spät!» rief sie dem Chauffeur zu. «Ich kann nicht auf ihn warten, ich kann einfach nicht, weil ich sonst das Flugzeug versäume. Fahren Sie, Chauffeur, rasch! Zum Flugplatz!»

Hätte der Mann sie genau betrachtet, so wäre ihm zweifellos aufgefallen, daß sie kreidebleich geworden war und daß sich ihr Gesichtsausdruck plötzlich verändert hatte. Keine Spur mehr von ihrem sanften, ziemlich einfältigen Blick. Eine merkwürdige Härte hatte sich über ihre Züge verbreitet. Der kleine, sonst so schlaffe Mund war schmal und fest, die Augen blitzten, und als sie sprach, klang aus ihrer Stimme eine ungewohnte Autorität.

«Schnell, Chauffeur, schnell!»

«Reist denn Ihr Mann nicht mit Ihnen?» fragte er erstaunt.

«O nein, ich wollte ihn nur im Klub absetzen, aber das ist jetzt nicht wichtig. Er wird's schon einsehen und sich ein Taxi nehmen. Reden Sie nicht so lange. *Fahren* Sie! Ich muß die Maschine nach Paris erreichen!»

Unaufhörlich von Mrs. Foster angetrieben, fuhr der Mann wie die Feuerwehr, so daß er sie einige Minuten vor dem Start des Flugzeugs in Idlewild absetzen konnte. Bald war sie hoch über dem Atlantik, behaglich in ihren Sessel gelehnt, dem Motorengebrumm lauschend, in Gedanken schon in Paris. Noch immer befand sie sich in dieser neuen Stimmung. Sie fühlte sich ungemein kräftig und empfand ein eigenartiges Wohlbehagen. Wenn sie ein wenig atemlos war, so kam das mehr von der Verwunderung über das, was sie getan hatte, als von sonst etwas, und während sich das Flugzeug immer weiter von New York und der Zweiundsechzigsten Straße entfernte, senkte sich eine große Ruhe auf sie herab. Bei der Ankunft war sie so frisch, kühl und gelassen, wie sie es sich nur wünschen konnte.

Sie lernte ihre Enkelkinder kennen und fand sie in Fleisch und Blut noch viel schöner als auf den Fotos. Wie Engel, sagte sie sich, wie Engel sind sie! Und jeden Tag ging sie mit ihnen spazieren, fütterte sie mit Kuchen, kaufte ihnen Geschenke und erzählte ihnen wunderhübsche Geschichten.

Einmal in der Woche, am Dienstag, schrieb sie ihrem Mann einen netten Plauderbrief, voll von Neuigkeiten und Klatsch, den sie stets mit den Worten schloß: «Und bitte, achte darauf, daß Du regelmäßig ißt, obgleich ich befürchte, Du wirst das nicht tun, solange ich weg bin.»

Als die sechs Wochen um waren, bedauerten alle, daß sie nach Amerika zurückkehren mußte. Alle, nur sie nicht. Merkwürdigerweise schien ihr das nicht soviel auszumachen, wie man hätte erwarten können, und als sie ihre Lieben zum Abschied küßte, deutete irgend etwas in ihrem Verhalten und in ihren Worten auf die Möglichkeit hin, daß sie in nicht allzu ferner Zukunft wiederkommen werde.

Pflichtgetreu, wie sie war, hielt sie sich streng an das vereinbarte Datum. Genau sechs Wochen nach ihrer Ankunft schickte sie ihrem Mann eine Kabelnachricht und bestieg die Maschine nach New York.

In Idlewild stellte Mrs. Foster mit Interesse fest, daß kein Wagen auf sie wartete. Vielleicht amüsierte sie das sogar ein wenig. Sie war jedoch sehr ruhig und gab dem Träger, der ihr Gepäck zum Taxi schaffte, kein übertrieben hohes Trinkgeld.

In New York war es kälter als in Paris, und an den Straßenrändern lagen schmutzige Schneehaufen. Das Taxi hielt vor dem Haus in der Zweiundsechzigsten Straße, und Mrs. Foster überredete den Chauffeur, ihre beiden großen Koffer bis zur Haustür zu tragen. Dann bezahlte sie ihn und läutete. Sie wartete, aber niemand kam. Sicherheitshalber drückte sie noch einmal auf den Knopf. Sie hörte die Glocke im hinteren Teil des Hauses schrillen, doch nichts rührte sich.

So nahm sie denn ihren eigenen Schlüssel und schloß auf.

Das erste, was sie bei ihrem Eintritt erblickte, war ein Berg von Briefen, die auf dem Boden lagen, wie sie durch den Türschlitz gefallen waren. In der Halle war es dunkel und kalt. Über der alten Uhr hing eine Staubhülle. Trotz der Kälte war die Luft merkwürdig drückend, und Mrs. Foster spürte einen schwachen eigentümlichen Geruch, den sie nie zuvor wahrgenommen hatte.

Mit schnellen Schritten durchquerte sie die Halle und bog hinten links um die Ecke. In ihren Bewegungen war etwas Energisches und Zielbewußtes; sie wirkte wie eine Frau, die einer Sache auf den Grund gehen, die Bestätigung eines Verdachts suchen will. Und als sie nach ein paar Sekunden zurückkam, lag auf ihrem Gesicht ein kleiner Schimmer von Befriedigung.

Mitten in der Halle blieb sie stehen, als dächte sie darüber nach, was sie nur tun solle. Dann drehte sie sich mit einem Ruck um und ging in das Arbeitszimmer ihres Mannes. Auf dem Schreibtisch lag ein Notizbuch. Sie blätterte eine Weile darin, nahm dann den Telefonhörer auf und stellte eine Verbindung her.

«Hallo», sagte sie, «hören Sie – hier ist Nummer neun, Zweiundsechzigste Straße Ost... Ja, ganz recht. Könnten Sie wohl so bald wie möglich jemanden herüberschicken? Ja, er ist stekkengeblieben, vermutlich zwischen der zweiten und der dritten Etage. Das ist jedenfalls der Stand, den der Anzeiger angibt... Sofort? Ach, das ist sehr freundlich von Ihnen. Wissen Sie, für meine Beine ist das viele Treppensteigen nichts mehr. Recht schönen Dank. Auf Wiederhören.»

Sie legte auf, blieb an dem Schreibtisch ihres Mannes sitzen und wartete geduldig auf den Monteur, der den Aufzug reparieren sollte.

William Faulkner

Hand auf den Wassern

1

Die beiden Männer folgten dem Pfad – dort, wo er sich zwischen dem Fluß und einer dichten Wand aus Zypressen und Riesenrohr und Amberbäumen und Dornengestrüpp hinzog. Der eine trug einen frisch gewaschenen Jutesack, der aussah, als sei er sogar gebügelt worden. Der andere war ein junger Bursche, keine zwanzig, seinem Gesicht nach zu urteilen. Der Wasserstand war niedrig, wie er es Mitte Juli immer war.

«In solchem Wasser sollt er wohl Fische fangen», sagte der Bursche.

«Falls es ihm gerade nach Fischen zumute ist», entgegnete der Mann mit dem Sack. «Er und Joe spannen die Flußleine bloß dann, wenn Lonnie Lust hat, und nicht, wenn die Fische anbeißen.»

«Jedenfalls werden sie an der Leine sein», sagte der Bursche. «Es wird Lonnie wohl einerlei sein, wer sie abnimmt.»

Bald darauf stieg das Gelände zu einer gelichteten Stelle an, die fast einem Kap glich. Darauf stand eine Hütte mit spitzem Dach, die teils aus modrigem Segeltuch und Brettern von allerlei Länge und teils aus plattgehämmerten Benzinkanistern bestand. Ein rostiges Ofenrohr ragte wie betrunken darüber hinaus; ein dürftiger Holzstoß war da, und eine Axt, und gegen den Dachrand lehnte ein Bündel Stangen aus Rohr. Dann sahen sie auf dem Boden vor der offenen Tür etwa ein Dutzend kurzer Bindfadenendchen, die gerade von einer danebenliegenden Rolle abgeschnitten worden waren, und eine verrostete Blechbüchse, die halb mit schweren Angelhaken gefüllt war, von denen einige bereits in den Bindfäden steckten. Doch kein Mensch war zu sehen.

«Das Boot ist fort», sagte der Mann mit dem Sack. «Also kann er nicht zum Laden gegangen sein.» Dann bemerkte er, daß der Bursche weitergegangen war, und er holte tief Atem und wollte ihm gerade etwas nachrufen, als plötzlich ein Mann aus dem Unterholz hervorgestürmt kam und stehenblieb, ihn ansah und einen flehentlich wimmernden Laut ausstieß – kein großer Mann, aber einer mit gewaltigen Armen und Schultern; ein Erwachsener, der noch etwas Kindliches an sich hatte – in der Art, wie er umherging, barfuß, in abgetragenem Overall und mit den flehenden Augen der Taubstummen.

«Hei, Joe!» rief der Mann mit dem Sack und hob die Stimme, wie man es leicht bei Menschen tut, von denen man weiß, daß sie einen nicht verstehen können. «Wo ist Lonnie?» Er hob den Sack in die Höhe. «Habt ihr Fische?»

Doch der andere blickte ihn nur an und stieß das rasche Gewimmer aus. Dann drehte er sich um und schusselte den Pfad entlang, auf dem der junge Bursche verschwunden war, der gerade eben rief: «Sieh dir bloß mal die Leine an!»

Der ältere Mann folgte ihm. Der junge Bursche beugte sich eifrig aufs Wasser hinaus und hielt sich dabei an einem Baum, von dem ein helles, straff gespanntes Baumwollseil schräg ins Wasser hineinstieß. Der Taubstumme stand genau hinter ihm, wimmerte immer noch und trat abwechselnd von einem Fuß auf den andern; doch bevor der ältere Mann ihn erreicht hatte, drehte er sich schnell um und schusselte an ihm vorbei und wieder zur Hütte hinauf. Bei dem jetzigen Wasserstand hätte die von Ufer zu Ufer gespannte, an je einem Baum befestigte

Leine frei über dem Wasserspiegel hängen müssen, und nur die Haken an den einzeln herabhängenden Bindfadenenden hätten im Wasser stecken sollen. Doch die Leine stieß von beiden Ufern schräg ins Wasser hinein; ein schweres Gewicht zerrte sie stromab, und auch der ältere Mann konnte eine Bewegung daran wahrnehmen.

«Er ist so groß wie ein Mensch!» schrie der Bursche.

«Drüben ist sein Boot», sagte der ältere Mann. Auch der junge Bursche sah es: Am andern Flußufer und weiter stromab lag es in einer kleinen Bucht im Weidengebüsch. «Schwimm rüber und hol's, dann können wir nachsehen, wie groß der Fisch ist!»

Der Bursche schlüpfte aus Schuhen und Overall, zog sich das Hemd über den Kopf und watete hinaus und begann zu schwimmen, wobei er geradeaus hielt und sich von der Strömung zum Nachen hinuntertragen ließ; dann nahm er den Nachen und paddelte ihn, aufrecht darin stehend, zurück und blickte eifrig stromauf zu der schwerbelasteten Leine, an deren mittelster Stelle sich das Wasser von Zeit zu Zeit wie in einem unsichtbaren Sog schwerfällig überschlug. Er legte mit dem Nachen an, unterhalb von dem älteren Mann, der im gleichen Augenblick wieder dicht hinter sich den Taubstummen entdeckte, wie er noch mal den raschen, flehentlichen Laut ausstieß und in den Nachen zu springen versuchte.

«Geh weg!» sagte der ältere Mann und schob den Taubstummen mit dem Arm zurück. «Geh weg, Joe!»

«Mach schnell!» rief der junge Bursche und spähte eifrig nach der eingetauchten Leine, an der sich etwas, noch während er hinsah, träge an die Oberfläche wälzte und dann wieder versank. «Es ist was dran, so wahr es Schweine in Georgia gibt! Und es ist auch so groß wie ein Mensch!»

Der ältere Mann trat in den Nachen. Er behielt die Leine in der Hand und zog sich und den Nachen, eine Hand um die andre, an der Leine aufs Wasser hinaus.

Plötzlich begann der Taubstumme auf dem Ufer hinter ihm richtige Rufe auszustoßen. Es klang sehr laut.

2

«Leichenschau?» wiederholte Stevens.

«Lonnie Grinnup.» Der Leichenbeschauer war ein alter Landarzt. «Zwei Männer haben ihn heute früh an seiner eigenen Flußleine gefunden. Ertrunken.»

«Nein, so was!» rief Stevens. «Der arme alte Tropf! Ich komme raus!» Als Bezirksanwalt ging ihn die Sache nichts an, selbst dann nicht, wenn es kein Unglücksfall gewesen wäre. Er wußte es. Daß er hinging, um sich das Gesicht des Toten anzusehen, geschah aus einem sentimentalen Grund. Das Land, das jetzt den Yoknapatawpha-Bezirk darstellte, wurde seinerzeit nicht von einem Pionier, sondern von dreien gleichzeitig besiedelt. Zu Pferd waren sie gemeinsam von den Carolinas durch die Cumberlandschlucht gekommen – damals, als Jefferson noch ein kleiner Chickasaw-Handelsposten war – und kauften in der Indianerkonzession Land auf und siedelten Familien an und gediehen und schwanden, so daß jetzt, nach hundert Jahren, im ganzen Bezirk, den sie hatten gründen helfen, nur noch ein Vertreter der drei Namen lebte.

Das war Stevens, denn der letzte aus der Holston-Familie war vor dem Ende des vorigen Jahrhunderts gestorben, und der Louis Grenier, dessen totes Gesicht anzuschauen Stevens acht Meilen durch die Hitze eines Julinachmittags fuhr, dieser Louis Grenier hatte überhaupt nie gewußt, daß er ein Grenier war. Er konnte nicht einmal den Namen Lonnie Grinnup buchstabieren, den er sich beigelegt hatte – auch er ein Waisenjunge wie Stevens, ein Mann, der ein wenig unter Mittelgröße und etwa in den Dreißigern war und den der ganze Bezirk kannte –, ein Gesicht, das fast zart war, wenn man richtig hinschaute, ausgeglichen, verläßlich, immer heiter und stets mit dem gleichen Flaum goldenen Barthaars, das nie ein Schermesser berührt hatte, und mit blassen, friedfertigen Augen – «nicht ganz beisammen», wie es hieß; aber wenn auch etwas bei ihm «locker» sein mochte, so war ihm doch nicht viel abhanden gekommen, was er nötig gehabt hätte – lebte jahrein, jahraus in der Hütte, die er sich selbst aus einem Zelt und ein paar krummen und schiefen Brettern und plattgeklopften Benzinkanistern zusammengehämmert hatte, lebte dort mit dem verwaisten Taubstummen, den er vor zehn Jahren in seine Hütte geholt hatte und kleidete und beköstigte und aufzog und dessen Verstand noch hinter dem seinen zurückgeblieben war.

Seine Hütte und die Flußleine und die Fischreusen lagen sogar beinah genau im Mittelpunkt der fast fünfhundert Hektar Land, die einst seinen Vorfahren gehört hatten. Doch wußte er nichts davon.

Stevens glaubte übrigens, daß es ihm einerlei gewesen wäre und daß er den Gedanken abgelehnt hätte, ein einzelner Mensch könne oder dürfe soviel von der Erde für sich allein besitzen, die doch allen gehörte, allen Menschen zu Nutz und Freude – in seinem Falle die dreißig oder vierzig Quadratfuß, auf denen seine Hütte stand, und das Stückchen Fluß, in dem seine Leine hing, und wo jedermann, ob er nun zu Hause war oder nicht, jederzeit sein Gerät benutzen und sich an seinem Essen sättigen durfte, solange noch welches da war.

Und manchmal verklemmte er seine Tür mit einem Keil gegen herumstreunende Tiere und erschien dann samt seinem taubstummen Gefährten unversehens und unaufgefordert vor Häusern und Hütten, die zehn und fünfzehn Meilen entfernt lagen, und blieb dort wochenlang, freundlich und friedlich, ohne etwas zu verlangen und ohne Unterwürfigkeit, und schlief, wo es seinen Gastgebern am besten paßte – im Heu auf dem Heuboden oder in einem Bett im Wohnzimmer oder in der guten Stube, während der junge Taubstumme auf der Veranda oder einfach auf der Erde schlief, wo er den, der ihm sowohl Vater wie Bruder war, stets hören konnte, wie er atmete. Es war der eine Laut in all der lautlosen Welt. Er vernahm ihn, untrüglich.

Es war am frühen Nachmittag. Die Ferne ringsum war blau vor Hitze. Dann erkannte Stevens hinter der weiten Ebene, wo die Überlandstraße parallel neben dem Schwemmland des Flusses einherzulaufen begann, den Laden. Für gewöhnlich hatte er einsam dagelegen, doch jetzt konnte Stevens schon die verdecklosen, zerbeulten Autos sehen, die sich davor angesammelt hatten, und gesattelte Pferde und Maultiere und Wagen, deren Reiter und Fahrer er beim Namen kannte. Besser gesagt, sie kannten ihn, stimmten jahrein, jahraus für ihn und nannten ihn bei seinem Spitznamen, auch wenn sie ihn nicht ganz verstanden, gerade wie ihnen der Phi-Beta-Kappa-Schlüssel nicht bekannt war, den er an der Uhrkette trug.

Offenbar sollte es nicht im Laden, sondern nebenan auf dem Mahlboden stattfinden, vor dessen offener Tür sich die sauberen Sonntagsoveralls und -hemden und die entblößten Köpfe und die sonnverbrannten, von der Samstagsrasur weißgestreiften Hälse am dichtesten und schweigsamsten zusammendrängten. Sie machten ihm Platz, so daß er eintreten konnte. Ein Tisch und drei Stühle standen da, auf denen der Leichenbeschauer und zwei Zeugen saßen.

Stevens bemerkte einen etwa vierzigjährigen Mann mit einem sauberen Jutesack in der Hand, der viele Male zusammengefaltet war, so daß er schließlich einem Buch ähnlich sah, und einen jungen Burschen, dessen Gesicht einen Ausdruck müder und doch unbezähmbarer Bestürzung trug. Die Leiche lag unter Steppdecken auf einem niedrigen Holztritt, auf dem die jetzt stille Schrotmühle verbolzt war. Er ging darauf zu und hob den Zipfel der Decke auf und blickte in das Gesicht und ließ die Decke sinken und wandte sich ab, schon wieder auf dem Wege zur Stadt, und kehrte dann doch nicht in die Stadt zurück. Er trat zu den Männern, die längs der Wand standen, den Hut in der Hand, und hörte, was die Zeugen sagten – der Bursche war's, der sprach, der mit seiner bestürzten, müden, ungläubigen Stimme die Schilderung beendete, wie sie die Leiche gefunden hatten. Er sah zu, wie der Leichenbeschauer den Schein ausstellte und den Füller wieder in die Tasche steckte – und da wußte er, daß er nicht wieder in die Stadt zurückkehren würde.

«Das ist dann wohl alles», sagte der Leichenbeschauer. Er warf einen Blick auf die Tür. «In Ordnung, Ike», sagte er. «Kannst ihn jetzt mitnehmen.»

Stevens trat gleichzeitig mit den andern beiseite und sah zu, wie die vier Männer sich der Steppdecke näherten. «Ihr nehmt ihn also, Ike?» fragte er.

Der älteste von den vieren sah sich kurz nach ihm um. «Ja. Er hatte sein Sterbegeld bei Mitchell im Laden.»

«Ihr also, und Pose, und Matthew und Jim Blake?» sagte Stevens.

Diesmal blickte sich der andere beinahe erstaunt, beinahe ungläubig nach ihm um. «Wir können zulegen, was fehlt», sagte er.

«Ich helfe gerne», sagte Stevens.

«Besten Dank», erwiderte der andere. «Wir haben genug beisammen.»

Dann stand der Leichenbeschauer zwischen ihnen und rief ärgerlich: «Also los, Jungen, macht ihnen Platz!»

Stevens trat mit den andern ins Freie hinaus, ins Nachmittagslicht. Ein Wagen stand jetzt da; er war rückwärts bis dicht an die Tür gefahren, und vorhin war er noch nicht dagewesen. Die hintere Wagentür stand offen, der Boden war mit Stroh ausgelegt, und gleich den andern stand Stevens barhäuptig da und sah, wie die vier Männer aus dem Schuppen kamen, das Deckenbündel trugen und sich dem Wagen näherten. Drei oder vier andere traten vor, um zu helfen, und auch Stevens rührte sich und streifte die Schultern des jungen Burschen und bemerkte wieder den gleichen Ausdruck müder und ungläubiger wilder Bestürzung.

«Du hast also das Boot geholt, ehe du wußtest, daß etwas nicht stimmte?» fragte er.

«Ja, so war's», sagte der Bursche. Anfangs sprach er noch recht ruhig. «Ich bin rübergeschwommen und hab's Boot geholt und bin zurückgerudert. Wußte, daß was an der Leine war. Ich konnt's sehen, wie sie durchsackte . . .»

«Du meinst wohl, du hast das Boot schwimmend ans Ufer gebracht?» warf Stevens ein.

«. . . in den . . . Sir?»

«Du hast das Boot schwimmend zurückgebracht! Du bist

hinübergeschwommen und hast es geholt und bist mit dem Boot neben dir zurückgeschwommen?»

«Nein, Sir! Ich hab's zurückgerudert! Gerade ans andere Ufer hab ich's zurückgerudert! Hab doch nie keinen Verdacht nich gehabt! Ich konnt die Fische sehen, die ...»

«Womit?» fragte Stevens. Der Bursche glotzte ihn an. «Womit hast du's zurückgerudert?»

«Mit dem Ruder. Hab das Ruder vom Bootsboden aufgehoben und bin sofort zurückgerudert, und die ganze Zeit hab ich gesehn, wie sie im Wasser rumplatschten. Sie wollten nicht weg. Sie sind sogar noch an ihm drangewesen, als wir ihn hochhievten, und sie fraßen und fraßen! Fische! Ich weiß, daß Schildkröten so was machen, aber es waren Fische. Fraßen an ihm. Natürlich hatten wir geglaubt, ein Fisch wär da. Aber so? Nie wieder kann ich Fisch essen. Nie wieder!»

Es hatte scheinbar nicht lange gedauert, doch der Nachmittag hatte sich irgendwohin verzogen und auch etwas von der Hitze mitgenommen. Stevens saß wieder in seinem Auto, hatte die Hand am Anlasser und blickte auf den andern Wagen, der gerade abfahren wollte. *Und es ist nicht wahr,* dachte er. *Irgendwo stimmt es nicht. Etwas, das mir entgangen ist, das mir nicht auffiel. Oder etwas, das noch nicht geschehen ist.*

Der Wagen bewegte sich jetzt; er fuhr über die staubige Böschung zur Landstraße hinauf; zwei Männer saßen vorne, die andern ritten rechts und links davon auf gesattelten Maultieren. Stevens' Hand drehte am Anlasser; der Gang war bereits eingeschaltet. Er fuhr gleich los und überholte den andern Wagen.

Eine Meile straßab bog er in einen Feldweg ein, den Bergen entgegen. Der Weg stieg an, und die Sonne schien nur noch hier und da, denn an manchen Stellen der Bergkette war sie schon verschwunden. Dann gabelte sich der Weg. Im «V» der Weggabelung stand eine Kirche, weißgetüncht und ohne Türen, neben einem nicht eingefriedeten Durcheinander billiger Marmorgrabsteine und anderer Gräber, deren Umrisse nur durch eine Einfassung von umgekippten Flaschen und Steingut- und Ziegelscherben angedeutet waren.

Er säumte nicht lange. Er fuhr neben der Kirche vor und wendete und hielt, so daß sein Auto auf die Gabelung und den Weg blickte, den er gerade heraufgekommen war und der hinter einer Biegung verschwand. Wegen der Wegbiegung konnte er den Wagen längere Zeit hören, ohne ihn schon zu sehen – und dann hörte er ein Lastauto. Es kam aus den Bergen hinter ihm, in schnellem Tempo, fegte flink in Sicht, verlangsamte bereits die Fahrt – der Führersitz mit Verdeck, hinten der niedrige Kasten mit darübergebreiteter Plane.

An der Gabelung fuhr es seitlich vom Weg hinunter und hielt; dann konnte Stevens wieder den andern Wagen hören, und dann sah er ihn, sah die beiden Reiter, die im Zwielicht um die Biegung kamen, und neben dem Lastwagen stand auf dem Fahrweg jetzt ein Mann: Tyler Ballenbaugh – ein Farmer, verheiratet und mit Familie, dessen Hochmut und Heftigkeit bekannt waren, der im Bezirk geboren war und dann gen Westen zog und wiederkehrte, wie in einem Miasma von Gerüchten über die Unsummen, die er beim Glücksspiel gewonnen habe, und der sich verheiratet und Land gekauft hatte und nicht länger Karten spielte; doch in gewissen Jahren verpfändete er seine Ernte, und mit dem Geld spekulierte er in Baumwolle –, Tyler Ballenbaugh, der auf dem Fahrweg neben dem Wagen stand, in der Dämmerung sehr groß erschien und mit den Männern im Wagen sprach, ohne die Stimme zu heben oder irgendwie eine Geste zu machen. Dann stand ein andrer Mann neben ihm, in weißem Hemd, den Stevens nicht erkannte oder weiter beachtete.

Seine Hand sank zum Anlasser; wieder setzte sich sein Auto in Bewegung, und der Motor summte. Er schaltete die Scheinwerfer an und fuhr schnell vom Friedhof hinunter und auf die Straße, hinter den Wagen, und der Mann im weißen Hemd sprang aufs Trittbrett und brüllte ihn an, und Stevens erkannte ihn nun auch: Ein jüngerer Bruder Ballenbaughs war es, der vor Jahren schon nach Memphis gezogen war, wo er, wie es hieß, während eines Textilstreiks als bewaffneter Streikposten ausgeholfen hatte, der sich aber während der letzten zwei oder drei

Jahre, wie es hieß, versteckt hielt, nicht vor der Polizei, sondern vor einigen seiner Freunde oder vor späteren Geschäftspartnern. Von Zeit zu Zeit machte er in Berichten über Raufereien und Streitigkeiten bei ländlichen Tänzen und Picknicks von sich reden. In Jefferson, wo er sich an den Samstagen oft in betrunkenem Zustand mit seinen einstigen Heldentaten brüstete oder über sein gegenwärtiges Pech und den älteren Bruder fluchte, der ihn zur Arbeit auf seiner Farm zwang, geschah es einmal, daß er von zwei Beamten überwältigt und ins Gefängnis gesteckt wurde.

«Wem spionieren Sie hier nach, zum Teufel?» schnauzte er los.

«Boyd!» mahnte der ältere Ballenbaugh. Er hob nicht einmal die Stimme. «Steig wieder ein!» Er hatte sich nicht gerührt – ein großer, finsterer Mann, der Stevens mit blassen, kalten, völlig ausdruckslosen Augen anblickte. «Tag, Gavin», grüßte er.

«Tag, Tyler», dankte Stevens. «Wollen Sie Lonnie in Empfang nehmen?»

«Hat jemand was dagegen?»

«Ich nicht», erwiderte Stevens. «Ich helfe euch, ihn herunterzuholen.»

Nachher stieg er wieder in sein Auto. Der andere Wagen fuhr fort. Das Lastauto fuhr rückwärts und hatte schon Tempo; die beiden Gesichter flogen an ihm vorüber – das eine, das Stevens jetzt sah und das nicht wüst, sondern erschrocken war, und das andere, in dem gar nichts stand außer den stillen, kalten, blassen Augen. Das geborstene Schlußlicht verschwand hinter dem Hügel. *Es war ein Nummernschild vom Okatoba-Bezirk,* dachte er.

Lonnie Grinnup wurde am folgenden Nachmittag von Tyler Ballenbaughs Haus aus beerdigt.

Stevens war nicht anwesend. «Joe war auch nicht da, nehme ich an?» sagte er. «Lonnies Taubstummer?»

«Nein. Er war auch nicht erschienen. Die Leute, die am Sonntagmorgen zu Lonnies Camp hinausgelaufen waren, um sich die Flußleine anzusehen, hatten erzählt, daß er noch immer draußen gewesen sei und Lonnie gesucht habe. Aber bei der

Beerdigung war er nicht. Wenn er Lonnie diesmal wiederfindet, kann er sich neben ihn legen, aber atmen hört er ihn nicht mehr.»

3

«Nein», sagte Stevens.

An jenem Nachmittag war er in Mottstown im Okatoba-Bezirk. Und obwohl es ein Sonntag war, und obwohl er, bis er es entdeckte, nicht genau wußte, was er eigentlich suchte, entdeckte er es doch vor Anbruch der Dunkelheit: den Agenten der Versicherungsgesellschaft, die Lonnie Grinnup vor elf Jahren eine 5000-Dollar-Prämie auf sein Leben ausgestellt hatte, mit doppelt so hoher Entschädigung im Falle eines nicht natürlichen Todes, und der Begünstigte war Tyler Ballenbaugh.

Es war alles korrekt zugegangen. Der Untersuchungsarzt hatte Lonnie Grinnup vorher nie gesehen, doch Tyler Ballenbaugh kannte er seit Jahren, und Lonnie hatte ein Zeichen auf das Formular gekritzelt, und Tyler Ballenbaugh hatte die erste Prämie gezahlt und seither nie vergessen.

Es war keine besondere Heimlichtuerei damit verknüpft, ausgenommen, daß die Sache in einer andern Stadt abgeschlossen worden war, und Stevens sah ein, daß nicht einmal das besonders merkwürdig war.

Der Okatoba-Bezirk lag gleich jenseits des Flusses, und Stevens kannte außer Ballenbaugh noch viele Männer, die ihr Land in dem einen Bezirk hatten und ihre Wagen und Lastwagen in einem andern Bezirk kauften, wo sie auch ihre Bank hatten, und damit bewiesen sie weiter nichts als das instinktive, möglicherweise atavistische leise Mißtrauen des Mannes vom Lande – wenn auch nicht gerade vor Leuten mit weißem Stehkragen, so doch vor gepflasterten Straßen und elektrischer Beleuchtung.

«Dann soll ich der Gesellschaft noch nichts mitteilen?» fragte der Agent.

«Nein. Ich möchte, daß Sie seine Forderung entgegennehmen, wenn er kommt und sie einreicht, und daß Sie ihm erklären, es würde etwa eine Woche dauern, bis alles geregelt sei; dann warten Sie drei Tage und benachrichtigen ihn, er solle am nächsten Tag um neun oder zehn Uhr morgens zu Ihnen ins Büro kommen; und sagen Sie ihm nicht, weshalb und zu welchem Zweck. Und rufen Sie mich in Jefferson an, sobald Sie wissen, daß er die Nachricht erhalten hat.»

Früh am nächsten Morgen, noch vor Tagesanbruch, endete die Hitzewelle. Stevens lag im Bett und beobachtete das grelle Lodern der Blitze und lauschte auf das Krachen des Donners und die lärmende Wut des Regens und dachte daran, wie er niedertrommelte und wie wild das lehmgelbe Wasser sich Rinnen durch Lonnie Grinnups karges und liebloses Grab wühlte, oben am kahlen Berghang neben der turmlosen Kirche, und an das Geräusch, das der Regen, trotz des Getöses vom steigenden Fluß, auf der Blech- und Segeltuchhütte machte, wo der junge Taubstumme wahrscheinlich noch immer wartete, daß Lonnie heimkäme, und wußte, daß etwas geschehen war, aber nicht, wie, nicht warum. *Nicht, wie,* dachte Stevens. *Sie haben ihm etwas vorgemacht. Haben's nicht mal für nötig befunden, ihn zu fesseln. Haben ihm bloß etwas vorgemacht.*

Am Mittwochabend erhielt er eine telefonische Mitteilung vom Agenten in Mottstown, daß Tyler Ballenbaugh seine Forderung eingereicht habe.

«Gut», sagte Stevens. «Schicken Sie ihm am Montag den Brief, er solle am Dienstag kommen. Und geben Sie mir Bescheid, sobald Sie wissen, daß er ihn erhalten hat.» Er legte den Hörer auf. *Ich spiele Stud-Poker mit einem Menschen, der als Glücksspieler berüchtigt ist, was ich nicht bin,* dachte er. *Doch habe ich ihn wenigstens gezwungen, eine Karte zu ziehen. Und er weiß, gegen wen er spielt.*

Als daher am folgenden Montagnachmittag der Bescheid kam, wußte er nur, was er selber zu tun hatte. Er hatte flüchtig erwogen, den Sheriff um einen Deputy zu bitten oder einen Freund mitzunehmen. *Doch selbst ein Freund würde nicht glauben, daß ich eine nicht aufgedeckte Karte habe,* dachte er bei sich, *obwohl ich sie habe: daß nämlich ein Mann allein, sogar ein Amateurmörder, überzeugt sein kann, er habe hinterher alle Spuren beseitigt. Wenn aber zweie beteiligt sind, dann ist keiner überzeugt, ob der andere nicht etwa doch Spuren hinterlassen hat.*

Daher ging er allein. Er besaß eine Pistole. Er betrachtete sie und legte sie wieder ins Schubfach. *Mit der soll mich wenigstens keiner erschießen*, dachte er. Gleich nach dem Dunkelwerden verließ er die Stadt.

Diesmal fuhr er am Laden vorüber, der dunkel am Straßenrand lag. Als er den Feldweg erreichte, in den er vor neun Tagen eingebogen war, wandte er sich nach rechts und fuhr eine Viertelmeile weiter, bog in einen unordentlichen Hof ein und ließ seine Scheinwerfer voll auf eine dunkle Hütte fallen. Er schaltete sie nicht aus. Er trat mitten in den gelben Lichtschein, der Hütte gegenüber, und rief: «Nate! Nate!»

Nach einem Weilchen meldete sich eine Negerstimme, obwohl niemand Licht machte.

Stevens rief: «Ich fahre zu Lonnie Grinnups Camp. Wenn ich morgen früh nicht wieder hier bin, geh zum Laden und sage dort Bescheid!»

Es kam keine Antwort. Dann sagte eine Frauenstimme: «Geh mir da von der Tür weg!» Eine Männerstimme murrte etwas.

«Kann ich nicht ändern», rief die Frau. «Geh mir da weg und scher dich nicht um die Weißen!»

Also sind's noch andre außer mir, dachte Stevens. Er fand, daß die Neger häufig, ja fast immer den richtigen Instinkt haben – nicht für das Böse an sich, aber sie erkennen es sofort, wenn es auftaucht. Er kehrte zum Wagen zurück, schaltete die Scheinwerfer aus und nahm die Taschenlampe vom Sitz.

Er entdeckte das Lastauto. Er hielt die Taschenlampe dicht ans Schild und las wieder die gleiche Nummer, die vor neun Tagen vor ihm über den Hügel geflüchtet war. Er schaltete die Lampe aus und steckte sie in die Tasche.

Zwanzig Minuten drauf merkte er, daß er sich wegen des Lichtscheins keine Sorgen hätte zu machen brauchen. Er stand auf dem Pfad zwischen der schwarzen Wand aus Dschungelgestrüpp und dem Fluß, er sah den schwachen Lichtschimmer hinter der Segeltuchwand der Hütte, und er konnte schon die zwei Stimmen unterscheiden: Die eine klang kalt, gleichmütig und fest, die andere scharf und hoch. Er stolperte über den Holzstoß und dann über etwas anderes und fand die Tür und schleuderte sie zurück und betrat die Verwüstung in der Hütte des Verstorbenen – sah die armseligen, aus den Bettladen hervorgezerrten Matratzen, den umgekippten Ofen und die umhergeworfenen Kochtöpfe –, von wo ihn Tyler Ballenbaugh mit erhobener Pistole musterte und wo der Jüngere halb geduckt über einer umgekippten Kiste stand.

«Geben Sie's auf, Gavin!» rief Ballenbaugh.

«Geben Sie's selber auf, Tyler!» sagte Stevens. «Verspielt!»

Der Jüngere richtete sich auf. Stevens sah, wie das Wiedererkennen in seinen Zügen dämmerte. «Na, da soll doch ...» rief er.

«Ist alles rausgekommen, Gavin?» fragte Ballenbaugh. «Sagen Sie's mir ehrlich, ja?»

«Stimmt», sagte Stevens. «Legen Sie die Pistole hin, Tyler.»

«Wer ist sonst noch bei Ihnen?»

«Genug», sagte Stevens. «Legen Sie die Pistole hin, Tyler.»

«Verflucht», sagte der Jüngere. Er begann sich zu bewegen. Stevens sah, wie seine Augen rasch von ihm zur Tür hinter seinem Rücken flogen. «Er lügt! Er ist ganz allein! Er schnüffelt nur rum, so wie neulich, und steckt seine Nase in Sachen, die ihn nix angehn! Wird schon bald genug wünschen, daß er's nicht getan hätte, denn diesmal wird sie ihm abgezwackt!»

Er näherte sich, ein wenig geduckt, und die Arme etwas vom Körper abgewinkelt.

«Boyd!» rief Tyler. Der andere fuhr fort, sich Stevens zu nähern, er lächelte nicht, hatte aber ein seltsames Leuchten im Gesicht, ein Glitzern. «Boyd!» rief Tyler. Dann kam auch er, mit erstaunlicher Schnelligkeit, überholte den Jüngeren und schleuderte ihn mit einer einzigen Armbewegung in die Bettlade zurück. Die beiden Brüder starrten sich an – der eine kalt, still, ausdruckslos, mit vorgehaltener Pistole, aber nicht zielend, der andere halb kauernd und keifend.

«Was machst du bloß, zum Teufel? Er soll uns wohl wie zwei blöde Schafe in die Stadt schleppen?»

«Darüber entscheide ich», antwortete Tyler. Er blickte Stevens an. «So hab ich's nie gewollt, Gavin! Ich habe sein Leben versichert, habe die Prämien bezahlt, ja. Es war ein reelles Geschäft: Wenn er mich überlebt hätte, würde ich sein Geld nicht mehr gebraucht haben, und wenn ich ihn überlebt hätte, würde ich's nach Gutdünken einkassiert haben. Es war kein Geheimnis dabei. Alles ging offen und ehrlich zu. Jeder hätt's wissen können. Vielleicht hat er darüber gesprochen. Hab's ihm nie verboten. Und wer sollte was dagegen haben? Hab ihn immer verpflegt, wenn er in mein Haus kam, er ist immer geblieben, solange er wollte, und ist gekommen, wann er wollte. Aber das hier – hab ich nie gewollt.»

Plötzlich schlug der Jüngere, der sich halb an die Bettlade duckte, wohin ihn der andere geschleudert hatte, eine Lache auf. «Aha, so klingt's jetzt!» rief er. «So wird jetzt gespielt!» Und dann war's kein Gelächter mehr, obwohl der Übergang so geringfügig oder vielleicht so rasch war, daß man ihn kaum wahrnahm. Er stand jetzt und starrte seinen Bruder an. «Ich hab ihn nicht für 5000 Dollar versichert! Ich wollte die ...»

«Schweig!» rief Tyler.

«... die 5000 Dollar nicht einkassieren, nachdem sie ihn gefunden hatten, tot an der ...»

Tyler trat auf den andern zu und ohrfeigte ihn – zweimal, mit Handfläche und Handrücken der gleichen Hand –, und die Pistole hielt er immer noch vor sich in der andern Hand.

«Ich habe ‹Schweig!› gesagt, Boyd!» rief er. Er blickte wieder auf Stevens. «So hab ich's nie gewollt. Jetzt möchte ich das Geld nicht, selbst wenn sie's mir auszahlten, denn so hab ich's nie beabsichtigt. Was wollen Sie jetzt machen?»

«Müssen Sie das noch fragen? Anzeige wegen Mordes.»

«Das beweisen Sie mal!» fauchte der Jüngere. «Versuchen Sie mal, das zu beweisen! Hab ich sein Leben versichert für ...»

«Schweig!» sagte Tyler. Er sprach beinah sanft und blickte Stevens mit seinen blassen Augen an, in denen überhaupt nichts zu lesen stand. «Das können Sie nicht tun. Es ist ein geachteter Name. Ist's schon von jeher gewesen. Vielleicht hat keiner je viel für den Namen getan, aber Schande hat ihm bisher auch keiner angetan. Ich habe niemandem etwas geschuldet und nichts genommen, was nicht mein war. Sie dürfen das nicht tun, Gavin!»

«Ich darf nichts anderes tun, Tyler!»

Der Ältere blickte ihn an. Stevens hörte, wie er tief Atem schöpfte und wieder ausatmete. Seine Miene aber veränderte sich überhaupt nicht. «Sie verlangen Auge um Auge und Zahn um Zahn.»

«Die Gerechtigkeit verlangt es. Vielleicht verlangt es Lonnie Grinnup. Sie doch auch, nicht wahr?»

Noch einen Augenblick sahen sie sich an. Dann drehte Ballenbaugh sich um und winkte erst seinem Bruder und dann Stevens stumm zu, stumm und entschieden.

Dann waren sie draußen vor der Hütte und standen im Licht, das durch die offene Tür fiel; ein Lüftchen schien von irgendwoher zu kommen und rauschte im Laube über ihnen und erstarb und war stumm.

Zuerst wußte Stevens nicht, was Ballenbaugh im Sinn hatte. Mit wachsendem Erstaunen sah er zu, wie Ballenbaugh mit ausgestreckter Hand sein Gesicht dem Bruder zuwandte und mit einer Stimme, die nun wirklich schroff war, zu ihm sagte: «Das ist jetzt das Ende der Geschichte! Ich hatte dauernd Angst, seit du damals in der Nacht nach Hause kamst und es mir erzählt hast. Ich hätte dich besser erziehen sollen, hab's falsch gemacht. Hier! Steh dazu und mach Schluß!»

«Achtung, Tyler!» rief Stevens. «Tun Sie das ja nicht!»

«Mischen Sie sich nicht ein, Gavin! Wenn Sie Fleisch für Fleisch wollen, sollen Sie's haben.» Er sah noch immer seinen Bruder an. Er warf Stevens keinen einzigen Blick zu. «Hier!» sagte er. «Nimm sie und steh dazu!»

Dann war es zu spät. Stevens sah, wie der Jüngere zurücksprang. Er sah, wie Tyler einen Schritt vortrat, und hörte aus dessen Stimme Überraschung, Unglauben und schließlich die Erkenntnis seines Fehlers. «Runter mit der Pistole, Boyd!» rief er. «Runter damit!»

«Du willst sie also wiederhaben, ja?» sagte der Jüngere. «Ich bin in der Nacht zu dir gekommen und hab dir erzählt, daß du um 5000 Dollar reicher bist, sobald jemand einen Blick auf die Flußleine wirft, und hab dich gebeten, mir zehn Dollar zu geben, und du hast's abgeschlagen. Zehn Dollar, und du wolltest's nicht! Sollst es haben! Da!» Schräg von unten, von seiner Seite her, blitzte es auf. Als der andere fiel, zuckte der rötliche Strahl noch einmal, nach unten.

Jetzt bin ich an der Reihe, dachte Stevens. Sie starrten sich an. Wieder vernahm er von irgendwoher das leise Windchen, das in den Blättern über ihnen raschelte und dann verstummte.

«Laufen Sie, Boyd», sagte er. «Sie haben genug angerichtet. Los, laufen Sie weg!»

«Natürlich lauf ich weg. Wenn Sie sich um mich sorgen wollen, dann tun Sie's nur jetzt, denn gleich haben Sie keine Sorgen mehr. Ich laufe rasch, aber erst sprech ich ein Wörtchen mit den Oberschlauen, die ihre Nase in alles stecken müssen und verdammt schnell wünschen werden, sie hätten's nie getan ...»

Jetzt schießt er, dachte Stevens und sprang zu. Eine Sekunde unterlag er der Täuschung, er sähe sich selbst im matten Lichte des Flusses – in jenem Schimmer, den das Wasser der Finsternis schenkt – über Boyd Ballenbaughs Kopf durch die Luft springen. Dann begriff er, daß nicht er es war, den er springen sah, und daß es nicht der Wind war, den er im Laube gehört hatte, denn die Kreatur und Menschengestalt, die eine Sprache weder besaß noch brauchte und die jetzt neun Tage lang gewartet hatte, daß Lonnie Grinnup heimkehren sollte, fiel nun auf den Rücken des Mörders nieder, die Hände schon ausgebreitet, den Körper gekrümmt und starr in stummer und todbringender Absicht.

Er war im Baum gewesen, dachte Stevens. Die Pistole blitzte auf. Er sah den grellen Strahl, aber er hörte keinen Laut.

4

Nach dem Abendessen saß er auf der Veranda, vom Arzt tadellos verbunden, als der Bezirkssheriff die Vorfahrt heraufkam – auch er ein großer Mensch, freundlich, liebenswürdig, mit Augen, die noch blasser und kälter und ausdrucksloser als die von Tyler Ballenbaugh waren. «Nur eine Minute brauch ich», sagte er, «sonst hätt ich Sie nicht belästigt.»

«Wieso belästigt?» fragte Stevens.

Der Sheriff setzte sich mit dem einen Schenkel aufs Verandageländer. «Wie geht's mit dem Kopf?»

«Es geht ihm ganz ordentlich», antwortete Stevens.

«Fein! Sie haben wohl schon gehört, wo wir Boyd fanden?»

Stevens blickte ihn ebenfalls völlig ausdruckslos an. «Vielleicht», erwiderte er scherzend. «Kann mich heut nicht an all und jedes erinnern, mein Kopfweh ausgenommen.»

«Sie haben uns gesagt, wo wir suchen sollten. Sie waren bei Besinnung, als ich hinkam. Sie versuchten, Tyler Wasser zu geben. Sie sagten uns, wir sollten an der Flußleine nachsehen!»

«Wirklich? Was einer nicht alles sagt, wenn er betrunken oder nicht ganz bei Verstande ist. Und manchmal hat er sogar recht.»

«Sie hatten recht. Wir sahen an der Leine nach, und da war Boyd, an einem von den Haken aufgehängt, tot, genau wie Lonnie Grinnup. Und Tyler Ballenbaugh lag da mit zerschmettertem Bein und noch 'ner Kugel in der Schulter, und Sie mit einer Furche im Schädeldach, so tief, daß man eine Zigarre drin verstecken kann. Gavin, wie ist er an die Flußleine geraten?»

«Das weiß ich nicht!» sagte Stevens.

«Meinetwegen. Und jetzt bin ich nicht mehr Sheriff. Wie ist Boyd an die Flußleine geraten?»

«Das weiß ich nicht.»

Der Sheriff blickte ihn an. Sie blickten einander an. «Ist das die Antwort, die Sie einem Ihrer Freunde geben würden, wenn er Sie fragte?»

«Ja. Weil ich nämlich getroffen wurde. Ich kann es nicht wissen.»

Der Sheriff zog eine Zigarre aus der Tasche und betrachtete sie ein Weilchen. «Joe – der junge Taubstumme, den Lonnie aufgezogen hat – scheint endlich fort zu sein. Letzten Sonntag war er noch dort in der Nähe, aber seither hat ihn niemand mehr gesehen. Er hätte bleiben können. Keiner hätte ihm etwas zuleide getan.»

«Vielleicht hat er Lonnie zu sehr vermißt, um dort bleiben zu können», sagte Stevens.

«Vielleicht hat er Lonnie vermißt.» Der Sheriff stand auf. Er biß die Spitze seiner Zigarre ab und zündete sie sich an. «Vielleicht war die Kugel auch schuld daran, daß Sie das Voraufgegangene vergaßen? Was brachte Sie eigentlich auf den Verdacht, etwas könnte nicht stimmen? Was war es, das uns andern entgangen zu sein scheint?»

«Das Paddel!» antwortete Stevens.

«Das Paddel?»

«Haben Sie noch nie eine Flußleine gespannt? Eine Flußleine genau vor Ihrem Camp? Da rudert man nicht hin, sondern man zieht das Boot und sich selbst an der Leine entlang, eine Hand um die andre, immer von einem Haken zum nächsten. Lonnie hat sein Paddel niemals benutzt; er hatte den Nachen sogar stets am gleichen Baum festgebunden, um den er auch die Leine geschlungen hatte, und das Paddel blieb in der Hütte. Wenn Sie mal bei ihm gewesen wären, hätten Sie's gesehen. Doch das Paddel lag im Nachen, als der junge Bursche ihn vom andern Ufer holte.»

R. R. IRVINE

Die tote Zeit

Trakker war zum Vampir geworden. Nicht, daß er wirklich Blut saugte – er nahm es auf.

Aber er hielt sich an die transsylvanische Zeit, er stand bei Sonnenuntergang auf, um die Nacht auf der Jagd in den Straßen von Los Angeles zu verbringen und seine Nahrung zu suchen – Tragödien. Sein klappriger Bus war mit einem Gewirr von Antennen geschmückt, mit denen er den Polizeifunk, die Feuerwehr und den Sheriff abhören konnte. Sie erlaubten ihm, den Puls der Stadt zu kontrollieren, einen Rhythmus, den er seit 20 Jahren im Blut hatte.

Schießereien, Karambolagen auf der Autobahn, Katastrophen aller Art belebten ihn, aber bloß bis zum Punkt des Überlebens. Aber wie jeder freie Kameramann gab er nie die Hoffnung auf, daß eines Tages seine große Story daherkommen und ihn reich und berühmt machen werde.

Eine solche Story müßte sich zwischen Mitternacht und sechs Uhr früh ereignen, wenn die Nachrichtenredaktionen der Fernsehsender praktisch geschlossen waren. Warum ihn bezahlen, wenn sie es selbst aufnehmen konnten?

So fuhr Trakker mit gefalteten Händen durch die Nacht und betete, daß die Leute, die nachts im Sender Dienst hatten – erbarmungswürdige Kreaturen, zur Vergessenheit verdammt, weil sie sich den Zorn des Intendanten zugezogen hatten –, ihr übliches wachsames Selbst waren. Wenn alles mit rechten Dingen zuging, bedeutete das, daß sie schliefen. Verdammt, Trakker war lange genug im Geschäft. Er wußte, wie die Dinge liefen. Natürlich war es heute anders als in den Pionierzeiten der Fernsehnachrichten. Damals, in den Fünfzigern, konnte man sich alles erlauben, konnte man zaubern mit einem alten Schuh, einem Bettlaken und einer zerbrochenen Puppe.

Trakker lachte, als er sich daran erinnerte. Tragische Szenen gingen ihm durch den Kopf. Deutlich, als sei es gestern gewesen, sah er sich unter dem Laken liegen. Er stellte eine Leiche dar, und als die Kollegen der Kameragilde wie immer zu spät am Ort des Geschehens erschienen, rief er ihnen zu: *Kamera ab!* Inszenieren war einfacher und billiger als die Installation von zuverlässigen Funkverbindungen.

Unzählige Schuhe, erinnerte er sich, waren auf Schauplätzen von Verkehrsunfällen deponiert worden. Es sah so aus, als wären die Opfer beim Aufprall geradewegs in die Ewigkeit geschleudert worden. Und als er sich an seine eigene, ganz besondere Puppe erinnerte, mußte er grinsen. Wahrhaft herzzerreißend hatte sie ausgesehen – das Kleidchen zerrissen, nur noch ein Ärmchen. In der Nahaufnahme sagte diese Puppe alles, was man über tödliche Unfälle von Kindern sagen konnte. Im übrigen, was schadet es, wenn man ein bißchen mogelte?

Heute allerdings brauchte Trakker nichts zu inszenieren. Er hatte eine Story ganz für sich allein. Das war eine Zulage wert. Er lachte laut. Er hatte sich nicht besonders anstrengen müssen. Nach einer erfolglosen Nacht wollte er nach Hause fahren, als der Polizeifunk einen DB meldete – eine Leiche. DBs waren meist nicht viel wert, einige Meter Film höchstens, aber er befand sich ganz in der Nähe und sagte sich, was soll's.

Er kam dort an, gerade als der erste Streifenwagen erschien.

Jetzt fuhr er fröhlich pfeifend Richtung Hollywood. Als er vor dem Tor von Channel 3 aufkreuzte, stieg die Aufregung in ihm.

Trakker beugte sich aus dem Bus, um dem Wachmann einen Gruß zuzurufen. Aber der Wachposten, um einiges jünger als der 55jährige Trakker, beäugte den Kameramann ärgerlich und tat so, als kenne er ihn nicht, obwohl sie diese Prozedur bereits unzählige Male durchlaufen hatten. «Was wollen Sie?» fragte der Wachmann unfreundlich.

«Material für die Nachrichtenredaktion», antwortete Trakker wie immer.

«Zu wem wollen Sie? Ich muß einen Namen ins Buch schreiben.»

«Zu Wayne Gossett, dem Chef vom Dienst.»

«Der kommt erst um sechs.»

«Es ist jetzt sechs», sagte Trakker.

Ohne den Mund aufzumachen, gab der Wachmann Trakker ein Zeichen. Der Kameramann steuerte seinen Bus zu einer Stelle direkt gegenüber der Nachrichtenredaktion, wo das Parken verboten war. Mit einem müden Seufzer schob er seinen Bauch unter dem Steuer hervor und schlurfte ins Haus, um sich Gossett zu stellen.

Der Chef vom Dienst, der auf Trakker wirkte wie ein Halbwüchsiger, höchstens 25, machte sich an einem seiner Telefone zu schaffen, als er den Kameramann kommen sah. Das tat er immer, er ließ solche Leute gern warten.

Trakker zündete sich eine Zigarette an und stieß die Rauchwolke aus. Diese Redakteure waren alle gleich, er kannte das. Sie hatten sich nicht verändert in all den Jahren, seit Trakker sein Bildmaterial verkaufte. Jeder Kauf war ein Kampf.

«Beeilen Sie sich», brummte Trakker, «ich hab was Gutes.»

Gossett antwortete mit einer Handbewegung und wandte Trakker den Rücken zu.

Das wäre früher nie passiert, in den Zeiten, bevor die Gewerkschaften das Sagen hatten und es Freischaffenden wie ihm nahezu unmöglich machten, ihren Lebensunterhalt zu verdienen. Damals brauchte er nicht ganze Nächte unterwegs zu sein, um vielleicht etwas zu finden. Nein, zum Teufel! Damals war er gefragt. Meistens war er als Ersatz für einen festangestellten Kameramann eingesprungen und hatte seinen eigenen Tonmann dabeigehabt, einen Sklaven, der durch eine

Nabelschnur mit ihm verbunden war und ihm überallhin folgen mußte.

Damals in den fünfziger Jahren gab es kaum jemanden, der von Fernsehnachrichten eine Ahnung hatte, geschweige denn davon, wie eine 16-mm-Kamera funktionierte. Freischaffende waren gefragt. Die Reporter nannten ihn beim Vornamen, luden ihn zum Essen ein und lachten über seine Witze. Sein Bildmaterial war von entscheidender Bedeutung für ihre Karriere.

Trakker fluchte still vor sich hin, verfluchte die Gewerkschaften und das Fernsehen. Es war nur noch ein aalglattes, imagebesessenes Medium.

Heutzutage verdiente er kaum genug fürs Essen. Eine Frau konnte er sich schon gar nicht leisten, also lebte er allein. Niemand nannte ihn anders als Trakker, und das mit Verachtung. Auf den Nachrichtenredaktionen war er nur geduldet, weil er über Tragödien berichtete, die sich in den toten Stunden der Nacht ereigneten.

Aber er wollte mehr als nur toleriert werden. Er wollte sein Leben wiederhaben, er wollte wieder ans Tageslicht.

Plötzlich hörte Gossett auf zu telefonieren, zeigte mit seiner spitzen Nase auf die Tafel hinter seinem Schreibtisch und sagte: «Ich habe mehr als genug Material für heute.»

Trakker sah, daß nur ein halbes Dutzend Themen mit Fettstift auf der Glastafel vermerkt waren. Er wußte, daß man mindestens das Doppelte brauchte, um eine Stunde Sendezeit mit Nachrichten zu füllen. Aber er sagte bloß: «Das wollen Sie ganz bestimmt haben.»

«Jeder Kameramann sagt das. Was ist es – noch ein Autounfall?»

Trakker schüttelte den Kopf und grinste.

«Doch hoffentlich nicht noch ein Brand?»

«Nein, ein Mord», sagte Trakker.

Gossetts Augen wurden schmal, aber das erwartungsvolle Glitzern war trotzdem zu erkennen.

«Aufgeschlitzte Kehle, von einem Ohr zum andern, ist das eine», sagte der Kameramann.

Gossett öffnete eine Schublade und suchte nach einem Formular für den Ankauf des Films. Nachdem er Trakkers Namen notiert hatte, fragte der Redakteur: «Und was weiter?»

«Opfer männlich, in den Sechzigern. Wurde in der Mainstreet hinter einem Café gefunden, das die ganze Nacht geöffnet hat. Er –»

«Mainstreet!» unterbrach Gossett. «Was zum Teufel war er, ein Penner?»

«Ein Alki.»

Der Redakteur fluchte ausgiebig. «Ein Betrunkener mehr oder weniger, niemand wird den vermissen. Was ist daran Besonderes?»

«Ich bin der einzige, der Material von der Leiche hat.»

Gossett tat so, als interessiere es ihn nicht, und schüttelte den Kopf. Aber Trakker wußte es besser. Alle Redakteure lebten für exklusives Bildmaterial.

«Ich war der einzige Kameramann dort, und sie haben die Leiche abtransportiert, als ich ging. Wahrscheinlich befaßt sich jetzt der Gerichtsmediziner mit ihm. Das schließt weiteres Material aus.»

«Gut. Wir entwickeln Ihr Material und schauen uns das an.»

Trakker nickte. Die halbe Schlacht war gewonnen. Wenn ein Sender sich einmal einverstanden erklärte, das Material eines Kameramanns zu entwickeln, waren sie verpflichtet, ihn mit einer neuen Rolle 16 mm zu entschädigen, Verkauf oder nicht.

«Wieviel?» fragte Trakker.

«Wenn wir's übernehmen – das Übliche, fünfundsiebzig.»

«Es ist exklusiv. Das müßte eine Zulage wert sein.»

«Fünfundsiebzig ist ganz schön viel für die Arbeit einer Nacht. Mehr als ich verdiene.»

«Wenn ich Glück habe, verkaufe ich einen Film pro Woche», antwortete Trakker.

Gossett zuckte die Schultern. «Eine aufgeschlitzte Kehle, mit anderen Worten: eine Menge Blut. Wir müssen darauf achten, was wir während der Abendbrotzeit senden. Wir wollen unseren Zuschauern nicht den Appetit verderben.»

«Ich habe aufgepaßt», sagte Trakker. «Ich habe es bei der Aufnahme umgangen.»

«Wir werden sehen. Ich frag jetzt gleich bei den Bullen nach.»

Mit einer dramatischen Geste schaltete Gossett den Lautsprecher auf seinem Schreibtisch ein, damit Trakker mithören konnte. Auch das gehörte zu seinen Tricks, um einen Kameramann fertigzumachen, weil die Polizisten fast jede Geschichte banal und langweilig erscheinen ließen.

Aber dieser Beamte war eine Ausnahme und ungewöhnlich gesprächig. «Dieser Trakker ist ein Blutsauger. Er war eher bei der Leiche wie wir. Ein richtiger Dämon.» Der Polizist hielt inne. «Das klingt so hohl. Geht das über Lautsprecher?»

«Ja», gab Gossett zu.

«Trakker steht wohl gleich daneben, was?»

Der Redakteur brummte.

«Sagen Sie ihm, er soll sich vorsehen mit seiner Kamera. Unser Mörder ist ein Verrückter. Hat die Leiche mit Mustern verziert. Solche Einzelheiten sollen nicht bekanntwerden. Sonst sind wir bald eingedeckt mit Mördern, die ihm nacheifern.»

«Wir werden uns zurückhalten», versprach Gossett. «Irgendwas Offizielles, was Sie mir über den Mord sagen können?»

«Es ist noch zu früh. Wurde noch nicht identifiziert. Wir glauben, die Mordwaffe war ein gewöhnliches Rasiermesser, aber Sie müssen den Bericht des Gerichtsmediziners abwarten, bevor Sie darüber was bringen.»

Gossett legte auf und wandte sich an Trakker. «Wenn wir die Verzierungen nicht zeigen können, ist es nicht mehr wert als fünfundsiebzig. Geht nicht anders.»

«Eine Exklusivität sollte was wert sein», klagte der Kameramann. «Es ist nicht mehr wie früher hier. Erinnern Sie sich – erinnern Sie sich an die Kennedy-Story in Malibu?»

«Nein, nicht schon wieder!»

Trakkers Augen glänzten. «Es war 1960, glaube ich. Vielleicht '61. JFK fuhr am Strand entlang und beschloß plötzlich, durchs Wasser zu waten. Der einzige Kameramann dort war ein Freier. Er hat tausend Dollar für das Material gekriegt.»

«Ein Zufall», sagte Gossett. «Ein Glückstreffer. So was gibt's nicht wieder. Heute sind die Sender größer, es gibt mehr Filmteams.»

«Nein», protestierte Trakker, «ein Kameramann kann nach wie vor mit einer einzigen Story groß rauskommen.»

Gossett lachte ihn aus.

Eine Woche später fand man ein zweites menschliches Wrack mit aufgeschlitzter Kehle. Und wieder war Trakker als erster zur Stelle. Channel 3 bezahlte hundert Dollar für das Bildmaterial.

Die *Times*, die den ersten Mord auf der letzten Seite im zweiten Teil gebracht hatte, rückte den zweiten Mord in den ersten Teil mit einer Schlagzeile, die lautete: DER SCHLITZER SCHLÄGT WIEDER ZU. Das machte die Sache offiziell, soweit es das Fernsehen betraf. Der Schlitzer war jetzt die Nachricht des Tages.

Die dritte Leiche mußte Trakker mit einem anderen Kameramann teilen. «Sie können sie nicht alle haben», sagte er zu Gossett. Aber selbst wenn das Material nicht exklusiv war, stieg der Redakteur mit hundertfünfzig Dollar ein. Natürlich machten auch die anderen Sender Angebote. Trakker schwamm nun obenauf. Die Konkurrenz störte ihn nicht. Er war lange genug im Geschäft. Er begann, die Sündenmeile abzuklappern, und lebte praktisch in seinem Bus. Er war sich sicher, daß der nächste Mord die magische Zahl war, die, die ihm einen wirklich großen Zuschlag einbringen würde, vielleicht sogar an die JFK-Meldung rankommen. Er spürte es in den Knochen.

Aber dann verschlechterte sich die Lage. Die Fernsehsender trafen eine Absprache mit der Polizei – vorteilhafte Berichterstattung als Gegenleistung für sofortige Meldung an das bereitstehende Filmteam, wann immer der nächste Mord passierte.

«Immerhin», sagte Gossett zu Trakker, «haben wir nicht alle Tage einen psychopathischen Mörder. Und ihr Freien seid nicht mit Ton ausgerüstet. Wir brauchen Sirenen und Interviews mit Passanten, um diese Morde live zu bringen.»

«Das ist nicht fair.»

Gossett lachte. «Nachrichten, das ist wie Showbusiness. Man

muß sich ständig was Neues einfallen lassen, sonst schalten die Leute um. Es ist besser, wenn Sie zu Ihren Verkehrsunfällen zurückgehen, Trakker. Sie sind nicht mehr geschäftstüchtig.»

Und Sie sind ein mieser Laden, dachte Trakker und warf dem Redakteur einen finsteren Blick zu. Aber die unausgesprochene Antwort beruhigte ihn keineswegs. Da war er, ein fünfundfünfzig Jahre alter Reporter, der einen auf freischaffend machte. Ein Mann in seinem Alter sollte seinen Lebensabend planen, nicht nach paranoiden Mördern jagen.

«Wie wäre es, wenn Sie mich als Reserve einsetzen?» fragte Trakker ehrerbietig. «Man kann nie wissen, wann ein Gerät ausfällt.»

Mit großen Augen starrte Gossett den Kameramann an. «Sie? Zum Teufel, Trakker, ich kann jederzeit ein anderes Team als Ersatz anfordern, Sie sind ja nicht einmal in der Gewerkschaft.»

Das ist nicht alles, sagte Trakker zu sich selbst, als er die Nachrichtenredaktion verließ. Er hatte nicht mal Anspruch auf Rente. Einen netten Lebensabend, den er da in Aussicht hatte. Er würde Verkehrsunfälle aufnehmen, bis man ihn wegtrug.

Der Kameramann fühlte sich zerschlagen, als er seinen Bus bestieg. Sein Gesicht verspannte sich bei dem Gedanken an den langen Tag, der ihm bevorstand. Bis es wieder Zeit war, einmal mehr auf der Suche nach Tragödien durch die Nacht zu patrouillieren. Wozu sollte er nach Hause fahren? Niemand wollte freie Produktionen kaufen. Etwas in Trakkers Innern zerbrökkelte.

«Ich bin ein Penner, genau wie diese Alkis», brummte er. «Bloß, daß ich etwas stilvoller zur Hölle fahre.» Wütend warf er den Motor des abgetakelten alten Busses an und fuhr in Richtung Sündenmeile.

Am nächsten Morgen um 4.30 Uhr rief er Gossett zu Hause an.

«Woher haben Sie meine Nummer?» grummelte der Redakteur.

«Das spielt jetzt keine Rolle», sagte Trakker. «Ich brauche eine Entscheidung – jetzt.»

«Hat es noch einen gegeben?»

«Was ist Ihnen ein Doppelmord wert – zwei aufgeschlitzte Kehlen?»

«Ich habe ein Team in Bereitschaft, das wissen Sie.»

«Einen Doppelmord, dazu ein Interview mit dem Mörder? Exklusiv.»

«Ich – ein Exklusivinterview? Sind Sie sicher?»

«Ich will zweitausend Dollar», sagte Trakker, «verdoppeln Sie das JFK-Geld.»

Gossett gab einen erstickten Laut von sich.

«Ich kann es einem anderen Sender anbieten.»

«Ich bin nicht in der Lage, dies zu entscheiden», murmelte Gossett. «Ich muß die Intendanz anrufen.»

«Sie haben fünf Minuten, länger kann ich nicht warten.»

«Wie ist Ihre Nummer?»

Trakker las die Nummer des Münzfernsprechers vor.

Vier Minuten später rief Gossett zurück. «Tausend, höher können wir nicht gehen.»

«Das reicht nicht.»

Sie diskutierten, bis der Redakteur schließlich sagte: «Zwölfhundert. Das ist die absolute Grenze.»

Trakker lächelte. Zwölfhundert, damit wäre er der bestbezahlte Kameramann aller Zeiten. Er nannte Gossett eine Adresse und fragte dann: «Wie schnell können Sie Ihr Team dorthin schicken?»

«Viertelstunde – nicht länger.»

«Gebongt», sagte Trakker und legte auf. Er verließ die Telefonzelle, rannte zum Bus und öffnete die Tür, damit er im Lichtschein seine Uhr im Auge behalten konnte, während er eine Zigarette rauchte.

Sein Kopf hämmerte. Folge der Schlaflosigkeit und Nachwirkung von billigem Wein. Er schloß den Bus ab und trottete in Richtung Fifth-Street-Brücke. Die beiden Alkis lagen noch immer unter dem Schutz des Brückenbogens. An der Stelle, wo er sie verlassen hatte, nachdem sie weggetreten waren.

Trakkers Herz klopfte, und er hatte Mühe, die beiden bewußtlosen Figuren auszumachen. «Genau wie ich», brummte er, «aber mich wird man nicht vergessen.»

Er spürte bereits das Blitzlicht des Ruhms auf seinem Gesicht. Er wischte sich den Schweiß ab, um besser auszusehen, wenn sich die Batterie der Kameras auf ihn richtete. Dann erst bemerkte er, daß der Wagen von Channel 3 in Sicht war.

Bleibt nicht mehr viel Zeit, dachte er. Aber es reicht. Sein Lachen hallte unter der Brücke wider. Was spielte das für eine Rolle, daß er nicht der echte Schlitzer war. Die Bullen würden Tage, vielleicht Wochen brauchen, um das rauszukriegen. Er kannte sämtliche Tricks, er konnte es so machen, daß es wirklich gut aussah. Wer würde je mit Sicherheit sagen können, daß er ein Imitator war?

Er blieb einen Augenblick stehen, als wolle er den besten Winkel für die Kamera aussuchen, und dann, das offene Rasiermesser in der Hand, stürzte er sich nach vorn. Die beiden Alkis starben lautlos, so daß die herankommenden Nachrichtenleute das deutliche Kommando hören konnten: «Kamera ab!»

HANSJÖRG MARTIN

Nonnen rauchen nicht

1

Der Saal, in dem ich saß und mich mächtig mopste, war so, wie solche Säle immer sind: Das Licht hatte die Strahlkraft einer Vorort-Zugbeleuchtung im 2.-Klasse-Abteil, die Luft roch, nein, schmeckte nach kaltem Zigarrenrauch und dem Aufguß, den sie bei Werbeveranstaltungen für Rentner als Kaffee verkaufen. Dazwischen waberten Schwaden von billigem Bohnerwachs und – als Krönung – gelegentlich die scharfen Nasenstecher, die von den Desinfektionsmitteln in Pissoirs ausgehen.

Es standen ungefähr zweihundert Stühle stabiler Bauart (was allerdings ihre Schönheit nicht erhöhte) um die etwa vierzig Tische mit den durablen Decken aus Diolendamast. Nur ein Drittel der Stühle war besetzt. Die sechzig, siebzig Frauen und Männer drängten sich um einzelne Tische herum. Daß seine Zuhörer nicht in ordentlichen Reihen saßen, machte es für den Redner schwierig, denn er konnte nicht in gleichmäßig ruhigem Rhythmus über die Menge blicken, er mußte von Gruppe zu Gruppe den Blick hüpfen lassen, was ihm einen Ausdruck von Gehetztsein verlieh, der zwar zu seinem Thema, jedoch überhaupt nicht zu seiner Person paßte.

Das Thema lautete: «Der psychologische Einfluß von Gewaltdarstellung in den Massenmedien auf pubertierende Jugendliche» – oder so ähnlich. Und es ging – zum dreihundertdreiunddreißigstenmal – um die Frage, ob seit der Erfindung des Fernsehens mehr Teenager ihre Tanten schlachten, ob das tägliche Groschenblatt-Blutbad Kinder zu Killern macht und so weiter und so fort...

Der Redner, ein sehr elegant gekleideter Endfünfziger mit gutgeschnittenem Gesicht, mit zwei Doktortiteln, Professur und dem Ruf, eine Kapazität für die Beantwortung solch fundamentaler Fragen zu sein, der Redner also wußte trotz Ruf und Titel auch nichts Genaues zu diesem Thema zu sagen, aber er sagte sein Ungenaues mit großem Geschick und Nachdruck.

Ich war zu diesem Vortrag abgeordnet, besser: verurteilt worden, weil ich gerade eine Jugendbandensache bearbeitet hatte, der einiges Aufsehen beschert worden war.

Mein Chef war der Meinung, es sei gut und wichtig, wenn ich mir den Professor Dr. Dr. anhörte, und er begründete seinen Vorschlag, der eher eine Anweisung mit dem Geruch eines Befehls war, mit so umwerfenden Argumenten wie: «Man lernt nie aus, Herr Klipp!»

Da saß ich also, um mich schön weiterzubilden, ließ die lichtvollen Ausführungen der gutgekleideten Kapazität über mich ergehen und malte mir aus – von der Langeweile aufmüpfig –, wie sich der kluge Titelträger wohl verhalten würde, wenn er mit sechs tätowierten Rockern in einem Keller zusammenträfe, die gerade – vor Freude über den gelungenen Coup schon halb besoffen – ihre Beute aus dem Einbruch teilten.

Ob er sie wohl mit einem Exkurs über den Ödipus-Komplex oder über ihre Analphase dazu kriegen würde, die tätowierten Hände hochzuheben?

Nun, ich habe durchaus nicht grundsätzlich was gegen die Psychologie, nur die Psychologen betrachte ich mit der gebührenden Skepsis, die aus der Erfahrung kommt.

Also saß ich im oben beschriebenen Saal, hörte halb hin und atmete auf, als der wunderschöne Professor den hoffnungwekkenden Satz sagte:

«... zum Schluß, meine sehr verehrten Damen und Herren, möchte ich noch kurz auf die Kongruenz von Verhaltensweisen eingehen, die sich schon in der Körpersprache dokumentieren...»

Ich hatte – als Zuhörer solcher Vorträge etwas aus der Übung – viel zu früh aufgeatmet, denn der Schluß und das «kurze Eingehen» dauerte noch mal zwanzig Minuten, womit der Vortragende sein sicher gut honoriertes Soll von anderthalb Stunden Redezeit erfüllte.

Siebenmal patschte ich brav in die Hände und verließ dann, während ein paar Leute noch weiterapplaudierten, das Auditorium, so schnell ich konnte, denn es stand zu befürchten, daß, wie heutzutage üblich, noch diskutiert werden würde, und mir war viel mehr nach einem Kurzen und einem Bier und nach Hausmachersülze mit Bratkartoffeln zumute als nach geistiger Kost dieser Kategorie.

Es war ein schöner Sommerabend, noch hell, der Himmel perlmuttfarben über der Stadt – wenn die irisierende Farbigkeit möglicherweise auch von den Auspuffgasen herrührte, die uns heutzutage zunehmend den Fortschritt der Menschheit dokumentieren.

Ich überlegte, ob ich mein gutbürgerliches Bier-Sülze-Abendmahl in einem Lokal in der Innenstadt oder in meiner Stammkneipe an der Ecke meiner Straße einnehmen sollte. Die Innenstadt-Gaststätte hatte das bessere Bier, wie ich wußte, aber die Bratkartoffeln zur Sülze macht meine Stammkneipenwirtin so unübertroffen, daß ich – schon eine Pfütze auf der Zunge – zum Parkplatz lief, auf dem mein Auto stand, um heimzufahren.

Es kam dann ganz anders, und ich hatte zum tausendstenmal Anlaß, über Spiel und Macht des Zufalls nachzudenken.

Viele Menschen leugnen die Existenz von Zufällen und beharren auf der Meinung, es gäbe keine. Alles, was geschieht, geschähe nach einem festen Plan, der mal «Schicksal», mal «Fügung», mal «Vorsehung» genannt wird.

Die gleichen Leute aber, die so denken (wie ich nicht denke, denn sonst würde ich viel fatalistischer sein, weil es ja keinen

Zweck hätte, auf irgendwas gespannt zu sein oder irgendwas zu erhoffen), die gleichen Leute also schimpfen über die Handlungen in manchen Theaterstücken, Filmen, Büchern und bezeichnen die dort dargestellten Zufälle als billiges Mittel der Verfasser, denen wohl nichts mehr eingefallen ist.

Ich glaube an Zufälle – und jener Abend im Mai bestätigte meinen Glauben.

Denn wenn ich mein Auto nicht zufällig auf den bewachten Parkplatz gestellt hätte, der zum Tatort wurde, oder wenn der elegant-eloquente Experte zehn Minuten früher aufgehört hätte, sich über den «psychologischen Einfluß» auszulassen, dann wäre mir mit Sicherheit die Beschäftigung mit den Nonnen erspart geblieben oder entgangen – wie man's nimmt.

Was die Lebensgefahr angeht, in die jener Zufall mich gebracht hat, so hätte ich lieber auf die Beschäftigung mit der Nonnen-Sache verzichtet, denn Lebensgefahr gehört sowieso zu meinem Beruf wie die Schwielen zum Beruf des Hufschmieds, Zynismus zum Chirurgen...

Doch zur Sache:

Der Zufall wollte es, daß auf dem Parkplatz, zu dem ich acht Minuten unter dem irisierenden Sommerabendhimmel lief, in diesen acht Minuten das Folgende geschah:

2

Ursula Mittelstädt brachte ihrem Großvater Alwin Mittelstädt das Abendbrot auf den Parkplatz, auf dem der noch ziemlich rüstige Endsechziger wochentags von 17 Uhr bis 23 Uhr Aufsicht führte und die Gebühren kassierte, um sich zu seiner nicht allzu üppigen Rente etwas dazuzuverdienen. Die Essensbringerei war zwar eigentlich überflüssig, denn der alte Opa Alwin hätte sich sein Butterstullenpaket und die Thermosflasche Tee auch selber mitnehmen können, aber es hatte sich im Lauf der dreieinhalb Jahre, seit Mittelstädt den Parkwächterposten mit preußischer Pflichtauffassung besetzt hielt, so eingespielt: Jeden Abend halb zehn brachte ihm jemand aus der Familie einen Henkelmann warme Suppe, vier belegte Brote und eine Flasche Bier. Anfangs hatte es Mutter Mittelstädt gehorsam, aber leise murrend selbst gemacht, nachdem sie jedoch zunehmend Schwierigkeiten mit ihrem offenen Bein und auch keine Lust mehr hatte, aufs abendliche Fernsehprogramm zu verzichten, übernahmen die Söhne des Alten oder deren Frauen oder die neunzehnjährige Enkelin Ursula die Aufgabe, Alwin Mittelstädt zu versorgen.

Das war zwar lästig – aber wiederum auch nicht so schlimm, denn sie wohnten alle nicht weiter vom Parkplatz entfernt als zehn, zwölf Minuten Fußweg. Außerdem mochten alle Mittelstädt-Familienmitglieder den Opa und fanden es gut, daß er sein Rentnerdasein nicht zwischen Bild-Zeitung und Biertheke, Glotzegucken und Griesgram verbrachte. Sie belächelten seine Parkplatzwächter-Pflichtauffassung zwar ein bißchen, sagten aber nichts, um ihn nicht zu verletzen oder zu entmutigen, und brachten ihm also wechselweise brav sein Abendbrot.

An diesem Abend war, wie gesagt, Ursula an der Reihe. Sie lehnte an der offenen Tür der Holzbude neben der Einfahrt und hörte dem Großvater zu, der innen auf dem Klappstuhl saß und seine Linsensuppe löffelnd räsonierte: «... das glaubst du nicht, Mädchen, wie unvernünftig manche Leute sind! Der in dem weißen BMW – dort drüben an der Holzplanke steht der Wagen, siehst du ihn? –, der wollte partout nicht zwischen den Volvo und den VW-Bus, wo ich ihn eingewinkt hab. Das wär zu eng, hat der Dummkopf behauptet. Als ob ich mit meiner Erfahrung nach so viel Jahren nicht abschätzen könnte, wo so 'n Auto reinpaßt. Dabei 'n ganz intelligent aussehender Mann und sichtlich aus den besseren Kreisen – aber nee, stur wie 'n Panzer: Das wär zu eng! Na ja, ich hätt ihn ja wieder wegschicken können. Die Vollmacht hab ich, verstehst du? Hier hab ich das Sagen, da gibt's nix. Aber ich wollte keinen Ärger – also hab ich ihn an die Planke dirigiert... Die Suppe ist prima, Ursula, prima! Sag das deiner Mutter, hörst du?...»

«Ja, ja!» Ursula nickte. «Sag ich ihr, Opa!»

Durch die Einfahrt kamen zwei Männer und sahen sich suchend um. Der eine war ziemlich groß und hager und trug einen hellen Trenchcoat. Der andere war nur mittelgroß und hatte eine schwarze Nappalederjacke an und eine Schirmmütze auf dem Kopf, deren Schirm sein Gesicht beschattete. Er hinkte beim Gehen. Sie warfen einen Blick auf Opa Mittelstädt und liefen zwischen den geparkten Wagen auf einen großen, dunkelbraunen Mercedes zu, der hinter dem weißen BMW an der Planke stand. Ursula schenkte den beiden keine Aufmerksamkeit. Männer, die ihre Autos abholten, waren hier nichts Besonderes. Außerdem trat gerade eine sehr dekorative Dame an die Bude und reichte dem alten Mittelstädt ihren Parkzettel. Der Alte stellte seinen Henkelmann beiseite, rückte sich die Brille, die er beim Suppenlöffeln auf die Stirn geschoben hatte, vor die Augen.

«Was macht's?» fragte die Dame, angelte aus der Tasche ihres Kamelhaarmantels das Portemonnaie und verströmte Duftwolken eines teuren Parfüms.

«Zweieinhalb Stunden», sagte Alwin Mittelstädt nach einem prüfenden Blick auf den Zettel, «das macht genau fünf Mark, gnä' Frau!»

«Können Sie wechseln?» fragte die gnä' Frau und reichte einen Hundertmarkschein ins Innere der Bude.

«Solange es kein Tausender ist», gab Alwin Mittelstädt zurück und griff nach dem ledernen Geldbeutel, der in der offenen Schublade des wackligen Tisches stand.

In diesem Augenblick brummte auf dem Parkplatz ein Motor los. Alwin Mittelstädt stutzte, stand auf und schaute an der Dame vorbei nach draußen.

«Heh!» rief er. «Was 'n das? Wer fährt 'n dem Professor seinen Wagen weg? Ich hab doch den Schlüssel hier ... Heh!» – und er schob mit einer Armbewegung die verwirrte Dame beiseite, rannte aus der Tür und lief auf die Schneise zwischen den Autos, auf der sich der braune Mercedes der Ausfahrt mit zunehmender Geschwindigkeit näherte.

«Halt! Heh ... Halten Sie an!» schrie der Alte jetzt, trat mitten in den Weg und breitete die Arme aus, um das Fahrzeug zu stoppen. Doch der Wagen fuhr ihn auf zu, immer schneller, bog etwas nach rechts, um dem Mann auszuweichen, der sprang zurück, wurde vom vorderen Kotflügel des Autos erfaßt und beiseite geschleudert, prallte im Fallen gegen das Heck eines anderen Wagens und fiel zu Boden, während das Auto durch die Ausfahrt davonrauschte.

«Um Gottes willen!» flüsterte Ursula entsetzt und lief schon auf den gekrümmt Daliegenden zu, dessen linke Hand zuckende Bewegungen machte, als wolle er etwas greifen, dann mit einemmal schlaff wurde und mit gespreizten Fingern liegenblieb.

«Hilfe!» kreischte die Dame im Kamelhaarmantel, ohne sich von der Stelle zu rühren.

Ursula kniete zitternd neben ihrem Großvater, sah erschrokken, daß ihm ein Rinnsal Blut aus dem Mundwinkel sickerte und daß seine sonst hellen, wachen Augen starr und trübe wurden.

«Opa . . .!» stammelte das Mädchen, wußte nicht, was es tun sollte, hatte vor Angst und Hilflosigkeit das Gefühl, ersticken zu müssen, und blickte wie gehetzt um sich.

Der Parkplatz war eben noch menschenleer gewesen, aber jetzt, kaum zwei Minuten nach dem schrecklichen Ereignis, standen schon sieben oder acht Leute ratlos um das Mädchen und den alten Mann herum, und laufend kamen welche dazu.

3

Ich sah schon von der anderen Straßenseite aus, daß irgendwas los war auf dem Parkplatz, und näherte mich zögernd der Menschenansammlung, denn ich bin laut Dienstvertrag und -vorschrift verpflichtet, mich als Polizeibeamter zu erkennen zu geben und tätig zu werden, wann und wo immer ich mit ungewöhnlichen Ereignissen wie Unfällen, Verbrechen oder sonstigen Ausnahmezuständen konfrontiert werde.

Die Versuchung, mich von dieser Verpflichtung zu drücken,

ist zwar jedesmal groß, aber bisher hat noch bei jedem Krawall oder Auflauf, bei jeder Ausnahmesituation, mit der ich in Berührung kam, mein schon so oft unbequemes preußisches Erbe gesiegt, und ich habe Friedrich des Großen hehre Forderung erfüllt: «Seine Pflicht erkennen und tun, das ist die Hauptsache» – obschon ich inzwischen weiß, daß es auch noch andere Hauptsachen gibt.

Ich überwand also mein Zögern und ging auf die Menge zu, hörte die Rufe: «Einen Arzt!» und «Polizei», erlebte zum hundertstenmal, wie kopflos Menschen angesichts überraschender Unglücksfälle werden, und wollte mich klärend und helfend einschalten, als – von irgendeinem doch Umsichtigen alarmiert – ein Funkstreifenwagen mit Martinshorn und Blaulicht auf den Parkplatz gerollt kam.

Nun hätte ich mich raushalten können, denn die Sache war ja in den richtigen Händen, aber ich hatte keine Möglichkeit, in meinem Wagen wegzufahren, weil das Auto der Kollegen in Uniform die Ausfahrt versperrte.

Zu allem Überfluß kam jetzt auch noch der Psychologieprofessor dazu, zu dessen Füßen ich mich vorhin gelangweilt hatte, und es stellte sich heraus, daß die Katastrophe mit seinem Auto zusammenhing, einem luxuriösen Mercedes, mit dem die Diebe den Parkwächter brutal angefahren hatten.

Der Alte war tot.

Jemand sagte das Wort «Mord» – und im gleichen Moment entdeckte einer der zwei Streifenbeamten mein Gesicht in der Menge, erkannte mich, bahnte sich einen Weg zu mir und bat mich mit der reizenden Mischung aus Ehrerbietung und Schadenfreude, die Sache «kriminalpolizeilich in die Hand zu nehmen».

Damit hatte ich den Fall mit den Nonnen am Hals.

Ich tat also, was zu tun ist, und leierte Spurensicherung, Untersuchung, Zeugenvernehmung, Fahndung an und schrieb meinen freien Abend und die Hoffnung auf Bier und Bratkartoffeln in den Schornstein, in den ich schon so manche Hoffnung geschrieben habe.

Es war wie meist: Das Mädchen Ursula stand so unter Schock, daß es nichts sagen konnte. Die Kamelien-, pardon, Kamelhaardame stand so unter Schock, daß sie das Blaue vom Himmel plapperte, ohne daß damit konkret was anzufangen gewesen wäre. Von den Umstehenden hatten wenige etwas und viele viel zuviel gesehen. Der Professor mit den zwei Doktortiteln wußte immerhin die Farbe und das polizeiliche Kennzeichen seiner verschwundenen Image-Karosse und war indigniert, als ich ihn fragte, ob er vielleicht mit Hilfe der Psychologie einen Hinweis auf die Täter zu geben in der Lage sei. Und die Kollegen – Spurensicherung, Fotograf, Arzt, Sanitäter – machten mit jener Routine ihre hunderttausend Handgriffe, die mich, vor allem wenn das Opfer noch daliegt, immer wieder fasziniert und zu der Überlegung veranlaßt, ob der ständige Umgang mit Gewalt und Tod eine Hornhaut erzeugt... Und ob diese Hornhaut Voraussetzung für die zu erfüllende Pflicht ist. Ich erreichte abermals kein Ergebnis bei meinen Überlegungen und kam todmüde lange nach Mitternacht nach Hause, schmierte mir eine dicke Stulle mit Butter und herrlichem, stinkendem Romadur, trank eine Flasche Bier und fiel ins Bett.

4

Am nächsten Morgen war wie jeden Dienstag früh große Lagebesprechung. Ich gab einen kurzen Bericht und teilte dem Chef und den Kollegen mit, daß die sofort angelaufene Fahndung nach dem gestohlenen Mercedes bisher ohne Ergebnis geblieben sei.

Der Chef, sonst zum Idol geeignet wie in Nilpferd zum Springreiten, ist in einer Beziehung bewundernswert: Er hat eine Ordnung auf seinem Schreibtisch und in seinem Gehirnkasten, die mich immer wieder zum Staunen zwingt.

Als ich meinen Spruch aufgesagt hatte, stand er auf, holte eine blaue Mappe, die er mit sicherem Griff aus einem Stapel anderer blauer Mappen herausfischte, kam wieder in die Sesselrunde, schlug sie auf und las vor:

«Im Raum zwischen Hannover und Flensburg mehren sich in den letzten achtzehn Monaten die Autodiebstähle in erschrekkendem Maße. Zugleich wird die Aufklärungsquote immer niedriger. Von 745 gestohlenen Fahrzeugen im zweiten Halbjahr '82 sind zwar 261 – wenn auch größtenteils schrottreif – wiedergefunden worden, aber nur 298 Diebstähle, also knapp über vierzig Prozent, konnten aufgeklärt werden. Bei den verschwunden gebliebenen Wagen handelt es sich überwiegend um Fahrzeuge der Luxusklasse, um Autos über 35 000 DM Wert, um Mercedes, BMW, große Opel und andere. Aus dieser Klasse sind nur elf Prozent überhaupt wiederaufgetaucht.»

Der Chef klappte mit einem Seufzer, der eine Nuance zu theatralisch für ihn war, die Mappe wieder zu und zog nach einem Blick über die versammelten Kriminalhaupt-, Ober- und einfachen Kommissare die messerscharfe Schlußfolgerung:

«Man kann demnach wohl mit Recht von der Annahme ausgehen, daß es sich um organisierte Autodiebstähle handelt, daß also dahinter höchstwahrscheinlich eine Bande steckt, die vermutlich die entwendeten Wagen umspritzt, mit gefälschten Papieren und Kennzeichen versieht und ins Ausland schmuggelt.»

Nach diesem eindrucksvollen Beweis seines logischen Denkvermögens, seiner phänomenalen Kombinationsgabe und seines kriminalistischen Gespürs für Zusammenhänge gab er mir die Ehre einer direkten Anrede und meinte:

«Wenn Sie also bitte im Rahmen Ihrer Arbeit an dem Parkwächter-Mordfall auch in dieser Richtung die Augen offenhalten würden, Herr Klipp, dann könnten wir unter Umständen den Kollegen vom Dezernat Eigentumsdelikte hilfreiche Hinweise geben.»

«Ich werde mein Bestes tun», sagte ich vage und sah mich im Geiste bereits mit einem unserer lahmen Dienstwagen hinter den superschnellen Schlitten der internationalen Autoknacker-Gang über die Betonpisten Südfrankreichs zuckeln. Es soll zwar, habe ich mal gehört, bei der Kripo irgendwo in der Bundesrepublik für Sondereinsätze dieser Art auch einen Porsche geben, aber gesehen hat ihn meines Wissens noch keiner, vielleicht fährt ihn die Freundin eines Staatssekretärs aus dem Innenministerium einer Landesregierung.

Meine Begeisterung für den kleinen Zusatzauftrag wurde noch gesteigert, als mir beim Verlassen des Konferenzraumes der Kollege Königstein, für seinen Charme und seine Häme bekannt, auf die Schulter tippte und erklärte:

«Seien Sie vorsichtig, Kollege Klipp, die Jungs aus der Autoknacker-Szene sind nicht nur flinke Fahrer, sondern auch schnelle Schläger. Dem Jochen Biehlert aus Oldenburg haben sie voriges Jahr an der Grenze ein Auge und zwölf Zähne rausgehauen. Täte mir leid um Ihre schönen blauen Augen, haha!»

Ich murmelte undeutlich das Kosewort «Arschloch» und wandte mich von ihm ab und meinem Gewerbe zu.

Ich habe für die Ausübung dieses Gewerbes alle möglichen Prüfungen ablegen und eine Fülle von Befähigungsnachweisen erbringen müssen, besitze den Führerschein, Waffenschein und andere Scheine, aber den Wandergewerbeschein habe ich nicht, obwohl bei einem Fall wie diesem anfangs die Arbeit überwiegend aus Wandern besteht. So auch jetzt.

Ich hatte mir aus der Kundenkartei das interessanteste Dutzend Fotos und Adressen einschlägig vorbestrafter Bürger besorgt und ging damit nun auf Wanderschaft. Manchmal, wenn man so völlig im dunkeln tappt wie ich im Mordfall Mittelstädt, bringt diese Methode Erfolg.

Meinen Marsch durch die untere Hälfte der Sozialstruktur unseres Landes begann ich in der sanften Hügellandschaft des kleinen Bürgertums, ehe ich in die Niederungen der potentiellen Täter hinabstieg, das heißt, ich besuchte zuerst das Mädchen Ursula Mittelstädt in der Hoffnung, sie könnte mir heute mehr sagen als am Abend zuvor.

Ich konnte bei dem Gespräch zwischen blumenbestickten Sofakissen, Tränen und Heidelandschaft immerhin einen wesentlichen Teilerfolg verzeichnen: Der armen, schluchzenden Tatzeugin sagten zwar die Fotos nichts, die ich ihr vorlegte, aber es fiel ihr ein, daß der kleinere der beiden Männer deutlich gehinkt habe ... Ja, das wüßte sie jetzt wieder genau ... Und noch etwas: Eine schwarze Lederjacke hatte der Hinkende getragen, und sein Gesicht war nicht zu erkennen gewesen, weil der Mützenschirm es beschattete.

Mit der Lederjacke und dem Mützenschirm würde nicht viel anzufangen sein, aber der Hinkeschritt war einiges wert.

Ich verschonte das Mädchen mit weiteren Fragen, verzichtete nach kurzem Überlegen darauf, die Dame im Kamelhaarmantel aufzusuchen, weil ich mir davon nicht viel versprach, und klapperte die Adressen ab, die ich mitgenommen hatte.

Der erste, den ich aufsuchte, hatte ein einwandfreies Alibi. Er war nachprüfbar zur Silberhochzeit seiner Schwester vor drei Tagen nach Nürnberg gefahren. Der zweite war nicht zu Hause, doch die Adresse, die mir seine erschrockene Frau gab, hatte in diesem Fall viele Vorzüge, denn es war eine Strafanstalt in Niedersachsen, in der sich unser Mann seit sieben Wochen unfreiwillig aufhielt.

Der dritte, den ich besuchte, lag mit einer Nierenentzündung im Bett und hätte schon ein Burgschauspieler sein müssen, um einem unangemeldeten Gast wie mir Fieber und Schmerzen so überragend vorspielen zu können.

Der vierte saß an der Theke einer tristen Eckkneipe, fünfzig Meter neben seiner Souterrainwohnung, hatte kein Alibi für den gestrigen Abend, aber ein Bein aus Gips, so daß er zwar hinkte, aber nur mit Krücken gehen konnte. Und von einer Krücke war nicht die Rede gewesen. Er beschimpfte mich, sagte: «Nicht mal Krüppel laßt ihr in Ruhe, ihr verfluchten Schnüffler!» – trank aber dann ein Bier und einen Korn auf meine Rechnung und schilderte umständlich, wie und wann er sich das Bein gebrochen hatte, was ich so detailliert gar nicht wissen wollte.

Der fünfte war vor zwei Monaten am Herzschlag gestorben, was seine figürlich ausufernde junge Witwe nicht davon abhielt, mir Avancen zu machen, nachdem sie ein paar Schluchzer von sich gegeben hatten, die etwa zwei Promille verrieten.

Der sechste hatte sich nach Baden-Württemberg abgesetzt. Ein Anruf bei den dortigen Kollegen bestätigte, daß er seiner wöchentlichen Meldepflicht innerhalb seiner Bewährungsfrist gerade gestern nachmittag nachgekommen und sonst bisher nicht auffällig geworden sei.

Der siebte ging einer geordneten Arbeit nach und war zur Tatzeit tatsächlich auf Nachtschicht in der Packerei des Betriebs gewesen.

Der achte . . . Der neunte . . . Der zehnte, elfte, zwölfte – alles Nieten . . . Ich meine, Nieten für meine Idee – denn keiner kam in Frage für die böse, brutale Sache auf dem Parkplatz, bei der Alwin Mittelstädt zu Tode gekommen war.

Bei den Kollegen vom zuständigen Raubdezernat erkundigte ich mich, ob man irgendwas Näheres über den Weg wisse, auf dem die gestohlenen Wagen zu den Abnehmern ins Ausland gebracht würden.

Ich erfuhr, es gäbe mehrere Möglichkeiten: Mal ginge die Tour nach Holland, und von da würden die Autos, die aber schon hier «geschminkt» worden wären, per Schiff weitertransportiert. Das träfe – so die vagen Erkenntnisse – vor allem bei den Karossen zu, die in West- und Norddeutschland geklaut würden.

Der andere Weg, sagten die Kollegen, liefe vermutlich über Österreich–Italien und ein dritter über Frankreich. Die Gangster wechselten die Grenzübergänge natürlich, es waren einzelne – aber sehr wenige – Wagen in Nieuwe Schans, einzelne andere – jedoch noch weniger – bei Mühlhausen und zwei oder drei bei Basel, Salzburg und sonstwo geschnappt worden.

Das war ein dünnes Resultat, trotzdem fuhr ich am nächsten Morgen zum deutsch-niederländischen Grenzübergang Nieuwe Schans, einfach nur so, aus Ratlosigkeit und in der kindlichen Hoffnung, irgendeinen Hinweis, Fingerzeig zu finden, der mir helfen könnte, Alwin Mittelstädts Mörder zu fassen.

5

Zunächst schien sich meine Hoffnung nicht zu erfüllen, und ich bereute bereits, hierhergefahren zu sein.

Die Reue war nicht ganz echt, denn ich genoß die Fahrt durch das schöne, pfannkuchenflache Land, über dem sich ein herrlicher Himmel mit weißen Wolkengebirgen wölbte und auf dessen weiten Weiden schwarzweiße Kühe grasten und in dem die Dörfer mit den geduckten Häusern so nach heiler Welt aussahen, daß ich mir – in einem Anflug von einer Art Heimweh – wünschte, in einem der kleinen Orte Volksschullehrer oder Pastor zu sein, ein Haus am Rande des Moores zu bewohnen, mit viel Zeit, vielen Büchern, mit einem Hund zum Spazierengehen, der abends zu meinen Füßen läge und leise schniefend schliefe, wenn ich am Kamin säße und Dickens oder Joseph Conrad läse, das Whiskyglas in Reichweite und alle Errungenschaften des sogenannten Fortschritts – Telefon und Television vor allem – außer Reichweite.

Die Diensträume der Grenzstation vertrieben meine verstiegenen Träume im Handumdrehen. Behördenbüros sind kein Beet für derartige Phantasieblumen, und ich kam schnell wieder auf den Boden der Tatsachen zurück, wie es sich für meinen Beruf gehört.

Die Zollbeamten waren wie andere Beamte auch: beflissen, wo sie es für nötig hielten, von der Wichtigkeit ihres Berufs durchdrungen und in der Mehrzahl Leute, deren Gesichter man sofort vergißt, wenn sie sich abwenden.

Ich ließ mir erzählen, wie ihr Dienst ablief. Da gab es kaum Aufregungen, weil sich Schmuggel heutzutage und hierzulande nicht mehr lohnt. Sie regten sich auch nicht auf, wenn sie Listen bekamen, in denen nach Personen gefahndet wurde, die irgendwas auf dem Kerbholz hatten. Sie regten sich schon gar nicht auf, wenn es sich um die Beschreibung oder die Kennzeichen gestohlener Automobile handelte, weil sie ja wußten, daß diese Beschreibungen oder Kennzeichen bereits ungültig waren, ehe die Wagen die Grenze erreichten.

Bei starkem Grenzverkehr war es sowieso unmöglich für sie, mehr als Stichproben zu machen.

Dabei verließen sie sich auf das, was sie für «Menschenkenntnis» hielten, als «Riecher» bezeichneten und an «Erfahrung» zu haben glaubten.

Aufgrund ihrer Menschenkenntnis und Erfahrung und ihres Riechers gab es für sie bestimmte Menschengruppen, die tabu und über jeden Verdacht erhaben waren. Ich sah mit Erstaunen, daß zum Beispiel Autos älterer Bauart, wenn in ihnen bärtige junge Männer in Jeans und Parkas oder Frauen und Mädchen saßen, die stark geschminkt oder nachlässig gekleidet waren, daß also solche Autos in sieben von zehn Fällen angehalten und genau kontrolliert wurden, während große Wagen, von reich gekleideten Leuten gelenkt oder gar mit einem Chauffeur am Steuer, sehr selten angehalten, sondern meist ohne Prüfung durchgewinkt wurden.

Da rollte ein mächtiger Mercedes leise heran, den eine Nonne im Habit der Dominikanerinnen lenkte und in dessen Fond eine ältere, überaus würdig wirkende Oberin oder Äbtissin saß – ich kenne mich da nicht so aus –, die den devoten Gruß des Zollbeamten mit einer segnenden Handbewegung lächelnd erwiderte und ohne Halt die Grenze passieren konnte.

Ich fragte den Beamten, ob er die Würdenträgerin kenne.

Er verneinte.

Ob er katholisch sei, fragte ich weiter.

«Ja», antwortete er, «aber meine Konfession hat keinerlei Einfluß auf meine Pflichten.»

«Sie würden also bei Gelegenheit auch den Kofferraum eines Kardinals untersuchen, wenn einer hier durchkäme?» wollte ich wissen.

Er zögerte.

«Das glaube ich nicht», sagte er schließlich, «aber es ist noch keiner vorbeigekommen. Ordensschwestern kommen immer mal welche, nicht gerade jeden Tag, aber so ein-, zweimal in der Woche. Wir reden oft drüber, daß das eigentlich gar nicht zusammenpaßt – ich meine, so 'ne fromme Schwester und 'n

Auto. Aber die fahren immer sehr gut. Das ist eben der moderne Fortschritt ...»

Er sagte «moderner Fortschritt» – und ich schloß daraus, daß es mit seinem Sprachgefühl nicht so weit her sei wie mit seinem Respekt vor klerikalen Gewändern und deren Trägern.

Das ist legitim. Es ist in unseren Breiten wichtiger, die geistliche und weltliche Obrigkeit anzuerkennen und ihr zu gehorchen, als richtiges Deutsch zu reden und zu schreiben.

Denn das übernehmen «die da oben» schon – wie sie dem «kleinen Mann» auch das Denken abnehmen, besonders dann, wenn es darauf ankommt ... zum Beispiel, wenn es gilt, ihre Pfründen zu verteidigen.

Sonst aber hatte ich keine nennenswerten Erleuchtungen an der Grenze zwischen Deutschland und den Niederlanden ...

6

Auf der Rückfahrt durch das schöne Land, in dem ich leider nicht Volksschullehrer oder Pastor sein und abends am Kamin sitzen und Dickens lesen werde, hörte ich im Autoradio, daß in Düsseldorf ein Mann dingfest gemacht worden war, der im Habit eines Priesters bei Ärzten, Zahnärzten, Rechtsanwälten und anderen Dienern und Verdienern an der Menschheit große Beträge für einen frommen Zweck gesammelt hatte, für einen Zweck, den es gar nicht gab, der dem Kopf des erfindungsreichen Ganoven entsprungen war.

Es war eine schöne Neuauflage der Köpenickiade, und ich lachte aus Schadenfreude, die ja nun mal die schönste aller Freuden ist, und ich fand es fast bedauerlich, daß sie den Schnippchenschläger geschnappt hatten.

Da fiel es mir – mitten im Schmunzeln – wie Schuppen von den Augen, und ich wäre am liebsten auf der Stelle zurück zur Grenze gefahren. Aber dann dachte ich, daß es doch besser und sicherer sei, meine Idee auf dem Dienstwege zu realisieren – obwohl Dienstwege in der Regel Ideen nicht dienlich sind.

Also setzte ich die Heimfahrt fort und meinem Chef die Idee auseinander. Er hörte zu und zweifelte, wie Chefs aus Gründen der hierarchischen Ordnung immer an den Ideen Untergebener zweifeln müssen, aber dann ordnete er doch ein Fernschreiben an alle in Frage kommenden Grenzstationen an, in dem die Zöllner aufgefordert wurden, sich die Personal- und Wagenpapiere aller Personen geistlichen Standes zeigen zu lassen und alle Daten zu notieren.

«Hoffentlich kriegen wir da keinen Ärger, Herr Klipp!» sagte mein Chef, «Proteste der Bischöfe, eine Note des Vatikans ans Auswärtige Amt... was weiß ich?»

«Wenn wir Erfolg haben, wird niemand protestieren», gab ich zurück, «der Zweck heiligt die Mittel – hat schon der Gründer des Jesuiten-Ordens gesagt. Das war ein Mann namens Ignatius von Loyola, und es ist 450 Jahre her und wird noch immer so praktiziert, nicht nur bei den Jesuiten...»

Der Chef – unangenehm berührt von meiner fundierten Bildung – nickte nur, sagte nun auch was Frommes, nämlich: «Ihr Wort in Gottes Ohr, Herr Klipp!», und entließ mich.

Wir hatten bereits am dritten Tage danach Erfolg: Es kam nämlich – ausgerechnet von Nieuwe Schan – die Meldung, daß dort abermals ein großer Wagen, von einer Nonne gesteuert, mit einer Oberin im Fond, gekommen und diesmal befehlsgemäß kontrolliert worden sei und daß die beiden frommen Frauen überaus ärgerlich reagiert hätten. Das heißt, die Nonne am Lenkrad habe überhaupt nichts gesagt, während die Ehrwürdige Mutter mit Beschwerde und Einspruch gedroht habe.

Die Namen der zwei Damen: Oberin Franziska Siebenbügel und Schwester Krescentia Knollmeier. Adresse: Hamburg, Kongregation der Schwestern der heiligen Elisabeth.

Ohne mich vorher anzumelden, fuhr ich dorthin, kam sehr ungelegen, denn es war gerade die stille Stunde der Andacht am Abend, und mußte im Besucherzimmer warten, wo ich nicht zu rauchen wagte und nichts zum Lesen fand.

Der Raum war schmal, hoch und dunkel. Das ganze alte Haus aus rotem altem Backstein war schmal, hoch und dunkel, so daß ich auf eine schmale, hohe, dunkel, ernst dreinblickende Oberin gefaßt war, zu der ich geführt werden würde.

Das war ein Irrtum: Ich wurde überhaupt nicht irgendwohin geführt. Die Oberin kam herein, doch sie war klein, dick, weißblond und rotbäckig und guckte mich aus himmelblauen Zwinkeraugen außerordentlich fröhlich an.

«Guten Abend», sagte sie mit einer Stimme, die nach Gesundheit und guter Laune klang, «was führt Sie zu uns, Herr ... äh ...?»

«Klipp», beeilte ich mich zu sagen, «Kriminalpolizei», fügte ich erklärend hinzu und wußte nicht, ob ich «Frau Oberin», «Ehrwürdige Mutter» oder sonstwas sagen mußte, und ärgerte mich, daß ich mich nicht besser auf diesen Besuch vorbereitet hatte. «Frau Siebenbügel» konnte ich nicht sagen, das war klar, obschon es zu ihrer lustigen Erscheinung paßte.

«Ich komme wegen einer Ermittlung, Frau Oberin», sagte ich schließlich, «da geht es um gestohlene Autos, um Schmuggel und solche Sachen ...» Den Mord erwähnte ich nicht, um sie nicht völlig zu schocken. «... und im Rahmen unserer Überprüfungen ist Ihr Dienstwagen an der Grenze vorgestern kontrolliert worden, als Sie mit Ihrer Fahrerin nach Holland –»

«Augenblick mal!» unterbrach mich die Oberin Siebenbügel und sah mich aus schmal gekniffenen Augen so an, wie man einen ansieht, der ein Glas mehr intus hat, als er verträgt. «Ich weiß nicht, wovon Sie reden, Herr Klipp! Gestohlene Autos ... Schmuggel ... Grenzkontrolle ... meine Fahrerin ...? Sind Sie sicher, daß Sie sich nicht vielleicht im falschen Haus befinden? Ich habe weder einen Dienstwagen noch eine Fahrerin, bin seit gut dreieinhalb Jahren nicht aus Deutschland irgendwohin gereist, und vorgestern haben wir hier den Namenstag einer Schwester mit Kaffee und Kuchen gefeiert – also kann mich niemand an der Grenze nach Holland gesehen und – wie sagen Sie? – kontrolliert haben! Das ist ein Irrtum, lieber Herr Klipp!»

Ich war gar nicht besonders überrascht, denn so etwas Ähnliches hatte ich mir schon gedacht, aber nun wollte und mußte ich es genau wissen und bat deshalb die freundliche Franziska Siebenbügel, mir ihren Personalausweis zu zeigen.

Das Wort «Ausweis» brachte sie auf den Gedanken, sich erst einmal meinen anzusehen.

«... nicht aus Argwohn», sagte sie, «wir sind nicht argwöhnisch, lieber Herr Klipp – denn bei dem, der im HERRN lebt, hat Argwohn, Neid, Mißgunst und Haß keinen Platz, verstehen Sie? – Es ist einfach nur eine Sache der Ordnung, wenn ich Sie bitte, sich auszuweisen!»

Ich gab ihr meinen Dienstausweis in die Hand, was ich sonst nie tue, sie studierte ihn gründlich, nickte und forderte mich dann auf mitzukommen, denn sie habe ihre Dokumente im Dienstzimmer.

Wir wanderten nebeneinander einen langen, schmalen, hohen und dunklen Gang entlang, in dem es nach Kaffee, Kerzenwachs und komischerweise irgendwie nach Kinderwindeln roch – wovon aber das letzte nicht wahr sein konnte –, und betraten durch eine hohe, schmale, dunkle Tür das ebensolche «Dienstzimmer» der Frau Oberin, in dem zu den erwähnten Gerüchen ein ganz leiser Cognacduft kam, den ich wahrscheinlicher fand als den Kinderwindelgeruch – obwohl beide Düfte in einem gewissen Gegensatz zu meinen bisherigen Vorstellungen von frommen Schwestern standen.

Die Frau Oberin schloß einen hohen, schmalen, dunklen Rollschrank auf, griff zielsicher in eines der vielen Fächer und reichte mir den gewünschten Ausweis. Er war funkelnagelneu, vor vierzehn Tagen ausgestellt und zeigte die Oberin auf einem Paßfoto, das ihr glich, wie Paßfotos den Originalen meist gleichen, nämlich gar nicht.

«Das ist ja ein ganz neuer Ausweis», sagte ich.

«Ja, meiner ist vor drei oder vier Wochen verlorengegangen», erklärte sie.

«Ach?» sagte ich. «Ebenso wie der Ausweis von Schwester Krescentia, nicht wahr?»

«Ja», bestätigte sie erstaunt. «Woher wissen Sie das? Schwester Krescentia hat doch noch keinen neuen beantragt. Sie kommt sowieso kaum aus dem Haus, denn sie ist fast blind, die Arme. Aber Sie haben recht, auch sie hat ihren Ausweis vor kurzem eingebüßt.»

«Haben Sie die Papiere verloren? Sind sie Ihnen gestohlen worden?» fragte ich.

Sie hob die Schultern.

«Das weiß ich nicht. Beides ist möglich ... Die Welt ist so schlecht. Gott prüft seine Kinder hart ...»

«Ja», sagte ich, denn gegen diese Auffassung war nichts einzuwenden, bedankte mich, verließ die hohe, schmale, dunkle Schwesternatmosphäre und die kleine, dicke, helle Oberin.

7

Nun war es zwar klar, daß die Ganoven, die wir suchten, sich der frommen Kostüme bedienten, um in dieser Tarnung ihre krummen Geschäfte abzuwickeln. Aber wie und wo sollte ich sie suchen und finden?

Erstens gab es kaum eine Möglichkeit, alle von Priestern, Mönchen, Nonnen gelenkten Automobile samt Insassen so zu kontrollieren, daß ein möglicher Erfolg den Aufwand gerechtfertigt hätte – und zweitens bis fünftens würden die Leute sehr schnell merken, daß ihr Trick durchschaut war.

Sie würden sich fix etwas anderes einfallen lassen und vielleicht als Parlamentarier oder als Landwirte oder gar als Kriminalbeamte getarnt und mit den nötigen Legitimationen ausgerüstet ihr offenbar ertragreiches Spielchen weiterspielen.

Daß sie noch im frommen Gewand reisen würden, war mit der unerwarteten Ausweiskontrolle zumindest fraglich. Ich rechnete dennoch mit ihrer Schwierigkeit, kurzfristig neue Papiere und Garderobe zu beschaffen, hoffte auf die Hilfe des Kollegen Zufall und legte mich an der Grenzstation Nieuwe Schans auf die Lauer.

Denn dort sollte ja öfter mal so eine Ehrwürdige Mutter vorbeikutschieren.

Ob und mit welchem Abstand die Wagen zurückkamen, hatte ich nicht gefragt. Das wäre auch kein Beweis für den Schmuggel der Autos gewesen, denn sie konnten ja auf einer anderen Route heimreisen.

Daß unsere Erkenntnisse richtig waren, hatten uns auch die Auskünfte der Klöster bestätigt, die wir alle telefonisch oder persönlich eingeholt hatten.

«Ja, gewiß», war uns erklärt worden, «die Schwestern und Ehrwürdigen Mütter reisen gelegentlich. Und es gibt auch Dienstwagen, die zum Wagenpark seiner Eminenz des Herrn Bischof gehören und die für solche Reisen da sind – aber daß dies oft geschieht, nein, die Fahrten des letzten Jahres könnte man an den Fingern einer Hand abzählen...»

Wir baten sicherheitshalber darum, uns zu informieren, falls eine solche Fahrt in den nächsten fünf Tagen stattfände, damit wir weder Unannehmlichkeiten zu machen noch welche zu befürchten brauchten.

Es war klar wie Kloßbrühe: Wenn ein Auto die Grenze passieren würde, in dem Nonnen saßen, dann waren das keine.

Die Zollbeamten wunderten sich darüber, daß ich wieder auftauchte, und gingen, nachdem ich ihnen meinen Auftrag erklärt hatte, um mich herum und mit mir um, als sei ich ein Päckchen hochexplosiver Sprengstoff, doch das legte sich bald.

Am Nachmittag des nächsten Tages kam ein sehr schöner, großer BMW, schwarz, mit viel Chrom, ein sehr gepflegter, teurer Wagen.

Am Steuer saß – ich rieb mir die Augen – eine Nonne, ebenfalls schwarz (aber nur das Habit und ohne Chrom).

Ich rannte aus dem Zollgebäude. Der Beamte, der Dienst tat, winkte den Wagen nach rechts an die Seite, wie ich es angeordnet hatte. Die Nonne am Lenkrad drehte das Fenster auf und fragte:

«Was ist denn los?» – Und die ältere Nonne hinten im Auto zündete sich eine Zigarette an.

Jetzt war ich meiner Sache absolut sicher.

Nonnen rauchen nicht.

Der Kerl hatte sich vor Nervosität verraten.

Ich steckte die Hand in die Trenchcoattasche und entsicherte meine Dienstpistole. Raubtiere und Schwerverbrecher sind unberechenbar und gefährlich, wenn sie in die Enge getrieben werden.

«Steigen Sie aus, bitte!» sagte ich.

Die chauffierende Nonne stieg aus, sah die zwei Zollbeamten, die dazugekommen waren und auf beiden Seiten standen, verwirrt an, ging dann um den Wagen herum und öffnete der Älteren die rechte Tür.

Die chauffierende Nonne hinkte.

Ich erschrak selbst. Wenn das der gleiche Bursche war, der Mittelstädt überfahren hatte, mußte ich scharf aufpassen. Also trat ich vorsichtig an die offene Tür und forderte die Oberin oder Äbtissin noch einmal zum Aussteigen auf.

«Bitte, kommen Sie aus dem Wagen!»

«Ich protestiere!» sagte sie mit einer rauhen, dunklen Stimme, drückte ihre eben erst angerauchte Zigarette im Aschenbecher an der Rückseite des Vordersitzes aus und begann, sich schwerfällig aus dem Wagen zu begeben.

«So was ist mir noch nie passiert! Das ist unerhört! Was erlauben Sie sich?» schimpfte sie – oder er.

Denn daß es ein Mann war, hielt ich jetzt für klar. Ich wunderte mich nur, daß sich die beiden so widerstandslos kontrollieren ließen.

Mein Erstaunen und meine aufkommende Verunsicherung wurden jäh unterbrochen von einer Handbewegung der großen Person, die in ihr Gewand griff, wie jemand zur Waffe im Schulterhalfter greift – aber da schrie ich schon:

«Hände hoch!» und zog meine Pistole.

Die beiden starrten mich mit offenem Mund an und hoben die Hände.

«Umdrehen!» rief ich. «Hände aufs Autodach! Beine breit!» – und unterstützte meine barschen Befehle mit den dazugehörigen Drohgebärden.

Die zwei gehorchten wortlos. Die – oder der Ältere stöhnte.

«Passen Sie gut auf!» sagte ich zu den zwei Zöllnern und trat an die Kleinere, an den Kleineren, heran und tastete sie, ihn, nach Waffen ab.

Ich ließ meine rechte Hand über seine Schenkel gleiten, strich an den Hüften entlang, scherte mich nicht um die entsetzten Wortfetzen: «... Heilige Mutter Gottes! ... Erbarmen!» ... und so weiter, weil ich es für Theater hielt, und tastete unter dem linken Arm nach vorn zur Brust und zog jäh die Hand zurück, als hätte ich sie mir verbrannt, denn die Brust war eine Frauenbrust. Ohne Frage, ganz klar, ohne jeden Zweifel... Und die Tropfen, die auf das BMW-Dach fielen, waren Tränen. Frauentränen...

Ich kriegte Ärger wie nie zuvor. Es half nichts, daß ich mich entschuldigte. Es half nichts, obwohl ich nachweisen konnte, daß das bischöfliche Sekretariat uns zu informieren vergessen hatte – deshalb hatte ich annehmen müssen, die zwei Frauen seien die gesuchten Verbrecher. Es half nichts, nichts, nichts... Ich mußte einen massiven Rüffel einstecken und den Spott der Kollegen. Und wenn ich nicht drei Wochen später die schweren Jungs gekriegt hätte, würden sie mich heute noch den «Nonnenjäger» nennen, die Blödmänner!

Die Autoknacker und Killer des alten Mittelstädt hatten sich übrigens genau die Tarnung ausgesucht, an die ich auch gedacht hatte:

Sie schafften ihre großen, kostbaren Karossen als Politiker getarnt über die Grenzen.

Weil Politikern ja keiner etwas Krummes zutraut...

Donald E. Westlake

Teuflisch

Ich glaube, ich gehe als Teufel. Das wäre doch witzig», sagte ich.

«Umwerfend», meinte Doris in dem zynischen Ton, den sie manchmal anschlägt. «Woher hast du bloß deine Einfälle?»

«Also, ich find's eigentlich ganz passend», rechtfertigte ich mich. «Der abtrünnige Sohn kehrt nach Hause zurück –»

«Um seiner Mami die Klunker zu klauen», beendete Doris.

«Du sagst es. Da ist doch wohl der Teufelsaufzug genau das richtige für den Anlaß. Satanischster Gast beim Kostümfest, das bin dann ich.»

«Sehr hintersinnig», meinte Doris. «Das liebe ich so an dir, deine Hintersinnigkeit. Warum gehst du nicht einfach als der verlorene Sohn?»

«Das Kostüm würde sich nicht selbst erklären. Ein knallroter Teufelsanzug dagegen, mit langem Schwanz und Mistgabel –»

«Super», sagte Doris. «Gib mal die Mixed Pickles rüber.»

Ich gab ihr die Mixed Pickles. Dann biß ich in mein Schinkensandwich, kaute, schluckte und sagte: «Du bist ja so schlau, als was willst du denn gehen?»

«Weiß ich noch nicht. Aber nichts Banales, Darling, das kannst du mir glauben. Nichts Offensichtliches. Etwas wunderschön Originelles.»

«Septembermorgen», schlug ich vor.

«Das sieht dir ähnlich», meinte sie. «Warum sagst du nicht gleich Genoveva?»

Es hatte mir auf der Zunge gelegen. Ich biß statt dessen rasch noch mal von meinem Sandwich ab.

Kurz bevor wir mit unserem Mittagsimbiß fertig waren, griff Doris über den Tisch nach meiner Hand. «Nimm's mir nicht übel, Willi», sagte sie. «Du weißt doch, daß ich es nicht böse meine.»

Das wußte ich nicht, und ich sagte es ihr. «Du bist in mancher Hinsicht schlauer als ich», erklärte ich. «Trotzdem liebst du mich.»

«Das weißt du doch», sagte sie, lächelte mich liebevoll an und drückte meine Hand. «Und ich weiß, daß du mich liebst», fügte sie hinzu.

«Das will ich meinen.»

Ja, das wollte ich meinen. Wegen meiner Liebe zu Doris war ich verstoßen worden, enterbt, rausgeworfen aus dem größten Haus in dieser Stadt. Ich hatte eine Millionen-Erbschaft ausgeschlagen für Doris. Diese Frau brauchte an der Zuneigung ihres Mannes niemals zu zweifeln.

Die letzten fünf Jahre, seit ich meine Sachen gepackt, dem Piedmontschen Anwesen den Rücken gekehrt und alle Ansprüche aufs Piedmont-Waschpulververmögen aufgegeben hatte, waren nicht immer leicht gewesen. William Piedmont III. konnte, das verstand sich von selbst, seinen Lebensunterhalt nicht mit körperlicher Arbeit verdienen. Aber eine freizügige geisteswissenschaftliche Erziehung an einer feinen Ivy-League-Universität hatte mich auch noch einzigartig unfähig zu jeglicher Art von Schreibtischtätigkeit gemacht. Da Arbeit also nicht in Frage kam, brauchten Doris und ich flinke Füße und helle Köpfe, um unser Einkommen unserem Lebensstandard anzupassen.

Doch nach dem ersten Jahr, das wir hauptsächlich als Lehrjahr betrachteten, lief es ganz gut. Ein bißchen Taschendiebstahl hier, ein paar kleinere Einbrüche dort, ein bescheidener

Handel mit gestohlenen Waren anderswo, das läpperte sich zusammen. Und in den ländlichen Gebieten, besonders im Süden, ließen sich verhinderte Schwerenöter ihren makellosen Ruf gelegentlich immer noch einiges kosten.

So gut allerdings, daß ich bereit gewesen wäre, meiner lieben Familie zu verzeihen, liefen die Dinge nun auch wieder nicht. O nein, ganz bestimmt nicht. Abgesehen davon, daß sie mich dem Hungertod oder noch Schlimmerem aussetzen wollten, hatten meine reizenden Verwandten sich auch noch bemüßigt gefühlt, abfällig über Doris zu reden, meine einzige wahre Liebe, und das nur, weil sie aus einer notleidenden Familie stammte, in der sich hie und da ein paar Vorstrafen fanden. Die Beleidigungen schmerzten noch immer, eine Wunde, die in diesen fünf Jahren nicht geheilt war. Mich an meiner Familie zu rächen, irgendwie mit ihnen abzurechnen – oh, wie ich mich danach sehnte.

Aber das war unmöglich. Es gab keinen Vorwand, unter dem ich mich an sie hätte heranmachen können, und wenn ich nicht an sie herankam, wie sollte ich ihnen dann etwas anhaben, wie sollte ich meine Rache an ihnen üben? Nein, es war unmöglich.

Oder besser, es war unmöglich *gewesen*. Unmöglich bis zu dem Glückstag, an dem ich in einer Brieftasche, um die ich ihren früheren Besitzer mit meinen langen Fingern erleichtert hatte, die Einladung für zwei Personen zu einem Fest auf Piedmontschem Grund und Boden fand. Für einen Maskenball am Mardi Gras. Es gab auch Preise.

Na klar, Preise.

Der Termin war in zwei Wochen. Wir waren erst einen Tag, bevor ich diese Einladung erhielt, in die Stadt gekommen – ein- oder zweimal im Jahr kehrte ich in meine Geburtsstadt zurück, immer wieder getrieben von dem bislang ungestillten Rachebedürfnis – und hatten uns nur das äußerste Minimum an Diebstahl und kleineren Betrügereien erlaubt. Solange wir uns aus den Stadtteilen fernhielten, wo meine Familie verkehrte und mich erkennen konnte, waren wir sicher – und solange wir vorsichtig genug waren und nichts anstellten, was eine Jagd auslösen konnte. In der Zwischenzeit lebten wir von den Früchten der Gesäßtaschen anderer und warteten auf unsere Stunde.

Eben beim Lunch in einem Imbiß, drei Tage vor dem großen Maskenball, war mir plötzlich die Idee gekommen, was für ein Kostüm ich tragen wollte. Natürlich machte Doris sich darüber lustig; ihr unbeirrbarer Krieg gegen das Banale, das Offensichtliche, das Abgedroschene gehörte zu den Dingen, die ich am meisten an ihr liebte. Ich kam aus einer Familie, für die Banalität eine Weltanschauung war, und ich konnte mich inzwischen selbst nicht mehr davon lösen, aber ich respektierte Doris' Standpunkt und hatte richtig Spaß daran, wie sie jedes Klischee, das ich von mir gab, sofort zum Platzen brachte.

Andererseits hatte ich aber auch einen Hang zum Symbolischen geerbt, und den wollte ich nicht aufgeben. Zum Beispiel die Sache mit dem Teufelskostüm: Ich hatte es mir ausgedacht, Doris hatte die Abgedroschenheit aufgespießt, ich hatte Spaß an ihrer spitzzüngigen Attacke, und hinterher machte es mir dann erst recht Spaß, doch als Luzifer zu gehen.

Ich würde mich ganz allgemein als liebenswürdig bezeichnen. Ja, liebenswürdig. In meinem Umgang mit der Menschheit – ausgenommen meine nächste Familie, der ich unversöhnlich Rache geschworen hatte – war ich eigentlich sogar immer die Liebenswürdigkeit in Person.

Da wir uns nun unserer gegenseitigen Liebe versichert hatten, konnten wir unsere Mahlzeit beenden. Wir gingen hinaus, ich rempelte einen Fremden an, und wir liefen vier Blocks weiter zu einem Kostümverleih, den ich auf dem Herweg gesehen hatte. Aus der Brieftasche des Fremden hinterlegte ich ein Pfand für ein wirklich umwerfendes Satanskostüm mit Schwanz und Mistgabel und allem Drum und Dran. Dann fragte ich Doris: «Na, ist hier irgendwas für dich dabei? Ich könnte ja auch gleich für beide Kostüme zahlen.» Der Fremde war offenbar recht wohlhabend, jedenfalls hatte er erfreuliche Mengen Bargeld bei sich gehabt.

Aber Doris verzog das Gesicht und schüttelte den Kopf. «Ich glaube nicht», sagte sie. «Ich denke mir was aus – etwas ganz anderes. Etwas Originelles.»

«Davon bin ich überzeugt», sagte ich.

Aber am Samstagnachmittag, als ich losging, um mein Kostüm abzuholen, war ihr noch nichts eingefallen. «Bis du wieder da bist, habe ich was», schwor sie mir.

«Ja, natürlich», sagte ich ungläubig. «Am Ende gehst du in einem alten Laken. Als Gespenst von letzter Weihnacht.»

«Du wirst schon sehen», erwiderte sie.

Und als ich zurückkam, meine Diabolo-Tracht in einer Schachtel unter dem Arm, war Doris von oben bis unten in figurbetontes Schwarz gehüllt. Sie sah aus, als sei sie nackt einem Bottich mit schwarzer Farbe entstiegen. Zu ihrer Verkleidung gehörte ein enganliegendes Kopfteil, wie das Phantom und andere maskierte Comic-Helden es tragen. Ihr Gesicht war völlig bedeckt – bis auf den unteren Teil. Der wurde von einem kleinen quadratischen Spiegel verdeckt, den sie an der Nase ihrer Maske angebracht hatte.

Ich sah sie an und hatte damit meine Schwierigkeiten. All dieses Schwarz – das einzige, worauf sich meine Augen wirklich konzentrieren konnten, war mein eigenes Bild in dem kleinen Spiegel.

Ich blinzelte ein paarmal und sagte: «Also gut, ich gebe auf. Was stellst du dar?»

«Dich», kam es hinter dem Spiegel hervor.

«Hä?»

«Ich gehe als du», sagte sie. «Ich bin jeder, der mit mir redet oder mich ansieht.»

Ich sah den Spiegel an. Ich sah mich.

Ich sagte: «Jetzt komm schon, Doris, das ist gemogelt. Du mußt irgend jemand sein.»

«Das bin ich», erwiderte sie. «Ich bin du. Außerdem ist das Kostüm nicht das Dümmste für einen Einbruch, oder?»

Ich sagte: «Oh.» Reuevoll blickte ich auf die Schachtel mit meinem knallroten Dämonenanzug und stellte mir etwas verspätet vor, wie es aussehen würde, wenn ich darin durch die abgedunkelten oberen Flure flitzte.

Man kommt nicht daran vorbei, Doris hat einfach viel mehr Phantasie als ich.

Aber es war zu spät, um mir noch etwas anderes einfallen zu lassen. Außerdem fand ich das Teufelskostüm aus anderen Gründen immer noch gut. So war ich also, als wir kurz nach neun zur Villa meiner Familie kamen, unter meinem Mantel ganz in Rot gehüllt, Doris unter ihrem ganz in Schwarz.

Auf den Einladungen standen keine Namen, natürlich nicht, denn das hätte ja den Spaß verdorben, bei jedem raten zu müssen, wer er war. Ich übergab die meine dem schurkischen alten Kibber, bei dem ich mich schon immer gewundert hatte, warum meine Eltern ihn als Diener behielten, und Doris und ich mischten uns unter die farbenfrohe Menge im großen Bankettsaal.

Man hatte für den Anlaß alle Möbel aus dem Saal geräumt, bis auf eine Reihe von Sofas gegenüber den Terrassentüren. Der massive Kronleuchter blitzte von Millionen Facetten, raffinierte Masken verschiedenster Machart waren ringsum an den Wänden aufgehängt, und am hinteren Ende spielte auf einem kleinen Podium die Irwin Sweets Band, die meine Eltern bei allen steuerlich absetzbaren Soireen engagierten. (Dies war schließlich eine geschäftliche Verpflichtung, n'est-ce pas?) Überall im Raum verteilt standen in großen Gruppen die vielen Gäste, fröhlich kostümiert, ein Aufruhr der Farben. Von Long John Silver bis zum Letzten Blatt des Sommers war alles vertreten. Ein Kaninchen tanzte Foxtrott mit einem Fuchs. Ein Briefträger plauderte mit einem Briefkasten.

Doris wurde augenblicklich der Hit der Party. Ständig kamen Leute und wollten wissen, was sie darstellte, und jedesmal sagte sie: «Dich.» Der Fragesteller stand dann unweigerlich ratlos da, bis er es endlich kapierte und in unbändiges Gelächter ausbrach.

Schließlich führte ich sie auf die Tanzfläche und flüsterte ihr ins Ohr: «Lang, lang ist's her, da hast du mir, glaube ich, mal das oberste Gebot des guten Einbrechers beigebracht, wie es dein Vater an dich weitergegeben hat. Erinnerst du dich noch?»

«Nur nicht auffallen», antwortete sie.

Ich machte: «Mhm.»

«Schlaumeier», meinte sie und bohrte mir ihren Daumen zwischen die Rippen.

Etwas später tanzte ich mit meiner Schwester Eugenie, die mir gestand: «Ich habe das dumpfe Gefühl, wir kennen uns irgendwie. Es liegt mir auf der Zunge. Sie kommen mir so vertraut vor.»

Gute Eugenie. Ich war froh, daß sie noch immer von der gleichen unerschütterlichen Dämlichkeit war wie eh und je.

Meine Brüder Jocko und Hubert sah ich von Zeit zu Zeit auch, aber ich tanzte nicht mit ihnen, so konnte ich mich nicht hundertprozentig darauf verlassen, daß auch sie immer noch so beschränkt waren wie früher. Wenn ich sie jedoch aus sicherer Entfernung betrachtete, kamen sie mir durchaus noch wie die gleichen alten Dummköpfe vor. (Einmal merkte ich, daß sie mich ansahen, aber die Musterung war nicht von Dauer. Später sah ich, daß sie alle Gäste nacheinander anstarrten. Wahrscheinlich, um sich die Kostüme zu merken.)

Um halb elf durchbrach ich den Kreis lüsterner Männer um Doris und flüsterte ihr ins Ohr: «Es ist Zeit.»

Sie entschuldigte sich bei ihren neuen Freunden und folgte mir in die Halle. Drüben an der Tür stand Kibber immer noch auf seinem Posten. Ich sagte zu Doris: «Hier entlang», und führte sie zum Dienstbotenaufgang. Wir begegneten niemandem.

Das wohlbekannte Haus. Da schlich ich nun durch die Szenerie meiner behüteten, aber jämmerlichen Kindheit. In diesem Haus, in dem als Vater ein Raubritter und als Mutter eine hirnlose Schnepfe regierten, war ich unter Brüdern und Schwestern von derart überragender Stumpfsinnigkeit aufgewachsen, daß es wahrhaftig kein Wunder war, wenn ich mich an Doris geklammert hatte wie ein Ertrinkender an eine vorbeidriftende Schwimmweste.

Aber kaum hatte ich sie gefunden, hatte Doris mein Leben nicht nur gerettet, sie hatte es neu erschaffen. Im oberen Stockwerk ging ich voraus, direkt in die Räuberhöhle meines Vaters. Vater ist wirklich ein Raubritter mit all den dazugehörigen Ängsten, daß eines Tages alles herauskommt. Deshalb hat er immer eine größere Summe Bargeld unter dem doppelten Boden seiner untersten Schreibtischschublade. Aber einem gelangweilten und neugierigen Kind bleibt in so einem Haus natürlich nichts verborgen. Ich hatte von diesem Fluchtgeld also gewußt – wie ich überzeugt bin, daß meine Mutter *nichts* wußte, da mein Vater kaum daran denken würde, mit *ihr* zu fliehen –, ich hatte davon gewußt, seit ich zehn war.

Es war immer noch da. Fünftausend Dollar in gebrauchten Hundertern. Ich stopfte mir die Scheine in mein Kostüm, legte den doppelten Boden wieder ein und schob die Schublade zu, damit man nicht gleich merkte, daß jemand sich daran zu schaffen gemacht hatte, und weiter ging's ins Schlafzimmer meiner Mutter.

Jedesmal war ich derjenige, der den Raum auch wirklich betrat, während Doris in der Tür Schmiere stand.

In Mamas Zimmer schob ich ein Bild mit Herbstwald beiseite, dahinter verbarg sich der Safe. Und darin war der größte Teil von Mamas Juwelen. Viel Schmuck trug sie heute abend wegen ihres Kostüms nicht. Obgleich sie viel passender als Bulldozer erschienen wäre, hatte sie es vorgezogen, die Jagdgöttin Diana darzustellen, komplett mit dem Köcher voller Pfeile auf ihrem wabbeligen Rücken.

Von der Tür her flüsterte Doris: «Wie kriegen wir denn den auf? Wir können nicht wagen, ihn zu sprengen.»

«Ich weiß, wo Mama die Kombination hat», flüsterte ich zurück. Ich ging zum Telefontischchen, nahm das kleine Adreßbuch und brachte es zur Tür, wo das Licht etwas besser war. «Mama kann sich die Kombination nicht merken», erklärte ich Doris, «sie schreibt sie als Telefonnummer hier rein.»

«Das ist unglaublich», meinte Doris. «Worunter denn? Unter K für Kombination?»

«Nein, S für Schloß. Shelley. Mutter ist belesen.»

«Du meinst, sie kann lesen», sagte Doris abwesend.

Ich klappte das Adreßbuch auf, und da war es: Shelley, Percy Bysshe, VAndyke 6-1233. Das VA war auf der Wählscheibe die 82, und die erste Ziffer mußte man immer nach links drehen, die Kombination lautete also: L 8, R 26, L 12, R 33.

Ich ging zum Safe hinüber und öffnete ihn. Ich steckte den Schmuck in mein Kostüm, machte den Safe zu und schob das Gemälde wieder an seinen Platz, da flüsterte Doris: «Es kommt jemand!»

Ich schlüpfte unters Bett. Doris trat hinter die Tür.

Es war unglückseligerweise Mama. Sie kam ins Zimmer, knipste ihr Nachttischlämpchen an – Mama verabscheut grelles Licht im Schlafzimmer – und suchte in den Schubladen ihres Frisiertischs herum, wobei im Köcher auf ihrem Wabbelrücken leise die Pfeile klapperten.

Doris war voll zu sehen! Von meinem Platz unter dem Bett aus konnte ich erkennen, daß die Tür nur halb offen stand und daß Mama nur den Kopf hätte wenden müssen, um Doris zu sehen.

Doch Mama sah sie nicht. Doris hatte ihre schwarzbehandschuhten Hände vors Gesicht geschlagen und bedeckte damit den Spiegel und ihre Augen, so daß sie nun völlig schwarz erschien. Sie verschmolz mit dem Schatten hinter der Tür, unsichtbar wie Glas. Weshalb ich überhaupt wußte, daß sie da war? Äh . . . nun, weil ich eben wußte, daß sie da war.

Endlich ging Mama, und wir folgten ihr kurz darauf. Wir gingen in den großen Bankettsaal und machten uns beide eine Zeitlang unauffällig, tanzten mit diesem und jenem, mischten uns unter die größten diskutierenden Gruppen, nur damit wir uns hinterher ganz ohne weiteres und vor aller Augen freundlich verabschieden konnten. Dreißig oder vierzig Leute würden uns gehen sehen, gelassen, offen und völlig unbekümmert. Wer würde schon glauben, daß Einbrecher sich so förmlich verabschiedeten?

Aber gerade als ich damit anfangen wollte, hielt mich eine

schwere Hand am Arm fest, und eine vertraute Stimme sagte: «Augenblickchen. Da will jemand was von Ihnen.»

Ich wandte den Kopf, und es war mein älterer Bruder Jocko, der Fußballspieler, riesengroß und begriffsstutzig wie eh und je, in einem Tarzan-Anzug. Ich war drauf und dran, mich loszureißen und einen Fluchtversuch zu starten, als ich sah, daß er grinste. Er hatte meine Verkleidung doch nicht durchschaut, er war aus einem anderen Grund zu mir gekommen.

«Was gibt's?» fragte ich.

«Kommen Sie einfach mit», sagte er, mit kindischem Vergnügen an seiner Geheimnistuerei. «Sie werden schon sehen.»

Ich ging mit, jeden Moment bereit, loszurennen. Wir marschierten durch den Saal zum Podium der Band, wo ich sieben weitere Teufel verwirrt herumwuseln sah plus Doris plus – vor dem Mikrophon stehend – Mama.

Als Jocko mich zu den anderen Teufeln schob, fing Mama an, ins Mikrophon zu schreien. «Zeit für die Preise, Leute», verkündete sie.

«Preise?»

Als sie die Aufmerksamkeit aller Gäste hatte, erklärte Mama mit kreischender Stimme: «Wir dachten, es wäre vielleicht ganz lustig, statt des üblichen Preises für das beste Kostüm, in diesem Jahr zwei Preise zu vergeben, einen für das originellste Kostüm und einen für das unoriginellste!»

Oh.

Ich hütete mich, Doris anzusehen, aber ich mußte sie gar nicht sehen, ich wußte auch so um das kleine, triumphierende Feixen, das sie im Moment hinter ihrem Spiegel trug. Offensichtlich hatte man sie hier heraufgeholt, um ihr den Preis für das originellste Kostüm zu überreichen; mehr brauchte es nicht, um sie für Wochen ungenießbar zu machen.

Mehr hätte sie nicht gebraucht, aber sie bekam weit mehr. Wozu waren wir acht Teufel hier, wenn nicht, um allesamt – und ich muß zugeben, völlig zu Recht – Preise für das am wenigsten originelle Kostüm zu bekommen? Es würde mich Monate kosten, das wieder auszubügeln. Monate.

Meine Befürchtungen erwiesen sich als richtig. Mama verkündete, der Gewinner des Preises für das originellste Kostüm sei «die junge Dame, die als *jeder andere!*» gekommen sei. Doris stieg aufs Podium, verbeugte sich artig unter brausendem Applaus und nahm ihren Preis, eine kleine Broschenuhr, entgegen.

Zeit war es, was man Doris gegeben hatte. Eine Vorahnung kroch mir kalt über den Rücken, aber ich schüttelte sie ab. Doris bekam eine nette Zugabe zu unserer Beute, das war's, nicht mehr und nicht weniger.

Und dann waren wir an der Reihe, wir acht scharlachroten Unholde mit scharlachroten Gesichtern, und wie die Schafe kletterten wir aufs Podium, um unsere Preise in Empfang zu nehmen: gleiche Panzerarmbänder mit leeren Gravurplatten.

Natürlich kam ich mir idiotisch vor, wie ich da oben stand und bejubelt und gefeiert wurde für meinen Mangel an Originalität, während Doris selbstgefällig geradeaus blickte; aber gleich darauf kam ich mir noch dämlicher vor, als ich nämlich langsam mitkriegte, was die Menge da unten jetzt wieder und wieder rief:

«De-mas-kie-ren! De-mas-kie-ren!»

Also, ich schaffte es nicht ganz bis zur Tür, aber immerhin gelang es Doris, in dem Tohuwabohu zu entkommen, und wie ich Doris kenne, plant sie schon irgendwas, um mich hier rauszukriegen. Was es sein wird, weiß ich noch nicht, aber eines weiß ich genau:

Originell wird es sein.

ROBERT BLOCH

Das Meisterwerk

Sie reden von Meisterwerken, Messieurs.

Oh, auch ich habe einmal ein Meisterwerk geschaffen zu meiner Zeit!

Sie brauchen gar nicht zu lachen, Messieurs. Ich weiß, was Sie denken. Sie glauben, es ist der Wein, der aus mir spricht. Als feine Herren und große Künstler wollen Sie sich einen Scherz mit mir machen. Sie sagen: Wer ist der Alte, der Nacht für Nacht in dieses Café kommt, um Schnürsenkel und Papierblumen zu verkaufen? Wir holen ihn an unsern Tisch, geben ihm Wein, bis er betrunken ist, und treiben unsern Spaß mit ihm.

Sie sehen, ich durchschaue Sie, Messieurs, aber ich bin Ihnen deshalb nicht böse. Ich habe es früher genauso gemacht, wenn ich mich mit meinen Freunden in den Straßencafés von Paris traf. Hier in Buenos Aires ist es ähnlich wie damals in Paris vor dem Krieg. Nur daß ich damals jung war, so jung wie Sie jetzt. Und auch ich war ein Künstler.

Sie sehen mich an, und ich merke, daß Sie mir nicht glauben. Weil ich alt bin und mit Schnürsenkeln hausiere, und weil ich ein Fremder bin hier in Ihrem Land. Aber ich war ein Künstler. Und wenn ich Ihnen meinen Namen sagte, würden Sie sich bestimmt erinnern. Meine Unterschrift können Sie sogar auf einem Bild sehen, das im Louvre hängt.

Ja, nun lachen Sie wieder. Aber es ist wahr! Ich habe ein Meisterwerk geschaffen!

Was das für ein Bild ist, von dem ich rede? Es war mein letztes, ein Porträt in Lebensgröße.

Sie ziehen spöttisch die Brauen hoch. Ja, ja. Ich weiß, gegenständliche Malerei ist aus der Mode. Aber trotzdem hängt mein Mädchen mit Blumen im Louvre, und es ist frisch und wahr wie damals, als ich es malte. Und Vivienne sagte ...

Vivienne? Vivienne Surlac, meine Freundin. Sie war das Modell, ein großes, dunkeläugiges Mädchen aus Bordeaux. Sie war wie der Wein aus der Gegend – voll und reif und süß –, doch bei näherer Bekanntschaft trügerisch.

Das wußte ich noch nicht, als ich an ihrem Porträt arbeitete, obwohl ich glaubte, sie wirklich zu kennen. Man lebt nicht ein Jahr lang mit einer Frau zusammen, ohne gewisse Geheimnisse zu erfahren: Ich kannte das Muttermal auf ihrer Hüfte, die Unregelmäßigkeit ihres Herzschlags, die von einer Kinderkrankheit herrührte, ihre unvernünftige Schwäche für Näschereien, ihre unvernünftige Angst vor Insekten, ihre Lieblingsmelodie ...

Vielleicht finden Sie solche Lappalien langweilig. Aber ich versichere Ihnen, mich haben sie damals nicht gelangweilt. Denn ich war bis über beide Ohren in Vivienne verliebt. Das Bild wurde aus Liebe gemalt. Und ich hatte sogar vor, ihr einen richtigen Heiratsantrag zu machen.

Damals kannte ich sie eben nicht wirklich.

Als ich Paris für eine Woche in dringenden Geschäften verlassen mußte, reiste ich leichten Herzens ab, und mit leichtem Herzen kam ich zurück. Mein Atelier war leer – sie war fort. Von der Concierge erfuhr ich, daß sie nicht allein fortgegangen war. Ein Herr hatte sie abgeholt. Ein Herr! Die Beschreibung der Concierge ließ mir keinen Zweifel. Und als ich meine Freunde befragte, fand ich meine Ahnung bestätigt. Sie war mit Max Dobrieux gegangen. Mit dem dicken Max, dessen Talent nicht einmal gereicht hätte, die Wände eines Pissoirs zu bemalen! Mit dem dicken Max, der still in einer Ecke meines Ateliers zu sitzen pflegte – angeblich um mir bei der Arbeit zuzusehen, in Wirklichkeit um Vivienne anzustarren, die mir Modell stand. Oft brachte er Champagner mit, denn der dicke Max war auch der reiche Max.

Und das war natürlich der Grund, warum sie mit ihm gegangen war. Wegen seines Geldes, wegen der hübschen Villa in dem neuen Vorort von Versailles.

Jetzt, wo es ein *fait accompli* war, sahen meine Freunde keinen Grund mehr, zu schweigen. Es zeigte sich, daß sie alle längst davon gewußt hatten; alle außer mir. Liebe ist ja sprichwörtlich blind.

Aber auch der Zorn ist blind. Als ich in mein Atelier zurückkam, war mein erster Impuls, das Bild zu vernichten. Dann überwog die Vernunft. Das Bild war ohne Fehler. Wie ich schon sagte: frisch und wahr. Die Verdorbenheit und Falschheit waren in dem Modell, nicht in dem Bild. Im Namen der Liebe, im Namen der Gerechtigkeit mußte ich Vivienne vernichten.

Aber nicht blindlings. Mit offenen Augen ging ich an mein Vorhaben heran.

Zuerst ein kleiner Ausflug zu der Villa, nur um die Lage auszukundschaften und festzustellen, daß sie wirklich mit Max zusammenlebte. Dann das Telegramm an Max, das ihn wegen einer plötzlichen Erkrankung seines Bruders nach Paris rief. Dann die Abmachung mit ein paar berufsmäßigen Schlägern, die ihm auflauerten und ihn so zusammenschlugen, daß er erst im Krankenhaus wieder aufwachte.

Und schließlich meine Fahrt zurück zur Villa, am selben Abend. Der Stahl war in meiner Tasche und die Pappschachtel in meiner Hand. Und was in meinem Herzen war, darüber brauche ich nichts zu sagen.

Es war kein Problem, in die Villa einzudringen. Die Gerechtigkeit ist blind, aber sie findet ihren Weg auch im Dunkeln. Ich schlich mich über den schmalen Korridor zu ihrem Schlafzimmer.

Sie lag nackt auf ihrem Bett, in der Pose von Goyas Maja.

Und als ich auf Zehenspitzen ins Zimmer schlich, rief sie mir entgegen: «Max, Liebling, ich habe auf dich gewartet...»

«Warte nicht länger», sagte ich.

Vielleicht erkannte sie meine Stimme, aber das war jetzt gleichgültig, denn ich stand bereits im Dunkeln neben ihrem Bett. Blitzschnell packte ich mit der linken Hand ihre beiden Handgelenke und riß sie hoch. Mit der rechten zog ich den Stahl aus der Tasche. Die Handschellen klickten, und sie war hilflos gefesselt, angekettet an einen Bettpfosten.

Dann knipste ich die Lampe an, und sie konnte mich sehen. Auch ich konnte sie sehen – und für eine Sekunde zögerte ich. Selbst ihre Angst war schön anzusehen, denn sie war wahr – und einem Künstler widerstrebt es immer, Wahrheit zu zerstören. Aber auch meine Liebe war wahr gewesen, und doch hatte sie sie zerstört.

Über ihrem Bett hing ein Bild – ein scheußliches, groteskes Geschmier von abstraktem Gemälde, wie es reiche Idioten vom Schlag eines Max Dobrieux kaufen, weil sie sich für Kunstkenner halten und wirkliche Künstler verachten, die die Wahrheit malen. Sie schimpfen uns altmodisch und rümpfen die Nase über unsere Arbeit und stehlen uns das, was uns teuer ist. Aber ich würde es ihnen zeigen, Max und Vivienne, daß ich mich auch auf Falschheit und Verrat verstand!

Sie las in meinen Augen ihr Todesurteil und begann zu wimmern. Mochte sie wimmern oder schreien, soviel sie wollte – die Villa lag abseits der Straße in einem großen Garten.

Sie beobachtete mich ängstlich, als ich die Schachtel öffnete. Ich hielt sie ans Licht, genau über ihrem Gesicht.

Ich weiß nicht, was Vivienne erwartete. Wahrscheinlich dachte sie, die Schachtel enthielte einen Revolver oder ein Messer oder Vitriol. Sie begriff nicht, daß ich um nichts in der Welt ihre Schönheit verunstaltet hätte. Sie selbst wollte ich vernichten, nicht die Schönheit ihres Körpers, die ich anbetete.

Langsam neigte ich die Schachtel vornüber, so daß sie ihren Inhalt sehen konnte. Und da begann sie zu schreien.

Sie schrie, als sie die schwarzen, zappelnden, zuckenden

Tiere sah, behaart wie kleine Affenhände, die in ekelhaftem Gewimmel in der Schachtel herumkrochen. Sie schrie, als die Schachtel umkippte und sie das todbringende Zeichen auf den Leibern der Spinnen sah – die rote Sanduhr auf der Bauchseite.

«Schwarze Witwen!»

Das waren die einzigen Worte, die ich verstehen konnte, denn als die Spinnen auf sie herunterfielen, steigerte sich ihr Schreien zu einem unartikulierten Geheul. Die Spinnen sanken auf das makellose Weiß ihrer Haut nieder gleich einer tödlichen Wolke, sie krochen über sie hin und klammerten sich fest.

Ich schaltete das Licht aus, und jetzt war nur noch Dunkelheit, in der die Schreie des Grauens und der Todesangst gellten. Und es dauerte nicht lange, da verstummten die Schreie.

Als ich wieder Licht machte, war Vivienne tot.

Ich tat, was getan werden mußte, genau wie ich es geplant hatte. Ich löste die Fesseln von ihren Handgelenken und legte ihr die Hände auf die Brust und strich das Laken glatt.

Dann sammelte ich die scheußlichen, zappelnden Tiere wieder ein, die über ihren schönen, toten Körper krochen. Und dann verließ ich die Villa, still und heimlich, wie ich gekommen war. Ich fuhr direkt zum Flugplatz und verließ Paris für immer. Niemand wußte, was geschehen war, und niemand hat es je erfahren. Und heute macht es nichts mehr, denn ich bin alt, und hier in Argentinien gibt es kein Auslieferungsgesetz.

Es ist spät geworden, Messieurs, ich verlasse Sie. Hoffentlich habe ich Sie nicht gelangweilt mit meinem Geschwätz über ein vergessenes Meisterwerk. Aber auch Sie sind ja Maler und werden den Stolz eines Künstlers auf sein Werk verstehen.

Mädchen mit Blumen? Ja, so heißt mein Bild, und es hängt wirklich im Louvre. Wenn es ein Meisterwerk wäre, so müßte man Vivienne darauf sehen, wie sie wirklich war – falsch und treulos. Das Mädchen mit dem Muttermal an der Hüfte, dem schlechten Herzen und der hysterischen Angst vor Insekten. Aber es ist kein Meisterwerk, nur ein gutes, altmodisches Porträt.

Nein, Sie haben richtig gehört. Nicht dieses Bild meinte ich, als ich von meinem Meisterwerk sprach. Ich meinte das letzte, was ich gemalt habe – die schrecklichen, so tödlich naturgetreuen Sanduhren auf den Leibern harmloser kleiner Spinnen.

Susan Moody

Das eigene Fleisch und Blut

In seiner Erinnerung war ihm der Ort immer als eine Art Honigwabe erschienen. Goldenes Licht überflutete die Häuser, die aus dem hier üblichen gelben Stein gebaut waren. Die mit ockerfarbenen Flechten bedeckten Dächer warfen es zurück in die einzige enge Straße. Von dort trat man durch die Haustüren direkt in jene Räume, die man früher als Besuchszimmer bezeichnete.

Nach langer Fahrt durch eine öde Hügellandschaft lag das Dorf nun vor ihm. Als er über die bucklige Steinbrücke fuhr, wußte er, daß es der Ort war, nach dem er gesucht hatte. Er hielt an und stieg aus. Es gab keine Geschäfte, keine Kneipe, niemanden, bei dem er sich nach dem Weg hätte erkundigen können. Am Ende der Straße bemerkte er Kühe, die, goldgelb im Schein der untergehenden Sonne, gemächlich auf das offene Tor eines Bauernhofs zustrebten. Aus den steinernen Gebäuden, dem schmutzigen Boden, dem Heu und den Butterfässern aus Metall, die dahinter zu sehen waren, schloß er, daß es sich um eine Molkerei handeln mußte. Er ging hinter den Kühen her. Eine Frau war bereits damit beschäftigt, der ersten Kuh die Zapfventile der elektrischen Melkmaschine anzuhängen. Ohne sich aufzurichten, wandte sie ihm das Gesicht zu – ein Gesicht, das erkennen ließ, daß es fünfzig oder sechzig Jahre lang ungeschützt Wind und Wetter ausgesetzt gewesen war – und schaute zu ihm empor.

«Ich bin auf der Suche nach diesem Haus hier», sagte er und spürte in sich die Befangenheit, die Städter angesichts elementarer Lebensformen häufig befällt. Daumen und Ringfinger an zwei Ecken des Kartons, hielt er ihr die Fotografie hin.

«Ah», sagte sie.

«Ich glaube, es heißt Beckwith House.»

«Ah ja.»

«Ist es hier? Hier im Dorf?»

«Nein.» Ihre Stimme war weich, voll und rund wie die Kühe, die sie versorgte. «Nein, nicht hier.»

Es versetzte ihm einen kleinen Stich. Er war sich so sicher gewesen, daß es hier, in der unmittelbaren Nachbarschaft dieser Häuser, sein mußte.

«Wo denn?»

«Ein Stück weiter im Tal.» Sie deutete mit einer Bewegung des Kopfes hinter ihn auf die Straße und die Hügel. Schon zogen sich Schatten die Hänge hinunter, nur die höheren Gipfel lagen noch im Tageslicht. Er konnte jedoch noch die Steinmäuerchen ausmachen, die sich kreuz und quer über die unteren Hänge zogen, und dazwischen vereinzelt die dunklen Umrisse einer Scheune.

«Weit?»

«Zwei, drei Meilen. Vielleicht vier. Es liegt direkt an der Straße.»

«Danke.»

Als sie zum Tor hinüberging, rief sie ihm nach: «Weiß sie, daß Sie kommen?»

Er blieb stehen. «Weiß wer, daß ich komme?»

«Die Frau.»

Er schüttelte lächelnd den Kopf. «Nein», sagte er, «sie weiß es nicht.»

Aus der Enge des Dorfes kam er zurück in die offene Landschaft, wo er jetzt fühlte, wie der Wind von den hohen Bergrücken herunterwehte und den Wagen in Böen an den Rand der schwarzen Straße drückte. Jetzt, da er dem Ort so nahe war, auf den er sich Zeit seines Lebens zubewegt hatte, spürte er nichts mehr von der Erregung, die vorher in ihm gewesen war, nur das Gefühl der Leere, die nun bald gefüllt werden würde.

«Irgendwo...», hatte sie immer gesagt, grausam. Aber wo? Bis heute hatte er es nicht gewußt. Jetzt paßten ihm Ort, Zeit und die Nacht, die sich über ihn senkte, wie ein maßgeschneiderter Anzug.

Die Straße wurde kurviger. In einer Kehre entdeckte er steinerne Torpfosten, eine Eisentür, die doppelt so hoch war wie er, eine Unmenge Lorbeerbäume hinter den Mauern. Er parkte den Wagen dicht davor auf dem Grasstreifen. Auf der anderen Seite des Tors schlängelte sich eine Auffahrt auf ein quadratisches, zweistöckiges Haus zu. Obgleich er nie hier gewesen war, wußte er genau, wie der Pfad um das Haus herumlief, an tief heruntergezogenen Fenstern vorbei nach hinten zu einem überdachten Seiteneingang. Er wußte, daß dieser auf eine geflieste Terrasse hinausführte, von der aus man einen eingezäunten Garten überblickte. Er wußte, welche Aussicht man von den Fenstern an der Hausrückseite aus hatte und daß Pflaumen- und Apfelbäume zu beiden Seiten des schmiedeeisernen Tors in der Gartenmauer standen, durch welches man, wie auf einer Fotografie, einen Ausschnitt der Landschaft dahinter sehen konnte. Auch ein kleiner Teich würde neben der Terrasse sein und ein Steingarten voller Gebirgsgewächse, lauter niedrige Kletterpflanzen, die über die weißen Steine wucherten und an den Rändern herabhingen.

Auf einem Torpfosten befand sich eine runde Schieferplatte. Beckwith House. Mit dem Finger fuhr er die beiden halbmondförmigen Rundungen des großen B nach. Er drehte den Griff am rechten Torflügel. Ein metallisches Quietschen. Erst ließ sich der Eisenbalken nicht bewegen, dann gab er seinen Stößen nach, und die Tür öffnete sich und schwang in der tiefen Furche, die sich im Kiesboden gebildet hatte, zurück.

... Irgendwo ...

Hier also. Er hatte es doch noch gefunden, beinahe als hätte es ihn von selbst dorthin gezogen, auch wenn das vielleicht ein bißchen phantastisch klang. Er hatte so wenig gehabt, worauf er sich stützen konnte, nur dieses geflüsterte, nur halb wahrgenommene Wort – «Garthway ...» Garthway? Je mehr er versuchte, sich die Szene noch einmal vorzustellen – die sterbenden Augen, die sich verschleierten, als sie ihn ansahen, den sich aufbäumenden massigen Körper, die Lippen, wie sie sich in dem Versuch, das Wort zu formen, kräuselten, während eine Hand über die Hohlsaumkante des leinenen Bettbezugs zuckte, desto weniger konnte er sich entsinnen, was tatsächlich gesagt worden war.

Seine Füße verursachten kein Geräusch auf dem Boden. Die Kieselsteine waren vor langem schon in die Erde gesunken und lagen nun in ihr eingebettet wie die Augen Ertrunkener unter der Wasseroberfläche. Das Gelände wirkte vernachlässigt. Er ging unter den Blättern unbeschnittener Lorbeerbäume hindurch. Schwaches Licht fiel aus einem der Fenster, dessen schmierige Scheiben von lange nicht mehr gestutzten Kletterpflanzen fast gänzlich bedeckt waren.

Auch hinter dem verzierten Oberlicht der Haustür schimmerte es hell. Er schlug mit dem Türklopfer ans Holz und spürte, wie das Haus innehielt, lauschte, fragte. Schritte näherten sich über den Flur, lebhaft, fast eifrig.

Die Frau, die die Tür öffnete, starrte ihn eine Weile an. Später hätte er nicht mehr sagen können, wie lange. Zwei oder drei Sekunden? Oder waren es Minuten? Ihr Mund wollte sich zu einem Begrüßungslächeln formen, ließ es dann aber sein. Sie fuhr sich mit der Hand seitlich an den Kopf, obwohl ihr Haar ordentlich lag.

«Martin», sagte sie. Es war keine Frage.

«Ja.»

«Ich wußte, daß du kommst.»

«Ja.»

«Lange genug hast du gebraucht.»

«Ich wußte nicht, wo ich suchen sollte.» Sogar unter Zuhilfenahme der Polizeicomputer hatte es wochenlange Arbeit bedeutet, diesen Ort, diese Frau auszumachen.

Sie nickte, als wüßte sie, welche Schwierigkeiten es gemacht hatte, sie aufzuspüren.

«Dann kommst du am besten rein.» Sie trat zur Seite, lehnte sich an die Wand der engen Diele, um ihn an sich vorbeizulassen. «Geradeaus. Ich bin in der Küche.»

Die Küche war warm, holzgetäfelt, voll guter Gerüche, die ein Teil dessen waren, was ihm versagt worden war. Er stellte fest, daß man den Raum neu hergerichtet hatte: Die Tapeten waren andere, und es gab auch Regale, die vorher nicht dagewesen waren.

Im helleren Licht der Küche konnte er sie nun genauer sehen. Sie war jünger, als er erwartet hatte. Und viel weniger traurig. Irgendwie hatte er geglaubt, sie müsse traurig sein.

«Wie alt bist du jetzt», fragte sie, «zweiunddreißig?»

«Beim nächsten Geburtstag», sagte er.

«Anfang Juni, nicht wahr?»

Er nickte. Es machte ihm nichts aus, daß sie das genaue Datum vergessen hatte; den Monat wußte sie noch, obwohl sie sich seit über dreißig Jahren nicht begegnet waren, genauso, wie er wußte, daß hinter der Tür links von dem großen Küchenherd eine Speisekammer war oder daß, obwohl über der Tür nur fünf Warmhaltehauben aus Messing hingen, es einmal sieben gegeben hatte. Sie lehnte sich gegen die warmen Rundungen des Aga-Herds und schüttelte den Kopf. «Ich hätte dich überall wiedererkannt», sagte sie.

«Ja.» Natürlich hätte sie ihn wiedererkannt.

Sie zog die Augenbrauen hoch. «Du bist bei der Polizei, oder?»

«Ach?»

«Jedenfalls hat sie das letzte Mal gesagt, daß du bei der Polizei bist.»

War er bei der Polizei? Manchmal konnte er sich kaum daran erinnern, wer er war oder woher er kam. Manchmal konnte er sich kaum daran erinnern, daß er die Antwort darauf eigentlich nicht wußte. Genau deshalb war er ja jetzt hier.

Er holte ein Päckchen aus seiner Jackentasche und verteilte den Inhalt auf der glänzenden Wachstuchdecke des Küchentischs. Und während er es tat, kamen die Stimmen, die nie weit fort zu sein schienen, wieder zurück.

«... Irgendwo ...»

«Wo?»

«Irgendwo.»

«Wo, Großmutter?»

«Droben im Norden.»

«Wo droben im Norden?»

«Ich würde petzen – das geht nicht.»

«Ach Großmutter, verrat's mir doch, bitte, verrat's mir.»

Er hatte schon damals als Kind mit sechs, sieben, zehn Jahren gewußt, daß es wichtig war. Daß durch sie, wenn sie ihm nur wenigstens den Ort nannte und diesem einen Platz gab, eine Bedeutung, er endlich seine Wurzeln fühlen konnte.

«Was ist passiert, Großmutter?»

Und wieder fing sie an. *«Es war am Heiligen Abend.»* Um dann aufzuhören und ihn auszulachen, daß ihre schweren Fleischwülste am ganzen Körper auf und ab wackelten. Sie wußte ja nur zu genau, wie stark die Sehnsucht nach Wissen in ihm war, so stark, daß sie ihn ganz ausfüllte. Wissen wollte er, nur wissen.

«Am Heiligen Abend, Großmutter.» Es gehörte zu diesem grausamen Ritual, daß der Anfang sich nie verändern durfte. *«O ja, du bist ein gescheites Äffchen.»* Ein Kopfnicken, ein Blick über die Brille hinweg, ein kleines, nicht besonders freundliches Lächeln. *«Es war am Heiligen Abend, und in einem silbernen Kübel stand Champagner ...»*

Ach, dieser Champagner. Jahrelang hatte er nicht so recht gewußt, was das war. «Das ist Wein, mein Schatz, mit kleinen

Schaumbläschen», hatte sie ihm erklärt. «Er half einem, daß man sich gut fühlte. Oder schlecht, je nachdem.» Und sie hatte gekichert. Eine alte Frau, die an Erinnerungen herumschabte.

Als er älter war, hatte er natürlich richtigen Champagner gesehen, nicht nur in seiner Phantasie. Hatte die großen Flaschen gesehen, re glitzernden Köpfe, die Etiketten, ganz besondere, reiche Etiketten, andere als auf anderen Flaschen. Noch später hatte er Champagner getrunken, die perlenden Bläschen im Mund gefühlt. Schaum, der mit seinen frühesten Erinnerungen verwoben war: dieses Weihnachten, dieser Champagner.

«Ja, Großmutter. Der Champagner.»

«Da stand Champagner in einem silbernen Kübel, und dann hat deine Mutter ...»

Und damit brach sie ab. Immer wieder. Ihre Finger wanderten über die Fotografien, ihre Hände waren zart und klein im Vergleich mit den Ausmaßen ihrer Körperfülle, und er sah die Vergangenheit in ihren Augen, dieses entsetzliche Etwas, das sie ihm niemals erzählte. Von ihrem Schweigen wußte er, daß es etwas Entsetzliches war. Und immer spiegelte sich auf ihrem Gesicht dann kurz der Schock über das, was da an jenem Weihnachtsabend passiert war, bevor sie dazu überging, eine Geschichte von Santa Claus zu erzählen, oder bevor sie von Mincepies redete oder irgendwelchen anderen Weihnachtsbanalitäten, die, wie er wußte, nichts zu tun hatten mit der Geschichte, die hinter ihren Augen lauerte.

«Und dann, Großmutter? Dann?» Aber seine Stimme war nun kraftlos. Sie würde es ihm nicht erzählen. Jetzt nicht und nie.

Die Frau kam an den Tisch, stand neben ihm, ging mit dem Finger durch die Fotografien.

«Du hast diese Bilder alle noch?» sagte sie.

«Ja.»

«Ich nehme an, sie ist tot.»

«Ja.»

«Wurde auch Zeit. Wie ist sie gestorben?»

Langsam, wollte er sagen, tat es aber nicht.

«Weil ich hoffe, daß es ihr weh getan hat, das Leben loszulassen», sagte die Frau. «Ich hoffe, daß sie dagegen angekämpft hat, obwohl sie wußte, daß sie verliert.»

Genau so war es gewesen. Er sagte es nicht.

«Ich hoffe, es war ein ... gewaltsamer Tod.» Ihre Stimme zitterte. «Wie seiner.» Sie fingerte durch die Fotografien und zog eine davon heraus. «Wie seiner.»

Er war jung, hatte dunkles Haar, das ihm in die Stirn fiel. Er hielt eine Militärmütze unter dem Arm.

Die Frau neigte den Kopf zur einen Seite, dann zur anderen. «Er war so schön», sagte sie tonlos. «So ... schön.»

«Mein Vater.»

«Ja. Was hat sie dir über ihn erzählt?»

«Nichts hat sie mir erzählt. Außer daß er tot ist.»

«Ich kann mir nicht vorstellen, daß sie dir gesagt hat, warum.»

«Nein. Sie hat mir nicht einmal gesagt, daß das hier ein Bild von ihm ist. Jedenfalls nicht – bis vor kurzem.» Er hatte es noch aus ihr herauspressen können, hatte das weiche Fleisch an ihrer Kehle zusammengedrückt und wieder losgelassen, ihr Hoffnung gegeben und wieder genommen. Und meine Mutter, hatte er gesagt. Sag mir, wo sie ist. Und da war es schon fast zu spät gewesen. «Garthway», hatte sie noch sagen können. Sonst nichts mehr.

Draußen vor dem Fenster, an der Gartenecke, konnte er sehen, wie die letzten Sonnenstrahlen den grünen Hügel umfingen. Sie fielen durch die Gitterstäbe des Tors, das ins Moor hinausführte. Zwischen den schattigen Wänden auf beiden Seiten wirkte es wie ein Diapositiv.

«Und jetzt bist du zurückgekommen, um selbst zu sehen, wo das alles passiert ist?» Die Frau ließ den Wasserkessel unter dem Wasserhahn vollaufen und setzte ihn auf den roten Aga.

«Sie hat mir nie erzählt, was wirklich ...» Er nahm zwei Fotografien aus dem Stapel auf dem Tisch. «... aber ich wußte, irgend etwas muß passiert sein.»

Irgendwo in seinem Kopf hörte er das Echo der verhaßten Stimme: «*Es war am Heiligen Abend, irgendwo droben im Norden ...*»

Zwei Fotografien. Das Weihnachtsessen, deutlich in allen Einzelheiten: Truthahn, Würstchen, Bratkartoffeln und dampfendes Gemüse, ein graviertes Glasschälchen mit Preiselbeeren, eine Porzellansaucière. Neben dem Tisch ein silberner Kübel. Die Leute neigten sich einander zu, lächelten, hielten Gläser in die Höhe, um miteinander anzustoßen. Am Kopfende des Tisches saß eine etwa vierzigjährige Frau, eine starkknochige, hellhaarige Frau mit einem tief ausgeschnittenen Kleid über einem beachtlichen Busen. Sie war hübsch, reif. Seine Kollegen im Polizeirevier hätten durch die Zähne gepfiffen, wenn er ihnen dieses Bild gezeigt hätte, hätten einander in die Seiten gepufft und gegrient, daß sie scharf sei und daß sie nichts dagegen hätten, wenn ... Die Frau beugte sich zu dem jungen Mädchen hinüber, das rechts von ihr saß, und sagte etwas.

«Das bist du, nicht wahr?» sagte er und fuhr mit dem Finger über das Gesicht des Mädchens.

«Ja. Das war ich.»

Und dieselbe Szene noch einmal, ein paar Augenblicke später. Die Gläser noch erhoben, aber nun ohne zu lächeln, starrten alle auf etwas außerhalb des Bildes, mit Gesichtern, auf denen sich der Schrecken abzeichnete. Das Mädchen war fort. Die Frau am Kopfende des Tisches schaute direkt in die Kamera, ihr Gesichtsausdruck war nicht besonders freundlich.

«Was ist da passiert?» fragte er. «Ich muß es wissen.»

Weil die Leiche unten in Wandsworth es jetzt nie mehr erzählen würde. Die hervorquellende dicke Zunge war endlich zur Ruhe gekommen. Vor Wochen schon. Nie wieder würden die kleinen weißen Hände Fotografien hin und her schieben und eine Vergangenheit aufleben lassen, die von einer Katastrophe zerstört worden war.

Die Frau zog eine Schulter in die Höhe und atmete tief und gequält ein. «Wenn jemand ein Recht darauf hat, dann du», sagte sie. «Ich habe gar nicht gewußt, daß Bobby damals fotografiert hat.»

«Bobby?»

«Mein jüngster Bruder. Er war verrückt aufs Fotografien. All die Bilder hier hat er gemacht, alles hat er fotografiert. Als Zeugnis für die Nachwelt, hat er immer gesagt.»

«Genau das sind sie ja auch geworden.»

Die Frau starrte auf die Fotos und sagte leise: «Sie hat mich natürlich gehaßt.»

«Wer?»

«Meine Mutter.» Sie zeigte auf die Frau am Kopfende des Tisches. «Es muß eine Art Verrücktheit gewesen sein, eine Art pathologische Obsession. Oder vielleicht war sie auch einfach nur eifersüchtig, weil Vater mich mehr liebte als sie. Heutzutage, nehme ich an, gibt es einen Fachausdruck für so was. Vielleicht hat es ihn auch damals schon gegeben, aber ich habe ihn nicht gekannt, ich wußte bloß, daß sie gefährlich war. Meine Brüder, sogar der kleine Bobby, versuchten mich zu beschützen. Auch mein Vater, solange er lebte. Ich glaube, wenn sie gekonnt hätte, hätte sie mich umgebracht.» Pause. «So hat sie die zweitbeste Variante gewählt.»

«Erzähl!»

Wieder ein zitterndes Seufzen. «Edward. Dein Vater. Er wohnte weiter oben im Tal. Seine Familie war reich, sie hatte ziemlich viel Grundbesitz. Edward war zehn Jahre älter als ich, aber das hat nie eine Rolle gespielt. Von Anfang an gab es für uns beide niemals jemand anderes.» Sie sah ihn fest an. «Wir liebten uns.» Auf dem Aga fing der Kessel an zu pfeifen, Wassertropfen liefen wie Ameisen über die heiße Herdplatte. Die Frau erhob sich, suchte Teekanne, Tassen und Unterteller zusammen. «Verstehst du, was ich meine?»

«Ja», sagte er, obwohl er keine Ahnung von Liebe hatte.

«Ich wurde zur Schule geschickt, weit weg von meiner Mutter, aber mit dem ersten Ferientag war auch Edward da, und schlagartig war es Sommer, es war ein Feuerwerk, wie Rosen, die aus dem Boden schossen, und Vögel, die jubilierten.»

Die Erinnerung daran ließ sie lächeln. Ihre Stimme blieb ausdruckslos.

«Was ist passiert?»

«Zu meinem sechzehnten Geburtstag, Mitte September, schickte mir Edward – er war damals beim Militär – einen Brief ins Internat, in dem er schrieb, daß er nach Weihnachten nach Übersee versetzt werden würde und daß er sich wünschte, ich würde mit ihm kommen. Er meinte, ich sei alt genug und er würde meine Mutter fragen, ob wir heiraten könnten. Mein Vater war im Jahr zuvor gestorben.»

«Was hat sie dazu gesagt?»

«Daß es nicht in Frage käme, und daß ich viel zu jung dafür sei. Daraufhin schrieb ich ihr, daß ich ihre Zustimmung nicht brauchte, daß ich rechtlich gesehen auch ohne sie heiraten könnte und daß ich dies tun würde, sobald ich Weihnachten nach Hause käme, damit ich mit Edward ins Ausland gehen könne. Sie war wütend.»

Er nickte. Er kannte Großmutters Wutausbrüche. Ihre Heftigkeit, ihren Haß, die dann aus ihr heraussprudelten wie Champagner aus einer zu stark geschüttelten Flasche.

«Edward sagte, er denke, meine Brüder würden sie überreden können. Und letztlich hat sie auch nachgegeben. Und Edward eingeladen, am Heiligen Abend zu uns zum Essen zu kommen.» Sie unterbrach sich, faßte sich an die Stirn, schloß die Augen. «Ich habe wirklich geglaubt, sie würde ...»

Ganz leise sagte er: «Es war am Heiligen Abend, irgendwo droben im Norden.»

Ebenso leise sagte sie: «Es schneite, und Edward kam so spät, daß wir schon ohne ihn anfangen wollten. Dann stand er plötzlich in der Tür zum Eßzimmer. Er stand da und sah mich an. Sah mich nur an. Er lächelte nicht. Und dann beugte meine Mutter sich zu mir herüber und sagte ... sie sagte ...»

«Was?» All die Jahre, die vergangen waren seither, und jetzt fühlte er, daß die innere Leere sich mit dem, was immer schon hätte dasein müssen, zu füllen begann.

«Sie muß es geplant haben. Sie hat auf die Sekunde genau

festgelegt, wann sie es mir sagen würde. Normalerweise hätte ich bei Tisch niemals neben ihr gesessen, aber an diesem Abend hatte sie es so bestimmt. Deshalb hörte niemand außer mir, daß sie sagte, daß sie und Edward ... daß sie ein Verhältnis miteinander hätten. Daß sie ihn verführt hätte, daß es ganz leicht gewesen sei und daß er nicht mich liebte, sondern sie.»

«Hast du ihr das geglaubt?»

«Nein. Nicht ganz. Nicht ... alles.»

«Und dann?»

«Edward wußte, was sie tat. Er rief meinen Namen. Er sagte, daß er mich liebte und daß ich trotz allem immer daran denken sollte, daß er mich liebte. Und dann – plötzlich war er zur Haustür hinaus und verschwunden. Und wir hörten einen Schuß.»

«Mein Gott.»

«Ich rannte über die Wiese, so schnell ich konnte mit meinen neuen Schuhen. Ich sah ihn auf der Erde liegen, sein Gewehr neben sich, ich kniete im Schnee und hielt ihn fest, als er starb. So rot war sein Blut gegen das Weiß. Als ich zurück war, nahm sich mich zum erstenmal in ihrem Leben in den Arm. Sie sagte, daß sie geheiratet hätten. Daß Edward gar keine Wahl gehabt hätte, nicht unter diesen Umständen.»

«Hast du ihr das geglaubt?» fragte er wieder.

«Anfangs nicht.» Sie machte eine vage Handbewegung. «Später bin ich für einige Zeit ... in ein Krankenhaus ...»

«Natürlich. Du warst ja schwanger ... Das war damals ja vermutlich ... wie ein Stigma, wenn man nicht verheiratet war und ...» Seine Stimme erlosch.

«Als ich wieder herauskam, war Bobby inzwischen bei einem Autounfall ums Leben gekommen, und meine zwei älteren Brüder waren nach Australien gegangen. Auch sie war fort. Dich hatte sie mitgenommen, in den Süden hinunter. Du warst das einzige, was von Edward geblieben war.»

«Du arme Frau.»

«Weil, natürlich hatten sie und Edward ... Nicht daß ich ihm je einen Vorwurf gemacht hätte. Es war ihre Schuld.»

«Arme, arme Mutter.» Er legte seine Hand auf die ihre. Sie würden Freunde sein, sie und er. Sie würden all diese Jahre, die die böse alte Frau, seine Großmutter, ihnen gestohlen hatte, nachholen. Flüchtig dachte er daran, wie sie gestorben war, wünschte, daß es länger gedauert hätte, daß sie mehr hätte leiden müssen, daß er vielleicht am Anfang grausamer zu ihr gewesen wäre. «Warum bist du nicht gekommen, um nach mir zu sehen?»

Sie zog ihre Hand fort. «Warum hätte ich das tun sollen? Es hätte alles nur wieder neu aufleben lassen. Das Trauma. So bin ich nach und nach über den Schock hinweggekommen.»

Er wünschte, ihre Stimme klänge weniger gleichgültig. «Ich nicht», sagte er.

«Jim und ich sind dann miteinander gegangen, wir haben geheiratet und die Kinder bekommen ...» Sie zuckte die Schultern. «Du weißt ja, wie das ist.»

«Aber Mutter ...» Das Wort fühlte sich kraftvoll in seinem Mund an, ungewohnt.

Einen Moment lang starrte sie an. «Ich bin nicht deine Mutter», sagte sie. Wie sie es betonte, klang das Wort hart.

«Was?» Er verstand nicht, was sie damit sagen wollte.

Sie lächelte ein kleines, vertrautes, nicht besonders freundliches Lächeln. «Ich nicht, Martin. Dein Vater und ich ... wir haben nicht ... Ich meine, ich war noch Jungfrau, als ich Jim heiratete.»

«Dann ... wer dann?»

Sie antwortete nicht.

«Großmutter?» fragte er.

«Falls du sie so genannt hast, ja.»

«Sie hat mir erzählt, meine Eltern seien tot», sagte er. Tränen standen ihm in den Augen. Haß, roher, glühender Haß stieg in ihm auf. War seine Großmutter, diese schlampige, widerliche alte Frau, war das die Mutter, sein Fleisch und Blut, die er so lange gesucht hatte?

Die Frau schaute ihn an. «Irgendwie hatte sie damit ja recht, nicht wahr?»

«Nein! Sag das nicht!» Seine Hände lagen um ihren Hals. Er fühlte den Knochen am Schädelende und die konvulsivischen Bewegungen ihrer Kehle. Er schüttelte den Kopf. «Das kann nicht sein», sagte er, «nicht Großmutter.»

Er drückte fester zu, versuchte aus ihrem Mund die richtigen Worte herauszupressen, während ihre Finger an seinen Händen rissen und ihr Gesicht dunkel anlief. «Sag, daß es nicht Großmutter war», schrie er, aber sie antwortete nicht.

Als er sie auf ihren Stuhl zurücksinken ließ, waren ihre Augen, die den seinen so ähnlich waren, matt geworden. In ihrer einen kleinen Hand hielt sie noch immer die Fotografie dieses lang vergangenen, nie beendeten Abendessens am Heiligen Abend, mit der Champagnerflasche in einem silbernen Kübel.

Ron Goulart

Fahr langsam, Bestatter

Sie ist nicht tot», wiederholte er nun schon zum soundsovielten Mal. Ich hörte zu, nickte, zog an meiner Mentholzigarette und sah durch die Fenster seines Arbeitszimmers hinauf auf den großen gepflasterten Hof, wo der Herbstwind trockene Blätter durcheinanderwirbelte.

George Oland hatte beim Reden zu keuchen begonnen. Er brach ab und zeigte mit seiner großen, sommersprossigen Hand auf meine Zigarette. «Wenn Sie die vielleicht ausmachen würden.»

Ich drückte den Stummel in einer Muschel aus, die als Aschenbecher diente, und hob den Ellenbogen zu dem Fenster mit dem zerschnittenen Fliegengitter. «Was für einen Grund könnte Ihre Tochter gehabt haben, bei Ihnen einzubrechen?» fragte ich.

«Ich weiß ja nicht, ob sie es war, Mr. Lowe. Ich weiß nicht, was das arme Kind gerade treibt.» Er legte die Hände flach nebeneinander auf den Couchtisch vor seinem Sessel, dann nahm er die Briefe wieder auf. «Es ist nun schon zweieinhalb Jahre her – zwei Jahre und sieben Monate –, aber ich habe nie geglaubt, daß sie ertrunken war. Ich wußte, eines Tages würde sie wiederkommen.»

Vor zwei Jahren und sieben Monaten war Nancy Oland nahe

der Küste irgendwo südlich von San Pedro von einer Jacht über Bord gesprungen. So stand es in den Zeitungsausschnitten, die er mir gezeigt hatte. Sie hatte weder einen Abschiedsbrief hinterlassen, noch hatte man ihre Leiche je gefunden. Allem Anschein nach war sie eines frühen Morgens, noch vor Tagesanbruch, ins Wasser gesprungen, und man hatte sie erst mehrere Stunden danach vermißt. Was die übrige Gesellschaft an Bord betraf, so war die Polizei der Meinung, keiner habe etwas mit Nancys Verschwinden zu tun gehabt.

Und nun, fünf Tage vor seinem Anruf bei mir, hatte ihr Vater einen Brief von ihr bekommen, mit der Bitte, sich am nächsten Tag nach Palm Springs zu begeben. Er solle sich dort, in einem Motel am Ortsausgang, ein Zimmer nehmen und auf sie warten. Oland, der sein Haus seit dem Verschwinden seiner Tochter nicht mehr verlassen hatte, setzte sich in einen Bus Richtung Wüste und wartete in dem Motel. Aber Nancy ließ sich nicht blicken, und an der Rezeption wußte man nichts von ihr. Er blieb zweieinhalb Tage, dann fuhr er widerstrebend zurück nach Glendale und stand vor einem neuen Rätsel: In seiner Abwesenheit hatten Einbrecher Nancys ehemaliges Zimmer durchsucht. An diesem Zimmer hatte Oland nichts verändert. Es war genau, wie Nancy es zurückgelassen hatte.

Ich gab Oland die Erklärung. Sie lag auf der Hand. Jemand hatte ihn aus dem Haus haben wollen und ihn mit der einzig wirksamen Masche fortgelockt. Aber Oland war anderer Ansicht. Er wisse, daß Nancy irgendwo am Leben sei. Sie sei verwirrt und brauche Hilfe. Deshalb habe er den Einbruch nicht der Polizei gemeldet, sondern über die Vermittlungsagentur einen Privatdetektiv angeheuert.

Er reichte mir den in Glendale abgestempelten Brief und einen anderen, den seine Tochter ihm aus Berkeley geschrieben hatte. Sie hatte dort ein Semester im College verbracht. «Es ist dieselbe Handschrift», wiederholte er. «Sehen Sie das nicht?»

Ich nahm die Briefe, sah sie mir aber nicht noch einmal an. Als er sie mir zum erstenmal gezeigt hatte, war mir die Schrift auf den beiden Bogen ähnlich vorgekommen, aber ich bin kein

Handschriftenexperte. Normalerweise spüre ich Leuten nach, die sich aus dem Staub gemacht haben – Ehescheidungskram –, montiere auch mal Wanzen an und wieder ab, aber hin und wieder, meist im Herbst, wenn der Santa-Ana-Wind wütet und es in den Canyons oberhalb von Los Angeles brennt, kommt ein Klient mit etwas Ausgefallenem – so wie Oland mit seiner wiederauferstandenen Tochter.

«Die Briefe bringe ich am besten zu einem Graphologen», sagte ich.

«Nein!» protestierte er und riß sie mir aus der Hand. «Das ist das erste Lebenszeichen, das ich von ihr habe.» Er befingerte den neuen Brief. «Sie ist ein sensibler Charakter und traut sich nicht aus ihrem Versteck, nach all dem Wirbel damals, als sie ging.»

«Ging?» fragte ich. «Ein Sprung in den Pazifik ist kein üblicher Aufbruch in den Sommerurlaub. Außerdem dauert er nun schon etwas länger als zwei Wochen.» Es war ein greller, windiger Nachmittag, aber in Olands Zimmer herrschte beinahe Dämmerlicht.

Oland war ein großer, schwer gebauter Mann mit dichtem weißem Haar und einem Sheriffschnurrbart. «Ich kann nicht behaupten, Lowe, das ich Ihren Ton besonders passend finde.»

«Auch gut», sagte ich und hob das Kinn. «Für Ihre fünfzig Piepen Tagessatz kriegen Sie jede Menge Leute, die Ihnen nach dem Mund reden.» Ich stemmte mich aus meinem Sessel.

«Das verlange ich ja gar nicht», entgegnete Oland. Er stand auf und vertrat mir den Weg. «Ich kenne Ihre Agentur. Meine Firma hat sie mehrfach mit Aufträgen betraut, als ich noch im Dienst war. Ich möchte, daß Sie diese Sache übernehmen, Lowe. Nur verbitte ich mir Ihren Spott. Ich weiß, daß Nancy lebt. Finden Sie sie. Bitte.»

«Was hat der Einbrecher mitgehen lassen?» fragte ich.

Er schüttelte den massigen Kopf. «Nichts. Gar nichts, soweit ich feststellen kann.» Er hatte mir den Raum im oberen Stock gezeigt, ein in Rosa und Weiß gehaltenes Jungmädchenzimmer. Alles deutete darauf hin, daß sich jemand sehr gründlich darin umgesehen hatte. Das Ganze hatte den Eindruck verdächtiger Unordnung gemacht.

Ich trat ein paar Schritte zurück. «Sie wissen, was ich von der Sache halte. Wir werden sie nicht finden.»

«Trotzdem», sagte Oland und sank in seinen Sessel zurück. «Suchen müssen wir sie. Irgendwo müssen wir sie doch...» Er bedeckte sein Gesicht mit der gespreizten Hand und begann zu weinen.

Ich wandte mich ab, trat an seinen Schreibtisch und nahm die Fotos auf, die er mir gezeigt hatte. Nancy Oland war brünett gewesen, eine große, kräftig gebaute junge Frau, und auf ihre robuste Art auch hübsch. Sie war dreiundzwanzig gewesen, als sie verschwand. «Ich nehme ein paar davon mit», sagte ich.

«Aber nicht das, auf dem sie ihr blaues Kostüm trägt. Davon habe ich nur den einen Abzug.»

Es war mir gleich, welche Fotos ich einsteckte, da ich ohnehin nicht glaubte, das Mädchen sei noch am Leben. «Wie steht's mit den Freunden Ihrer Tochter? Hatte sie jemanden, bei dem sie sich hätte melden können?»

Oland zog ein Taschentuch heraus und wischte sich die Augen. «Nancy ist ein zurückhaltender Typ. Sie hatte keinen festen Freund, wenn Sie das meinen. Aber ich kann Ihnen Namen und Adressen von Mädchen geben, mit denen sie befreundet war. Im letzten Jahr, bevor sie fortging, wohnte sie in Hollywood mit Beth Eisner zusammen. Und dann war da noch Carrie Milligan, die kannte Nancy von der High-School.» Er sagte mir, wo sie und einige weitere zu finden waren.

Der Wind warf gelbe und braune Blätter an die Scheiben.

«Ich werde mich bei ihnen umhören. Kann sein, daß ich auch nach Palm Springs rausfahre und mir die Belegschaft des Motels vornehme.» Eine graue Katze, ein staubiges, dickes Tier, war hereingekommen und beobachtete uns von ihrem Platz unter dem Schreibtisch.

«Sie kommt wieder», sagte Oland zu der Katze. «Sie kommt zu uns zurück.» Dann stand er auf, ging mir voran in die Diele und gab mir die Hand. Ich schüttelte sie, aber mir fiel nichts ein, was ich ihm sonst noch hätte sagen können.

Olands großes Haus stand an einer breiten Allee, die wie ein Stück Südkalifornien aus den dreißiger Jahren wirkte. Die Häuser, fast alle mit überdachten Veranden, verbreiteten die angenehm behäbige Atmosphäre des Mittelwestens. Aber auch hier begann die Gegenwart sich einzudrängen. Ganz in der Nähe gab es einen Spirituosenladen, eine Schnellwäscherei und, direkt gegenüber, eine Pizzeria. *Pizzawelt* nannte sich der Kasten und pries «Pizzas aller Nationen» an.

Ich schlenderte hinüber und ging hinein. Es war erst halb drei, und das übliche Gedränge nach Schulschluß hatte noch nicht begonnen. Die Tische waren unbesetzt, aber an der Theke lehnte eine alte Frau mit blaugetöntem Haar und aß die Spezialität des Hauses, einen Pizzadog. Hinter der Theke redete ein kleiner Mann in ein Wandtelefon. Er trug einen beigen Overall und bekräftigte jedes Wort mit einem Kopfnicken. Bei meinem Eintritt machte er eine Augenblick-noch-Geste in meine Richtung. Ich stützte den linken Ellbogen auf die Kunststoffplatte und wartete, bis er einhängte und eilig herüberkam.

«Um diese Zeit rufe ich immer meine Mutter an», entschuldigte er sich. «Sie ist schon über siebzig und hat sich vergangenen April die Hüfte gebrochen. Seitdem wohnen wir zusammen in einem Zweizimmerapartment in Pasadena. Na ja. Ihr Leben ist nun ziemlich eingeschränkt.»

Ich heftete die Information in meiner Sammlung von Kellner-Autobiographien ab und sagte: «Kaffee.»

«Das sollten mehr Leute tun, ihre Mütter anrufen», bemerkte die alte Frau am Ende der Theke.

Als der Mann mit meinem Kaffee kam, fragte ich: «Sind Sie jeden Tag hier?»

«Ja, immer. Außer Sonntag. Sonntags schiebe ich Mutter in Forest Lawn herum. Sie mag den Trubel dort.»

«Junge Männer, die ihre Mütter im Rollstuhl spazierenfahren», sagte die Blauhaarige, «davon könnte es auch ein paar mehr geben. Noch einen Hot dog für mich, Don.»

In ein paar Minuten stand Don wieder vor mir. «Von hier aus können Sie das braune Haus gegenüber ziemlich gut überblikken, nicht wahr?» fragte ich.

Er bejahte. «Da wohnt ein pensionierter Herr drin, soviel ich weiß. Geht nie aus. Das heißt, doch. Letzten – mal sehen – ja, letzten Dienstag kam er aus der Tür.»

«Haben Sie zufällig jemanden da drüben rumlungern sehen?»

«Nein.» Er drückte einen Daumen gegen seine kleine Nase. «Aber letzten Mittwoch und auch diese Woche wieder, Montag und Dienstag, war ein Mädel hier, 'ne Dunkelhaarige. Groß und sehr attraktiv. Es ist verdammt schwierig, in dieser Stadt ein hübsches Mädchen kennenzulernen, das sage ich Mutter immer wieder. Sicher, es sind öfter welche hier, und ich unterhalte mich auch mit ihnen. Ein bißchen neckisch, das kann ich ganz gut. Aber damit hat sich's dann immer, leider.»

«Wenn ich eine Tochter hätte», sagte die Frau mit dem Hot dog, «würde ich sie hierherbringen und Ihnen vorstellen, Don. Sie sind ein Gentleman.»

«Und was war mit der Dunkelhaarigen?» warf ich ein.

«Die wollte wissen, ob ich den Mann von gegenüber kenne. Fragte, ob ich ihn manchmal ausgehen sehe. Da hab ich ihr erzählt, was in der Nachbarschaft behauptet wird. Mußte ich ja. Es heißt, er hat 'nen Unglücksfall in der Familie gehabt und verläßt das Haus seitdem überhaupt nicht mehr. Ich rede sonst nicht über andere, aber ich hoffe immer, es führt mal zu etwas, wenn ich nett zu den Frauen bin.»

«Diese war auch mehr als einmal hier, oder?»

«Ja, wie ich schon sagte. Sie kam Mittwoch und dann wieder Montag und Dienstag. Saß an Nummer drei am Fenster drüben und blieb jedesmal fast zwei Stunden. Als sie zum zweitenmal kam, hab ich mir was darauf eingebildet. Dachte, sie käme wegen mir. Aber nach dem erstenmal hat sie kaum noch was gesagt . . . 'ne tolle Biene, kann ich Ihnen sagen. Und scharf auf Sportwagen.»

«Wie bitte?»

«Sie steht auf Sportwagen. Fährt einen kleinen roten. Parkte ihn vor dem Haus.»

Ich zog eine der Porträtaufnahmen von Nancy Oland heraus. «Kennen Sie diese Frau?»

Don fischte eine randlose Brille aus der Brusttasche seiner Pizzawelt-Uniform und drehte das Foto in der Hand wie ein dreidimensionales Dia. «Nein», sagte er. «Die war es nicht. Sind Sie von der Polizei?»

«Nein.»

«Da muß doch was dran sein, an allem, was man so über die Brutalität der Polizei hört, oder?» fragte die alte Frau.

Ich lächelte zu ihr hinüber. «Nein, Madam. Kein wahres Wort.»

«Das Mädel hier drinnen war kleiner», sagte Don. «Ich hab fast das Gefühl, sie kommt wieder. Mutter sagt ja, eine, die Pizzas mag, würde keine gute Ehefrau abgeben, aber da bin ich anderer Ansicht.»

«Mein Onkel heiratete eine Frau, die drei Jahre lang nur von Pizzas gelebt hatte», sagte ich und nahm das Foto zurück.

Die Straße draußen begann sich mit Jugendlichen von der High-School zu füllen. Ich sah mir die Mädchen in ihren Schlabberlook-Hosen an und kam mir überholt vor. Mit sechsunddreißig tut man das mitunter.

Carrie Milligan, Beau Geste Apartments, Hollywood, war nicht zu Hause. Der Hauswart, ein bronzebraunes Muskelpaket meines Alters, unterbrach seine Handstandübungen am Pool und berichtete, sie arbeite in der *Great Depression*, einer Bar am Santa Monica Boulevard. Sie mache die Cocktailschicht. Während ich mit dem Hauswart sprach, gingen zwei junge Stewardessen an uns vorbei, die von einem Flug nach Hause kamen. «Hallo, Sonny», riefen sie dem Hauswart zu, winkten und stiegen die Außentreppe hinauf zu ihrem Apartment.

Sonnys Phonokoffer wechselte die Platte und ließ die Tijuana-Brass-Band in voller Lautstärke auf uns los. Eine Blondine in einem roten Bikini kam aus einem der Parterre-Apartments und führte uns einen gekonnten Schwalbensprung in den Pool vor. «So geht's bei uns rund um die Uhr», bemerkte Sonny. «Wie in den Pinten unten an der Straße. Spiel und Spaß am laufenden Band. Dabei nehmen wir nur hundertfünfzig Dollar und verlangen keinen Mietvertrag.»

Ich erzählte ihm, ich bereitete mich auf das Pfarramt vor und hätte es abends beim Studieren gern ruhig.

Von den Beau Geste Apartments fuhr ich meinen Gebrauchtwagen zu der *Great Depression* und rumpelte auf den Kundenparkplatz. Der heiße Wind trug Brandgeruch von den Hügeln zu mir herüber. Ich ging zum Hintereingang des niedrigen, schwarz gestrichenen Gebäudes und bemerkte neben den Mülltonnen einen staubigen roten Sportwagen. Der innen an die Windschutzscheibe geklebte Zulassungsschein interessierte mich: Ob bloßer Zufall oder mehr – der Wagen gehörte Carrie Milligan.

In der *Great Depression* war es dunkel und unangenehm kühl. Die Wände waren von oben bis unten mit Souvenirs aus der Zeit der Wirtschaftskrise bedeckt, mit einer Collage aus Bonbonpapier, Comics, Szenen aus Bogart-Filmen, Pressefotos von F. D. Roosevelt, Lithographien von Thomas Hart Benton, Rockwell-Plattencovers, Krazy Kat, Amelia Earhart.

Nur die Bardamen erinnerten in nichts an die dreißiger Jahre. Sie trugen gestreifte Hosen, Stiefel und Mützen im Carnaby-Stil. Eine der beiden war brünett. Sie lehnte, die Hände im Rücken verschränkt, an einem Pfeiler und hielt die weit auseinander stehenden Augen halb geschlossen.

Ich setzte mich an die schwarze Theke, bestellte ein Bier und sagte, als der Barmann es brachte: «Wenn ich richtig informiert bin, arbeitet eine Miss Carrie Milligan bei Ihnen, oder?»

Der Barmann zupfte an den Enden seines buschigen Schnurrbarts und antwortete: «Stimmt, Kumpel. Warum?»

Ich zog eine Karte aus der Tasche – ein Versicherungsagent hatte sie in der vergangenen Woche unter meine Tür geschoben – und sagte: «Ich bin Ralph E. Minton von der Los Angeles Provident. Wir versuchen, die Erben eines Kunden ausfindig zu machen. Dürfte ich Miss Milligan in dieser Angelegenheit sprechen?»

Er zwirbelte seinen Schnurrbart, schien nach einer Ähnlichkeit zwischen mir und dem Schriftbild auf der Karte zu suchen und sagte schließlich: «Das ist sie. Die da drüben, die den Pfeiler geradehält. Sie können ihr von Rick bestellen, sie darf sich ein paar Minuten mit Ihnen in eine leere Koje setzen. Hat sie Geld zu erwarten?»

«Das kann ich zu diesem Zeitpunkt noch nicht sagen, aber es steht zu hoffen.»

Nur die Augen der dunkelhaarigen Frau bewegten sich, als ich sie anredete. «Mein Name ist Lowe», stellte ich mich vor. «Nancy Olands Vater hat mir erzählt, Sie seien mit ihr befreundet gewesen. Kann ich Sie einen Augenblick sprechen?»

Sie zog ihre schmalen Hände hinter dem Rücken hervor und legte sie an die Oberschenkel. «Fragen Sie Rick.»

«Der hat mir schon Erlaubnis erteilt.»

Sie löste sich von dem Pfeiler und ging mir zu einer leeren Nische im hinteren Teil des Raumes voran. «Was will Mr. Oland von mir?» fragte sie, als sie sich gesetzt hatte.

Ich schob mich in die Bank ihr gegenüber. «Er hat einen Brief bekommen, von jemandem, der behauptet, Nancy zu sein. Wissen Sie etwas darüber?»

«Nancy ist tot», sagte sie. Ihre Stimme war weich und kam wie von weit her. «Sie hat sich umgebracht, aber das will Mr. Oland nicht wahrhaben.» Sie schwang die langen Beine auf ihre Bank und umspannte die Knie mit den Händen. «Kennen Sie das Spiritual: ‹Fahr langsam, schwarzer Leichenwagen. Daß du sie fortnimmst, kann ich nicht ertragen›? Das paßt genau auf Nancys Vater. Er will sie nicht gehen lassen und schiebt den Abschied hinaus, solange er kann. Sie ist nun schon fast drei Jahre tot.»

«Haben Sie ihn in letzter Zeit irgendwann besucht?» Ich hatte mein Bier mitgebracht und betrachtete ihr trauriges, schmales Gesicht über den Rand meines Glases. Es war fast schön, auf eine schwermütige Art.

«Nein», sagte sie. «In ihrem letzten Jahr standen Nancy und ich uns nicht mehr sehr nahe. Ich war seit ihrem Tod auch nicht wieder in ihrem Haus. Ihr Vater rief mich ein paarmal an, aber besucht habe ich ihn nicht.»

«Waren Sie und Ihr roter Wagen nicht Anfang der Woche dort?»

Carrie lächelte schwach. Sie schüttelte den Kopf und faßte an den Schirm ihrer Mütze. «Das hätten wir nicht gekonnt. Montag und Dienstag war der Wagen in der Werkstatt.»

«Weshalb?»

Ihre Hände massierten ihre Knie. «Ölwechsel und Abschmieren, wenn Ihnen das weiterhilft. Ich brachte ihn am Montag vor der Arbeit hin und holte ihn Dienstag mittag ab. Zufrieden?»

«Können Sie sich vorstellen, wer ein Interesse daran haben könnte, Oland weh zu tun? Mit einem gefälschten Brief?»

«Ach, hören Sie doch auf», erwiderte sie und setzte die Füße auf den Boden. «So ist die Welt nun mal. Mies von Grund auf. Viele Leute machen 'ne Menge durch im Leben, und manche sehr viel mehr als Mr. Oland. Der braucht sich nur in seinem großen Haus zu verschanzen und so zu tun, als wäre Nancy nicht über Bord gesprungen. Es gibt Schlimmeres als das.» Sie zog energisch ihre Mütze zurecht und ließ mich sitzen.

Auf dem Parkplatz blieb ich einen Augenblick bei ihrem Wagen stehen, zündete mir noch eine Zigarette an und kam zu dem Schluß, daß Mentholzigaretten meinen Atemwegen auch nicht zuträglicher waren als meine vorige Sorte ohne Menthol. Der einzige Werkstattaufkleber, den ich an dem ganzen Wagen entdecken konnte, zeigte an, daß er im November vergangenen Jahres, vor elftausend Kilometern, zuletzt abgeschmiert worden war. Ich setzte mich nachdenklich in mein eigenes betagtes Fahrzeug und erkämpfte mir einen Platz im Verkehrsgedränge.

Auch Beth Eisner war eine langgliedrige Brünette. Sie mochte ein oder zwei Jahre älter sein als Carrie, trug einen dunklen Pullover zu hellen Cordhosen und war nicht ganz so melancholisch.

Ihr Dreizimmerhäuschen lag in Beverly Glenn, zehn Minuten

Fahrt oberhalb des Sunset Boulevard, wo sie als Sekretärin arbeitete, aber das erzählte sie mir erst später. Ich wies mich aus, und sie hakte die Türkette ab und führte mich in ein großes, kahles Wohnzimmer. Die wenigen Möbel waren einfach und ruhig. Über einem vollen Bücherregal hing als einziger Wandschmuck ein schlechtes Ölporträt von Beth.

«Ich hab das Gefühl, die ganze Straße brennt noch eines Tages ab», sagte sie. «Ich schlafe ziemlich fest, aber diese Feuerwehrsirenen kriegen mich jedesmal wach. Ich glaube, die höre ich schon von so weit her wie Oxnard.» Sie sank auf ein niedriges Sofa und überließ mir die Wahl meiner eigenen Sitzgelegenheit.

«Wer würde versuchen, Nancy Olands Vater weiszumachen, sie sei noch am Leben?» fragte ich von einem mit Segeltuch bespannten Stuhl.

Sie biß sich auf die Unterlippe. «Das ist es also, was?»

«Er hat einen Brief von ihr bekommen, angeblich von ihr, in dem sie ihn zu einem Treffen mit ihr nach Palm Springs bestellte. Er fuhr hin, wartete ein paar Tage, und als er schließlich unverrichteter Sache zurückkam, waren Einbrecher im Haus gewesen.»

«Der arme Mr. Oland. Und das, wo er sich sowieso schon einredete, sie sei nicht gestorben.»

«Wann haben Sie Nancys Vater zuletzt gesehen?»

«Das muß schon ein Jahr oder so was hersein. Früher fuhr ich ab und zu bei ihm vorbei, aber ich mußte damit aufhören. Ich mag Mr. Oland ja, aber er redete nur davon, daß Nancy vielleicht wiederkäme. War auf nichts anderes ansprechbar. Er hat sie eben nie wirklich gekannt, nicht mal, als sie noch bei ihm wohnte.»

«Wohnte sie hier in diesem Haus mit Ihnen zusammen?»

«Nein, in einem Apartment in Hollywood unten, in einem dieser nachgemachten Maurenpaläste. Aber im letzten halben Jahr bevor sie starb – mindestens ein halbes Jahr lang –, hatte sie eine eigene Wohnung. Nicht, daß ihr Vater je davon erfuhr.»

«Hatte sie irgendwelche Männerfreundschaften?»

«Mr. Oland hat Ihnen sicher erzählt, auf dem Sektor habe sich nichts bei ihr abgespielt, stimmt's?»

«Ja, so etwa.»

«Na ja», sagte Beth. «Ganz so war es nicht. Nancy hatte auch Freunde. Ein ziemliches Sammelsurium von Freunden, deren bloße Existenz Mr. Oland wahrscheinlich abstreiten würde. Vielleicht wissen Sie das nicht, aber Nancys Mutter starb früh, und ihr Vater begann schon damals abzuschalten.»

«Und Sie haben ihm nichts von alledem erzählt?»

«Nein, und Sie sollten es auch nicht tun. Er würde es sowieso nicht glauben. Nancy war ein nervöser Typ. Flippig. Wußte nie so recht, was sie wollte. Sie schnupperte in ein paar Colleges rein, aber sie war wie getrieben, ständig auf der Suche nach irgendeinem Abenteuer. Vielleicht auch nach einem Halt.» Beth schloß eine Sekunde lang die Augen. «Ich glaube, in den letzten paar Monaten ihres Lebens war sie drogensüchtig. Vielleicht hat sie sich deshalb umgebracht.»

«Ich habe Mr. Olands Zeitungsausschnitte über ihren Selbstmord gelesen, aber die jungen Leute, mit denen sie zusammen war, scheinen der Polizei in keiner Weise verdächtig gewesen zu sein.»

«Die anderen im Boot? Nein, die waren clean. Nancy hatte Freunde auf zwei oder drei verschiedenen Ebenen.»

«Und wo würden Sie Carrie Milligan einordnen?»

Beth schüttelte den Kopf. «Wohl auf Nancys eigener. Das heißt in vieler Hinsicht. Carrie hatte sich nur besser im Griff.»

«Wissen Sie irgend etwas Genaues über Nancys Drogenabhängigkeit?»

Beths Gesicht war blaß geworden. «Nein, ich bin mir nicht sicher, ob sie überhaupt fixte. Aber so sonderbar, wie sie sich benahm, wurde ich nach und nach argwöhnisch. Ich bot ihr Hilfe an, auf meine übliche ungeschickte Art, nur ... vielleicht hätte ich trotzdem zu ihr halten und dableiben sollen. Ich weiß es nicht. Jedenfalls zog ich aus. Es war wohl auch ihr Umgang, der mir nicht paßte. Carrie nicht und Tamerlane ebensowenig.»

«Wer?»

«Jack Tamerlane. Mit dem war Nancy am häufigsten zusammen. Er zog auch viel mit Carrie herum, glaube ich. Sie waren eine Art Trio. Tamerlane sieht aus wie ein Cowboy, ein großer, schlaksiger Typ. Nancy erzählte, er hätte ab und zu sogar als Statist in mehreren Western mitgespielt.»

«Und wie clean war Tamerlane?»

Beth schnaubte angewidert. «Der wanderte wegen Drogenbesitzes ins Gefängnis. War schon eine Weile drin, als Nancy sich das Leben nahm. Vielleicht war das der Grund.» Sie zuckte die Achseln. «Alles mögliche kann der Grund gewesen sein, aber was genau es war, frage ich mich immer noch.»

«Ich werde sehen, was sich über Tamerlane herausfinden läßt.»

Beth lehnte sich zurück und runzelte die Stirn. «Aus dem Gefängnis ist er inzwischen raus. Das habe ich von einem Freund gehört, einem gemeinsamen Bekannten von Nancy und mir. Tamerlane ist schon seit beinahe einem Monat wieder draußen.»

Seit einem Monat – das konnte hinkommen. Ich sah auf die Zigarette hinunter, die ich aus meinem Päckchen geschüttelt hatte, ließ sie wieder zurückgleiten und sagte: «Hm.»

«Sie fragen sich nun, was Sie Mr. Oland erzählen können, was? Tut mir leid. Ich hätte den Mund halten sollen.» Beth breitete die Hände aus. «Ich mache mir noch immer Gedanken wegen Nancy. Sogar Sorgen. Es ist, als ob ich selber das Gefühl hätte, sie sei noch am Leben.»

Ich erhob mich von meinem Stuhl. «Also, vielen Dank.»

Das Tageslicht verblaßte allmählich; es wurde Abend. In dieser Nacht würde man keinen Stern am Himmel sehen. Ich rief ein paar Polizisten an, die ich kenne, und erfuhr, daß Tamerlane achtundzwanzig war, ein Dealer mit einer mäßig langen Vorstrafenliste und seit fast vier Wochen wieder auf freiem Fuß. Jetzt wohnte und arbeitete er bei einem Unternehmen, das ein entfernter Verwandter von ihm leitete. *The Birks' Works Farms* nannte sich der Laden, eine Touristenfalle an der Straße nach Disneyland, die täglich etliche hundert vom Smog benebelte

Besucher mit Souvenirs und einem Mittagessen, Bauernart, versorgte.

Auf der Autobahn mußte die Strecke dorthin in weniger als einer Stunde zu schaffen sein, also würde ich mir Tamerlane noch vorknöpfen können, bevor er zu Bett ging. Und falls er nicht zu Hause war, würde ich mich trotzdem bei ihm umsehen, ein Souvenir kaufen, ein paar Fragen stellen.

Am Rotholzgatter vor den *Birks' Works Farms* hielt mich ein Wachmann an.

«Ferguson», stellte ich mich vor. «Bewährungshelfer von der städtischen Aufsichtsbehörde. Ist Jack Tamerlane da?»

«Die Angestellten wohnen in unserem Motel etwa achthundert Meter die Straße runter. Gatter elf. Jack ist in Cottage Nummer fünfzehn. Was wollen Sie von ihm?»

Ich gab die Antwort, die gewöhnlich weitere Fragen abblockte: «Reine Formsache.»

Der Wachmann nickte.

Ich fuhr ein Stück weiter und bog durch Gatter elf in eine parkartige Anlage ein. Zwischen den Bäumen verstreut standen etwa drei Dutzend kleiner Häuser. Ich hielt unter einem Baum – einer Weide, wie mir schien – und sah mich nach Nummer fünfzehn um. Sie war nicht schwer zu finden. Auf dem Parkplatz daneben stand ein staubiger roter Sportwagen. Es war eine schindelverkleidete Hütte, Olands Haus in Kleinformat. und im Vorzimmer brannte Licht. Ich besann mich auf meine Erfahrung, die ich als Soldat gemacht hatte, drückte mich an der Rückwand des Hauses entlang und um die Ecke in das trockene Gebüsch unter den Seitenfenstern.

Drinnen brabbelte ein Fernseher, aber über das Geräusch hinweg machte ich eine Stimme aus, Carries Stimme, die nun alles andere als weich war.

«. . . wohl noch wissen, ob mir jemand hierher nachgefahren ist oder nicht. Soviel Grips darfst du mir zutrauen, daß ich das gemerkt hätte.»

«Schon gut, schon gut», beschwichtigte Tamerlane. «Mach keinen Terror.»

«Dann komm endlich raus damit. Hast du den Stoff gefunden?»

«Klar doch», sagte Tamerlane. «Klebte unter ihrer Schreibtischschublade in einem Plastikbeutel.»

«Was ist er wert?»

«Och», meinte er gedehnt. «Als ich ihn Nancy in Verwahrung gab, war der Marktwert hundertfünfzig Mille. Jetzt sind es etwa hundertsechzig, -fünfundsechzig.»

«Ich glaube immer noch, sie kriegen dich, weil du ihn damals abgezweigt hast.»

«Jetzt doch nicht mehr», sagte Tamerlane lässig.

«Und dem alten Oland hast du einen Riesenfloh ins Ohr gesetzt. Der denkt tatsächlich, Nancy lebt noch.»

«Na und? Ich hab ihn aus dem Haus gelockt. Mußte ich schließlich, nachdem ich Nancy gesagt hatte, sie solle den Stoff in ihrem Zimmer zu Hause bunkern. Ich hab schon in der Schule gute Noten im Schönschreiben bekommen. Miss Cooper sagte immer, es sei das einzige, was ich könne.»

Ich tastete nach dem Halfter meiner Achtunddreißiger unter meinem Arm. Dann schob ich mich leise zur Vorderseite des Hauses, stieg die kleine Verandatreppe hinauf und klopfte an die Tür.

Sie öffnete sich einen Spaltbreit, und Tamerlane spähte heraus.

«Ich habe mit Ihnen zu reden», sagte ich. «Über Nancy Oland.»

Aus dem Innern kam Carries Stimme. «Das ist er.»

Tamerlane vergaß seine Lässigkeit. Die Tür knallte zu, und aus dem Zimmer waren Laufschritte zu hören, dann das Zuschnappen der Hintertür. Ich rannte zum Parkplatz und erwischte ihn noch, bevor er in den roten Sportwagen eingestiegen war. Beim Anblick meiner Pistole duckte er sich hinter den offenen Schlag, schnellte im nächsten Augenblick wieder hoch, und ein Feuerhaken schwirrte auf mich zu. Während ich seinem Wurfgeschoß auswich, flitzte er hinter dem Wagen hervor und verschwand um das nächste Haus. Aber vom Parkplatz des

Nachbarhauses entdeckte ich ihn wieder. Er lief zwischen den dunklen Bäumen in Richtung der Farmgebäude, und ich hetzte ihm nach durch den Park bis vor einen Bretterzaun. Tamerlane kletterte hinüber, und ich hörte, wie er auf der anderen Seite auf einem Plankenweg weiterrannte. Dann wurde es still.

Der Zaun war mit verschnörkelten Buchstaben bemalt, marktschreierischen Aufforderungen an die Touristen, die authentische Geisterstadt zu besuchen, die es dahinter zu sehen gäbe. Die Bretter knarrten und schwankten in dem scharfen, heißen Wind, der daran entlangstrich. Ich folgte der Biegung des Zaunes zum Hintereingang, knackte das Vorhängeschloß und betrat die Geisterstadt.

Sie bestand aus einer Straße, zwei Zeilen phantasieloser Nachbildungen von Wildwestgebäuden, dem üblichen Saloon, einem Gefängnis, einem Hotel, einem Andenkenladen. Reglose Wachsfiguren bevölkerten die stille, dunkle Stadt. Sie lehnten an den Pflöcken zum Anbinden der Pferde, saßen an dem langen Tresen der Saloon-Bar, räkelten sich auf den Stühlen in der Hoteldiele. Vor dem Mietstall stand ein Bretterwagen, und einer der beiden Männer auf dem Bock atmete ein wenig. Ich trat so nah es möglich war an ihn heran und hielt meine Pistole schußbereit. «Runter da, Tamerlane!»

Er schaffte es, fast eine Minute lang starr sitzen zu bleiben, dann stand er auf. «Ich hab keine Kanone.»

«Runter mit Ihnen!»

«Werfen Sie Ihren Knaller weg», sagte er und sprang in den Staub. «Dann fechten wir die Sache von Mann zu Mann aus.»

Ich grinste. «Das Szenarium hier ist Ihnen wohl zu Kopf gestiegen.»

«Angst, daß ich Sie kriege, wie?» Als er einen Satz auf mich zu machte, schoß ich ihm ins Bein.

Als ich bei Oland ankam, fiel warmer, klebriger Regen.

«Eine völlig unglaubhafte Geschichte», sagte er und nahm die Fotos von seiner Tochter zurück. «Was Sie da behaupten, entbehrt jeder Grundlage.»

Ich hatte ihm alles erzählt, was ich herausgefunden hatte, oder doch fast alles. Tamerlane hatte einen von Mexiko kommenden Herointransport ausgeraubt und seine Beute Nancy mit der Anweisung anvertraut, ein sicheres Versteck dafür zu finden; in ihrem Zimmer zu Hause wäre der Stoff gut aufgehoben. Aber bevor Tamerlane Gelegenheit bekam, sich weiter darum zu kümmern, hatte man ihn bei einem Deal geschnappt und eingelocht. Sobald er wieder draußen war, hatte er sich überlegt, wie er seinen Besitz zurückbekommen könnte. Oland verließ sein Haus nie, aber Carrie wußte, daß er nicht an Nancys Tod glaubte, und war auf die Idee verfallen, mit der sie ihn aus dem Haus gelockt hatten.

Oland ließ mich ausreden, aber dann protestierte er: «Sie kennen Nancy nicht. Sonst wüßten Sie, wie unvereinbar dies alles mit ihrem Charakter ist.»

«Tja, dann gehe ich jetzt wohl», konnte ich nur noch sagen und echote Beth Eisners Bedauern: «Es tut mir leid.»

«Aber Sie haben sie noch nicht gefunden», sagte Oland. «Sie haben nicht einmal in Palm Springs nachgefragt.»

«Tamerlane gibt zu, den Brief geschrieben zu haben, um Sie für einen Tag hier herauszubekommen, damit er Nancys Zimmer durchsuchen konnte.» Ich ging um Oland herum in den düsteren Flur. «Weiter ist da nichts herauszufinden.»

«Aber ich verlange, daß Sie den Fall fortführen und Nancy finden.»

«Nein.» Ich schritt zur Tür und öffnete sie.

Oland packte mich beim Arm, als ich auf die Veranda hinaustrat, und versicherte mir immer wieder: «Sie ist nicht tot.»

Giorgio Scerbanenco

Einmal ist keinmal

Er war fast zwei Meter und hatte Hände so groß und rot wie Florentiner Koteletts. Seine Gesichtshaut mit den tiefen Falten und Rillen erinnerte an Leder. Er stammte aus dem Friaul und war zur XII. Landwirtschaftsausstellung nach Turin gekommen. Er war zum erstenmal in dieser Stadt. Fast eine Stunde fuhr er schon auf der Suche nach einem kleinen Hotel herum. Als echter Friauler verschmähte er es, andere Leute um etwas zu bitten, und sei es um eine simple Wegauskunft. Aber alle Hotels, die er sah, waren ihm für seinen Geschmack zu luxuriös. Nicht, daß es ihm um die Kosten gegangen wäre – er hatte genug Geld bei sich –, aber er war ein Bauer und stolz auf seinen Stand, und er mochte nicht in einem Haus wohnen, in dem es von anspruchsvollen, affektierten Menschen wimmelte und wo das Personal hinter seinem Rücken über den vom Land gekommenen Hinterwäldler grinste. Schließlich hielt er seinen bescheidenen Fiat 500 vor einem Hotel an, das ihm für seine Zwecke geeignet schien: *Atlantic*-Hotel.

Er öffnete eine Tür mit Mattglasscheiben und stand in einem Vorraum, der erbärmlich nach kalten Zigaretten- und Zigarrenstummeln stank. Es war niemand da, und so wartete er vor einer Art Empfangstisch, bis nach einer Weile eine etwa vierzigjährige, aufdringlich angemalte weibliche Person erschien.

«Haben Sie für drei Nächte ein Zimmer?» fragte der Friauler. Er hieß Lucio Zanettin.

Die Frau musterte den Riesen und seine Hände. Offensichtlich fand sie Gefallen an Männern seines Kalibers. Gewöhnlich vermietete sie ihre Zimmer nicht für drei Nächte hintereinander, höchstens für drei Stunden. Der Gedanke, daß dieser naive Goliath ausgerechnet auf ihr Hotel verfallen war, belustigte sie.

«Aber gewiß! Ich begleite Sie hinauf.»

Lucio Zanettin folgte der Dame mit seinem kleinen Köfferchen in der Hand eine steile, sehr schmale Treppe hinauf. Sie war so schmal, daß sie sich an die Wand pressen mußten, als ein sehr junges, provozierend zurechtgemachtes Mädchen in Begleitung eines reiferen Herrn mit rotangelaufenem, verstörtem Gesicht herunterkam. Auch das Zimmer stank nach Stummeln.

«Das Badezimmer und die Toilette liegen am Gang. Hier gibt es nur ein Waschbecken.» Außer dem Waschbecken befand sich in dem Zimmer noch eine andere Vorrichtung, über die zwei Frotteetücher – ein blaues und eins in Rosa – gedeckt waren. «Leider nur kaltes Wasser.»

Lucio Zanettin hatte sich in seinem ganzen Leben noch nicht mit warmem Wasser gewaschen, nicht mal im tiefsten Winter, und so interessierte ihn diese Mitteilung kaum. Allein gelassen wusch er sich gründlich und rasierte sich mit einem herkömmlichen Apparat, dessen Klinge er wie gewöhnlich zweimal auswechseln mußte, damit sich seine Haut, wenn schon nicht glatt, so doch zumindest weniger rauh anfühlte. Er zog sich um und verließ das Zimmer. Unten war auch diesmal niemand, und so ließ er den Schlüssel auf dem Tisch liegen. Aber kaum war er draußen auf der Straße, fühlte er sich von zu vielen Menschen umgeben. Vor dem Hotel stand ein halbes Dutzend Mädchen auf dem Bürgersteig, die über die Art ihrer Tätigkeit keinen Zweifel ließen. Aufrecht, ohne die Augen nach links oder rechts zu wenden, obwohl zwei der Mädchen mit ihm anzubändeln versuchten, ging Lucio Zanettin über die Fahrbahn zur anderen Straßenseite, wo er seinen Fiat 500 geparkt hatte, und bückte sich, um die Tür zu öffnen.

«He, Mister Universum! Du brauchst nicht zufällig ein bißchen Gesellschaft, was?»

Lucio stand über die offene Wagentür gebeugt. Diese Stimme kannte er; er kannte sie nur zu gut. Er hob den Kopf und sah das Mädchen an, das auf ihn zugetreten war.

«Giovanna», sagte er nur.

Das Mädchen stöhnte auf, als sie ihn erkannte.

«Geh, verschwinde! Aber sag ihnen nicht, daß du mich gesehen hast!» Sie war den Tränen nahe. Unwillkürlich hatte sie in friaulischer Mundart gesprochen. Er antwortete in der gleichen Sprache.

«Dein Vater und deine Mutter bringen sich um.»

«Sag ihnen nichts! Sonst werde ich verrückt und nehme mir das Leben.»

«Können wir uns nicht wenigstens eine Minute unterhalten, Giovanna?»

«Hier nicht, Lucio. Wenn du mit mir sprechen willst, mußt du ein Zimmer im Hotel nehmen, dann kann ich kurz mit dir hinaufgehen.»

Man brauchte sich in dem Metier nicht auszukennen, um zu ahnen, daß irgendwo in der Nähe ein junger Mann war, der «Beschützer» des Mädchens, der aufpaßte, daß sie ihre kostbare Zeit nicht vertrödelte.

«Das Zimmer hab ich schon», antwortete Lucio. «Also komm!»

Tatsächlich saß zwanzig Meter weiter, in einem neuen Alfa Romeo Giulia, ein robuster blonder junger Mann. Er folgte seiner Legehenne – wie er sie heimlich nannte – mit den Augen, während sie mit diesem kapitalen Bären in Menschengestalt im Hoteleingang verschwand. Er zündete sich eine Zigarette an.

Als Lucio mit Giovanna in seinem Zimmer allein war, setzte sie sich auf das Bett und begann zu weinen.

«Wie geht's Mama?»

«Schlecht. Ich habe sie und deinen Vater noch vor zwei Tagen gesehen. Sie sind um Jahre gealtert.»

Sie sprachen ein unverfälschtes Friaulisch, so daß kein Zuhörer ein Wort verstanden hätte.

«Giovanna, warum bist du von zu Hause weggelaufen? Was ist passiert?»

«Ich weiß es selber nicht. Es war eine große Dummheit. Ich wollte einfach raus aus unserm Dorf, weil ich mich so schrecklich gelangweilt habe. Da bin ich einfach mit dem Mann mitgefahren, der den Dorfladen beliefert. Er hat gesagt, daß er mit mir auf Reisen gehen und es sehr lustig werden würde. Als ich merkte, daß er mich belogen hatte, war es schon zu spät. Ich war schon auf der Straße gelandet. Jetzt habe ich keine Hoffnung mehr.»

«Giovanna, du bist doch erst fünfzehn, du darfst die Hoffnung nicht aufgeben! Du mußt nach Hause zurück, in dein altes Leben.»

«Nein, nach Hause kann ich nicht mehr. Er würde mich umbringen. Er hat es mir oft genug angedroht: ‹Versuch nur wegzulaufen, dann schlitze ich dich mit meinem Messer auf!› Da, schau, einmal hat er schon zugestochen, hier am Arm, vor zwei Monaten, um mir Angst einzujagen.»

Der friaulische Dialekt klingt sehr feierlich, und in dieser erbärmlichen Absteige klang er noch feierlicher.

«Außerdem will ich nicht zurück, weil ich mich schäme», sagte sie ernst.

«Müßtest du dich hier nicht viel mehr schämen, wo du Männer auf der Straße ansprichst? Du mußt nach Hause! Im Dorf weiß keiner, was du tust; vielleicht denkt sich der eine oder andere was, aber keiner weiß es. Du bist schließlich nicht das erste Mädchen, das von zu Hause durchbrennt, zwei oder drei Monate wegbleibt und dann wiederkommt. Du kannst doch deine Mutter und deinen Vater nicht vor Kummer sterben lassen!»

«Ich gehe nicht zurück, ich schäme mich!»

«Giovanna, du bist noch ein Kind, du begreifst es nicht. Ich werde auf keinen Fall zulassen, daß du weiter so ein Leben führst. Ich bin ein Jugendfreund deines Vaters, ich war sein Trauzeuge, als er deine Mutter heiratete, und dein Taufpate, als du geboren wurdest. Ich hab dich auf dem Arm gehalten, dir die

Flasche gegeben; du hast dich oft genug auf meinen Armen naß gemacht. Ich lasse dich nicht gehen, jetzt, wo mich der Zufall auf deine Spur geführt hat. Ich könnte die Polizei holen und den Halunken, der dich ausnützt, verhaften lassen. Aber dann würde die Polizei dich gleich mitverhaften und zu den Barmherzigen Schwestern stecken. Das wäre schlimm für dich. Und außerdem gäbe es einen Riesenskandal: Alle Zeitungen würden über dich schreiben, dann hättest du wirklich Grund, dich zu schämen. Darum werden wir jetzt sofort verschwinden, mit meinem Auto, und direkt nach Hause fahren. Morgen in aller Früh sind wir da, ich werde dich bei deinen Eltern abliefern, und es gibt kein Aufsehen. Schlimmstenfalls kommen die Carabinieri und nehmen dich kurz ins Gebet, aber dann ist alles überstanden.» Er erhob sich. «Komm, Giovanna!»

Sie begann wieder zu weinen.

«Wenn ich weglaufe, bringt er uns beide um. Er hat einen Revolver.»

«Er kann immer noch danebenschießen», sagte Lucio mit dem Hochmut des Friaulers. «Trockne dir die Tränen ab und komm!»

«Er sitzt unten in seinem Auto – einem Alfa Romeo Giulia. Wir können ihm nicht entwischen. Lucio, sei vorsichtig! Tu's nicht! Kümmere dich nicht um mich! Laß mich!»

«Schluß jetzt, du gehorchst! Hör auf zu weinen und komm!»

Gemeinsam verließen sie das Hotel. In der linken Hand trug er seinen Koffer, mit der rechten führte er sie am Arm. Sie gingen über die Straße zu dem Fiat 500. Die Wagentür stand noch offen. Er warf den Koffer auf den Rücksitz. Giovanna zitterte am ganzen Körper.

«Lucio, laß mich! Er sitzt da drüben unter den Bäumen in der Giulia. Wenn du mich mitnimmst, bringt er uns beide um.»

«Steig ein!»

Er warf einen Blick in die von ihr bezeichnete Richtung und sah den Alfa. Im Innern des Wagens erkannte er die rotglühende Spitze einer Zigarette.

Er schob Giovanna in den Wagen, stieg rasch ein und fuhr

sofort ab. Im Rückspiegel beobachtete er, wie sich der dunkelgrüne Alfa Romeo ebenfalls in Bewegung setzte.

«Ich habe Angst», flüsterte Giovanna. «Ich habe Angst! Er schießt.»

«Er schießt nicht, du wirst schon sehen!»

Lucio fuhr die Autostrada. Der Alfa Romeo folgte hartnäckig. Hinter der Zahlstation wurde die Straße sehr dunkel. Außerdem war leichter Nebel, der eher noch dichter wurde.

«Ich habe Angst, ich habe Angst.»

«Beruhige dich, ich bin ja bei dir.»

Aber es gab Grund genug zur Beunruhigung, denn es geschah genau das, was Lucio vermutet hatte: Der Alfa Romeo überholte den langsamen Fiat 500 mühelos, setzte sich vor ihn und bremste mit einem Ruck, so daß auch Lucio anhalten mußte, um nicht aufzufahren. Der blonde junge Mann mit dem finsteren Blick sprang aus seinem Wagen, den Revolver in der Hand, stürzte auf den Fiat zu und winkte Lucio mit der Waffe, die Tür zu öffnen.

Lucio nickte und klinkte die Tür auf, während Giovanna vor Angst zitternd in ihrem Sitz kauerte. Er stieß die Tür so heftig auf, daß sie gegen den Arm des jungen Mannes schlug, der unwillkürlich abdrückte. Aber Lucio hatte sich schon zu Boden geworfen, umklammerte die Beine seines Gegners, riß ihn auf die Straße und rammte ihm das Knie in den Bauch. Dann sprang er auf und trat ihm ins Gesicht, denn obwohl der Mann vor Schmerzen laut stöhnte, versuchte er, erneut zu schießen. Doch dazu kam es nicht mehr. Lucio riß ihm den Revolver aus der Hand und warf ihn in hohem Bogen ins Feld.

«Komm, Giovanna! Wir nehmen den Alfa, der ist schneller.»

Er half ihr beim Aussteigen. Beide gingen auf den Alfa Romeo zu, als sie plötzlich von den grellen Scheinwerfern eines heranbrausenden Autos erfaßt wurden. Ein schwerer Mercedes bremste neben dem Alfa Romeo, und ein älterer, hagerer Mann von gut fünfzig Jahren stieg aus.

«Was ist passiert?» fragte er.

«Ach, ich weiß nicht», antwortete Lucio. «Ich habe den Mann

da am Boden liegen sehen und angehalten, um kurz nachzuschauen.»

Der Mercedes-Fahrer beugte sich über den Körper des blonden jungen Mannes.

«Der ist ja tot! Man muß die Polizei benachrichtigen!»

«Ich mische mich nicht ein», sagte Lucio. «Die Polizei wird mich die ganze Nacht aufhalten, und ich hab's eilig.»

«Sie haben eine großartige Auffassung von Ihrer Pflicht als Bürger!» schimpfte der Mann. «Wenn alle so reagierten wie Sie, ginge es auf der Welt bald zu wie im Dschungel... Aber finden Sie es nicht auch merkwürdig? Der Fiat hat nicht die geringste Schramme, und auch Ihr Alfa ist ganz. Trotzdem ist der Mann tot... Ich glaube – ah, ich begreife!»

«Was begreifen Sie?» Lucio hielt die an allen Gliedern zitternde Giovanna fest.

«Sie haben sich gestritten wegen irgendeines Überholmanövers. Vielleicht hat Ihnen der arme Kerl mit seinem Fiat 500 nicht sofort Platz gemacht. Dann haben Sie ihn wütend überholt, angehalten und sind ausgestiegen. Und dann haben Sie ihn totgeschlagen.» Der Mercedes-Fahrer entwickelte pedantisch seine Theorie. «Darum wollen Sie nicht, daß die Polizei benachrichtigt wird, deshalb haben Sie es so eilig! Außerdem fahren Sie zu dieser Nachtzeit mit minderjährigen Mädchen in der Gegend spazieren. Sie ist höchstens dreizehn! Sie sollten sich schämen!»

«Sagen Sie mal, sind Sie verrückt?»

Lucio Zanettin war vor allem über die blühende Phantasie des Mannes verblüfft.

«Ich werde Ihnen schon zeigen, ob ich verrückt bin!» Der Mann setzte sich seine Brille auf und zog einen Briefumschlag und einen Kugelschreiber aus der Tasche. «Ich werde mir mal die Nummer Ihres Alfa notieren. Dann können Sie sich ja mit der Polizei auseinandersetzen.»

Er war überzeugt, daß Lucio der Alfa gehörte.

«Gar nichts werden Sie sich notieren!»

Lucio riß ihm Brille und Schreibutensilien weg und schleuderte sie aufs Feld. In diesem Augenblick kamen drei Autos vorbei, und wahrscheinlich sahen die Insassen, weil sie wegen des Nebels sehr langsam fuhren, alles genau: den Toten am Straßenrand und den Streit zwischen Lucio und dem Mann. Glücklicherweise waren es keine Kavaliere am Steuer, sondern unhöfliche Flegel, die schnell zu Hause sein und sich nicht in eine unliebsame Angelegenheit hineinziehen lassen wollten.

«In Ihrem eigenen Interesse rate ich Ihnen, schön hierzubleiben und den Mund zu halten.» Lucio ging zum Mercedes, öffnete den Schlag auf der Fahrerseite, zog den Schlüssel ab und warf ihn ins Feld neben der Straße. Sicher würde eine Viertelstunde vergehen, ehe der zornige Mann von einem vorbeikommenden Auto mitgenommen würde. Und diese Viertelstunde genügte, um die Autostrada bei der nächsten Ausfahrt zu verlassen und auf kleinen Landstraßen den Polizeistreifen zu entwischen.

Während er in den Alfa Romeo stieg, hörte er noch das protestierende Geschrei des Mannes: «Sie werden schon noch hinter Gittern landen! Verbrecher! Mörder! Gangster!»

Sie fuhren die ganze Nacht auf zweitrangigen Landstraßen. Lucio folgte dabei nicht so sehr den seltenen Wegweisern als vielmehr seinem angeborenen Orientierungssinn. Im Morgengrauen passierten sie ein kleines Dorf in der Nähe von Mantua. Noch drei oder vier Stunden, und sie waren zu Hause. Giovanna hatte ein wenig geschlafen und war etwas ruhiger.

In der Zwischenzeit hatte jedoch der zornige Mercedes-Fahrer bei der Polizei seine phantasievolle Aussage gemacht. Ein Gangster in einem grünen Alfa Romeo Giulia hatte einen armen Kerl, der einen Fiat 500 fuhr, getötet. Danach hatte er es sehr eilig gehabt zu verschwinden, weil er noch dazu ein kleines zwölfjähriges Mädchen bei sich im Auto gehabt hatte – das Alter des Mädchens wurde von Mal zu Mal geringer. Ganz offensichtlich hatte er es entführt und verdorben. So machte sich die Polizei also auf die Jagd nach einem hünenhaften Kerl von fast zwei Metern, der einen unschuldigen Mann getötet hatte. Zum Glück für Lucio beschränkten sich ihre Nachforschungen jedoch auf das Gebiet von Piemont und der Lombardei.

Aber Lucio Zanettin war bereits in Venetien. Sie hatten Mestre hinter sich gelassen, die Gegend von Capo Sile durchfahren und näherten sich nun der Piave. Giovanna, die bis dahin ruhig gewesen war, fing plötzlich wieder an zu weinen.

«Warum weinst du, Giovanna?»

«Weil ich nicht nach Hause will. Ich schäme mich so.»

«Das wird dir schon vergehen, wenn du deine Eltern wiedergesehen hast. Wenn du nicht zurückkehrst, bringt sie das um.»

«Und wenn ich zurückgehe, bringt mich das um. Ich sterbe vor Scham.»

«Sei doch nicht kindisch, Giovanna!»

«Nein, ich will nicht nach Hause! Halt an und laß mich aussteigen! Ich weiß nicht, wozu ich sonst noch imstande bin.»

«Sei vernünftig, Giovanna! Wir sind bald da. Nur noch eine halbe Stunde, und du bist wieder zu Hause. Dann wirst du darüber ganz anders denken.»

Er hatte Mitleid mit ihr. Er verstand sehr gut, wie sehr es ihren Stolz verletzen mußte, weil die Leute im Dorf über sie reden würden. Aber sie mußte auch verstehen, daß das alles nichts war im Vergleich zur Freude ihrer Eltern über ihre Rückkehr und zu der Aussicht, ein neues Leben anfangen zu können.

«Nein, ein für allemal! Nein! Halt an und laß mich raus!»

«Glaubst du wirklich, ich würde dich jetzt aussteigen lassen?»

Da kurbelte Giovanna die Fensterscheibe herunter, steckte den Kopf hinaus und schrie aus Leibeskräften: «Hilfe! Hilfe! Hilfe!»

Sie versuchte sogar, die Tür zu öffnen, und beinahe wäre es ihr auch gelungen, wenn Lucio nicht darauf gefaßt gewesen wäre.

«Giovanna, du bist doch ein gescheites Mädchen! Versteh doch! Ich habe einen Menschen getötet, um dich zu befreien und nach Hause zu bringen. Sicher muß ich dafür ein paar Jahre ins Gefängnis, aber es macht mir nichts aus, wenn ich weiß, daß du wieder bei deinen Eltern bist und ein anständiges Leben führst.»

Aber nun halfen auch keine guten Worte mehr: Ihr Weinen hatte sich zu einem hysterischen Anfall ausgewachsen. Sie schlug um sich und schrie aus dem Fenster um Hilfe und versuchte wieder, die Tür zu öffnen. Lucio Zanettin hatte keine Wahl. Er schlug ihr mit der Faust ins Gesicht – für ihn war es ein harmloser Schlag, aber sie wurde sofort bewußtlos, ein paar Tropfen Blut quollen aus ihrer Nase. Lucio drehte das Fenster hoch und gab Vollgas.

Als sie in ihrem Heimatdorf ankamen, steuerte er den Alfa Romeo auf Giovannas elterlichen Hof. Der Vater und die Mutter kamen sofort herausgelaufen und sahen, wie ihre Tochter aus dem Wagen stieg und sich ein blutbeflecktes Taschentuch vor die Nase hielt.

Frederick Forsyth

Wer zuletzt lacht

Diese Geschichte wäre nie passiert, hätte Samuel Nutkin nicht am Morgen im Pendlerzug Edenbridge–London sein Brillenetui zwischen die Sitzpolster fallen lassen. Aber er hatte es fallen lassen, hatte die Hand zwischen die Polster gesteckt, um es herauszuholen, und das Schicksal nahm seinen Lauf.

Seine tastenden Finger fanden nicht nur das Etui, sondern auch ein dünnes Heft, das offenbar ein früherer Fahrgast in den Spalt gestopft hatte. Nutkin glaubte, es sei ein Fahrplan, und zog es gedankenlos heraus. Nicht, daß er einen Fahrplan benötigt hätte. Da er seit fünfundzwanzig Jahren mit dem gleichen Zug zur gleichen Stunde vom kleinen und tugendhaften Vorort Edenbridge zur Londoner Charing Cross Station fuhr und jeden Abend vom Bahnhof Cannon Street nach Kent zurückkehrte, brauchte er keine Fahrpläne. Es war nur flüchtige Neugier.

Mr. Nutkin warf einen Blick auf den Umschlag, wurde feuerrot und stopfte das Magazin hastig wieder zwischen die Polster. Er sah sich im Abteil um, ob irgendwer seine Ausgrabung beobachtet hatte. Ihm gegenüber nickten zwei *Financial Times*, eine *Times* und ein *Guardian* ihm im Rhythmus des Zuges zu, aber die Leser waren hinter dem Wirtschaftsteil verborgen. Zu seiner Linken grübelte der alte Fogarty über dem Kreuzworträtsel. Samuel Nutkin atmete erleichtert auf.

Das Magazin war klein, der Umschlag aus Hochglanzpapier. Oben auf der Titelseite stand *Neuer Kreis*, offenbar der Name des Blättchens, und am unteren Rand der Satz: «Singles, Paare, Gruppen – das Kontaktmagazin für sexbewußte Menschen». Den Raum zwischen den beiden Zeilen füllte das Foto einer stattlichen Dame mit üppigem Busen; das Gesicht wurde von einem weißen Balken verdeckt, der sie als «Inserentin Nr. H 331» auswies. Mr. Nutkin hatte noch nie ein solches Magazin gesehen, und er mußte auf der ganzen Fahrt nach Charing Cross über die tiefere Bedeutung seines Fundes nachdenken.

Als sämtliche Türen des Zuges gleichzeitig aufschwangen, um die Pendlerfracht in den Mahlstrom von Bahnsteig sechs zu entlassen, verzögerte Samuel Nutkin seinen Aufbruch, indem er sich mit Aktenmappe, gerolltem Regenschirm und Melone zu schaffen machte, bis er der letzte im Abteil war. Dann beförderte er, bestürzt ob seiner eigenen Kühnheit, das Magazin aus dem Spalt in seine Aktenmappe und stürzte sich in das Meer der übrigen Melonenträger, die mit bereitgehaltenen Zeitkarten zur Sperre strebten.

Es war ein umständlicher Weg vom Zug zur U-Bahn, bis zur Haltestelle Mansion House, die Rolltreppe hinauf zur Great Trinity Lane und die Cannon Street entlang zu dem Bürokomplex der Versicherungsanstalt, bei der Samuel Nutkin angestellt war. Er hatte einmal von einem Mann gehört, der überfahren wurde und bei dem man, als im Krankenhaus seine Taschen geleert wurden, Pornofotos fand. Diese Geschichte ließ Samuel Nutkin nicht los. Wie um alles in der Welt könnte man sich da herausreden? Die Schande, die Peinlichkeit würde unerträglich sein. Dazuliegen, mit einem Bein im Streckverband, und zu wissen, daß die eigenen geheimsten Neigungen allen bekannt waren. An diesem Morgen paßte er beim Überqueren der Fahrbahn besonders auf.

Aus alldem kann man schließen, daß Mr. Nutkin solche Sachen fernlagen. Es gibt eine Theorie, wonach der Mensch dazu neigt, den Spitznamen gerecht zu werden, die ihm irgendwann einmal angehängt wurden. Man nenne einen Mann «Butch», und er wird beim Gehen die Schultern rollen; man nenne ihn «Killer», und er wird aus schmalen Augen in die Welt blicken und versuchen, wie Humphrey Bogart zu sprechen. Spaßvögel müssen ständig Witze erzählen und herumalbern, bis der Streß sie fertigmacht. Den zehnjährigen Samuel Nutkin hatte ein Mitschüler nach Beatrix Potters Kindergeschichte «das Eichhörnchen» getauft und ihn damit für immer abgestempelt.

Seit Nutkin als Dreiundzwanzigjähriger nach Kriegsende im Rang eines Gefreiten aus der Armee entlassen worden war, arbeitete er in der Londoner City. Damals war er froh gewesen um den Job, einen sicheren Job mit Pensionsberechtigung, als Angestellter einer riesigen Versicherungsgesellschaft, solide wie die Bank von England, die nur knapp fünfhundert Meter entfernt war. Mit dem Tag seines Arbeitsantritts hielt Samuel Nutkin Einzug in die City, in die Quadratmeile der Macht, die ihren Einfluß in Wirtschaft, Handel und Bankwesen bis in die entlegensten Teile des Erdballs geltend machte.

In diesen späten vierziger Jahren hatte er die City geliebt und war in der Mittagspause durch die zeitlosen Straßen gestreift – Bread Street, Cornhill, Poultry und London Wall, deren Namen aus dem Mittelalter stammen, als dort wirklich Brot und Korn und Geflügel verkauft wurde und die Stadtmauern Londons aufragten. Es imponierte ihm, daß aus diesen nüchternen Steinhaufen die Aventurier-Kaufleute mit Geldmitteln versorgt wurden, damit sie in ferne Länder zu braunen, schwarzen und gelben Menschen segeln konnten, Handel treiben, die Erde und Berge ihrer Schätze berauben und die Ausbeute heim in die City schicken konnten, wo sie sichergestellt, deponiert, angelegt wurde, bis Entschlüsse, die in dieser Quadratmeile der Börsenlokale und Kontore fielen, darüber entschieden, ob eine Million untergeordneter Lebewesen Arbeit haben oder verhungern würde. Daß diese Männer in Wahrheit die erfolgreichsten Plünderer der Welt waren, kam ihm nie in den Sinn. Samuel Nutkin war ein Biedermann.

Die Zeit verging, und nach einem Vierteljahrhundert war der Zauber verblaßt; Samuel Nutkin wurde Teil der eiligen Flutwelle aus grauen Anzügen, gerollten Regenschirmen, Melonen und Aktenmappen, die Tag für Tag in die City strömte, um sich für acht Stunden in die Büros zu verteilen und dann in die Schlafstädte der umliegenden Counties zurückzukehren.

Im Wald der City war er, wie sein Spitzname besagte, ein freundliches, harmloses Geschöpf, das im Lauf der Jahre zu Schreibtischformat heranwuchs, ein netter runder Butterkloß von einem Mann, knapp über achtundfünfzig, bebrillt, wenn er lesen oder etwas von nahem betrachten wollte, liebenswürdig und höflich zu den Sekretärinnen, die ihn süß fanden und bemutterten, kein Mann, der viel las, und schon gar nicht einer, der obszöne Magazine mit sich herumtrug. Aber genau das tat er an diesem Morgen. Er verkroch sich aufs Klo, schob den Riegel vor und las jede einzelne Annonce im *Neuen Kreis*.

Er war baff. Zu manchen Annoncen gehörten Bilder, meist Amateurfotos, die Damen, eindeutig Hausfrauen, in Unterwäsche zeigten. Andere hatten keine Bilder, aber ausführlicheren Text und boten manchmal Dienstleistungen an, die unsinnig klangen, jedenfalls für Samuel Nutkin. Aber die meisten verstand er, und die Mehrzahl der weiblichen Inserenten wünschte die Bekanntschaft großzügiger Herren in guter Position zu machen. Er las zu Ende, stopfte das Magazin zuunterst in seine Mappe und eilte wieder an seinen Schreibtisch. Am Abend gelang es ihm, das Magazin heim nach Edenbridge zu bringen, ohne daß die Polizei ihn angehalten und durchsucht hatte, und es unter dem Kaminvorleger zu verstecken. Nicht auszudenken, wenn Lettice es entdeckte.

Lettice war Mrs. Nutkin. Sie war meist ans Bett gefesselt und gab die Schuld einer schweren Arthritis und einem schwachen Herzen, während Dr. Bulstrode einen schweren Fall von Hypochondrie annahm. Sie war eine zarte, schwache Frau mit spitzer Nase und quengeliger Stimme und hatte Samuel Nutkin seit vielen Jahren keinerlei physisches Vergnügen bereitet, weder im Bett noch außerhalb. Aber er war ein treuer und verläßlicher Mensch und hätte alles, rein alles getan, um ihr Kummer zu ersparen. Ein Glück, daß sie wegen ihres Rückens keine Hausarbeit verrichtete und daher bestimmt nie unter dem Kaminteppich herumstöbern würde.

Mr. Nutkin verbrachte drei Tage in tiefen Gedanken, die größtenteils um eine Inserentin kreisten, eine Dame, die nach den kurzen, in ihrer Annonce aufgeführten Angaben gut über Mittelgröße und stattlich gebaut war. Am dritten Tag raffte er allen Mut zusammen, setzte sich hin und beantwortete die Annonce. Er verwendete neutrales Papier aus dem Büro, und sein Schreiben war kurz und sachlich. Es begann mit «Verehrte gnädige Frau» und erklärte im folgenden, er habe ihre Anzeige gelesen und sei sehr an einem Treffen interessiert.

In der Mitte des Magazins steckte ein Faltblatt, das erläuterte, wie Annoncen beantwortet werden sollten. Das Antwortschreiben, zusammen mit einem adressierten und frankierten Rückumschlag, in ein neutrales Kuvert stecken und zukleben. Nummer der Anzeige, auf die sich die Antwort bezieht, mit Bleistift auf die Rückseite des Kuverts schreiben. Dieses Kuvert, zusammen mit der Bearbeitungsgebühr, in einen dritten Umschlag stecken und an die Redaktion des Magazins in London schikken. Mr. Nutkin tat das alles, nur daß er auf den Rückumschlag den Namen Henry Jones schrieb, c/o 27, Acacia Avenue, seine richtige Adresse.

In den nächsten sechs Tagen stand er jeden Morgen zur Zeit der Postzustellung hinter der Haustür, und am sechsten Tag entdeckte er den an Henry Jones adressierten Brief. Er steckte ihn ein und ging hinauf zu seiner Frau, um ihr Frühstückstablett wieder in die Küche zu tragen.

Im Zug nach London verdrückte er sich zur Toilette und öffnete mit zitternden Fingern das Kuvert. Darinnen steckte sein eigener Brief, auf dessen Rückseite die handschriftliche Antwort stand. Sie lautete: «Lieber Henry, vielen Dank für Ihre Antw. auf meine Anz. Wir beide könnten bestimmt eine Menge Spaß miteinander haben. Rufen Sie mich doch unter ... an. Gruß Sally.» Es war eine Nummer in Bayswater im Londoner West End.

Sonst enthielt das Kuvert nichts. Samuel Nutkin kritzelte die

Telefonnummer auf einen Zettel, steckte ihn in die hintere Hosentasche und spülte Brief und Umschlag ins Klo. Als er auf seinen Platz zurückkehrte, glich sein Magen einem Bienenstock, und er erwartete, daß alle ihn anstarren würden, aber der alte Fogarty hatte soeben 15 waagerecht erraten, und niemand blickte auf.

In der Mittagspause ging er zur nächsten U-Bahn-Station und rief von einer Telefonzelle aus die Nummer an. Eine heisere Frauenstimme sagte: «Hallo?»

Mr. Nutkin steckte die Münze in den Schlitz, räusperte sich und sagte: «Äh . . . hallo, ist dort Miss Sally?»

«Stimmt», sagte die Stimme. «Und wer spricht, bitte?»

«Oh, äh, mein Name ist Jones, Henry Jones. Heute früh bekam ich Ihren Brief wegen meiner Antwort auf Ihre Annonce . . .»

Man hörte am anderen Ende der Leitung Papier rascheln, dann kam wieder die Stimme der Frau. «O ja, ich erinnere mich, Henry. Wie wär's, Darling, wenn Sie bei mir vorbeikämen?»

Samuel Nutkins Zunge fühlte sich an wie zähes Leder. «Ja, gern», krächzte er.

«Reizend», schnurrte die Frau am anderen Ende. «Nur noch eines, Henry, Darling. Ich erwarte von meinen Freunden ein kleines Geschenk, verstehen Sie, nur als Zuschuß zur Miete. Zwanzig Pfund, aber es eilt überhaupt nicht. Geht das in Ordnung?»

Nutkin nickte, dann sagte er «Ja» in die Sprechmuschel.

«Fein», sagte sie. «Und wann möchten Sie kommen?»

«Es geht nur in der Mittagspause. Ich arbeite in der City und fahre abends nach Hause.»

«In Ordnung. Paßt Ihnen morgen? Gut. Um halb eins? Ich gebe Ihnen jetzt die Adresse . . .»

Der Bienenstock in seinem Magen hatte sich in einen Taubenschlag verwandelt, als er anderentags um halb eins vor der Souterrainwohnung ganz in der Nähe von Westbourne Grove in Bayswater stand. Er klopfte nervös und hörte das Klicken von Absätzen im Korridor hinter der Tür.

Stille – jemand linste durch den Spion in der Mitte der Tür, durch den man den Standplatz überblicken konnte. Dann ging die Tür auf, und eine Stimme sagte: «Kommen Sie rein.» Sie stand hinter der Tür, während er eintrat und sich zu ihr umdrehte. «Sie müssen Henry sein», sagte sie leise. Er nickte. «Dann kommen Sie ins Wohnzimmer, damit wir uns unterhalten können», sagte sie.

Mit wild klopfendem Herzen folgte er ihr durch den Korridor zum ersten Zimmer links. Sie war älter, als er erwartet hatte, eine verlebte Mittdreißigerin, dick geschminkt. Sie war gut eine Handbreit größer als er, aber das kam zum Teil von ihren hochhackigen Pumps; die Breite des Hinterteils unter dem bodenlangen Hausmantel, das sich vor ihm her den Korridor entlangbewegte, ließ auf einen massigen Bau schließen. Als sie sich umdrehte, um ihn ins Wohnzimmer eintreten zu lassen, öffnete sich einen Moment lang der Hausmantel und gab den Blick auf schwarze Nylonstrümpfe und ein Korsett mit rotem Besatz frei. Sie ließ die Tür offen. Das Zimmer war billig möbliert und schien nicht mehr als eine Handvoll persönlicher Besitztümer zu enthalten. Die Frau lächelte ihn ermutigend an.

«Haben Sie mein kleines Präsent dabei, Henry?» fragte sie.

Samuel Nutkin nickte und reichte ihr die zwanzig Pfund, die er in der Hosentasche umklammert gehalten hatte. Sie nahm sie und stopfte sie in eine Handtasche auf der Kommode.

«Nehmen Sie doch Platz und machen Sie sich's bequem», sagte sie. «Kein Grund, nervös zu sein. Also, was kann ich für Sie tun?»

Mr. Nutkin hatte sich auf einer Sesselkante niedergelassen. Sein Mund war wie mit schnelltrocknendem Zement angefüllt. «Das ist schwierig zu erklären», murmelte er.

Wieder lächelte sie. «Nur nicht so schüchtern. Was möchten Sie gerne machen?»

Zögernd sagte er es. Sie zeigte kein Erstaunen.

«Geht in Ordnung», sagte sie leichthin. «Viele Herren mögen so eine kleine Nummer. Jetzt ziehen Sie Jacke, Hose und Schuhe aus und kommen mit mir ins Schlafzimmer.»

Er tat, wie ihm geheißen, und folgte ihr, wieder durch den Korridor, ins Schlafzimmer, das überraschend hell erleuchtet war. Sobald sie drinnen waren, schloß die Frau die Tür, drehte den Schlüssel um und steckte ihn in die Tasche des Hausmantels, den sie soeben ablegte und an die Tür hängte.

Als drei Tage später der neutrale braune Umschlag in der Acacia Avenue Nummer 27 eintraf, hob Samuel Nutkin ihn zusammen mit der übrigen Morgenpost vom Fußabstreifer auf und nahm ihn mit an den Frühstückstisch. Es waren insgesamt drei Briefe gekommen, einer an Lettice von ihrer Schwester, eine Gärtnerrechnung für ein paar Topfpflanzen und der braune Umschlag, in London abgestempelt und an Samuel Nutkin adressiert. Er öffnete ihn arglos, da er auf ein Warenangebot tippte. Er hatte falsch getippt.

Die sechs Fotos, die herausfielen, blieben eine ganze Weile mit der Bildseite nach oben auf dem Tisch liegen, während Samuel Nutkin sie verständnislos anstarrte. Als ihm die Wahrheit dämmerte, erfaßte ihn blankes Grauen. Weder was Belichtung noch was Schärfe betraf, hätten die Fotos einen Preis gewonnen, aber sie erfüllten ihren Zweck. Auf allen war das Gesicht der Frau deutlich zu sehen, und mindestens zwei zeigten unverwechselbar sein eigenes Gesicht. Mit fliegenden Fingern durchsuchte er den Umschlag nach seinem weiteren Inhalt, er war jedoch völlig leer. Er drehte alle sechs Fotos um, aber auch auf den Rückseiten stand keinerlei Mitteilung. Die Mitteilung war in Schwarzweiß auf der Vorderseite und bedurfte keiner Worte.

Von blinder Panik erfaßt, schob er die Fotos unter den Kaminteppich, wo noch immer das Magazin lag. Dann kam ihm ein Gedanke, er trug das ganze Zeug aus dem Haus, verbrannte es hinter der Garage und stampfte die Asche mit dem Schuhabsatz in die feuchte Erde. Als er wieder hineinging, dachte er daran, sich krank zu melden und zu Hause zu bleiben, überlegte jedoch, daß dies Lettices Verdacht erregen müsse, denn er war kerngesund. Er hatte gerade noch Zeit, ihr den Brief ihrer Schwester hinaufzubringen, das Tablett mitzunehmen und den

Zug in die City zu erwischen. Sein Kopf schwirrte immer noch, als er von seinem Eckplatz aus durchs Fenster blickte und darüber nachsann, wie es zu diesem Schreck in der Morgenstunde hatte kommen können. Erst hinter New Cross ging ihm ein Licht auf.

«Meine Jacke», keuchte er, «Jacke und Brieftasche.»

Der alte Fogarty, der über 7 senkrecht brütete, schüttelte den Kopf. «Nein», sagte er. «Zu viele Buchstaben.»

Samuel Nutkin starrte trübselig durchs Fenster, während die südöstlichen Vororte Londons vorbeizogen. Kaltes Grauen zog ihm den Magen zusammen, und er konnte sich den ganzen Vormittag über nicht auf seine Arbeit konzentrieren.

In der Mittagspause rief er die Nummer an, die Sally ihm gegeben hatte, doch eine barsche Männerstimme erklärte, nie etwas von einer Sally gehört zu haben, der Anrufer müsse sich verwählt haben. Nutkin wählte die Nummer nochmals an, diesmal über die Vermittlung, aber die Nummer stimmte und derselbe Mann war am Apparat.

Er versuchte, die Nummer über die Auskunft nachzuprüfen, aber der Teilnehmer hatte keinen Eintrag im Fernsprechbuch gewünscht und konnte nur aufgrund einer behördlichen Verfügung bekanntgegeben werden.

Er fuhr mit einem Taxi geradewegs zu der Souterrainwohnung in Bayswater, aber sie war versperrt und vergittert, und am Gebäude hing in Augenhöhe ein Schild «Zu vermieten». Um die Mitte des Nachmittags war Mr. Nutkin zu der Überzeugung gekommen, daß ihm auch die Polizei kaum helfen könne. Fast mit Sicherheit hatte das Magazin die Antworten auf dieses Inserat an eine Anschrift geschickt, die sich als Deckadresse erweisen und längst spurlos geräumt sein würde. Die Souterrainwohnung in Bayswater war vermutlich nur für diese eine Woche unter falschem Namen gemietet und dann wieder verlassen worden. Die Telefonnummer dürfte einem Mann gehören, der sagen würde, er sei den ganzen letzten Monat verreist gewesen und habe bei seiner Rückkehr das Türschloß aufgebrochen vorgefunden. Seither seien mehrere Anrufe für eine Sally gekommen, er könne sich keinen Vers darauf machen. Und am nächsten Tag würde auch er verschwunden sein.

Als er nach Hause kam, war Lettice grämlicher denn je. Jemand hatte dreimal angerufen und Mr. Nutkin sprechen wollen, und das habe sie in ihrer Nachmittagsruhe gestört. Eine böse Sache.

Der vierte Anruf kam kurz nach acht. Samuel Nutkin schoß aus seinem Sessel, ließ Lettice vor dem Fernsehapparat sitzen und eilte ans Telefon in der Diele. Es war eine Männerstimme, aber war es derselbe Mann, mit dem er in der Mittagszeit gesprochen hatte? Unmöglich festzustellen. Die Stimme klang gedämpft, als läge ein Taschentuch über der Sprechmuschel.

«Mr. Nutkin?»

«Ja.»

«Mr. Samuel Nutkin?»

«Ja.»

«Oder sollte ich Sie Henry Jones nennen?»

Samuel Nutkin drehte sich der Magen um.

«Wer spricht?» fragte er.

«Name tut nichts zur Sache, Sportsfreund. Ist mein kleines Präsent mit der Morgenpost gekommen?»

«Was wollen Sie von mir?»

«Ich hab Sie was gefragt, Sportsfreund. Sind die Fotos gekommen?»

«Ja.»

«Und Sie haben sie sich gut angeschaut, ja?»

Samuel Nutkin schluckte heftig bei dieser gräßlichen Erinnerung. «Ja.»

«Na, Sie war'n vielleicht ein garstiger Junge, was! Von Rechts wegen müßte ich den gleichen Satz Ihrem Boß ins Büro schikken. O ja, ich weiß, wo Sie arbeiten und wie der Direktor heißt. Und dann vielleicht noch einen an Mrs. Nutkin. Oder an den Sekretär vom Tennisklub. Sie tragen eine Menge Zeug in Ihrer Brieftasche rum. Mr. Nutkin . . .»

«Bitte, tun Sie das nicht», stieß Nutkin hervor, aber die Stimme schnitt seine Einwände ab.

«Ich will nicht länger am Apparat bleiben. Gehen Sie bloß nicht zur Polizei. Die könnte mich sowieso nie finden. Also immer mit der Ruhe, Freundchen, dann können Sie den ganzen Schwung kriegen, inklusive Negative. Überlegen Sie sich's. Wann gehen Sie morgens aus dem Haus?»

«Acht Uhr zwanzig.»

«Ich ruf morgen früh um acht wieder an. Gute Nacht.»

Es klickte, und Mr. Nutkin hörte nur noch den Wählton.

Es war keine gute Nacht. Es war eine grauenvolle Nacht. Als Lettice zu Bett gegangen war, hatte er vorgegeben, das Feuer versorgen zu müssen, und war den Inhalt seiner Brieftasche Stück für Stück durchgegangen. Zeitkarte für die Bahn, Scheckheft, Mitgliedskarte des Tennisklubs, zwei an ihn adressierte Briefe, zwei Fotos von Lettice und ihm. Führerschein, Mitgliedskarte des Freizeitklubs der Versicherung, mehr als genug, um seine Identität und seinen Arbeitsplatz festzustellen.

Im Schein der Straßenlampe, der von der Acacia Avenue durch die Gardinen drang, blickte er hinüber zu Lettices mißbilligendem Gesicht im anderen Bett – sie hatte immer auf getrennten Betten bestanden – und versuchte sich vorzustellen, wie sie einen braunen, an sie adressierten Umschlag öffnete, der während seiner Abwesenheit mit der zweiten Zustellung gekommen war. Und er versuchte sich auszudenken, wie Mr. Benson droben in der Chefetage einen zweiten Satz Fotos vor sich liegen hatte. Oder wie das Mitgliederkomitee des Tennisklubs sie bei einer Sondersitzung herumreichte, die man einberufen hatte, um Samuel Nutkins Mitgliedschaft «neu zu überdenken». Es ging nicht. Seine Phantasie sträubte sich. Aber eines wußte er mit Sicherheit; der Schock würde die arme Lettice umbringen ... sie glatt umbringen, und dazu würde er es nie und nimmer kommen lassen.

Punkt acht Uhr klingelte das Telefon. Samuel Nutkin stand schon in der Diele, in seinem grauen Anzug, mit weißem Hemd und Kragen, Melone, gerolltem Regenschirm und Aktenmappe, wie immer, ehe er sich in Richtung Bahnhof in Trab setzte.

«Alles gut überlegt, wie?» sagte die Stimme.

«Ja», preßte Samuel Nutkin hervor.

«Möchten gern die Negative haben, wie?»

«Ja, bitte.»

«Dann werden Sie aber leider zahlen müssen, Freundchen. Für unsere Spesen und vielleicht ein kleines Lehrgeld.»

Mr. Nutkin schluckte mehrmals. «Ich bin kein reicher Mann», flehte er. «Wieviel wollen Sie?»

«Tausend Lappen», erwiderte der Mann am anderen Ende der Leitung prompt.

Samuel Nutkin war entsetzt. «Aber ich habe keine tausend Pfund», beteuerte er.

«Dann treiben Sie sie gefälligst auf», versetzte die Stimme hämisch. «Sie können Ihr Haus beleihen, Ihren Wagen oder sonst was. Aber her damit, und zwar schnell. Noch heute. Ich rufe um acht Uhr abends wieder an.»

Und wieder war der Mann weg, und nur der Wählton summte Samuel Nutkin ins Ohr. Er ging hinauf, gab Lettice ein Küßchen auf die Wange und verließ das Haus. Aber er ging nicht zum 8-Uhr-31-Zug nach Charing Cross. Er ging in den Park und setzte sich allein auf eine Bank, eine sonderbare einsame Gestalt, die, fürs Büro und die City gekleidet, zusammengesunken zwischen den Bäumen und Blumen hockte, mit Melone und grauem Anzug. Er wußte, daß er nachdenken mußte und daß er neben dem alten Fogarty und seinen endlosen Kreuzworträtseln nicht klar nachdenken konnte.

Vermutlich konnte er tausend Pfund aufnehmen, aber in der Bank würden einige Augenbrauen in die Höhe gehen. Und das wäre noch gar nichts, verglichen mit der Reaktion des Kassierers, wenn er um Barauszahlung in gebrauchten Scheinen bäte. Er könnte sagen, daß er eine Spielschuld bezahlen müsse, aber das würde ihm niemand glauben. Alle wußten, daß er nicht spielte. Er trank höchstens gelegentlich ein Glas Wein und rauchte nie, abgesehen von der Zigarre zu Weihnachten. Sie würden an eine Frau denken, vermutete er, aber auch das verwarf er sofort. Sie würden wissen, daß er sich keine Mätresse hielt. Was tun? Was tun? fragte er sich immer wieder, während er im Aufruhr der Gedanken vor- und zurückwippte.

Er könnte zur Polizei gehen. Bestimmt würden sie diese Leute aufspüren, trotz der falschen Namen und gemieteten Wohnungen. Es würde zu einer Gerichtsverhandlung kommen, und er hätte seine Aussage zu machen. Eine erpreßte Person wurde immer als X bezeichnet, das wußte er aus der Zeitung, aber im Bekanntenkreis wurde die wahre Identität gewöhnlich bald ruchbar. Man konnte nicht Tag für Tag zum Gericht gehen, ohne daß es jemandem auffiel, nicht wenn man seit fünfundzwanzig Jahren ein unwandelbar geregeltes Dasein führte.

Um neun Uhr dreißig stand er von der Parkbank auf und ging zu einer Telefonzelle. Er rief im Büro an und sagte seinem Abteilungsleiter, er fühle sich nicht wohl, werde aber am Nachmittag wieder zur Arbeit kommen. Dann ging er zur Bank. Unterwegs zermarterte er sich das Gehirn nach einer Lösung, erinnerte sich an alle Erpressungsfälle, über die er gelesen hatte. Wie hieß es im Gesetz? Geldforderung unter Drohungen, lautete die Formulierung. Eine hübsche juristische Formulierung, dachte er bitter, aber für das Opfer kaum eine große Hilfe.

Wenn er ledig wäre, überlegte er, und jünger, dann würde er's ihnen schon zeigen. Aber er war zu alt, um sich eine neue Stelle zu suchen, und außerdem hatte er Lettice, die arme zarte Lettice. Der Schock würde sie töten, unweigerlich. Vor allem mußte er Lettice schützen, dazu war er entschlossen.

Am Eingang der Bank verließ ihn der Mut. Niemals könnte er an den Filialleiter ein so ausgefallenes und unerklärliches Ansinnen stellen. Ebensogut könnte er gleich sagen: «Ich werde erpreßt und möchte ein Darlehen von tausend Pfund.»

Und überhaupt, würden sie nicht nach den ersten tausend immer weitere Forderungen stellen? Ihn ausbluten lassen und dann doch die Fotos verschicken? Es wäre möglich. Doch wie dem auch sei, von der Bank seines Wohnorts konnte er sich das Geld nicht holen. Die Lösung lag, auch wenn er als ehrlicher und netter Mensch es sich nur zögernd eingestand, in London. Dorthin begab er sich mit dem 10-Uhr-31-Zug.

Als er in der City ankam, war es fürs Büro noch zu früh, und er nutzte die Zeit zum Einkaufen. Kein vernünftiger Mensch käme auf die Idee, einen Betrag von tausend Pfund lose in der Tasche herumzutragen. Es wäre widersinnig. Er ging also in ein Geschäft für Büroartikel und kaufte eine kleine Stahlkassette mit Schlüssel. In verschiedenen anderen Läden besorgte er ein Pfund Puderzucker (für den Geburtstagskuchen seiner Frau, erklärte er), eine Dose Dünger für seine Rosen, eine Mausefalle für die Küche, ein Stück Leitungsdraht für den Sicherungskasten unter der Treppe, zwei Taschenlampenbatterien, einen Lötkolben, um den Wasserkessel zu flicken, und ein paar weitere harmlose Gegenstände, die jeder gewissenhafte Hausvater zur Hand haben sollte.

Um zwei Uhr nachmittags saß er an seinem Schreibtisch, versicherte seinem Abteilungschef, es gehe ihm viel besser, und vertiefte sich wieder in die Firmenkonten. Zum Glück war es absolut unvorstellbar, daß Mr. Samuel Nutkin auch nur im entferntesten daran denken könnte, eine unbefugte Abhebung vom Firmenkonto zu tätigen.

Am selben Tag um acht Uhr abends saß er wiederum mit Lettice beim Fernsehen, als das Telefon in der Diele klingelte. Er meldete sich und hörte wieder die verschleierte Stimme.

«Haben Sie das Geld, Mr. Nutkin?» sagte die Stimme.

«Äh ... ja», sagte Mr. Nutkin, und ehe der andere erwidern konnte, fuhr er fort: «Hören Sie, schicken Sie mir doch einfach die Negative, Schwamm drüber.»

Der andere schwieg eine Weile, als bliebe ihm vor Staunen die Luft weg.

«Sind Sie verrückt?» erkundigte er sich schließlich.

«Nein», sagte Mr. Nutkin ernsthaft. «Nein, ich möchte nur, daß Sie begreifen, wieviel Unglück aus der ganzen Sache entsteht, wenn Sie auf Ihrer Forderung beharren.»

«Jetzt hör'n Sie mir mal zu, Sie Niete», sagte die Stimme, rauh vor Zorn. «Sie tun verdammt noch mal, was ich sage, oder ich bin imstande und schicke die Fotos an Ihre Frau und den Boß, bloß so aus Spaß.»

Mr. Nutkin seufzte tief. «Das habe ich befürchtet», sagte er. «Bitte weiter.»

«Morgen, in der Mittagspause, fahren Sie mit dem Taxi bis zur Albert Bridge Road. Gehen Sie in den Battersea Park, den West Drive entlang, weg von der Themse. In der Mitte links abbiegen in den Central Drive. Immer weiter, bis zum Rondell. Da stehen zwei Bänke. Um diese Jahreszeit wird kein Mensch da sein. Legen Sie das Zeug, in braunes Packpapier gewickelt, unter die erste Bank. Dann weitergehen, bis Sie auf der anderen Seite rauskommen. Alles klar?»

«Ja, alles klar», sagte Mr. Nutkin.

«Gut», sagte die Stimme. «Und noch eins. Sobald Sie den Park betreten, werden Sie beobachtet. Wenn Sie das Paket hinlegen, werden Sie beobachtet. Glauben Sie bloß nicht, die Cops könnten Ihnen helfen. Wir kennen Sie, aber Sie kennen mich nicht. Und keine Mätzchen. Sobald uns was faul vorkommt, verschwinden wir. Was dann passiert, wissen Sie, oder?»

«Ja», sagte Mr. Nutkin schwach.

«Gut. Tun Sie, was ich gesagt habe, und machen Sie keine Fehler.»

Dann legte der Mann auf.

Ein paar Minuten später entschuldigte sich Samuel Nutkin bei seiner Frau und ging in die Garage neben dem Haus. Er wollte eine Weile allein sein.

Samuel Nutkin tat am nächsten Mittag genau, was ihm befohlen worden war. Er ging den West Drive an der Westseite des Parks entlang und war an der Einmündung des Central Drive angelangt, als ihn ein Motorradfahrer ansprach, der am Straßenrand auf seiner Maschine saß und eine Karte studierte. Der Mann trug Sturzhelm und Schutzbrille und hatte sich einen Schal ums Gesicht gewickelt. Er rief durch den Schal: «He, Kumpel, können Sie mir helfen?»

Mr. Nutkin hatte es eilig, doch als höflicher Mensch ging er die zwei Schritte zu dem Mann am Straßenrand hinüber und beugte sich über die Karte. Eine Stimme zischte ihm ins Ohr: «Her mit dem Paket, Nutkin.»

Nutkin spürte, wie ihm das Paket entwunden wurde, er hörte das Donnern der startenden Maschine, sah das Paket in einen offenen Korb an der Lenkstange fallen, und in Sekundenschnelle war das Motorrad losgebraust und fädelte sich in den Mittagsverkehr der Albert Bridge Road ein. Es war im Handumdrehen vorbei, und selbst wenn die Polizei auf der Lauer gelegen hätte, würde sie den Mann kaum erwischt haben, so fix war alles gegangen. Mr. Nutkin schüttelte betrübt den Kopf und begab sich wieder in sein Büro in der City.

Detective Sergeant Smiley von der Kriminalpolizei, der in der folgenden Woche Mr. Nutkin aufsuchte, hatte ein Pferdegesicht und traurige braune Augen. Wie er so im langen schwarzen Mantel vor der Tür stand, sah er aus wie ein Bestattungsunternehmer.

«Mr. Nutkin?»

«Ja.»

«Mr. Samuel Nutkin?»

«Ja ... äh, der bin ich.»

«Detective Sergeant Smiley, Sir. Kann ich Sie wohl einen Moment sprechen?» Er wies seinen Ausweis vor, und Mr. Nutkin nickte zustimmend und sagte: «Bitte kommmen Sie herein.»

Detective Sergeant Smiley fühlte sich nicht wohl in seiner Haut.

«Äh ... was ich zu besprechen habe, Mr. Nutkin, ist sozusagen persönlicher Natur, vielleicht sogar ein bißchen peinlich», begann er.

«Du lieber Gott», sagte Nutkin, «warum sollte es Ihnen peinlich sein, Sergeant?»

Smiley starrte ihn an. «Warum ...?»

«Du liebe Güte, warum denn? Vermutlich Karten für den Polizeiball. Mein Tennisklub nimmt immer welche ab. Ich bin dieses Jahr Klubsekretär und habe schon erwartet ...»

Smiley schluckte heftig. «Es handelt sich leider nicht um den Polizeiball, Sir. Ich komme im Zuge unserer Ermittlungen.»

«Nun ja, das ist auch noch nicht peinlich», sagte Mr. Nutkin.

Die Kiefermuskeln des Sergeant zuckten krampfhaft. «Ich meinte, Sir, peinlich für *Sie,* nicht für mich», sagte er geduldig. «Ist Ihre Gattin zu Hause, Sir?»

«Ja, doch, aber sie ist im Bett. Sie geht zeitig schlafen, wissen Sie. Ihre Gesundheit ...»

Wie auf ein Stichwort tönte von oben eine grämliche Stimme. «Wer ist gekommen, Samuel?»

«Ein Herr von der Polizei, Liebes.»

«Von der Polizei?»

«Reg dich nur nicht auf, Liebes», rief Samuel Nutkin hinauf. «Äh ... es geht nur um das bevorstehende Tennisturnier mit der Polizeimannschaft.»

Sergeant Smiley nickte in grimmiger Billigung der Ausrede und folgte Mr. Nutkin ins Wohnzimmer.

«Und jetzt können Sie mir vielleicht sagen, worum es wirklich geht und warum die Sache mir peinlich sein sollte», sagte der Hausherr, nachdem er die Tür geschlossen hatte.

«Vor ein paar Tagen», begann Sergeant Smiley, «sahen meine Kollegen von der Stadtpolizei sich veranlaßt, eine Wohnung im Londoner West End aufzusuchen. Bei der Durchsuchung der Räume fanden sie in einer verschlossenen Schublade eine Anzahl von Umschlägen.»

Samuel Nutkin blickte ihn mit wohlwollendem Interesse an. «All diese Umschläge, insgesamt etwa dreißig, enthielten Karten, auf denen der Name eines Mannes vermerkt war, jedesmal ein anderer, dazu die Privatadresse und in manchen Fällen die Anschrift des Arbeitsplatzes. Die Umschläge enthielten ferner bis zu einem Dutzend Fotonegative, und in jedem Fall handelte es sich um Aufnahmen von Männern, meist reiferen Alters, in einer nur als extrem kompromittierend zu bezeichnenden Unterhaltung mit einer Frau.»

Samuel Nutkin war blaß geworden und fuhr nervös mit der Zunge über die Lippen. Sergeant Smiley sah mißbilligend drein.

«In jedem Fall», fuhr er fort, «handelte es sich um dieselbe Frau, eine als vorbestrafte Prostituierte aktenkundige Person. Ich muß Ihnen leider mitteilen, Sir, daß einer der Umschläge

Ihren Namen nebst Adresse enthielt sowie sechs Negative, die Sie bei einer gewissen Beschäftigung in Gesellschaft dieser Frau zeigen. Wir stellten fest, daß diese Frau und ein gewisser Mann zu den ehemaligen Mietern der von der Stadtpolizei durchsuchten Wohnung gehören. Der betreffende Mann war der andere Mieter. Verstehen Sie jetzt, worauf ich hinauswill?»

Samuel Nutkin ließ beschämt den Kopf in die Hände sinken. Mit verstörten Blicken starrte er auf den Teppich. Endlich stieß er einen tiefen Seufzer aus.

«O mein Gott», sagte er. «Fotos. Jemand muß Fotos gemacht haben. Oh, welche Schande, wenn das herauskommt. Ich schwöre Ihnen, Sergeant, ich hatte keine Ahnung, daß es gesetzwidrig ist.»

Sergeant Smiley blinzelte ein paarmal. «Mr. Nutkin, lassen Sie mich eines klarstellen. Was immer Sie getan haben, war nicht gesetzwidrig. Ihr Privatleben ist Ihre Sache, nicht die der Polizei, vorausgesetzt, daß kein Gesetz übertreten wird. Und ein Besuch bei einer Prostituierten ist gesetzlich nicht verboten.»

«Aber dann verstehe ich nicht», stammelte Nutkin. «Sie sagten, daß Sie Ermittlungen anstellen . . .»

«Aber nicht über Ihr Privatleben, Mr. Nutkin», sagte Sergeant Smiley entschieden. «Darf ich fortfahren? Vielen Dank. Nach Ansicht der Stadtpolizei wurden diese Männer in die Wohnung der Frau gelockt, entweder durch persönliche Fühlungnahme oder auf dem Weg über Inserate, und dann heimlich fotografiert und identifiziert zu dem Zweck, zu einem späteren Zeitpunkt an ihnen räuberische Erpressung zu verüben.»

Samuel Nutkin starrte den Sergeant aus weit aufgerissenen Augen an. Derlei Dinge waren ihm einfach völlig fremd.

«Erpressung», flüsterte er. «O mein Gott, das ist ja noch schlimmer.»

«Genau, Mr. Nutkin. Also . . .» Der Sergeant zog ein Foto aus der Manteltasche. «Erkennen Sie diese Frau?»

Samuel Nutkins Blick fiel auf ein Konterfei, das der Frau, die er als Sally kannte, recht ähnlich war. Er nickte stumm.

«Aha», sagte der Sergeant und steckte das Foto wieder ein. «Und jetzt, Sir, erzählen Sie mir bitte in Ihren eigenen Worten, wie Sie die Bekanntschaft dieser Dame gemacht haben. In diesem Stadium muß ich noch keine Notizen machen, und alles, was Sie sagen, wird vertraulich behandelt, solange es sich nicht als mit dem Fall in Zusammenhang stehend erweist.»

Stockend, beschämt, gedemütigt berichtete Samuel Nutkin alles von Anfang an, wie er zufällig das Magazin fand, es in der Toilette seines Büros gelesen und drei Tage lang mit sich gerungen hatte, ob er auf eine Annonce schreiben sollte oder nicht, schließlich der Versuchung erlegen war und unter dem Namen Henry Jones geschrieben hatte. Er erzählte, wie er Antwort erhalten, die Telefonnummer notiert und den Brief vernichtet hatte, dann noch am selben Mittag anrief und für den nächsten Tag um zwölf Uhr dreißig bestellt wurde. Er schilderte die Begegnung mit der Frau in der Souterrainwohnung, wie sie ihn überredete, seine Jacke im Wohnzimmer zu lassen, und ihn ins Schlafzimmer führte, wie er zum erstenmal in seinem Leben so etwas tat und am Abend zu Hause das Magazin verbrannte, in welchem er das Inserat gefunden hatte, und wie er schwor, sich dergleichen nie wieder zuschulden kommen zu lassen.

«Meine nächste Frage, Sir», sagte Sergeant Smiley, als Nutkin geendet hatte, «ist sehr wichtig. Haben Sie seit diesem Nachmittag zu irgendeiner Zeit einen Telefonanruf erhalten oder von einem Anruf während Ihrer Abwesenheit erfahren, worin es um eine erpresserische Geldforderung hatte gehen können im Zusammenhang mit den Fotos?»

Samuel Nutkin schüttelte den Kopf. «Nein», sagte er. «Nichts dergleichen. Anscheinend war ich noch nicht an der Reihe.»

Nun lächelte Sergeant Smiley endlich, es war ein grimmiges Lächeln. «Sie waren noch nicht an der Reihe, Sir, und Sie werden auch nicht mehr drankommen. Schließlich hat die Polizei jetzt die Fotos.»

Samuel Nutkin sah mit hoffnungsvollem Blick zu ihm auf.

«Natürlich», sagte er. «Ihre Ermittlungen. Die beiden wurden entdeckt, ehe sie mich drannehmen konnten. Sagen Sie, Sergeant, was geschieht jetzt mit diesen ... schrecklichen Fotos?»

«Sobald ich Scotland Yard mitteile, daß die Sie betreffenden Fotos nichts mit unseren Ermittlungen zu tun haben, werden sie verbrannt.»

«Oh, ich bin so froh, so erleichtert. Aber sagen Sie, bei einigen der Männer, gegen die es Erpressungsmaterial in Händen hatte, muß das Paar es doch probiert haben.»

«Fraglos haben sie das getan», sagte der Sergeant und stand auf. «Und fraglos erkundigen sich zur Zeit auf Ersuchen von Scotland Yard verschiedene Polizeibeamte bei den Herren, die auf diesen Fotos posieren. Fraglos werden diese Ermittlungen die Namen all jener ans Licht bringen, die vor Beginn unserer Untersuchung Geldforderungen erhielten.»

«Aber wie können Sie wissen, wer welche erhalten hat und wer nicht?» fragte Mr. Nutkin. «Es ist doch möglich, daß jemand eine Forderung erhielt und auch zahlte, aber zuviel Angst hat, um etwas zu verraten, auch nicht der Polizei.»

Sergeant Smiley nickte auf Mr. Nutkin hinab. «Bankauszüge, Sir. Der Durchschnittsmensch hat im allgemeinen nur ein oder zwei Konten. Wenn er eine große Summe benötigt, muß er sich an seine Bank wenden oder etwas Wertvolles veräußern. Da bleibt immer eine Spur.»

Inzwischen waren sie zur Haustür gelangt.

«Ich muß schon sagen», sagte Mr. Nutkin, «ich bewundere den Mann, der zur Polizei ging und diese Schurken bloßstellte. Ich hoffe nur, daß ich, wenn sie mich erpreßt hätten, was zweifellos früher oder später geschehen wäre, auch so mutig gewesen wäre. Übrigens, ich werde wohl nicht vor Gericht aussagen müssen, oder? Ich weiß, daß keine Namen genannt werden, aber die Leute könnten dahinterkommen, nicht wahr?»

«Sie werden nicht aussagen müssen, Mr. Nutkin.»

«Dann tut mir nur der arme Mann leid, der die beiden angezeigt hat und dazu verpflichtet ist», sagte Samuel Nutkin.

«Niemand auf der Liste dieser kompromittierten Herren wird aussagen müssen, Sir.»

«Das verstehe ich nicht. Sie haben beide entlarvt und die Beweise in Händen. Bestimmt werden Sie eine Verhaftung vornehmen. Ihre Ermittlungen ...»

«Mr. Nutkin», sagte der Sergeant, der im Türrahmen stand, «wir ermitteln nicht in einem Erpressungsfall. Wir ermitteln in einem Mordfall.»

Samuel Nutkins Gesicht war ein Bild zum Malen. «Mord?» quiekte er. «Wollen Sie sagen, die beiden haben auch jemanden umgebracht?»

«Wer?»

«Die Erpresser.»

«Nein, Sir, sie haben niemanden umgebracht. Irgendwer hat *sie* umgebracht. Fragt sich nur: Wer? Das ist der Haken bei Erpressern. Sie können schon Hunderte von Menschen erpreßt haben, und eines Tages spürt eines ihrer Opfer ihren Schlupfwinkel auf. Vermutlich haben sie ihr Geschäft von Telefonzellen aus mündlich betrieben. Sie heben nichts auf, nur die belastenden Beweise gegen die augenblicklichen Opfer. Die Frage ist: Wo soll man anfangen?»

«Ja, wo?» murmelte Samuel Nutkin. «Wurden sie ... erschossen?»

«Nein, Sir. Der Täter legte ihnen einfach ein Päckchen vor die Tür. Folglich muß der Betreffende die Adresse gekannt haben. Das Päckchen enthielt eine Geldkassette mit Schlüssel, der offenbar an den Deckel geklebt war. Als der Schlüssel benutzt wurde, sprang der Deckel unter dem Druck einer, wie die Laborjungens herausfanden, Spannfeder aus einer Mausefalle auf, ein brillant ausgeklügelter Zündmechanismus wurde ausgelöst, und die Bombe riß sie beide in Stücke.»

Mr. Nutkin staunte den Sergeant an, als wäre er vom Olymp herabgestiegen. «Unglaublich», hauchte er, «aber wie in aller Welt kommt ein ehrsamer Bürger zu einer Bombe?»

Sergeant Smiley schüttelte den Kopf.

«Heutzutage, Sir, gibt's viel zu viele davon, denken Sie bloß an die Iren und die Araber und die ganzen Ausländer. Und es gibt Bücher darüber. Nicht wie zu meiner Zeit. Heutzutage kann, wenn er das richtige Material kriegt, jeder Hilfsschüler eine Bombe basteln. Also, gute Nacht, Mr. Nutkin. Ich glaube nicht, daß ich Sie noch einmal stören muß.»

Am nächsten Tag ging Mr. Nutkin in der City beim Rahmenmacher Gusset vorbei und holte das Foto ab, das er zwei Wochen zuvor hingebracht hatte. Der alte Rahmen sollte durch einen neuen ersetzt werden, und er hatte gebeten, das Foto liegenzulassen, bis er es abholte. Am Abend stand es wieder auf seinem Ehrenplatz auf dem Tisch neben dem Kamin.

Es war ein altes Foto und zeigte zwei uniformierte junge Männer vom Minenspürtrupp der Royal Army Engineers. Sie saßen rittlings auf einer entschärften, fünf Tonnen schweren deutschen Bombe, einer «Big Fritz». Vor ihnen lagen auf einer Decke die Dutzende von Bestandteilen, aus denen die sechs getrennten Zündvorrichtungen einst zusammengesetzt waren. Im Hintergrund sah man eine Dorfkirche. Einer der jungen Männer war schlank und langgesichtig und trug die Majorsabzeichen auf den Achselklappen. Der andere war untersetzt und rundlich und hatte eine Brille auf der Nasenspitze. Unter dem Foto stand die Widmung: «Den Bombenbändigern Major Mike Halloran und Gefr. Samuel Nutkin in dankbarer Erinnerung von den Bewohnern des Dorfes Steeple Norton, Juli 1943.»

Mr. Nutkin blickte stolzgeschwellt auf das Foto. Dann schnaubte er:

«Hilfsschüler! Ha!»

Janwillem van de Wetering

In der Gasse zur Wilden Nonne

Er ist immer noch dort», sagte der Erste Konstabel Cardozo. «Ich habe ihn schon vor einer halben Stunde an genau derselben Stelle gesehen. Dort unter der morschen Ulme. Siehst du ihn auch?»

Adjutant Grijpstra schaute hin. «Ja.»

«Starrt ins Wasser. Die ganze Zeit. Bewegt nicht mal die Hände. Ob es dort wohl was zu sehen gibt?»

Grijpstra grunzte. «Natürlich. Dort gibt es immer etwas zu sehen: Präservative, Konservendosen, Möwen auf einem Baumstamm.» Er ging weiter, hielt an, wenn er das Gefühl hatte, der Konstabel könne nicht folgen, wandte sich um und ging wieder langsamer. Dem Adjutanten machte es nichts aus, ein bißchen zu trödeln, es war ja nichts Besonderes los. Offiziell waren sie auf einem Routinekontrollgang in diesem geschäftigen Vergnügungsviertel von Amsterdam. Die Stadt hatte dreitausend Polizisten angestellt, um die Ordnung zu wahren und einzugreifen, wo es notwendig war.

Die beiden Männer wirkten wie eine ruhige Insel im Strom der sexhungrigen Männer, die durch die engen Passagen und an den Kanalufern entlangströmten. Man hätte sie für Vater und Sohn oder ganz ungleiche Bekannte halten können, als Verkörperungen der unterschiedlichsten Schichten von

Amsterdams Gesellschaft. Grijpstra wirkte in seinem sauberen Nadelstreifenanzug wie ein Musterbürger, obwohl schwer zu erklären gewesen wäre, was diesen würdevollen Herrn in die Gasse zur Wilden Nonne führte und in den Baumgraben, einen steten Unruheherd in der Innenstadt. Der dreißig Jahre jüngere Cardozo paßte besser in die Umgebung mit seinem zerzausten, neugierigen Kopf und der zerknautschten Cordjacke, dem federnden Schritt und den flinken Seitenblicken auf die halbnackten Frauen in ihren Schaufenstern. Der Konstabel hätte ein Student sein können, der gerade den Löwenanteil seiner monatlichen Zuwendung verjuxen wollte. De facto war er eine Art Student: Er wurde in der Kunst der genauen Beobachtung ausgebildet, und der Adjutant war sein Lehrmeister.

«Worauf schaut der Kerl immer?» fragte Cardozo vorwurfsvoll.

«Hmm?» Der Adjutant war damit beschäftigt, ein Zigarillo anzuzünden. Cardozo hustete, als der Rauch seine sanft geschwungene Nase streifte. Er packte den Adjutanten am Ärmel. «Wirklich, Adjutant, ich verstehe es nicht. Es ist schwierig, so still zu stehen, vor allem für längere Zeit. Das weiß ich, weil ich es oft versucht habe. Vielleicht ist er in einer Art Starre. Sollten wir ihn nicht zum Weitergehen bewegen? Siehst du die Kerle dort drüben mit den Lederjacken und Ohrringen? Punks, Unruhestifter. Die werden ihn entdecken und ihm einen Stoß geben, nur um zu sehen, was dann geschieht. Wenn er in den Kanal fällt, wird er sich verletzen oder sich eine Krankheit holen. Soll ich hinübergehen und mit ihm reden?»

«Nein.» Grijpstras Hand hielt den Konstabel an der Schulter zurück. «Aber ich will dir verraten, was du tun kannst. Komm mit in das nette Café an der Ecke und hol mir eine fette Wurst und eine Tasse Kaffee. Es ist Zeit für eine Pause. Vielleicht erzähle ich dir dann, was hier passiert. Es ist eine interessante Geschichte, denn es kommen vier Leichen darin vor. Und wenn du die Ohren aufsperrst, kannst du was lernen. Okay?»

Cardozo überlegte sich den Vorschlag. «Ich muß zahlen?»

«Ja.»

«Und der Kerl dort kommt in der Geschichte vor?»
«Ja.»
«Eine Geschichte über Morde?»
«Drei Morde, ein Selbstmord.»
«Ganz aktuell?»
«Sehr.»

Cardozo verzog das Gesicht. «Bist du sicher? Warum weiß ich dann nichts von diesen Morden, wenn sie doch neu sind? Ich lese jeden Tag jeden Rapport. Ich komme immer früh, damit ich das vor der Routinearbeit tun kann.»

Grijpstra lächelte geduldig. «Weil es keine Berichte über diese Morde gab.»

«Hast du die Berichte verschwinden lassen? Oder haben wir sie verpaßt? Sind nicht wir die Mordkommission?»

Grijpstra lachte. «Du und ich und noch ein Dutzend. Nein, nein, mein Lieber, wir haben sie nicht verpaßt. Aber jener Mann dort drüben ist der lebendige Beweis dafür, daß wir nicht auf jeden Schwanz Salz zu streuen brauchen. Es gibt Fälle, die sich von selbst erledigen.» Der Adjutant stieß mit zwei Fingern auf Cardozos Brust. «Die Polizei hält die Ordnung aufrecht. Sie stört sie nicht. Manches sollte man sich selbst überlassen. Wie das hier.» Er wies hinüber. «Der Mann hat die Geschichte überlebt. Vielleicht ist das nicht richtig so, aber das geht uns nichts an.»

Cardozo studierte sein Opfer erneut, bevor er nachgab und sich in das Café drängen ließ. «Er sieht halbtot aus. Ist er es?»

«Ja», sagte Grijpstra. «Hallo, Juffrouw. Eine schöne Wurst, eine Scheibe Toast und Kaffee. Und dasselbe für meinen Freund. Zusammen bitte.»

«Beschreib diesen Mann», sagte Grijpstra etwas später, als er die Sauce um die Wurst mit dem letzten Stück Brot aufgetunkt hatte.

Cardozo sah aus dem Fenster. «Männlich. Weiß. Einsachtzig, wiegt aber nur etwa fünfundsiebzig Kilo. Etwa Mitte Zwanzig. Scheint seit langem in den Kleidern geschlafen zu haben und sich nicht oft zu waschen. War schon mindestens einen Monat nicht mehr beim Friseur.»

«Ein Landstreicher?»

Cardozo zögerte.

«Ein Betrunkener? Ein Drogensüchtiger?»

Cardozo sah wieder hin. «Es könnte ein Süchtiger sein. Ich würde sagen, er ist Student und kommt aus guter Familie. Er hat noch etwas Klasse. Viele Studenten leben in diesem Quartier. Die obersten Stockwerke der Giebelhäuser sind billig, denn die Kunden der Huren wollen nicht die vielen engen Treppen hochsteigen. Ja, er ist Student und lebt in einer Mansarde, nicht weit von hier.» Er wandte sich dem Adjutanten zu. «Stimmt's?»

«Du machst das blendend. Was kannst du mir sonst noch sagen?»

Cardozo zuckte die Schultern, dachte nach. «Ich glaube, der Kerl ist verrückt. Was hat er getan? Seine Freundin umgebracht? Aber du sagtest, es seien vier Leichen. Das ist ja ein wahres Massaker.» Er schüttelte den Kopf. «Ab hier sind es nur noch Vermutungen. Du mußt mir helfen, Adjutant.» Er imitierte die gepreßte Tonbandstimme eines Computers: «Nicht genug Daten, nicht genug Daten.»

Grijpstra nickte. «Also gut, weiter im Text. Was du hier siehst, ist die Hälfte eines Teams. Die andere Hälfte ist nicht mehr unter uns. Die andere Hälfte war ein Junge namens Ricky, und was übriggeblieben ist, heißt Robert. Ricky ist tot, weil er glaubte, er könne fliegen. Er konnte schon fliegen, aber nur abwärts. Sieben Stockwerke tief, und dann plopp. Ist es nicht merkwürdig, daß es immer ‹plopp› macht, wenn sie auf das Pflaster fallen? Man sollte meinen, daß man die Knochen brechen hört, einen krachenden Aufprall, aber es ist nur ein ‹Plopp›, ein dumpfer Schlag.»

«Hinuntergeflogen?»

«Wie die Nonne, die der Gasse den Namen gab. Kennst du die Geschichte?»

«Nein.»

«Solltest du aber. Die Geschichte der Stadt ist interessant, Konstabel. Die Vergangenheit erklärt die Gegenwart. Hier ist die Geschichte. Im 17. Jahrhundert war hier noch ein Feld mit einem Kloster darauf, einem großen Gebäude mit einem gepflasterten Hof. Das Kloster war voller Nonnen, heiliger Frauen, die versuchten, einander im Beten zu überbieten. Diese Nonne war die beste. Sie schaffte zehnmal mehr Rosenkränze als ihre Schwestern und murmelte beim Zählen. Darum wurde sie natürlich eine Heilige. Sie hatte wunderbare Visionen und entwikkelte wundersame Kräfte. Das glaubte sie jedenfalls.»

«Aha.»

«‹Aha› ist richtig. Aber die anderen Nonnen, die langsam und sündig waren, störten die heilige, darum brachte sie die anderen um. Und als sie das erledigt hatte, flog sie davon.»

«Rauf oder runter?»

«Runter. Direkt in den Hof.»

«Plopp?»

«Richtig.»

«Und dieser Ricky hat es ihr nachgetan?»

«Sozusagen. Ricky ist die vierte Leiche in meiner Geschichte. Die erste gehört einem Mädchen, das hier in der Gegend gewohnt hat. Ein nettes Mädchen aus der Provinz.»

Grijpstra wurde still. Cardozo rieb sich nervös die Hände. «Weiter, Adjutant. Warum ist das nette Mädchen tot? War sie eine Hure?»

«Eine Freizeithure. Sie saß nicht im Fenster, sondern wohnte oben, ganz unauffällig. Sie ließ sich ab und zu ansprechen: So konnte sie sich ihre Kundschaft aussuchen. Ursprünglich ein anständiges Mädchen, aber als die Firma, für die sie tippte, einging, schlitterte sie langsam auf die schiefe Bahn.»

«Wegen Drogen?»

«Dafür fand ich keine Beweise. Sie holte ihre Post und ihre Milch ein paar Tage lang nicht mehr herein. Die Nachbarn benachrichtigten die Polizei, und ich ließ die Tür aufbrechen. Sie hieß Anne. Sie lag im Bett.»

«Tot?»

«Ja. Noch nicht lange. Höchstens zwei Tage. Der Arzt kam, wir ließen Tests machen, und die Ärzte wurden ganz närrisch. Eine seltene Droge, ein nordafrikanisches Schlangengift, sehr merkwürdig. Ein Rest war in einer kleinen Flasche und der Hauptteil in ihrem Magen und Blut. Das Gift bewirkt den Tod durch langsame Lähmung, offenbar schmerzlos. Alle waren ganz aufgeregt.»

«Du auch?»

Grijpstra seufzte. «In meinem Alter? Aber ich habe viel gearbeitet. Arbeiten kann ich immer noch. Das Mädchen hatte keine nordafrikanischen Freunde, sie hatte überhaupt keine Freunde, außer zwei Studenten, Robert und Ricky, die gegenüber in der obersten Wohnung hausten. Sie kannten einander erst nur vom Sehen, trafen sich dann auf der Straße, begannen sich zu besuchen, gingen zusammen aus und frühstückten gemeinsam am Wochenende. Freunde, weißt du, richtige Freunde.»

«Waren Ricky und Robert nicht homosexuell?»

«Nicht ausschließlich. Sie kamen schon noch ans andere Ufer.»

«Waren beide Annes Liebhaber?»

«Ricky mehr als Robert.»

«Woher weißt du das alles?»

Grijpstra winkte ab. «Untersuchungen, Ermittlungen bei den Nachbarn, den Ladenbesitzern in der Nähe, in diesem Café hier. Ich habe mich auf der Universität erkundigt, wo Robert und Ricky studierten. Sie waren beide im achten Semester Psychologie, waren gut. In zwei Jahren hätten sie ihren Abschluß machen können. Ausgezeichnete Studenten.»

«Richtig.»

Grijpstra hob die Augenbrauen. «Weißt du denn, wie's weitergeht?»

«Noch nicht, aber es klingt gut. Weiter, Adjutant, bitte.»

«Geht nicht, meine Kehle ist trocken.»

«Milch? Wir sind noch im Dienst.»

«Irgendwas.»

Die Milch kam. Grijpstra räusperte sich. «Ausgezeichnete Studenten. Sie reisten auch gerne, verbrachten alle Ferien im Ausland. Ich machte ihre Bekanntschaft, und als ich sie in ihrer Wohnung besuchte, bat ich sie, mir ihre Pässe zu zeigen.»

Cardozo klatschte in die Hände. «Nordafrikanische Gummistempel.»

«Tatsächlich. Algerien. Ich ließ sie auf die Wache kommen und steckte sie eine Weile in Untersuchungshaft. Sie sagten mir, Anne habe Selbstmord begehen wollen und habe sie gebeten, ihr ein wirksames Gift zu verschaffen. Aber die Geschichte war oberfaul. Das Mädchen war in guter Verfassung, ihr Zimmer war sauber und gemütlich, da standen Bücher, Blumen, ein Fernsehgerät, jede Menge Grünzeug auf dem Balkon. Nicht die Art Umgebung, die eine depressive Seele normalerweise um sich hat. Und doch hatte sie sich umgebracht. Warum? Eh?»

«Ich weiß es nicht, Adjutant.»

«Ich auch nicht. Sie war auch nicht schwanger. Aber sie hinterließ einen Brief, in dem stand, daß sie es selbst getan habe, ohne jede weitere Erklärung.»

«Also?»

«Also nichts. Ich ließ die Verdächtigen frei. Sie gingen nach Hause, übrigens eine schöne Wohnung – im neuesten Stil eingerichtet. Tausende von Büchern, gute Bilder, ausgezeichnete Stereoanlage, Orientteppiche.»

«Gemeinsames Schlafzimmer?»

«Ein Schlafzimmer mit Doppelbett.»

«Also hast du den Schluß gezogen, daß sie Frauen im Grunde haßten und das Mädchen loswerden wollten?»

Grijpstra wischte sich den Mund mit einer Serviette. «Der Gedanke kam mir auch. Sie waren Psychologen, darum hätten sie das arme Ding manipulieren können. Schlau kombiniert, aber unmöglich zu beweisen. Ich wollte eine Weile zusehen und nichts unternehmen, mit ihnen in Berührung bleiben und auf einen Fehler warten. Es gibt immer Fehler.»

«Also her mit den Fehlern.»

«Weißt du, *l'histoire se répète*. Nichts Neues unter der Sonne. Die verrückte Nonne war ein arrogantes Weib, aber sie zerschellte trotzdem. Die Intelligenten sind immer zu arrogant, sie lernen ein bißchen was und glauben schon, jetzt wüßten sie alles. Ich habe selbst diesen Fehler begangen.»

Cardozo grinste listig. «Glaubst du auch, daß du fliegen kannst?»

Grijpstra grunzte.

«Tut mir leid, Adjutant. Ein kleiner Scherz.»

«Manchmal», gab Grijpstra friedlich zurück, «manchmal mag ich dich wirklich leiden, aber manchmal...»

«Ich hab doch gesagt, daß es mir leid tut.»

«Hör zu. Was hatte ich also? Nordafrikanisches Gift und zwei Intellektuelle, die gerne nach Algerien reisen, die in der Kasbah verkehren, Gift kaufen... Was sonst? Ein nettes totes Mädchen in einem schönen, frisch bezogenen Bett, befreundet mit meinen beiden Schwulen. Was noch? Einen Brief. Ich mußte beweisen, daß dieser Brief unter Druck geschrieben worden war, in einer subtilen Form. Sie standen nicht mit einer Peitsche hinter ihr oder so ähnlich. Nachdem Ricky starb, brach Robert zusammen und erzählte mir, was geschehen war. Manipulation, wie ich die ganze Zeit vermutet hatte. Das Mädchen hatte trotz ihrer sauberen Wohnung, den Blumentöpfen und so weiter Depressionen. Ricky nutzte das aus. Er gab ihr die falschen Bücher, nahm sie mit in die falschen Filme, sprach über die falschen Themen. Er bewies ihr nach und nach, daß dieser Planet eine Hölle an Leid und Schmerzen ist, an Konzentrationslagern, Gefängnissen und Irrenhäusern, daß es jederzeit zu Ende sein könne, daß wir Eichhörnchen sind, die in die Falle geraten sind, daß wir uns auf einer rotierenden Scheibe bewegen, die wir selbst antreiben. Kennst du diese Theorie?»

«Ich bin Jude», sagte Cardozo.

«Was soll das heißen?»

«Die Juden leiden viel.»

Grijpstras Faust schoß hervor und traf Cardozos Schulter.

«Au! Warum schlägst du mich?»

«Damit du noch ein bißchen mehr leiden kannst. Erzähl keinen solchen Mist. Leiden ist kein Vorrecht des auserwählten Volkes, mußt du wissen. Ich leide auch.»

«Ich glaub's ja, Adjutant! Hör auf, mich zu schlagen.»

«Ich laß es ja bleiben, wenn du mich nicht ärgerst. Bah. Ich bin mit den Juden ganz einverstanden, aber ich will einfach nicht hören, alle anderen hätten es besser. Scheiße. Hast du schon mal das Vergnügen gehabt, meine Frau kennenzulernen?»

«Ist sie Jüdin?»

«Nein. Wenn sie es nur wäre! Dann wäre sie vielleicht intelligent. Das ist sie nicht. Dazu ist sie fett. Ich leide unter ihr.»

«Okay, Adjutant. Ich hör ja schon auf.»

«Gut.» Grijpstra wartete, bis sein Atem sich beruhigt hatte. «Dieser Ricky und der erstarrte Robert dort drüben, aber vor allem Ricky, weil er das Mädchen häufiger bumste, bearbeiteten sie, bis sie zusammenbrach und sich umbringen wollte – als idealer Ausweg. Kein Mensch muß hinnehmen, was das Leben ihm zuteilt. Und um zu beweisen, daß es ihm ernst war, wollte Ricky mit ihr gehen.»

«Sie nahmen beide Gift?»

«*Er* trank Wasser. Dann stieg er aus dem Bett, richtete alles in ihrer Wohnung so her, daß seine Anwesenheit nicht bemerkt werden konnte, und ging schnell weg.»

«Der Brief?»

«Sie schrieben jeder einen. Das war Rickys Idee, damit die Polizei nicht auf den Gedanken kommen sollte, jemand sei schuld. Aber seinen nahm er mit.»

«Und dann flog er aus dem Fenster. Aber du hast gesagt, es waren vier Leichen. Wer war die dritte und vierte? Noch mehr Mädchen?»

«Nein. Ricky hatte seine Kunst bewiesen, und Robert mußte ihn überbieten. Auf der Universität waren sie Rivalen. Ein erfolgreiches psychologisches Experiment schreit nach einem neuen.»

«Wie nannten sie denn das Experiment?»

«Der letzte Durchbruch des Über-Ichs. Kennst du diese Ausdrücke?»

Cardozos Stirn runzelte sich. «Nicht genau.»

«Über-Ich steht für Tradition, die Sammlung von Tabus, die sich die Gesellschaft ausdenkt, um sich zu schützen und den Fortbestand zu sichern. ‹Du sollst nicht ...› und so weiter. Die moderne Entwicklung hat mit den meisten Tabus aufgeräumt, aber es gibt immer noch einige. Das meiste ist jetzt erlaubt. Man darf mit seiner Mutter schlafen, die Königin öffentlich beleidigen und den Staat bestehlen, aber wir sind noch nicht so weit, daß wir bereit sind, einander zu töten. ‹Du sollst nicht töten› ist das letzte Tabu, Konstabel. Wenn man es verletzt, kommt man in echtes Niemandsland, frei wie ein großer Seeadler. Robert und Ricky wollten sich selbst befreien bis zu dem Punkt, wo sie sich emporschwingen konnten zur Galaxis hinauf. Kannst du mir folgen?»

«In etwa.»

«Versuche es. Jetzt war es an Robert, das Gefängnis des Über-Ichs zu sprengen. Er wählte seinen eigenen Weg, aber er mußte Ricky natürlich überbieten. Er wollte dessen Rekord brechen. Er wollte einen Doppelmord begehen. Erinnerst du dich an die Kerle, die du mir eben gezeigt hast? Dort gehen sie.»

«Die Punks?»

«Richtig. Sie gehören zu einer Gang und sehen alle gleich aus. Schwarze, enganliegende Hosen, schwarze Lederjacken, Sonnenbrillen. Sie scheren sich den Kopf bis auf den lächerlichen Mittelstreifen, tragen Ketten und so weiter. Sie sind knallhart. Sie rauben und brennen und stehlen und zerstören in kleinerem Ausmaß, denn sie haben nicht viel Grips, aber auch so leisten sie einiges.»

«Üble Typen.»

«Ach was. Das Böse ist eine Kunst, die gelernt sein will, und sie sind Anfänger. Robert studierte die Gang und ihre Gewohnheiten und stellte ihnen eine Falle. Er suchte sich einen aus, nahm ihn mit in die Wohnung, als Ricky nicht da war, schlief mit dem Jungen und bezahlte ihn. Der Punk sah, daß die Wohnung voller Kostbarkeiten war, und würde es seinen Freunden garantiert erzählen. Punks gehen gerne ab und zu auf Raubzüge und zerstören, was sie nicht mitnehmen können.»

«Hm, hm», sagte jetzt Cardozo. «An diesen Fall erinnere ich mich. Die Spraydose?»

«Richtig. Robert war ganz aufgeregt wegen des Bevorstehenden. Er hatte in Algerien einen Fremdenlegionär kennengelernt, der sich als Sprengstoffexperte herausstellte. Für Geld bastelte ihm dieser aus einer Spraydose eine Bombe. Wenn jemand auf den Knopf drückte, ging die Bombe los. Sie hatte irgendwo einen Sicherheitsschalter, so daß sie transportiert werden konnte. Robert kaufte zwei Spraydosen mit schwarzer Farbe, und der Legionär bearbeitete die eine. Robert stellte die Dosen auf den Eßtisch, ließ die Tür unverschlossen und ging aus.»

«Die Punks drangen ein, fanden die Spraydosen, spielten damit herum und ...»

«... flogen in die Luft mit allem anderen. Aber vollständig. Es war so viel Sprengstoff darin, daß auch das ganze Dach in die Luft flog. Ich konnte es kaum glauben, als ich das Chaos sah. Ein Büchergestell voller schwarzer Farbe, das andere voller Blut. Arme und Beine überall. Die Hand des einen Punk blieb an der Decke kleben. Sie fiel herunter, während ich in den Trümmern des Zimmers stand, direkt vor meine Füße.»

«Uau!»

«Ja, schrecklich! Aber Robert hatte übertrieben. Ricky kam an jenem Abend spät nach Hause. Ricky war vielleicht recht clever, aber er hatte schwache Nerven. Das Mädchen war auf stille Weise gestorben, einfach im Schlaf in den Tod gegangen. Aber was Robert getan hatte, war zu spektakulär. Ricky konnte den Anblick nicht ertragen, verlor den Verstand und sprang durch ein Loch, das die Bombe in die Außenwand gerissen hatte.»

«Warst du dabei?»

«Nein. Ich war nach Hause gegangen. Ich kam sofort nach der Explosion und traf Robert. Er behauptete, auf einem Spaziergang gewesen zu sein, und nahm an, daß die Punks seine Wohnung mit einer selbstgebastelten Bombe in die Luft jagen wollten, daß aber das Ding zu früh losging. Ich konnte ihm nichts beweisen. Wir fanden Teile der Spraydose, aber ich kam nicht auf die Idee, daß die Dose die Bombe war. Die Experten waren emsig zugange, als ich wegging. Ich aß daheim zu Abend, kam zurück und dachte, dies sei nun der nächste Akt im selben Stück, aber weiter kam ich nicht. Erst als Robert einen Nervenzusammenbruch bekam und mich abpaßte, als ich ein paar Tage später zufällig durch die Gasse ging, da verstand ich die Zusammenhänge.»

«Hast du gewußt, daß Robert die Punks umgebracht hatte? Ich meine, bevor er es dir gestand?»

«Ja. Aber ich hatte keinen Beweis. Der Beweis war mitexplodiert. Darum habe ich ihn auch nach seiner Beichte nicht verhaftet.»

Cardozo nickte. «Ach so. Eine Beichte für sich allein ist kein ausreichender Beweis. Hättest du ihn verhaften lassen, dann hätte er die Möglichkeit gehabt, im Gefängnis zu widerrufen, die ursprüngliche Aussage in Abrede zu stellen und dich zu beschuldigen, er sei zu dem Geständnis gezwungen worden. Und dann wäre sein Anwalt auf dich losgegangen.»

«Ja. Denn dann steht der Polizist vor Gericht, stottert vor sich hin, und der Richter macht kurzen Prozeß. ‹Nicht schuldig› wegen Mangel an Beweisen. Das habe ich schon einmal erlebt. Nicht noch einmal – nicht, wenn ich es verhindern kann.»

«Folglich?»

«Im Zweifelsfall nichts tun. Ich habe nichts getan. Ich tue immer noch nichts.»

Ein langer Schauer überlief Cardozos kleinen Körper.

Grijpstra starrte aus dem Fenster. «Und dort steht der Überlebende. Nachdem ich ihn nicht verhaftet hatte, überstand er seinen Anfall von Schuldgefühlen, oder wie immer man das nennen will. Sein Experiment war fehlgeschlagen. Er bezwang sein Über-Ich nie. Aber er hatte viel zu tun. Die Versicherung zahlte, und er ließ die Wohnung renovieren. Das Alleinleben war ihm recht, eine nette Abwechslung sogar, denn Ricky war ein anstrengender Partner gewesen. Er studierte und bestand mehrere Examen. Dann kamen die Träume.»

«Woher weißt du das?»

«Weil er es mir erzählt hat. Wir treffen uns gelegentlich, oder besser, wir haben uns getroffen, denn jetzt erkennt er mich nicht mehr. Er hat mir immer gesagt, was in seinem Kopf vorging. Zuerst waren es nur Träume, dann auch Halluzinationen. Er sah die Punks, sah Ricky und Anne. Er war etwas verrückt, sprach zu sich selbst, gestikulierte. Das ging auch vorbei. Jetzt...»

«Jetzt starrt er auf das Wasser. Was für ein Leben. Was kommt als nächstes, Adjutant?»

Grijpstra hörte die Frage nicht. Er beobachtete die beiden Punks. «Hey...»

Cardozo rannte als erster aus der Tür. Er hatte die Gesichter der Punks gesehen, nach neuester Mode zurechtgemacht, mit Schminke, die ihre Wangenknochen betonte und ein Kontrast war zu dem Glimmer in ihren Augenhöhlen. Eine halbe Sekunde, nachdem Grijpstra erkannte, was als nächstes geschehen würde.

Nicht einmal Cardozo als trainierter Sprinter kam rechtzeitig, um das Aufklatschen zu verhindern. Die Punks hatten sich Robert lautlos genähert und sprangen gleichzeitig. Der eine Punk stieß, der andere trat mit den Füßen. Der Körper fiel. Dann rannten sie weg.

Cardozo strengte sich übermenschlich an. Er schien über die Pflastersteine zu fliegen. Er rannte dem ersten Punk nach und an ihm vorbei, während seine Faust hervorschoß und den Jungen sauber unter das linke Ohr boxte. Er blieb nicht stehen, um sein Opfer fallen zu sehen. Er wußte, daß Grijpstra irgendwo hinter ihm war und aufräumte. Der zweite Punk machte einen Fehler. Er sah über die Schulter zurück, um die Distanz zwischen sich und dem Verfolger abzuschätzen, und dabei stolperte er. Cardozo wandte einige Kniffe an, bis er die Arme des Verdächtigen auf dem Rücken hatte und Handschellen anlegen konnte. Dann stellte er ihn auf die Füße und zerrte ihn zu der Stelle zurück, wo Grijpstra in seine Pfeife blies.

Uniformierte Polizisten kamen, zogen sich aus und tauchten in den Kanal. Sie brachten Roberts Körper herauf. Funkgeräte zerrissen die schwere Luft am Ufer, eine Ambulanz tauchte mit heulenden Sirenen auf.

«Tot?» fragte Grijpstra die uniformierten Krankenwärter.

Sie knieten nieder und untersuchten die durchnäßte Figur.

«Ich fürchte ja. Er hat eine Wunde am Kopf, eine ziemlich oberflächliche Wunde, würde ich sagen. Vielleicht hat er beim Fallen etwas Metallenes gestreift. An der Verletzung kann er nicht gestorben sein. Warum schwamm er nicht? Ein Mann seines Alters sollte doch schwimmen können.»

«Vielleicht wollte er nicht.»

«Was?»

«Er fiel hinein und verletzte sich. Er fiel mit dem Gesicht nach unten. Wenn er sich gedreht hätte, wäre ihm nichts geschehen. Also wollte er wohl nicht.»

«Wie auch immer», sagte der Ambulanzfahrer. «Das Polizistengeschwätz ist mir sowieso zu hoch. Er sieht irgendwie friedlich aus.»

Grijpstra und Cardozo studierten kauernd das tote Gesicht. «Stimmt», sagte Grijpstra, «und so ist es gut.» Dann wandte er sich an Cardozo: «Was du hier siehst, Konstabel, ist das perfekte Beispiel eines Happy-Ends.»

JOHN LUTZ

Bleib ruhig, Kumpel!

Billy Edgemore stand an seinem Platz hinter der langen Theke des *Last Stop* und blinzelte quer durch die dämmrige Bar zum Vorderfenster. Er machte heute die Nachmittagsschicht, und draußen vor dem Fenster schien die Sonne. In seiner leuchtendroten Weste, der Uniform des Barpersonals, und mit dem von Lachfältchen gezeichneten, zerknitterten Gesicht unter der Glatze sah Billy aus, wie ein Barmann eben aussehen soll. Hinter ihm, im Licht der Spiegelwand, funkelten die Flaschen in langen Reihen, die klaren Gins und Wodkas, die herrlich bernsteinfarbenen Bourbons und die helleren Scotchs, die bunte Vielfalt der Weine, Kognaks und Liköre. Die Bar des *Last Stop* war gut bestückt.

Jenseits der Farne, die die Sicht aus dem Fenster (und von außen nach innen natürlich auch) blockierten, verdunkelte sich der kleine Lichtfleck flüchtig, und Billy sah eine männliche Gestalt. Der Mann strebte der Buntglastür des Vordereingangs zu, sicher der erste Gast, den Billy heute zu bedienen hatte.

Es war Sam Daniels. Sam arbeitete bei Hulton, in der Fabrik weiter oben an der Straße. Die meisten Gäste des *Last Stop* waren bei Hulton angestellt.

Billy setzte sein Berufslächeln auf und begrüßte ihn. «Tag, Sam. Sie sind ein bißchen früh dran heute, oder?»

«Ja. Hab mir frei genommen», erwiderte Sam und schwang sich auf einen Barhocker, als bestiege er ein Pferd. «Bier.»

Billy zapfte eines und schob Sam den nassen Humpen über die Mahagonitheke zu. «Hatte in den nächsten zwei Stunden noch niemanden erwartet», bemerkte er.

Sam nickte und schlürfte sein Bier. «Wohl nicht.» Er war ein kleiner, dunkelhäutiger Typ mit einer Lockenmähne und einem ausgeprägten Schmerbauch, der schlecht zu seinem Alter paßte. Sam war erst Anfang Dreißig, hatte aber bereits eine bedenkliche Vorliebe für Alkohol.

«Dachte mir schon, daß Sie heute nicht arbeiten, weil Sie Ihr Namensschild nicht tragen», sagte Billy. Bei Hulton wurden geheimnisvolle Dinge für die Regierung hergestellt, wohl ein Bauteil für eine Wasserstoffbombe, und die Belegschaft hatte deshalb beim Betreten und Verlassen der Anlage kleine Plastikschilder mit Namen, Nummer und Foto am Jackett zu tragen.

«Richtiger Sherlock», sagte Sam und schwenkte das Bier in seinem Glas.

«Als Barmann bemerkt man allerhand», antwortete Billy und wischte die Theke mit einem sauberen weißen Handtuch ab. Ja, allerdings, dachte er bestätigend bei sich. Man bekommt vieles mit. Und man lernt Menschen kennen. Und wenn man sie so richtig kennt, hat man die Nase voll von ihnen. «Ich hab wahrscheinlich immer hinter dem falschen Tresen bedient», bemerkte er.

«Was war das?» fragte Sam.

«Hab bloß laut gedacht», warf Billy hin und hängte das Handtuch an den Haken an der verchromten Leiste. Rückblickend sah er sein Leben einerseits wie einen langen Tunnel voll Betrunkener und andererseits voll mit leeren Flaschen, mit öden Unterhaltungen und Stimmen, die ihm in kurz angebundenem Befehlston Bestellungen zuriefen, voll glasiger Blicke, die durch ihn hindurchsahen, als existiere er nicht. Billy hatte seinem Job nie etwas abgewinnen können, machte ihn aber schon seit dreißig Jahren und war auch nichts anderes gewöhnt.»

«Meine Frau müßte bald hiersein», sagte Sam. «Will mich hier treffen. Sie hört heute früher auf.» Er zwinkerte Billy zu. «Hat Zahnweh.»

Billy nickte und lächelte sein automatisches Lächeln. Er hatte Sam noch nie gemocht. Wenn Sam Daniels betrunken war, fing er meist an zu randalieren und wurde auch noch handgreiflich.

Ein paar Minuten später trat sie ein. Rita Daniels war etwas jünger als ihr Mann, hochgewachsen und äußerst attraktiv mit ihren dunklen Augen und einer herrlichen Figur. Ihr kunstvoll gebleichtes Haar verriet den teuren Friseur, auch wenn es heute von der Hitze draußen etwas strähnig aussah.

«Bourbon mit Cola», bestellte sie, ohne Billy anzusehen. Er mixte den Highball und stellte ihn vor sie hin. Sie hatte sich auf einen Hocker neben ihren Mann gesetzt.

Eine Weile, während Rita an ihrem Drink nippte, sagte niemand etwas. Durch die schwere Eingangstür des *Last Stop* gedämpft, drang Verkehrslärm herein und füllte die Stille ein wenig aus. Als das entfernte Blöken einer Hupe hörbar wurde, meinte Rita: «Das ist vielleicht 'ne blöde Insel hier. Los, steck was in die Jukebox.»

Sam schob folgsam eine Vierteldollarmünze in den Automaten, und weicher Jazz verschluckte die Verkehrsgeräusche.

«Du weißt doch, daß ich keinen Jazz mag, Sam.» Rita leerte ihr Glas rascher, als ihr bekömmlich sein konnte, stand auf und entfernte sich in Richtung Toilette.

«Hatte Doug Baker gestern abend hier», erzählte Billy und räumte das leere Glas von der Theke. Doug Baker besaß ein Restaurant am anderen Ende der Stadt, und es war kein Geheimnis, daß er den *Last Stop* nur beehrte, um Rita Daniels zu sehen, und das, obgleich sie fast immer in Begleitung ihres Mannes kam.

«Schau an», sagte Sam. «Noch zwei davon.»

Rita kehrte an ihren Platz zurück, und Billy stellte die beiden Highballs vor seine Gäste hin.

«Ich hatte aber Bier», protestierte Sam laut.

«Ach, stimmt», antwortete Billy. Er zuckte die Achseln, lächelte sein Mein-Fehler-Lächeln und deutete mit einer Kopfbewegung auf die Cocktails. «Die zahlt das Haus. Oder möchten Sie doch lieber Bier?»

Sam winkte ab. «Schon gut.»

Das war die Antwort, die Billy erwartet hatte. Was ihm am meisten an Sam Daniels mißfiel, war seine knickerige Art, jeden Vorteil auszunutzen. Auch Rita konnte diesen Charakterzug ihres Mannes absolut nicht ausstehen, das wußte Billy.

«Na, wie lief's heute mit deinen Wasserstoffbomben?» fragte sie, zu Sam gewandt. «Bist wohl überhaupt nicht dagewesen, was?»

Billy sah, daß sie gereizt war und nun versuchte, sich mit Nörgeln Luft zu machen.

«Nein», erwiderte Sam. «Außerdem mache ich keine Wasserstoffbomben.»

«Ha!» lachte Rita. «Sag das nicht. Das ist so ziemlich das einzige, das du zustande bringst.» Sie drehte ihm den Rücken zu, bevor er etwas entgegnen konnte. «He, Billy, haben Sie 'ne Ahnung von Wasserstoffbomben?»

«Nein», sagte Billy. «Darüber weiß Ihr Mann mehr als ich.»

«Eben», stimmte Rita zu. «Sollte er eigentlich. Bei der Gewerkschaft ist er als Facharbeiter eingestuft. Schöner Facharbeiter. Spleißt ein paar Drähte, mehr nicht.»

«Für fünf Dollar die Stunde», verteidigte sich Sam. «Das Doppelte für Überstunden.»

Rita wirbelte den mit Armreifen behängten linken Arm über dem Kopf und schrie: «Hurraaaa...!»

Wie viele Ehepaare begannen Sam und Rita regelmäßig, sich ein wenig Luft zu machen, was nicht bedeutete, daß sie sich ernsthaft stritten, wenn sie in den *Last Stop* kamen. «Die Daniels' in trautem Einvernehmen», lachte Billy. Sam lachte nicht.

«Laß deine Sticheleien», warnte Sam seine Frau. «Hab miese Laune heute.»

«Kopf hoch, Sam», sagte Billy. «Damit beweist sie Ihnen doch nur, daß sie Sie liebt... Na ja, auf jeden Fall, daß sie jemanden liebt.»

Sam ignorierte Billys Einwurf, leerte sein Glas und wandte sich an seine Frau. «Wo warst du gestern abend?»

«Bei meiner Schwester. Das weißt du doch. Hab unterwegs sogar eine halbe Stunde hier hereingeschaut. Das kann Billy bezeugen.»

«Stimmt», sagte Billy.

Sams Augen wurden schmal. «Sagten Sie nicht, Doug Baker ist gestern abend hiergewesen?»

«Ja, war er», sagte Billy. «Doug kam . . . hm . . . ziemlich spät.» Er wandte sich ab, um die nächste Runde zu mixen, stellte die Gläser aneinander und goß in einem einzigen, gezielten Strahl einen Schuß Bourbon in jedes, ohne einen Tropfen zu verschütten. Diesmal machte er sie etwas stärker, schenkte Cola dazu, stieß die Rührstäbchen zwischen die Eiswürfel und schob die Gläser auf die Theke.

«Ich will nicht hoffen, daß Sie was verheimlichen, Billy, oder?» Sams Stimme hatte eine bösartige Schärfe angenommen.

«Jetzt hör bloß auf!» fuhr Rita ihn an. «Wenn du denkst, ich wäre gestern hergekommen, um mich mit Doug Baker zu treffen, bist du nicht ganz bei Trost!»

Sam rührte wütend in seinem Drink herum. «Immerhin erwähnte Billy kurz, Baker wäre gestern . . .»

«Er kam erst spät», unterbrach Billy hastig.

«Und Billy sagte es, als hätte er was zu verbergen», fuhr Sam fort. Er löste den Blick von seiner Frau und heftete ihn anklagend und belehrend auf den Barmann.

«Was zu verbergen?» Ritas bemalte Augenbrauen zogen sich zusammen. «Haben Sie mich je mit einem anderen Mann gesehen, Billy?»

«Nein», sagte Billy sanft. «Natürlich nicht. Sie sollten sich nicht streiten, Sie beide.»

Ritas Empörung blieb. Sie wirbelte auf ihrem Hocker zu ihrem Mann herum. «Hab ich dich je betrogen?»

«Woher zum Teufel soll ich das wissen?»

Billy kicherte verhalten. «Auch wieder wahr.»

«Da gibt's nichts zu lachen!» fauchte Rita.

«Immer mit der Ruhe, Herrschaften», mahnte Billy ernst. «Wir wollen keinen Aufruhr hier drinnen, das wissen Sie.»

«Tut mir leid», entschuldigte Rita sich, aber das klang pikiert. Sie schwang wieder zur Theke herum und trank in großen, erregten Schlucken. Billy sah ihr an, daß der Alkohol angefangen hatte, ihr zu Kopf zu steigen. Ihnen beiden.

Eine Weile blieb es still, dann sagte Rita grämlich: «Ich sollte wirklich mal probieren, fremdzugehen, Mr. Großverdiener! Würd dir recht geschehen. Du denkst ja sowieso, daß ich es tue, und Doug Baker hat wenigstens Moos.»

Sam packte sie so heftig beim Handgelenk, daß ihre Armbänder klirrten. Sie versuchte, sich loszureißen, aber er hielt sie so fest, daß seine Fingerknöchel weiß hervortraten. «Wenn du Baker auch nur einmal hinter meinem Rücken triffst, mach ich euch beide kalt!» spuckte er ihr ins Gesicht.

«Sachte, sachte», sagte Billy beschwichtigend. «So dürfen Sie nicht miteinander reden.»

Er legte Sam Daniels die Hand auf den Arm und spürte, wie Sams Muskeln sich entspannten, als er Rita freigab. Sie beugte sich stumm auf ihrem Hocker vor und hielt sich das Handgelenk, als wäre es gebrochen.

«Trinkt lieber noch einen», ermunterte Billy die beiden und zog die fast leeren Gläser zu sich herüber. «Auf Rechnung des Hauses. Einen zur Versöhnung.»

Sams Gesicht war rot angelaufen, und er atmete schwer. «Ich nehme Whisky pur.»

«Du verdammter blöder Hund!» stöhnte Rita. Sie rutschte von ihrem Hocker, schlug beinahe hin und steuerte noch einmal rasch, aber torkelnd auf die Toilette zu.

Billy begann gewandt und flink, die Drinks zu mixen, als wartete ein Dutzend Gäste auf Bedienung. Im schwachen roten Schein der elektrischen Leuchtuhr – dem Werbegeschenk von einer Brauerei – sah er vor seinen Reihen bunter Flaschen aus wie ein uralter Alchemist. «Sie sollten sie nicht ganz so streng anfassen», bemerkte er leichthin. «Man darf nicht alles glauben, was über eine so hübsche Frau wie Rita geklatscht wird. Ein

Küßchen in Ehren kann niemand verwehren. Ist doch ein harmloser Spaß so was.»

«Klatsch?» Sam beugte sich über die Theke. «Was für ein Kuß? Hat sie Baker gestern abend geküßt?»

«Regen Sie sich ab», sagte Billy. «Ich hab Ihnen doch erzählt, daß Baker erst später reinkam.» Das Telefon klingelte wie jeden Tag während der Viertelstunde vor Arbeitsschluß bei Hulton. Es waren Frauen, die nach streunenden Ehemännern fragten und ihm Bestellungen an sie auftrugen. Als Billy zurückkam, saß Rita wieder an der Theke.

«Komm, gehen wir», sagte sie zu Sam. Ihr etwas ramponiertes Make-up wies Tränenspuren auf.

«Trinkt aus und geht glücklich nach Hause, ihr beiden.» Billy warf einen raschen Blick zur Tür und stellte die Gläser auf die Theke.

Rita begann, mit langsamen Schlucken zu trinken, aber Sam stürzte seinen Drink in einem Zug hinunter und starrte vor sich hin. Billy schob behutsam noch ein volles Glas zu ihm hinüber.

«Du warst gestern abend also tatsächlich mit Doug Baker hier», sagte Sam halblaut. «Jemand hat sogar gesehen, wie du ihn geküßt hast.»

«Du bist *verrückt*!» Ritas Stimme war heiser.

Billy trat hastig vor die beiden hin. «Das habe ich nicht gesagt.»

«Das wollten Sie vertuschen, ist doch klar!» Sams Augen funkelten ihn haßerfüllt an. «Wir werden ja sehen, was Baker zu sagen hat. Dem schlag ich den Schädel ein! Fahre gleich von hier zu ihm rüber.»

«Aber ich hab Baker nicht mal gesehen gestern abend!» zeterte Rita und nahm, um sich zu beruhigen, einen Schluck. Sam fuhr zu ihr herum, holte blitzschnell aus und traf zugleich das Glas und Ritas Kinn mit seinem Unterarm. Das Glas schlug gegen ihre Zähne, und sie fiel rücklings zu Boden.

Billys Hand verschwand unter der Theke und kam mit einer chromglänzenden Automatic, die alles Licht im Raum aufzufangen schien, wieder zum Vorschein. Es war eine vornehme

Waffe, und Billy, in weißem Hemd und roter Weste, hielt sie wie ein Gentleman.

«So, keine Bewegung mehr, Herrschaften», sagte er und zielte auf Sams Magen. «Sie wissen, daß wir hier nichts für Krawalle übrig haben.» Dann blickte er zu Rita hinunter und sah, daß Blut zwischen den Fingern ihrer auf den Mund gepreßten Hand hindurchsickerte. Billy machte ein sauberes Handtuch naß und warf es ihr zu. Rita drückte es auf ihr Gesicht, erhob sich mühsam, rannte dann nach hinten und schob sich schluchzend in die letzte Koje.

Billy beugte sich dicht zu Sam vor. «Hören Sie zu», flüsterte er, und sein Ton war aufrichtig besorgt. «Ich möchte nicht, daß Baker meinetwegen Scherereien kriegt, und Ihnen wünsche ich auch keine. Kann nicht dabeistehen und zulassen, daß Sie ihn umbringen – und Ihr eigenes Leben wegwerfen. Es war nicht Baker, mit dem sie hier war. Baker kam erst viel später.»

«Nicht Baker?» In Sams Stimme mischten sich Wut und Bestürzung. «Wer war es dann?»

«Das weiß ich nicht», antwortete Billy, immer noch im Flüsterton, damit Rita nichts hörte. «Er trug ein Schildchen, arbeitet also auch in der Fabrik, aber ich kenne ihn nicht. Ehrlich nicht.»

«O nein! Nein!»

«Kein Grund zur Aufregung, Sam. Sie hat ihn bloß geküßt. In der Koje da drüben. Und so genau habe ich nicht einmal das gesehen. Sie hatten das Licht aus.»

Baker kippte den Drink hinunter, der vor ihm auf der Theke stand, und stöhnte. Er starrte auf die Automatic, und Billy sah ihm an, daß er sich kaum noch auf dem Hocker halten konnte. Eine unheilvolle Stille breitete sich im Zimmer aus, dann klingelte das Telefon, und die erhitzte Atmosphäre erstarrte zu Eis.

«Schön ruhig bleiben, Sam», mahnte Billy und schob sich rückwärts an der Theke entlang zum Wandtelefon. «Was hat ein Kuß schon zu bedeuten?» Beim nächsten Klingelzeichen konnte er fast sehen, wie der schrille Ton an Sams gespanntem Körper zerrte. Billy legte die Automatic auf die Theke und ging die letzten fünf Schritte zum Telefon. Er ließ es noch einmal klingeln, dann hob er ab.

«Nein», sagte Billy in die Sprechmuschel und wandte Sam den Rücken zu. «Hier ist er nicht.» Aber statt einzuhängen, blieb er noch einen langen Augenblick lauschend stehen, als spräche der Anrufer am anderen Ende noch.

Erst als der Schuß die Stille wie ein zorniges Bellen zerriß, hängte Billy den Hörer an den Haken und drehte sich um. Sam stand in schlaffer Haltung vor der Theke und stützte sich mit einer Hand auf seinen Barhocker. Rita war in der Koje, in der sie gesessen hatte, zusammengesunken. Sie lag mit bizarr verdrehten Gliedern unter dem Tisch, und in ihrem blonden Haar leuchtete hellrotes Blut.

Die Polizei, ein junger Kriminalbeamter namens Parks mit seinem Gefolge, war in wenigen Minuten da.

«Sie sagten, die beiden hätten sich gestritten», wiederholte Parks, während seine Leute Sam abführten. «Da stand er plötzlich auf und erschoß sie, nicht wahr?»

«Ja», bestätigte Billy. «Er beschuldigte sie, sie hätte sich herumgetrieben, danach stritten sie sich eine Weile, und zuletzt schlug er sie ins Gesicht. Ich wollte die beiden gerade an die Luft setzen, als das Telefon klingelte. Ich hab die Pistole nur einen Augenblick hingelegt, um den Anruf anzunehmen, da nahm er sie sich und feuerte ab.»

«Aha», sagte Parks forsch, mit einem flüchtigen Blick unter den Tisch, wo Ritas Leiche gelegen hatte. Man hatte sie bereits fotografiert und fortgeschafft. «Daniels hat auch gleich gestanden, als wir kamen. Bekam den Mund kaum wieder zu. Ist ziemlich fertig jetzt, der Bursche.»

«Wer wäre das nicht?» sagte Billy.

«Heben Sie ein bißchen Mitleid für die Frau auf.» Parks sah sich um. «Scheint ein nettes Lokal zu sein. Verstehe nicht, warum hier dauernd was passiert.»

Billy hob die Schultern. «Spelunke, Nobelschuppen oder eine Bar wie diese hier – wo ist da der Unterschied? Die Menschen sind sich überall ziemlich gleich.»

Parks grinste. «Ja, da haben Sie wohl recht.» Er schritt zur Tür, drehte sich aber, bevor er sie aufschob, noch einmal um. «Falls es in Zukunft irgendwann aussieht, als ob sich wieder so etwas entwickeln könnte, rufen Sie uns an, hm?»

«Aber selbstverständlich», sagte Billy. Er hielt das Glas, das er polierte, gegen das schwindende Tageslicht. «Wir wollen keinen Rabatz bei uns, das wissen Sie.»

Jack Ritchie

Das fünfte Grab

Als Ralph seinen zwanzigsten Hochzeitstag beging, lud er mich zu der Feier ein, und dort traf ich seinen Schwager Julius, einen Bauingenieur.

«Sieh an», sagte Julius, «Ralph hat mir bereits eine Menge über Sie erzählt, Henry. Er meint, wenn Sie anfangen, Rückschlüsse zu ziehen, fliegen die Fetzen, ist Ihnen nichts heilig.»

Ich lächelte bescheiden. «Ich versuche nur mein Bestes.»

Ralph, Julius und ich hielten uns in der Küche auf, wo Ralph die Getränke für die Gäste zubereitete.

«Ich glaube, ich habe ein Problem, an dem Sie sich einmal versuchen könnten, Henry», sagte Julius. «Es handelt sich um eine verschwundene Leiche.»

Naturgemäß war ich ganz Ohr.

Julius begann. «Vor vier Jahren arbeitete ich oben in Sheboygan County. Wir erneuerten eine Landstraße; wir verbreiterten und versahen sie mit einer neuen Fahrbahndecke. Es war eine dieser Straßen, die sich schief und krumm durchs Land ziehen, und da wir schon dabei waren, wollten wir sie – so gut es ging – begradigen.»

Ich nickte verstehend. Wenn es etwas gibt, was ein Bauingenieur nicht erträgt, dann ist das eine sich schlängelnde Landstraße.

«Ja, und dann war da dieser Landfriedhof – nicht groß, maß vielleicht ein Hektar oder weniger. Keine Gebäude darauf. Und davon brauchten wir ein Eckchen für unsere Straße. Das hieß, wir mußten sechs Gräber verlegen.

Es ist nicht ganz einfach, die Erlaubnis zum Verlegen von Gräbern zu bekommen, und dann will man die Sache auch so diskret wie möglich über die Bühne bringen. Was man da am wenigsten brauchen kann, ist öffentliches Aufsehen. Also bewegten sich die Anwälte unserer Firma sozusagen auf Zehenspitzen, und wir erhielten die Genehmigung.

Wir verlegten sechs Gräber. Aber es fanden sich nur fünf Leichen. Ich will damit sagen, im fünften Grab war gar nichts – nur obendrauf der Grabstein. Den Namen habe ich behalten. Lucas Martin. Aber kein Sarg, keine Leiche, keine Knochen. Es war zu erkennen, daß der Boden der Grabstelle nie zuvor aufgegraben worden war.»

«Hm», sagte ich gescheit. «Haben Sie auf dem Grabstein den Todestag bemerkt?»

«8. November 1913.»

8. November 1913. Unklar erinnerte ich mich. Wo hatte ich dieses Datum schon einmal gehört oder gesehen? «Haben Sie das Fehlen der Leiche den örtlichen Behörden angezeigt?»

«Himmel, nein. Wir hatten einen Zeitplan einzuhalten. Es wäre gar nicht auszudenken gewesen, wieviel Zeit wir verloren hätten, wenn eine Untersuchung eingeleitet worden wäre. Wir behielten es für uns und schafften die fünf Leichen und die sechs Grabsteine an eine andere Stelle des Friedhofs.

Mit dem sechsten Grab stimmte auch einiges nicht. Zum einen war das dort genannte Todesdatum dasselbe wie auf dem fünften Grabstein – 8. November 1913. Zum anderen fanden wir zwar eine Leiche – besser gesagt ein Skelett –, aber keinen Sarg.

Ich meine, selbst nach all den Jahren müßten sich doch wenigstens ein paar Holzreste finden lassen, die zeigen, daß da mal ein Sarg gewesen ist. Aber es fand sich keine Spur davon. Allein das Skelett. Und Leslie Randolph – das war der Name auf dem

Stein – muß eine Frau gewesen sein, weil die Schuhe, in denen man sie begraben hatte, noch soweit erhalten waren, daß man sie als solche hochgeknöpften erkannte, wie sie die Frauen seinerzeit trugen.»

Julius und Ralph sahen mich jetzt erwartungsvoll an.

«Nun», sagte ich, «da diese zwei Menschen offensichtlich am selben Tag starben, schließe ich daraus zunächst einmal auf irgendeine Epidemie, Typhus vielleicht . . . oder Diphtherie, die beide in jenen Tagen grassierten. Wie alt waren sie, als sie starben?»

Julius dachte einen Moment lang nach. «Soweit ich mich entsinne, waren beide ein- oder zweiundzwanzig.»

Ich brütete zehn oder fünfzehn Sekunden über dem Problem. «Es kann auch sein, daß sie bei einem Autounfall ums Leben kamen, wobei sie entweder zusammen im selben Auto saßen oder jeder für sich im jeweils beteiligten Wagen. Wissen Sie, auch 1913 gab es schon Verkehrsunfälle.»

Ralph stellte die passende Frage. «Aber warum wurden sie dann nicht beide beerdigt? Weshalb nur einer?»

«Noch weiß ich es nicht, Ralph», bekannte ich. «Doch ich werde weiter darüber nachdenken. Es gibt nichts, was der deduktiv zu Werk gehende Verstand nicht entwirren könnte, wenn man ihn mit allen Fakten vertraut macht. Haben Sie irgend etwas zu erwähnen vergessen, Julius?»

«Nein. Das ist alles. Die ganze merkwürdige Geschichte.»

Was hatte ich in Händen? Offenbar mußte ich bei dem Datum 8. November 1913 ansetzen, aber dazu würde auch morgen noch Zeit sein. Ich half Ralph und Julius, die Tabletts mit den Getränken ins Wohnzimmer zu tragen.

Am nächsten Tag, nachdem Ralph und ich unseren Dienst beendet und das Präsidium verlassen hatten, begab ich mich geradewegs zum Pressehaus, wo ich die Erlaubnis erhielt, im Archiv die alten Zeitungsbände durchzusehen.

In dem Augenblick, da ich die Schlagzeilen des Tages 8. November 1913 erblickte, hatte ich die komplette Lösung des Rätsels. Wie einfach alles war, sobald man nur die Fakten kannte.

Ich war so begeistert, daß ich rüber zu Ralphs Haus fuhr, wo er sich gerade anschickte, vor dem Abendbrot noch rasch den Rasen zu mähen.

«Ralph», verkündete ich ihm, «ich habe die Lösung zu dem Problem des leeren Grabes. Der Schlüssel zu der ganzen Angelegenheit ist das Datum – 8. November 1913.»

«Was ist mit dem 8. November 1913?»

«Zwischen dem siebten und zwölften November 1913 erlebten die Großen Seen einen der verheerendsten Stürme in ihrer Geschichte. Es entstanden Schäden in Millionenhöhe, und acht Boote gingen mit Mann und Maus unter.»

Ralph, der weiter im Landinnern geboren war, versuchte mich zu korrigieren. *«Schiffe.»*

«Nein, Ralph, *Boote*. Ganz gleich, wie groß ein Wasserfahrzeug ist, das auf einem See schwimmt – für die Matrosen dort ist es stets ein Boot.» Ich nahm den Faden wieder auf. «Jedenfalls befanden sich unter den Hunderten von Opfern auch Leslie Randolph und Lucas Martin. Sie waren entweder Passagiere oder Mannschaftsangehörige eines dieser unglücklichen Boote.»

«Mannschaftsangehörige? Leslie Randolph? 1913?»

Ich platzte fast vor Neuigkeiten. «Ralph, in jenen Tagen waren die Köche auf solchen Booten oft Frauen. Tatsächlich arbeiteten auf manchen Booten Eheleute sogar als Teams zusammen. Nicht so in unserem Falle, wie es scheint.»

«Was hat das alles mit dem leeren Grab zu tun?»

«Ralph, wenn Menschen auf dem Meer ums Leben kommen – oder, wie hier geschehen, auf einem See – und ihre Leichen nie geborgen werden, ist es durchaus Brauch, auf dem Friedhof über einer unbenutzten Begräbnisstätte einen Grabstein zu errichten, der an das Ereignis erinnern soll. Und *das* ist der Grund, warum unter dem Grabstein von Lucas Martin keine Leiche zu finden war. Man hat ihn nie geborgen. Die Leiche von Leslie Randolph andererseits *wurde* gefunden – wahrscheinlich an Land geschwemmt – und dann unter dem sechsten Stein begraben.»

Ralph nickte zum Zeichen dafür, daß er soweit mit mir konform ging. «Aber da ist noch etwas unklar, Henry. Warum wurde Leslie Randolph nicht in einem Sarg begraben?»

«Darüber kann ich nur Vermutungen anstellen, Ralph. Vielleicht wollte Leslie Randolphs Familie bei den Begräbniskosten sparen. Möglicherweise gehörte sie auch einer strengen, religiösen Sekte an, die mit Särgen nichts im Sinn hatte.»

Aber ehrlich gesagt, war ich mit keiner dieser Antworten zufrieden. Die Frage blieb: Warum war Leslie Randolph nicht in einem Sarg beerdigt worden?

In meinem Hinterkopf rumorte diese Angelegenheit weiter, und als Captain Johnson Ralph und mich drei Wochen später hoch nach Sturgeon Bay schickte, um einen entflohenen Sträfling dort abzuholen, nahm ich die Gelegenheit zu einem Abstecher wahr, der uns durch liebliches, mit Milchkühen reich gesprenkeltes bäuerliches Land führte. Wir kamen morgens kurz nach elf beim Friedhof an und parkten das Auto am Rand der Landstraße.

Der sonnenbeschienene Gottesacker war an drei Seiten von hohen, alten Bäumen gesäumt, die offene Seite lag der Straße zugekehrt. Jenseits der Landstraße, etwa hundert Meter zurückgesetzt, stand eine schmucke Farm mit Scheune, Silos und Schuppen.

Ein großer Wachhund fing an zu bellen und sprang in langen Sätzen auf uns zu. Ich zögerte, den Wagen zu verlassen, bis ich sah, daß er stehenblieb, bereit, seinen Besitz zu verteidigen, ohne weiter als bis zum Straßenrand vorzudringen.

Ohne den Hund ganz aus den Augen zu lassen, stiegen Ralph und ich aus dem Auto und begaben uns auf den Friedhof, wo wir herumgingen und die Inschriften von Grabsteinen lasen, von denen einige bis 1830 zurückreichten. Bestimmte Familiennamen waren mehrfach vertreten – Randolph, Martin, Riley und Armstrong.

Ich fand die umgesetzten Gräber von Leslie Randolph und Lucas Martin und prüfte die Daten. Ja, 8. November 1913; beide waren zum Zeitpunkt ihres Todes zweiundzwanzig Jahre alt gewesen.

In der Ferne war das Schlagen einer Tür zu vernehmen, und als ich mich umdrehte, erblickte ich eine Frau, die mit einer Flinte unter dem Arm auf uns zukam.

Als sie nicht mehr so weit weg war, sah ich, daß sie etwa Mitte Zwanzig war, dunkles Haar und blaue Augen hatte. Sie befahl dem Hund, das Bellen sein zu lassen, und dann überquerten beide zusammen die Landstraße. Sie blieb kurz bei unserem Wagen stehen, starrte auf das Nummernschild und kam dann bis auf fünf Meter an Ralph und mich heran.

Ich lächelte gewinnend. «Begrüßen Sie Friedhofsbesucher immer mit einer doppelläufigen Flinte?»

Sie blieb weiterhin auf der Hut. «Kommt drauf an. Wenn ich weder das Auto noch die Leute kenne, will ich gerne wissen, was los ist.»

«Madam», sagte ich scherzend, «wir haben nicht im geringsten die Absicht, Leichen oder Grabsteine zu stehlen.»

«Wie steht's mit Bäumen?» fragte sie und hielt die Flinte ruhig und gezielt.

Ich dachte, daß es jetzt an der Zeit sei, mich vorzustellen. «Mein Name ist Sergeant Henry S. Turnbuckle», sagte ich eindrucksvoll. «Polizei Milwaukee.» Um mich auszuweisen, holte ich meine Brieftasche hervor und hielt sie ihr mit ausgestrecktem Arm entgegen.

Sie kam nahe genug heran, um meine Dienstmarke, mein Foto und mein Gesicht darauf betrachten zu können. Bei Ralph machte sie es ebenso; dann entspannte sie sich ein wenig, und der Hund machte es schwanzwedelnd nach.

«Was in aller Welt treiben zwei Kriminalbeamte aus Milwaukee in dieser Ecke des Landes?»

«Wir kommen hier nur so durch. Wir haben weiter oben im Norden dienstlich zu tun», sagte ich. «Sozusagen im Vorübergehen versuchen wir, ein kleines Geheimnis zu lüften.» Ich deutete auf die Grabsteine von Leslie Randolph und Lucas Martin. «Ich stelle fest, daß diese beiden Menschen am selben Tag gestorben sind.»

Sie richtete den Blick auf die Steine. «O ja. Sie kamen 1913 im

Sturm auf den Großen Seen um. Beide gehörten sie zur Besatzung eines Bootes, das mit Mann und Maus unterging.»

Ralph sah mich mit einem Gesichtsausdruck an, in dem sich große Bewunderung für meine deduktiven Fähigkeiten ausdrückte, wie ich ihn interpretierte.

Ich lachte. «Und Leslie Randolph war fraglos für das Kochen an Bord zuständig?»

Sie zuckte die Achseln. «Darüber weiß ich nichts. Er kann auch Matrose gewesen sein.»

Ich blickte verwundert. Er? «War Leslie Randolph ein Mann?»

«Aber natürlich. Tatsächlich waren beide die engsten Freunde meines Urgroßvaters. Sie wollten erst zusammen auf einem Boot arbeiten, doch dann starb der Vater von Urgroßvater, und so beschloß er, statt dessen zu heiraten und die Farm zu übernehmen. Von keinem wurde jemals die Leiche geborgen.» Sie stellte sich vor. «Louise Armstrong. Ich hüte heute die Farm. Die anderen sind alle auf dem Jahrmarkt.»

Ich rieb mir das Kinn. Keine der Leichen war gefunden worden? Wessen Leiche lag dann unter Leslie Randolphs Gedenkstein? Und, was noch wichtiger war, warum?

Aber schon hatte ich es. «Miss Armstrong», sagte ich und deutete auf Randolphs Stein, «überrascht es Sie zu erfahren, daß unter dem Grabstein dort das Skelett einer Frau ruht und daß sie das Opfer eines Mordes wurde, den jemand vor fast siebzig Jahren begangen hat?»

Sie musterte mich zweifelnd.

Ich wandte mich Ralph zu. «Wo versteckt man am besten einen Baum? In einem Wald natürlich. Und wo versteckt man eine Leiche? Am besten auf einem Friedhof.» Ich machte ein finsteres Gesicht.

«Ralph, ich wäre schon in Milwaukee dahintergekommen, hätte nur Julius mir alles gesagt.»

«Was hat er dir verschwiegen?»

«Ralph, wenn man widerrechtlich einen Toten begräbt, besonders an einem halböffentlichen Ort, hebt man nicht wie üblich die Grube sechs Fuß tief aus. Man ist bestrebt, die Sache so rasch wie möglich hinter sich zu bringen und den Ort der Handlung zu verlassen. Deshalb gräbt man nur so tief wie nötig, also vielleicht drei oder vier Fuß. Und Julius unterließ es zu erwähnen oder zu erkennen, daß das Grab flach war.»

Dann lächelte ich zuversichtlich. «Das Individuum, das den Mord beging, *wußte*, daß die Grabsteine da auf leeren Grabstätten standen. Nun müssen nur noch zwei Dinge ans Licht gebracht werden: Wer war das Opfer und wer der Täter?»

Ich dachte weiter nach, während sie mich respektvoll betrachteten, und natürlich kam ich binnen kurzem der Lösung ein Stück näher.

«Ralph», sagte ich, «wenn du im Begriff wärst, eine Leiche auf diesem Friedhof zu beerdigen, und bei deinem Tun nicht beobachtet werden wolltest, wie würdest du das anfangen?»

«Ich würde warten, bis es dunkel ist.»

«Aber wie könntest du dann noch gut genug sehen, um die Grube auszuheben? Würdest du eine Laterne benutzen? Nein, das Licht könnte in die Nacht hinausstrahlen wie ein erdnaher Stern und unerbetene Neugierige anlocken.»

«Na schön, also würde ich warten, bis der Mond aufgeht.»

«Ralph, ich bezweifle, daß selbst das Mondlicht für das, was du zu tun gedenkst, hell genug wäre.»

«Wieso?»

«Weil du *sehr* darauf bedacht wärst zu verbergen, was du getan hast. Das hier ist schließlich ein noch benutzter Friedhof. Es ist normal, daß gelegentlich Menschen hierherkommen, um den Toten ihren Respekt zu erweisen oder andere zu Grabe zu tragen. Wäre man beim Begraben der Leiche nachlässig zu Werk gegangen und hätten sich infolgedessen Anhaltspunkte für ein Graben gefunden, würde das sofort Argwohn erregt haben, besonders bei denjenigen, die wußten, daß unter dem betroffenen Grabstein niemand lag.

Nein, Ralph, will man die Tatsache vertuschen, daß man eine Leiche bestattet hat, muß man sich schon ein bißchen anstrengen. Zunächst muß man sorgfältig den Rasen abheben und ihn zur Seite räumen. Dann muß man eine Plane ausbreiten, auf die man die frische Graberde wirft. Wenn dann die Grube ausgehoben und die Leiche hineingesenkt ist, schüttet man wieder soviel Erde wie möglich darauf und bringt den Rasen zurück an seine Stelle. Dann nimmt man die durch den Körper und das Aufgraben übriggebliebene Erde und trägt sie irgendwohin, wo man sie ausstreuen kann. Und um so gewissenhaft vorzugehen, wage ich zu behaupten, daß man dazu Tageslicht braucht.»

Ralph blickte auf die Straße. «Wäre das nicht ganz schön leichtsinnig, an hellichtem Tag zu graben? Man würde riskieren, daß Leute vorbeikommen und nachsehen, was man treibt, und Fragen stellen. Und was ist mit der Farm da drüben? Man würde von allen dort bemerkt.»

«Wahr, Ralph. Deshalb schließe ich, daß die Leiche früh am Morgen begraben wurde. *Sehr* früh am Morgen. In der Gegend hier herrscht Milchwirtschaft vor, Ralph, und die Farmer müssen zum Melken und für die anschließenden Arbeiten morgens auf dem Hof sein. Erst später können sie daran denken, irgendwohin zu fahren. Deshalb konnte unser Totengräber mindestens bis zum Vormittag mit ausgestorbenen Landstraßen rechnen. Und was die Farm dort angeht: Wenngleich die Farmer zum Melken früh aufstehen – im Hochsommer geht die Sonne schon um vier Uhr auf –, erheben sie sich doch nicht *so* früh. Sie bleiben im Bett, bis es Zeit ist zum Melken, und das ist normalerweise um sechs Uhr, sommers wie winters, im Frühling wie im Herbst.

In dieser taghellen Phase, sagen wir, zwischen vier und sechs in der Früh, an einem Sommertag, als die Farmersleute noch schlafend in ihren Betten ruhten, kam also der Mörder mit seiner Leiche hierher und vergrub sie.»

Ich hatte nicht unbedingt Applaus erwartet, aber ein wenig Anerkennung wäre durchaus am Platz gewesen.

«Was ist mit den Hunden?» fragte Louise.

«Was für Hunde?»

«So gut wie jeder Farmer hat ein, zwei Hunde. Und die bellen. Selbst wenn dieses Begräbnis zwischen vier und sechs

Uhr morgens vonstatten gegangen wäre, hätten sich die Hunde dort die Lunge aus dem Hals gebellt, bis –» Sie unterbrach sich und wurde sehr nachdenklich.

Ich griff das Problem mit den Hunden auf. «Aha», sagte ich, «ich hab's. Der einzige, der die Leiche hätte begraben können, ohne daß die Hunde tobsüchtig geworden wären, konnte in der Tat nur –» Ich hielt inne und räusperte mich. «Wie lange leben die Armstrongs schon auf der Farm dort drüben?»

«Wir sind eine Jahrhundert-Farm. Seit 1842.»

Das gab mir noch mehr zu denken, und ich seufzte. «Nun, wenn ich schon so weit gekommen bin, kann ich es auch zu Ende führen. Wie ich schlußfolgere, ist die einzige Person, die, ohne einen Aufruhr zu verursachen, hier gegraben haben konnte, der *Besitzer* dieser Hunde gewesen. Und das war, so leid mir das tut, ein Vorfahre von Ihnen. Sagen wir, Ihr Urgroßvater vielleicht?»

Louise schwieg.

Ich lächelte großmütig. «Sie können auf meine Verschwiegenheit in dieser Sache zählen. Ich habe mich angesichts dieses Problems lediglich einer veritablen zerebralen Etüde unterzogen.» Ich lachte gutmütig. «Immerhin ist der Mord fast siebzig Jahre her. Lassen wir also tote Mörder ruhen. Das Opfer ist tot und inzwischen auch der Täter.»

Wiederum sagte Louise rein gar nichts.

Ich zog die Stirn in Falten und rechnete ein wenig. Ich war einigermaßen verblüfft. «Wollen Sie etwa sagen, daß Ihr Urgroßvater noch *lebt*?»

Zögernd nickte sie. «Er ist einundneunzig. Und Urgroßmutter ist neunzig. Sie sind seit siebenundsechzig Jahren verheiratet und haben sich nach Florida zurückgezogen.»

Siebenundsechzig Jahre? Nach weiterem Kopfrechnen staunte ich erneut. «Das bedeutet, daß er sie etwa 1915 geheiratet hat. Was Lucas Martin und Leslie Randolph angeht, sagten Sie jedoch ausdrücklich, Ihr Urgroßvater habe mit den beiden auf einem Boot arbeiten wollen, jedoch ‹statt dessen› geheiratet und die Farm übernommen. Das würde bedeuten, er heiratete 1913 oder davor. Mit anderen Worten: Er war wenigstens zweimal verheiratet. Was wurde aus seiner ersten Frau?»

«Sie ging mit einem Hausierer auf und davon», sagte Louise bestimmt.

«Aha», sagte ich zusammenfassend, «das jedenfalls hat Ihr Urgroßvater jedem erzählt, der Fragen stellte. Aber hat irgendwer noch einmal etwas von ihr gehört oder gesehen? Oder von dem mysteriösen Hausierer?»

Louise hatte eine bemerkenswerte Art zu schweigen.

Ralph rieb sich die Hände. «Glückwunsch, Henry. Du hast es wieder mal geschafft. Du hast deinen Mörder, und er ist sogar am Leben.»

«Weißt du, Ralph, eine Menge Wasser ist inzwischen den Fluß runter –»

«Es ist deine geschworene Pflicht, dem Gesetz Geltung zu verschaffen», sagte Ralph feierlich. «Du hast jetzt mit einem Haftbefehl da runterzufahren, den alten Mann von der Seite seiner Frau zu reißen und ihn der Gerechtigkeit auszuliefern.»

«Ralph, wir müssen das Alter der beiden in Betracht ziehen –»

«Ich kann jetzt schon die Schlagzeilen sehen, Henry: *Kriminalbeamter klärt siebzig Jahre alten Mord auf. Nimmt einundneunzig Jahre alten Verdächtigen fest.* Dein Bild wird in jeder Zeitung und dein Name in aller Munde sein. Du könntest sogar in das *Guinness-Buch der Rekorde* aufgenommen werden – wegen Verhaftung des ältesten Mordverdächtigen der Vereinigten Staaten, vielleicht sogar der Welt.»

«Ralph», sagte ich und fing leicht an zu schwitzen, «du scheinst nicht zu verstehen, daß meine Schlußfolgerungen, wiewohl zweifellos richtig, alle theoretischer Natur sind. In der Praxis könnten wir auf eine Menge Hindernisse treffen.»

«Was für Hindernisse, Henry?»

«Nun, er könnte die Auslieferung in einen anderen Bundesstaat anfechten. Und dann die Leiche. Könnten wir sie *mit Gewißheit* als die seiner ersten Frau identifizieren?»

«Die Wissenschaft vollbringt Wunder, Henry. Finde dich damit ab: Du hast ihn überführt.»

Ich sprach mit etwas höherer Stimme als gewöhnlich. «Ich habe ihn *nicht* überführt, Ralph. Es ist durchaus möglich, daß ich mich irre.»

Seltsamerweise schien Ralph die Situation zu genießen. «Aber Henry, deine Folgerungen hinsichtlich des Hundes waren absolut brillant. Das beweist, daß Urgroßvater Armstrong der einzige Mensch war, der das Grab geschaufelt haben konnte.»

«Was den Hund angeht», sagte ich leicht verzweifelt, «so ist das eine *Annahme*, daß es einen Hund gegeben hat. Aber Armstrong konnte auch ein Ausnahmefall gewesen sein, was Hunde und bäuerliche Gepflogenheiten angeht. Oder wenn er einen Hund hatte, so konnte der ja auch zuvor eingegangen sein und das Vergraben der unidentifizierten Leiche mochte in der Zeit zwischen dem Tod des Hundes und dem Erwerb eines Welpen, der noch nicht richtig bellen konnte, erfolgt sein. Urgroßvater Armstrong kann die ganze Sache verschlafen haben, und jeder beliebige Fremde mit einer Leiche hatte so Gelegenheit, sich auf den Friedhof zu schleichen und sie zu begraben. Wer auch immer sie war.»

Ralph war einen Moment lang still und seufzte dann dramatisch. «Also, Henry, du willst wirklich und wahrhaftig, daß wir die ganze Sache vergessen sollen?»

«Ganz genau.» Ich starrte in die Ferne. «Ralph, es gibt Zeiten, da denke ich, das ganze Universum ist eine Illusion und ich bin der einzige, dem man nichts davon gesagt hat.»

Louises Lächeln war wärmer geworden. «Würden Sie auf eine Tasse Kaffee oder so mit rüber ins Haus kommen?»

«Haben Sie Sherry?» fragte Ralph. «In Momenten wie diesen gibt es nichts, was Henry besser aufrichtet als ein Glas Sherry.»

Wir gingen zum Haus.

«Bäume?» sagte ich.

Louise nickte. «Ich dachte, Sie beide seien vielleicht windige Holzhändler. Sie fahren in der Gegend rum, auf der Suche nach wertvollen Hölzern, besonders nach schwarzem Nußbaum. Davon steht ein halbes Dutzend in dem Wäldchen um den Friedhof, und jeder davon ist über tausend Dollar wert. Manchmal machen die Gauner den Farmern ein Angebot, ein anderes Mal merken sie sich die Stelle und kommen nachts, oder wenn der Bauer nicht zu Hause ist, zurück. Sam Riley, da die Straße runter, wurden gerade erst vor ein paar Wochen zwei seiner schwarzen Nußbäume abgeholzt. Sie standen am anderen Ende seiner Weide, und er hörte und sah nichts davon.»

Irgendwo im Haus fand Louise eine halbe Flasche Sherry und staubte sie mit einem Küchenhandtuch ab. Sie schenkte mir ein Glas ein. «Warum kommen Sie nicht mal bald wieder und lösen das ‹Geheimnis der entwendeten schwarzen Nußbäume›?»

«Vielleicht tue ich das sogar», sagte ich. Ich hielt mein Glas gegen das Licht. *Das Guinness-Buch der Rekorde?* Ich verscheuchte die Versuchung und trank meinen Sherry.

WADE MILLER

Die Gedenkstunde

Zu meinem Ärger tauchte Jackie das erstenmal in meinem Büro um drei Uhr an einem Donnerstagnachmittag auf. Seit dem letzten Jahr hatte ich mir diese Zeit zum Nachdenken freigehalten, denn es war die Stunde, in der meine Frau Helen durch einen Autounfall umgekommen war. Nicht einmal meine Sprechstundenhilfe wußte, daß diese wöchentliche Einrichtung im Grunde eine Gedenkstunde war. Ich ließ sie in dem Glauben, daß ich eine geistige Kaffeepause machte.

Außerdem war es keine Täuschung, denn ein Psychiater kann nur eine bestimmte Menge Probleme seiner Patienten in sich aufnehmen. Dann spürt er das Bedürfnis, seinen Verstand zu reinigen. Und in dem Jahr seit Helens Tod hatte ich sehr hart gearbeitet – hatte sozusagen meinen Kummer in meiner Praxis begraben.

Folglich war ich beunruhigt, als ein neuer Patient die Stunde in Beschlag nahm, die ich für meine Privatsache ansah. Doch ich hatte keine Wahl, und so machte ich das Beste aus der Sache. Ich würde Linda, meine Sprechstundenhilfe, später wegen ihres achtlosen Umgangs mit dem Terminkalender zurechtweisen. Wie sich herausstellte, wurde ich in die Abnormalität des Falles derart verwickelt, daß ich nie dazu kam. Mein neuer Patient, ein kräftiger junger Mann, benahm sich, als wisse er, daß seine

Gegenwart nicht erwünscht sei. Er lümmelte sich in dem großen Ledersessel mir gegenüber, heftete seinen Blick auf die Wand über meinem Kopf und las in spöttischem Ton meine Abschlußurkunde vor: «‹. . . allen Menschen durch Gegenwärtiges bekanntgegeben, daß John Kermit Conover nach Vollendung der vom Gesetz vorgeschriebenen Studien . . .› Na, das verleiht Ihnen sicherlich gottähnliche Kräfte, Dr. Conover.»

«Absolut nicht.» Kein Grund, beleidigt zu sein: Viele gestörte Persönlichkeiten reagieren zuerst auf einen Analytiker defensiv. «Das Diplom besagt nur, daß ich sieben Jahre eines besonderen Studiums absolviert habe. Ich bin ein ganz gewöhnlicher Mensch, wie Sie.»

«Nein», antwortete er rasch. Er wirkte seltsam ängstlich. «Nein, zwischen uns kann es keine Gemeinsamkeiten geben.» Zumindest was sein Äußeres betraf, hatte er recht. Er besaß die glatte, athletische Anmut der Jugend, das gute Aussehen von gesunden und energischen Leuten und war auf teure Art gut angezogen. Ich dagegen . . . nun, ich bin jetzt dreiundfünfzig und so konservativ und ruhig und grau wie meine Bürowände.

«Wie wär's zuerst mit Ihrem Namen», schlug ich vor.

Er verfiel wieder in seine frühere Arroganz. «Jackie Newman?» fragte er mit einem Lächeln. Ich hatte keinen Zweifel, daß der Name erfunden war. Nicht, daß dies besonders ungewöhnlich war. «Nennen Sie mich einfach Jackie. Ich fürchte, wir werden uns sehr viel sehen.»

«In Ordnung, Jackie. Ich hoffe, daß ich Ihnen helfen kann. Allerdings –»

«Hören Sie, Sie haben die Bestätigung, daß Sie ein Psychiater sind, da oben gerahmt an der Wand hängen. Sie lösen die Probleme der Leute, oder etwa nicht?»

«Nicht eigentlich. Jeder Mensch muß seine eigenen Probleme lösen. Meine Aufgabe ist es, Ihnen zu helfen, daß Sie die wahre Natur Ihres Problems erkennen und verstehen. Dann sorgen Sie für die Therapie.»

«Hübsch ausgedacht», spottete Jackie. «Sie kriegen das Honorar, während ich die ganze Arbeit mache.»

«Es ist bezeichnend, daß Sie die Sache so sehen. Haben Sie oft das Gefühl, betrogen zu werden?» Er starrte mich ärgerlich an, antwortete aber nicht. «Verstehen Sie, als unbeteiligter Beobachter kann ich häufig die Dinge aufspüren, die der Patient selbst nicht sehen kann, weil er gefühlsmäßig zu sehr daran gebunden ist. Dann bin ich in der Lage zu helfen.»

Jackie ließ den Kopf sinken. «Sie können mir nicht helfen», murmelte er. «Niemand. Ich weiß schon, was mit mir nicht stimmt.»

«Dann lassen Sie uns darüber sprechen.»

«Ich fürchte mich», erwiderte er nur. Sein Gesicht, das jetzt kein Zeichen von Arroganz mehr aufwies, wurde sanft und kindlich. «Wenn mich nicht jemand daran hindert, werde ich etwas Schreckliches tun, das weiß ich.»

«Was meinen Sie damit – mit schrecklich?»

«Sie verstehen schon.» Er machte mit seiner rechten Hand eine kleine Klaue. «Etwas Gewalttätiges – jemand was antun.»

Ich versicherte ihm, daß der Hang zu Gewalttätigkeiten in uns allen stecke. Es ist besser, wenn der Patient sich nicht für völlig anormal hält. «Sind Sie denn schon mal gewalttätig geworden, Jackie?»

«Nein. Bis jetzt noch nicht. Aber seit kurzem – also, ich hab Sachen genommen, gestohlen . . .»

«Was für welche?»

Er verschränkte die Arme, als drücke er irgend etwas fest gegen die Brust. «Ach, Zeugs.» Er hielt den Blick auf den vor mir stehenden Füllfederhalter gerichtet. «Nichts, was ich eigentlich brauchte. Aber ich mußte einfach – ich habe dann diesen innerlichen Drang, der mich zwingt, es zu nehmen. Jedesmal mehr.»

Ich versuchte, tiefer zu bohren, doch ohne Ergebnis. Wie waren seine Gefühle zur Zeit der Tat? Wie fühlte er sich danach? Ich wußte, daß die Art der gestohlenen Gegenstände einen Schlüssel für sein zwanghaftes Verhalten liefern würde, doch Jackie wich immer wieder vom Thema ab. «Wegen des Stehlens habe ich keine Angst!» platzte er schließlich mürrisch heraus. «Es ist wegen der anderen Sache – was ich Ihnen vorher sagte.»

«Ihrer Überzeugung nach ist der Diebstahl nur die Schwelle zu etwas Schlimmerem, nicht wahr?»

«Nun, irgend etwas drängt mich innerlich, ständig, als würde ich überkochen. Als würde es nicht genügen, bloß irgendwelche Dinge zu stehlen. Als gäbe es etwas Besseres, das ich tun könnte.»

«Haben Sie ein Beispiel?»

Er lächelte nur wissend. Noch wollte er zugeben, daß er träumte, als ich die Spur in dieser Richtung aufnahm. Die Psychiatrie ist die einzige medizinische Abteilung, wo der Patient seine Symptome verbergen will, er versteckt sie sogar vor sich selbst. Doch die auffallende Tatsache, daß Jackie überhaupt zu mir gekommen war, gab mir Mut. Deshalb sagte ich: «Fangen wir noch einmal anders an. Erzählen Sie mir von sich.»

Er berichtete seine Geschichte mit gewissem Stolz. Es war ein weitschweifiger Vortrag, und je länger ich zuhörte, desto überzeugter wurde ich, daß er alles aus dem Stegreif heraus erfand. Jetzt sei er völlig allein auf der Welt, doch er stamme, so behauptete er, aus einer wohlhabenden Familie und habe in der Armee gedient und Auszeichnungen erhalten – «Zweimal bekam ich das ‹Purple Heart›» –, und danach habe er verschiedene Neigungen gepflegt, unter anderem sei er Rennfahrer gewesen und habe nach Uran gesucht. In Anbetracht seiner Jugend klang seine Geschichte irgendwie unglaublich.

Er mußte meine Zweifel gespürt haben, denn er brach abrupt ab. «Wie gefällt's Ihnen bis jetzt?» wollte er wissen. «Sind Sie eifersüchtig?»

«Sagen wir mal, Sie haben gewisse Fragen in meinem Verstand geweckt.»

«Na, die werden noch warten müssen», erklärte er brüsk und erhob sich. «Vielleicht sehe ich Sie nächste Woche, vielleicht auch nicht. So bin ich nun mal.»

Erst als Jackie gegangen war, wurde mir bewußt, daß ich vergessen hatte, ihm zu sagen, der Termin passe mir nicht. Nachdem ich meine eigenen Reaktionen überprüft hatte, entschied ich, daß ich es absichtlich nicht erwähnt hatte: Ich wollte, daß Jackie wiederkam. Er ließ, mitsamt seinem schlechten Benehmen und allem, Möglichkeiten erkennen, die mein Interesse über die zweifelhaften Vorzüge seines Falles hinaus erregten.

Meine Sprechstundenhilfe kam herein. «Mrs. Greer hat ihren Termin für vier Uhr abgesagt, Doktor. Irgendein plötzlicher Besuch. Sie hofft, daß es Ihnen nichts ausmacht.»

«Es paßt mir ausgezeichnet», erwiderte ich. «Der letzte Patient hat mir bohrende Kopfschmerzen verursacht.»

«Ich hole Ihnen Aspirin», sagte sie, sofort besorgt. Ich fragte mich oft, was Linda dazu bewogen hatte, bei einem Psychiater zu arbeiten. Sie war eine so völlig unkomplizierte Person. Sie war hübsch und hatte braune Haare, und ihre dralle Weiblichkeit und sinnliche Vitalität schienen mir manchmal mit den Neurosen und Psychosen meiner Praxis unvereinbar zu sein, als bewege sie sich munter und fröhlich unter Toten. Doch sie war äußerst tüchtig, und obwohl sie keine ausgebildete Schwester war, hatte sie deren Funktionen zu einem großen Teil übernommen. «Übrigens, Doktor, wollte ich fragen – da heute sonst niemand mehr kommt –, ob ich ein bißchen früher weggehen könnte. Es ist unser Hochzeitstag, und Ed und ich wollten in der Stadt essen und vielleicht noch eine Show ansehen.»

«Hochzeitstag? Ist es schon ein Jahr?»

«Nein, gerade sechs Monate.» Linda kicherte. «Vermutlich klingt das in Ihren Ohren albern – aber es ist immer noch schrecklich aufregend, verheiratet zu sein.»

«Entschuldigen Sie sich nicht dafür, daß Sie glücklich sind», sagte ich. «So wenig Leute sind es.»

Während der nächsten Woche dachte ich ziemlich viel an Jackie. Obwohl ich mir keinesfalls sicher war, daß ich ihn wiedersehen würde. Er erschien jedoch pünktlich am nächsten Donnerstag. Diesmal war er mürrisch und weniger mitteilungsfreudig, außer daß er zugab, er stehle immer noch «Dinge».

In seiner deprimierten Verfassung hatte er entweder seinen früheren Bericht über sein Leben vergessen oder verdrängt. Das wenige, was er mir von sich erzählen wollte, unterschied sich beträchtlich davon, doch es klang wahrscheinlicher. Das einzige solide Körnchen Information, das ich freilegte, war, daß Jackie kurze Zeit dieselbe Universität wie ich besucht hatte, doch ich konnte dieses gemeinsame Erlebnis nicht auswerten, um die von mir gewünschte Beziehung zwischen uns herzustellen.

Er hatte die Schule aus Langeweile aufgegeben, und er brummte etwas über die Mädchen dort, das ich nicht verstand und er nicht wiederholen wollte. Ein paar Worte klangen wie «Pullover und bloße Beine», und ich argwöhnte im stillen, daß sein Problem mit dem Sexuellen zu tun hatte, doch auf meine diesbezüglichen Fragen reagierte er ebenfalls nicht. Noch wollte er über die sieben Jahre nach dem College sprechen. «Warum darüber reden?» murmelte er. «Es ist vorbei.» Oder – sein Lieblingsausdruck, wenn er ein Thema fallenlassen wollte –: «Es ist nicht wichtig.»

Die Konsultation hinterließ bei mir ein Gefühl der Verzweiflung, zum Teil, weil mich seine düstere Stimmung angesteckt hatte, zum größeren Teil aber, weil ich merkte, daß ich nicht weiterkam.

In der nächsten Woche überraschte mich Jackie jedoch, weil er die von ihm gestohlenen Artikel in einer Einkaufstüte mitbrachte. Sie bestätigten meine erste Theorie über die Ursache seiner Schwierigkeiten. Die «Dinge» stellten sich als Büstenhalter heraus – die meisten luxuriös mit Spitze oder in leuchtenden Farben –, und er schilderte mit zwanghafter Genauigkeit, wo und wann er jeden gestohlen hatte. Manche stammten von Wäscheleinen in verschiedenen Teilen der Stadt, viele jedoch waren neu und trugen noch ein Preisschildchen.

«Warum erzählen Sie mir heute alles, wenn Sie vorher keine Lust dazu hatten?» fragte ich ihn.

«Weil ich damit fertig bin», erklärte Jackie triumphierend, während er aufgeregt im Raum hin und her lief. Er hatte sich geweigert, im Patientensessel Platz zu nehmen. «Ich werde so etwas nicht mehr klauen! Es ist einfach eine Frage von Selbstbeherrschung. Man muß nur beschließen, es nicht mehr zu tun.»

«Haben Sie schon einmal daran gedacht – abgesehen von dieser Verirrung in die Welt der Diebe, die bedeutungslos ist –, daß Sie sich vielleicht zu sehr unter Kontrolle haben? Daß Sie irgend etwas wirklich Wichtiges vor sich verbergen?»

Er wandte sich mir mit einem verletzten Ausdruck auf seinem Gesicht zu. «Sie glauben nicht, daß ich geheilt bin.»

«Vielleicht. Aber es ist selten so einfach, Jackie.»

«Sie werden es sehen!» versprach er mit der Ernsthaftigkeit eines Fünfjährigen. «Ich habe das ganze Zeug mit hierhergebracht, damit Sie es den Leuten zurückgeben können, denen ich es gestohlen habe.»

Ich war einverstanden, obwohl ich wußte, daß dies ein unmögliches Unterfangen war. All diese gestohlene Wäsche den rechtmäßigen Besitzern zurückzuerstatten würde Fragen heraufbeschwören, die ich nicht würde beantworten können. Deshalb vergrub ich die Einkaufstüte in der untersten Schublade eines der Aktenschränke, die im Vorzimmer meines Büros standen, in der Absicht, ihren Inhalt bei passender Gelegenheit loszuwerden.

Linda entdeckte jedoch Jackies Diebesbeute, ehe ich wieder daran dachte. Als ich eines Morgens in die Praxis kam, stand sie im Vorzimmer und spähte erstaunt in die Einkaufstüte. «Was in aller Welt ist denn das, Doktor?»

Ich erklärte es ihr, indem ich ihr ein wenig von dem Patienten erzählte, ohne natürlich seinen Namen zu erwähnen. Sie lachte. «Ist das nicht verrückt? So was zu stehlen!»

«Vielleicht für Sie», erwiderte ich, leicht verärgert. «Doch ich kann Ihnen versichern, ihm ist die Sache todernst. Irgendwo ist ein tiefer und schrecklicher Riß in seiner Persönlichkeit.»

Jackie erwähnte die Büstenhalter nie wieder, und soweit ich es beurteilen konnte, hatten seine Diebstähle aufgehört. Voll Stolz schrieb er das seiner neugefundenen «Selbstbeherrschung» zu, doch mir schien, als habe sich sein Interesse nur auf andere, unheilvollere Gebiete verlagert. Während er sich immer noch weigerte, das Zeitloch der sieben Jahre in seinem Leben auszufüllen, begann er plötzlich lang und breit von Frauen zu sprechen, die er kannte oder gekannt hatte. Alle hätten sich angeblich vor Eifer überschlagen, um seine Gunst zu erringen.

Als sich schließlich sowohl seine Redseligkeit wie seine Affären wiederholten, fragte ich ihn, ob er da nicht in Tagträumereien schwelge.

Jackie lachte sehr. «Ich sagte Ihnen schon, daß Sie auf mich eifersüchtig sind, nicht wahr? Nur weil ich habe, was ein Mann braucht. Da sollen Sie mich nun behandeln und merken nicht einmal, wie uninteressant Sie sind!»

«Sie werden es nicht glauben», erwiderte ich freundlich, «aber ich war auch einmal jung.»

«Nicht richtig, wette ich! Ich wette, Sie vergruben Ihre Nase ständig in einem Buch. Ich bin anders. Als ich noch auf dem College war...» Und schon ging es wieder los. Mit Genuß beschrieb er ein erotisches und wahrscheinlich erdichtetes Abenteuer. Andrerseits war durchaus denkbar, daß er die Wahrheit erzählte; hübsch und unternehmungslustig genug war er dazu. Immer wieder bohrte ein nagender Zweifel in mir, während ich mich bemühte, festzustellen, wer der echte Jackie war.

Zwischen den Schilderungen seiner amourösen Erinnerungen gab Jackie mir in einem seltenen Moment Einblick in seine gegenwärtigen Unternehmungen. Ich erfuhr, daß er ein Fernglas gekauft hatte und viel Zeit in dem großen Park in der Nähe meiner Praxis verbrachte. Er beobachtete die Leute. Er nannte es «studieren».

«Da ist nichts dabei», erwiderte er, als ich Genaueres wissen wollte. «Ich erweitere meinen Horizont. Da ich die Welt mit meinen Mitmenschen teilen muß, kann ich sie ebensogut näher kennenlernen.» Er verzog kurz den Mund zu einem spöttischen Grinsen. «Einmal beobachtete ich Ihre Linda. Sie saß im Gras und aß ihren Lunch aus einer Papiertüte. Ich glaube, sie sonnte die Beine. Ganz schön aufregend für Sie, eine Frau, die so gebaut ist wie Linda, den ganzen Tag um sich zu haben.»

Es war armselige Routine, zu der ich jetzt Zuflucht nahm,

doch an diesem Punkt mußte ich energisch mit ihm werden. «Linda ist eine ganz reizende Frau und glücklich verheiratet. Vergessen Sie es lieber.»

Jackie grinste nur anzüglich. In seiner heiteren Laune genoß er es, mich in die Defensive zu drängen und unsere Beziehung für einen Augenblick ins Gegenteil zu verkehren. Doch er war entrüstet, als ich ihm vorschlug, mir das Fernglas zu geben. Er weigerte sich rundheraus. Obwohl ich diesen Punkt nicht weiter verfolgte, entdeckte ich nach der Sitzung, daß er es auf meinem Schreibtisch liegengelassen hatte. Ich legte es zu der gestohlenen Wäsche in den Aktenschrank.

In den nächsten Wochen wuchs die Sammlung ständig. Genaue Zeichnungen und Stockwerkpläne von Häusern, Wegbeschreibungen und sorgfältig notierte Einsatzpläne für verschiedene Abenteuer, die er unternehmen wollte. Die meisten waren jugendliche Phantastereien, doch ich war beunruhigt über das immer wieder auftretende Motiv der Aggression. Und gleichgültig, wie phantastisch all diese Pläne waren, sie repräsentierten alle sexuelle Ersatzhandlungen – wie auch seine Unternehmungen in dieser Zeit –, und ich stand der immer schwieriger werdenden Aufgabe gegenüber, das, was Jackie wirklich getan hatte, von dem, was er behauptete, getan zu haben, zu unterscheiden.

Zuerst erzählte er, daß er hier und dort ein paar Fensterscheiben eingeschlagen habe. Dann berichtete er von Einbrüchen in noch leerstehende Häuser einer neuen Wohnanlage. Von dort ging er weiter zu Wohnungen, meistens Apartments im Stadtzentrum, in denen Frauen allein lebten. Diese Einstiege fanden in den frühen Morgenstunden statt. Er schlich sich dann, wie er behauptete, ins Schlafzimmer und beobachtete die schlafende Frau eine Weile. Schließlich stahl er sich davon, ohne sie aufzuwecken.

«Haben Sie keine Angst, erwischt zu werden?» fragte ich ihn.

«Ich habe vor gar nichts Angst», brüstete er sich. Meistens sprach er unverhüllt verächtlich von seinen Mitmenschen, vor allem von jenen, die Autorität besaßen, wie etwa die Polizei –

oder ich, den er ebenfalls mit Autorität ausstattete. Gelegentlich erlebte Jackie auch Perioden, in denen er feierliche «Gebote» für ein tugendhaftes Leben aufstellte, die er bald brach oder umging.

Ich begann in den Zeitungen nachzusehen, ob eine seiner angeblichen Heldentaten erwähnt wurde. Ich fand nichts, was nicht unbedingt etwas bewies, weder in der einen Richtung noch in der anderen. Eingeschlagene Fensterscheiben – oder selbst die Belästigung eines kleinen Mädchens in einer einsamen Straße, was er auch einmal getan hatte, wie er behauptete – waren vermutlich zu unwichtige Nachrichten, um in die Zeitungen zu gelangen.

Dann entdeckte ich eines Tages eine Notiz, die mir einen Schauer über den Rücken jagte. Eine geschiedene Frau überraschte in ihrem Schlafzimmer einen Einbrecher, als sie spätabends nach Hause zurückkehrte. Es kam zu einem Handgemenge, und die Frau wurde an der Schulter verletzt, anscheinend mit einem Eispicker. Der Angreifer war geflohen.

Ich spürte die eisige Gewißheit, daß Jackie der Täter war. Wie ich von Anfang an befürchtet hatte, ging seine Entwicklung langsam und stetig weiter, von kleinen Verirrungen zu größeren Schrecken. Und es beunruhigte mich unaufhörlich, daß ich keine Möglichkeit fand, zu ihm durchzudringen und die Wahrheit über ihn herauszufinden.

Tatsächlich schilderte Jackie bei unserer nächsten Donnerstagnachmittagssitzung den Überfall. Er war blaß und entsetzt über das, was er getan hatte. Seine Hand zitterte, während er mir den Eispicker übergab, der seine Waffe gewesen sei, wie er behauptete. Ich war in einem schrecklichen Dilemma, zweifellos das quälendste Problem, das ich bis jetzt in meiner Praxis erlebt hatte. Einerseits schien klar, daß Jackie Newman eine Gefahr für die Gesellschaft und es meine Pflicht war, seinen Fall der Polizei zu übergeben. Andererseits saß vor mir ein völlig verzweifelter Patient, dem Polizeimethoden nicht helfen konnten und den sie nicht heilen würden. Während über allem wie ein Nebel die Möglichkeit lag, daß Jackie ebenso einfach wie ich die Meldung entdeckt und in sein eigenes Lebensbild eingepaßt hatte, was die Sache noch komplizierter machte. Wo immer die Wahrheit also auch stecken mochte – dort lagen auch meine Pflichten.

Linda bemerkte meine große Deprimiertheit. «Sie haben viel zuviel gearbeitet, Doktor. Warum spannen Sie nicht mal aus? Ein paar Tage Urlaub würden Ihnen guttun.»

«Sie haben recht, Linda, doch jetzt habe ich keine Zeit. Es würde so aussehen, als liefe ich vor etwas davon. Ich habe einen wichtigen Fall, den ich erst abschließen muß.»

«Ach, sicherlich kann er eine Woche warten.»

«Dieser Patient nicht. Ich hoffe, daß sich das Ganze als hysterische Wachträume herausstellt – daß die ständigen Gefühlskonflikte den Patienten veranlassen, sich von seinem wahren Selbst zurückzuziehen. Doch bis jetzt ist es mir noch nicht gelungen, zum eigentlichen Patienten durchzudringen.»

Ich hatte meine Entscheidung getroffen. Ich war für Jackie verantwortlich. Mir war bewußt, daß ich die berufliche Falle vermeiden mußte, mich von meinem Patienten zu sehr fesseln zu lassen, sonst identifizierte ich mich mit ihm statt unbeteiligt zu bleiben. Wie ich merkte, zeigte ich bereits ungerechtfertigte väterliche Besorgnis.

Ich fand auch Anzeichen für andere Gefahren, die sowohl mich wie andere Leute betrafen. Jackie ließ die klassischen Symptome von Größenwahn erkennen, dessen letzter Ausdruck natürlich Mord ist. Er redete jetzt davon, daß er bewaffnet sein müsse «weil mein Leben in Gefahr ist», doch soweit ich es beurteilen konnte, unternahm er nichts in dieser Richtung. Schließlich gab er zu, daß er im Schlaf träume – Träume, in denen er sich als großen Verbrecher sah, Verschwörungen plante und mit einem großen schwarzen Wagen Amok fuhr.

Seine Perioden der Reue traten weniger häufig auf, und er mißtraute mir und meinen Methoden immer offener, ironischerweise gerade zu der Zeit, wo er mich mehr denn je brauchte. Als ich die Einnahme von Pentothal vorschlug, weil es uns helfen würde, zu den Wurzeln seiner Psychose zu gelangen, lehnte Jackie rundweg ab.

Als ich ihn nach dem Grund fragte, antwortete er grollend: «Sie wissen, warum.»

«Aber es könnte uns nützen. Pentothal entspannt die unbewußten Verteidigungsmechanismen des Geistes. Deshalb wird es manchmal Wahrheitsserum genannt.» Ich erklärte ihm den Wert der Beichte in der Erkenntnistherapie. «Fast jeder von uns praktiziert irgendeine Form der Beichte als natürliches Sicherheitsventil. Ein Kind benützt seine Mutter, ein Ehemann seine Frau oder umgekehrt ... als meine Frau zum Beispiel noch lebte, machte ich sie oft zu meinem Beichtvater, um mich von einem inneren Druck zu befreien.»

Wieder einmal nahm Jackie seine Zuflucht zu der Taktik, meine eigenen Worte gegen mich zu kehren. «Die Leute beichten, weil sie Angst haben, stimmt's?»

«Das ist eine sehr grobe Verallgemeinerung.»

«Warum geben Sie nicht zu, daß Sie Ihrer Frau jeden Abend einen genauen Bericht geben mußten, weil Sie Angst vor ihr hatten?»

«Weil es nicht wahr ist.»

«Da sprechen die unbewußten Verteidigungsmechanismen», spottete Jackie. «Sie brauchen selbst das Wahrheitsserum, Doktor. Vielleicht finden Sie was heraus. Vielleicht finden Sie heraus, daß Ihre freie Stunde, in der Sie nachdenken wollten und in die ich hineingeplatzt bin, eigentlich dazu diente, den Tod Ihrer Frau und Ihre Freiheit zu feiern.»

«Freiheit wozu?» fragte ich abgespannt, weil meine Kopfschmerzen neuerdings früher begannen.

«Die Freiheit, zum Beispiel, die Brünette mit dem üppigen Busen anzuheuern. Ihre Frau hätte Ihnen solche Spielchen nicht erlaubt, nicht wahr?» Es fiel mir auf, daß sogar Jackies Grinsen und seine Grimassen mit der Zeit immer verderbter wurden. «Ich studiere die Menschen auch, Doktor. Ich weiß, was los ist.»

Linda. Jackies Gedanken drehten sich immer mehr um

Linda. Sein wachsendes Interesse für meine junge Sprechstundenhilfe kam mir vor wie eine schicksalsvolle Kurve auf einer Fiebertabelle, die ständig weiter nach oben verläuft.

Zuerst waren es nur Anspielungen gewesen, die dann zu offenen Bemerkungen über sie wurden, ganz gleich, wie sehr ich versuchte, ihn von diesem Thema abzubringen. Er begann, ihr Briefe zu schreiben – lange, mit Bleistift hingekritzelte Mitteilungen, verschrobene Formen von Liebesbriefen, getragen von Unanständigkeit und wachsender Schlüpfrigkeit. Doch keiner wurde abgeschickt oder ihr zugestellt. Alle übergab er mir, und ich legte sie zu Jackies Dossier, das inzwischen ziemlich umfangreich geworden war. Außerdem machte Jackie keine Anstrengungen, sich Linda zu nähern, vielleicht, weil ich ihm von jedem derartigen Versuch dringend abriet.

Ich warnte Linda ebenfalls, doch nicht direkt. Ich erwähnte nur, daß es anscheinend in letzter Zeit sehr viel mehr Herumtreiber gebe, die Frauen belästigten, und fügte obenhin hinzu: «Aber ich kann mir nicht vorstellen, daß Ihr Ed Sie viel allein läßt, Linda.»

Sie lachte. «Das kann man wohl sagen. Ed ist jeden Abend zu Hause. Schließlich habe ich nicht geheiratet, um allein zu sein. Das erzähle ich ihm immer wieder.»

Ich war erleichtert. Da ihr Mann sie zu Hause beschützte und ich während ihrer Arbeitszeit ein wachsames Auge auf sie hatte, glaubte ich nicht, daß Linda in irgendeiner besonderen Gefahr war, selbst wenn es sich bei Jackie um einen Fall von Gewalttätigkeit handelte. Ich war immer noch überzeugt, daß er ein hysterischer Phantast war, eine gespaltene Persönlichkeit, die in einer Traumwelt aus jugendlichen Sehnsüchten und zwanghaften Lügen lebte.

Dann schienen wir eine Zeitlang wirklich Fortschritte zu machen. Jackie kehrte zu seinem früheren Wunsch zurück: Er wollte, daß ich ihm half. Obwohl er verwirrt und verschlossen dasaß, hörte er mir doch aufmerksam zu. Er faßte weiter schwungvolle Entschlüsse, sich besser zu benehmen, doch jetzt schien er sich meistens daran zu halten. Er gestand, daß er nachts noch immer ziellos durch die Straßen der Stadt streifte, doch ohne irgendwelche Zerstörungen anzurichten. Er gab weiter zu, einen wilden Tatendrang in sich zu verspüren, aber nun war er auf eine mürrische Art stolz darauf, mit ihm fertig zu werden. Am bedeutsamsten war jedoch, daß er nicht mehr so oft von Linda sprach und er ihr keine erotischen Briefe mehr schrieb.

Zum erstenmal begann ich zu glauben, daß das Kampfglück sich gewendet hatte und Jackie zu sich selbst finden würde.

An einem Donnerstag nachmittag erschien er in einer äußerst aufgeregten Verfassung. Eine volle halbe Stunde lang saß er unruhig in dem großen Ledersessel, ohne ein Wort zu sagen oder mich anzusehen. Plötzlich platzte er heraus: «Gemeine kleine Schlampe – wenn ihr was passiert, geschieht es ihr ganz recht.»

Ich wußte instinktiv, wen er meinte, doch ich mußte sichergehen. «Linda?»

«Na, ich hab da so einiges gesehen. Gestern abend, durch ihr Fenster, sie und diesen blöden Affen, mit dem sie verheiratet ist. Sie küßten sich und umarmten sich und waren zärtlich – und hatten nicht mal den Anstand, die Jalousie herunterzulassen.»

«Sie haben versprochen, Jackie –»

«Es macht einen ganz krank.» Wütend verschränkte er die Hände ineinander. «Wie sie da in ihrem Bodyslip herumläuft, und dazu der Kerl, der sie angrinst, obwohl eigentlich ich dort drinnen hätte sein müssen!» Zusammenhangslos fügte er hinzu: «Sie haben Steaks zu Abend gegessen.»

Ich hörte voll Verzweiflung zu, während Jackie wütend weitererzählte und mit peinlicher Genauigkeit schilderte, was Linda und ihr Mann getan hatten. Er hatte den ganzen Abend auf der Feuertreppe vor ihrer Wohnung gehockt und sie beobachtet und belauscht. Schließlich unterbrach ich ihn.

Er tat, als höre er mich nicht, und reagierte nicht. «Ihr BH, er hatte ein Spitzenherz über der linken Brust. Das hübscheste, was Sie sich vorstellen können – so hübsch, daß man es am liebsten zerreißen würde.»

«Jackie, so hören Sie doch! Das muß ein Ende haben!»

Er sah mich verschlagen an. «Ich habe nichts getan. Warum regen Sie sich auf?»

«Was Sie taten, war übel genug», erwiderte ich ärgerlich. Ich mußte mich zwingen, ruhig zu bleiben. «Sie sind intelligent, Jackie – Sie wissen selbst, wohin ein solches Benehmen führt. Ich hatte geglaubt, daß wir Ihr Problem unter uns lösen könnten. Doch noch so eine Sache, und ich bin gezwungen, Hilfe von außen zu holen.»

Er stand auf, kam zu mir herüber und musterte mich von oben herab mit einem seltsamen Blick. «Aber ich glaube, Doktor, daß Sie mich eigentlich gar nicht heilen wollen. Ich glaube eher, daß Sie meinen Fall genießen.»

Dann ging er.

Den Rest der Stunde verbrachte ich damit, das Telefon anzustarren und erneut zu überlegen, ob ich die Polizei anrufen und der ganzen Geschichte ein Ende machen sollte. Doch ich konnte mich nicht überwinden, den Hörer abzunehmen. Noch eine Sitzung, beschloß ich. Dann würde ich genau Bescheid wissen. Und ich war absolut sicher, völlig ohne Grund, daß Jackie wiederkommen würde.

Er erschien pünktlich am nächsten Donnerstag. Sein Benehmen war erhaben und selbstsicher. Ich verbarg meine eigene Nervosität und sagte: «Haben Sie über unser letztes Gespräch nachgedacht, Jackie?»

Er lächelte, während er um meinen Schreibtisch herumging und sich wieder vor mir aufbaute. «O ja.»

«Dann sind Sie vermutlich zu einem Entschluß gekommen?»

«Ja. Ich bin mir über alles klargeworden. Ich werde mich ändern – gleich danach.»

«Danach?» Zu ihm hochzublicken tat mir im Nacken weh. «Wonach?»

«Nachdem ich mich um Linda gekümmert habe. Das hätte ich

schon die ganze Zeit tun sollen, um das Böse aus meinen Eingeweiden zu kriegen. Dann werde ich gut sein können, für immer und ewig.» In seiner Stimme schwangen Erleichterung und jungenhafte Begeisterung mit. «Es ist so eine einfache Kur.»

Ich konnte kaum glauben, daß ich diesen verrückten Vorschlag gehört hatte. «Jackie», flüsterte ich. «Das ist alles ganz falsch. Wie können Sie glauben, daß –»

«Nur noch diese eine letzte böse Tat», verkündete er. Ein Speicheltropfen schimmerte in seinem einen Mundwinkel. «Dann ist alles erledigt. Sie wissen, daß ich es tun *muß*, Doktor. Also rufen Sie sie rein, damit ich's hinter mich bringe.» Er begann, sein Hemd aufzuknöpfen.

«Nein!» rief ich. «Das ist jetzt weit genug gegangen! Setzen Sie sich hin und machen Sie sich klar, wie unmöglich das Ganze ist!»

«Aber es ist doch so einfach. Ich bin stärker als Sie. Und wir sind hier völlig allein.»

Soviel war wahr. In diesem Augenblick war Jackie Herr der Lage. Ich machte noch einen letzten Vorstoß. «Überlegen Sie wenigstens, was Sie sich damit antun, Jackie! Bedenken Sie die Folgen! Denken Sie daran, was mit Ihnen geschehen wird!»

«Ich muß meinen Frieden finden», erklärte er feierlich. «Sie werden es verstehen, wenn ich es Ihnen erkläre. Jetzt überlegen wir mal – wohin haben wir den Eispicker gesteckt?»

Ich entdeckte, daß ich mich nicht bewegen konnte. Wie durch einen feiner Schleier beobachtete ich, daß er die Schublade des Aktenschranks aufzog und nach dem Eispicker suchte. Ich verstand genau, was er tun wollte, doch ich war machtlos, ich konnte mich nicht einmischen. Wie in einem Alptraum schien ich keinen eigenen Willen mehr zu haben. Jackie beherrschte alles. Ich beobachtete, wie er auf die Ruftaste drückte, damit Linda hereinkam, und wartete auf die entsetzliche Szene, die sich gleich abspielen würde.

Die Tür öffnete sich, und Linda erschien, in ihrer weißen Uniform ein heiteres, gesundes Bild der Normalität.

«Kommen Sie herein», sagte Jackie rauh. «Ich warte schon sehr lange.»

Sie trat einen Schritt vor, dann weiteten sich ihre Augen ungläubig, während Jackie auf sie zukam. «Was soll das?» fragte sie und wich zurück. «Was wollen Sie mit diesem Eispicker?»

Jackie sprang sie an, und sie schrie. Er preßte sie an sich und riß am Kragen ihrer Uniform. Sie war stärker, als Jackie angenommen hatte – sie kämpfte um ihr Leben. Sie erwischte sein rechtes Handgelenk und hielt mit ihren beiden Händen den scharfen Dorn von ihrer Brust ab, während Jackie mit der freien Hand auf ihr Gesicht einschlug und an ihrer Uniform zerrte. Und während der ganzen Zeit blieb ich gelähmt vor Entsetzen sitzen und beobachtete den brutalen Überfall.

Linda wand sich hin und her, um Jackie zu entkommen, stolperte und fiel vor Jackies Füßen zu Boden. Jackie bleckte triumphierend die Zähne. Er holte mit dem Eispicker zum letzten Schlag aus. Linda flehte schreiend um Gnade und rief seinen Namen.

Doch es war nicht Jackies Namen, den sie rief. Es war mein Name.

«Doktor Conover!» schrie sie. «Um Gottes willen, töten Sie mich nicht.»

Plötzlich hatte ich wieder die bohrenden Kopfschmerzen und war nicht mehr länger nur der Zuschauer bei einem Mordversuch. Ich war der Angreifer. Ich starrte voll Entsetzen auf den Eispicker in meiner Hand und auf Linda, die zu meinen Füßen zusammengesunken war. Nicht Jackie Newman, sondern Dr. John Kermit Conover.

Ich war Jackie.

Kein Wunder, daß ich von seinem «Fall» so völlig gefesselt gewesen war, denn es war mein eigener. Linda hatte meinen Namen geschrien und die Barriere meiner lebenslangen Verdrängungen durchbrochen. Jetzt konnte ich die schreckliche Bedeutung der Identität erkennen, die ich erfunden hatte, den «neuen Mann», der ich gern sein wollte.

Jackie – er verkörperte all das, was ich nie gewesen war. Jetzt konnte ich auf mein leeres Leben zurückblicken – der Schraubstock einer frühen Heirat auf dem College, die sieben Jahre Medizinstudium unter dem Druck von Helens Ehrgeiz. Nicht einmal Jackie, die amoralische Traumgestalt meiner selbst, war bereit gewesen, über jene sieben Jahre zu sprechen. «Er» hatte keine Angst vor der Wahrheit gehabt. Ich haßte Helen. Ich war froh, daß sie tot war. Doch sie starb zu spät. Ich konnte mein Leben nicht mehr ändern und meine neue Freiheit nicht genießen.

Während ich vom Schmerz der Erkenntnis erschüttert dastand, hatte ich nicht gemerkt, daß Linda hinausgeschlüpft war. Sie kam rasch mit einem halben Dutzend Männer aus den benachbarten Büros zurück. Sie näherten sich mir vorsichtig, doch sie hatten nichts zu befürchten. Ich ließ den Eispicker sofort auf den Boden fallen und sank langsam vor ihnen auf die Knie.

Und nun sitze ich hier in einem fremden, abgeschlossenen Zimmer und erwarte den zehnten – oder den hundertsten – Besuch von drei Männern, die mich über den Riß in meiner Persönlichkeit befragen wollen. Ich kenne alle Worte. Hysterische Tagträumerei ... Selbstsuggestion ... ständige emotionale Anspannung ... es ist unwichtig. Jackie wird niemals wiederkehren.

Und ich auch nicht.

Bill Pronzini

Totenwache

Sie waren gerade da und haben mir gesagt, daß ich im Sterben liege.

Ich habe auf sechzig Prozent meines Körpers Verbrennungen ersten und zweiten Grades, und die Ärzte – es waren zwei – sagten, es sei hoffnungslos, es gäbe nichts, was sie für mich noch tun könnten. Es macht mir nichts aus. Es ist besser so. Abgesehen von den Schmerzen. Sie haben mir Morphium gegeben, aber das wirkt nicht. Es hält mich auch nicht vom Denken ab.

Vor den Ärzten waren zwei Polizisten da. Und Kjel. Die Polizisten berichteten, daß Pete und Nicky tot seien, beide durch die Explosion umgekommen. Sie sagten, Kjel und ich seien weggeschleudert worden und Kjel sei mit nur geringen Verbrennungen auf seinem Gesicht und seinem Oberkörper davongekommen. Sie sagten, daß er mich über Wasser gehalten hätte, bis ein anderes Boot aufgetaucht sei und die Besatzung uns aus dem Wasser zog. Das verstehe ich nicht. Nach allem, was ich getan habe – warum sollte er da versuchen, mir das Leben zu retten?

Kjel erzählte ihnen, wie es gewesen ist. Die Polizisten sagten mir gegenüber nicht viel darüber, sie wollten nur wissen, ob das, was Kjel berichtet hatte, die Wahrheit war. Ich bestätigte es. Aber es macht keinen Unterschied, das Warum oder Wie. Ich versuchte, ihnen das zu erzählen, auch die Sache mit dem Licht und dem Dunkel, aber ich konnte die Worte nicht herausbekommen. Sie hätten es ohnehin nicht verstanden.

Nachdem die Polizisten gegangen waren, fragte Kjel, ob er mich besuchen könne. Einer der Ärzte sagte zu mir, Kjel habe etwas, das er mir mitteilen wolle. Aber ich erlaubte ihm nicht, hereinzukommen. Ich möchte nicht hören, was er zu sagen hat. Es spielt keine Rolle, und ich will ihn nicht sehen.

Lila sitzt draußen im Warteraum. Das hat mir derselbe Arzt auch erzählt. Ich erlaube ihr auch nicht, hereinzukommen. Was für einen Sinn hätte es, sie zu sehen, mich mit ihr zu unterhalten? Es gibt nichts zu sagen, weder von ihr aus noch von mir aus – es ist das gleiche wie bei Kjel. Sie sitzt seit sechzehn Stunden dort draußen, seit sie mich vom Hafen hergebracht haben. Die ganze Zeit sitzt sie dort draußen und wartet.

Es gibt ein Wort für das, was sie tut.

Totenwache.

Der Schmerz ... oh, Gott. Noch nie im Leben hat es so weh getan. Noch nie. Fühlt man sich so, wenn man in der Hölle schmort? Eine Ewigkeit an Feuer und Schmerzen ... und Licht? Falls es das ist, was mich erwartet, wird es nicht so schlimm sein, wenn es Licht gibt. Aber wenn es dort dunkel ist? Mein Gott, ich habe solche Angst. Was, wenn es im Leben nach dem Tod auch dunkel ist?

Ich möchte beten, aber ich weiß nicht, wie. Ich bin nie viel in die Kirche gegangen, ich habe Gott nie richtig kennengelernt. Die Ärzte haben gefragt, ob ich einen Priester sehen möchte. Ich sagte nein. Was könnte ein Priester schon für mich tun? Würde ein Priester die Sache mit dem Licht und dem Dunkel begreifen? Ich glaube nicht. Jedenfalls nicht so, wie ich sie verstehe.

Die Lampen in diesem Zimmer brennen hell, sehr hell. Ich habe die Ärzte gebeten, soviel Licht wie möglich zu machen, und einer von ihnen sagte, er würde sich darum kümmern, und er hielt sein Versprechen auch. Aber draußen, draußen ist Nacht – ist es dunkel. Ich kann es sehen, die Dunkelheit preßt sich gegen die Fensterscheiben, wenn ich hinüberblicke. Aber ich blicke nicht hin. Das Sterben macht mir noch mehr angst, wenn ich in die Nacht hinaussehe...

Eben habe ich hingeschaut. Ich konnte nicht anders. Das Dunkel, immer versucht das Dunkel, das Licht zu schlucken. Aber nicht das schwarze Dunkel, das ohne Mond, ohne Sterne. Es ist das graue Dunkel, gedämpft durch den Nebel. Heute nacht herrscht dichter Nebel, dicht und schwer, und er bringt Kälte mit, Wind. Morgen früh wird er weniger werden. Aber die Sicht wird nicht gut sein, was die Boote nicht davon abhalten wird, auszulaufen. Es hat sie nie davon abgehalten und wird sie auch nicht davon abhalten. Auch wir wären rausgefahren – ich und Kjel und Pete und Nicky. Jetzt war Fangzeit, die großen Schwärme waren unterwegs. Mein Gott, dieses Jahr hatten sie viel Lachs gefangen. In den letzten zehn Jahren war es eines der besten gewesen. Wenn das anhält, hatte Kjel heute morgen gesagt, werden wir bis zum Jahresende den «Kingfisher» abbezahlt haben.

Aber er sagte es heute in aller Früh, als wir noch beim Fischen waren.

Er hat es gesagt, ehe das Dunkel kam und das Licht verschlang.

Was heute morgen geschah, scheint schon so lange herzusein. Und trotzdem kommt es mir so vor, als sei es erst vor ein oder zwei Minuten passiert...

Wir waren sechs Meilen draußen, waren mit der Arbeit fertig und unterwegs zum Hafen – wir schafften unser Limit früh, weil wir auf einen großen Schwarm Lachse trafen. Hui – sie sprangen uns förmlich ins Boot. Ich war im Steuerhaus und überprüfte den automatischen Tiefenmesser, weil er mir nicht richtig zu funktionieren schien, und wünschte, wir könnten uns einen besseren leisten. Ich wünschte mir auch, daß wir uns ein Loran-Navigationssystem hätten leisten können, wie sie ein paar andere Skipper auf ihren Booten haben. Kjel und Pete und Nicky arbeiteten bei den Auslegern und holten die Taue mit der Hand ein. Wir hatten nämlich auch keine jener hydraulischen

Winden, die eine Automatik haben und den Fisch hereinholen, sobald er die Leine berührt. Die Art, die die ganze Arbeit für einen macht. Wir mußten sie noch selbst tun.

Der große Dieselmotor lärmte und klopfte laut, er lief nur mit halber Kraft. Eigentlich hätte ich nicht hören können, was sie draußen an Deck redeten. Aber ich hörte es doch. Vielleicht war es der Wind, daß der Wind uns einen Streich spielte. Ich weiß es nicht. Es ist auch nicht wichtig. Ich verstand jedenfalls, was gesprochen wurde.

Ich hörte Nicky lachen, und Pete sagte etwas, wobei Lilas Name fiel, und Kjel sagte: «Halt den Mund, du verdammter Dummkopf, er könnte dich hören.»

Und Nicky sagte: «Drinnen kann er nichts verstehen. Und wenn, was macht das schon. Er weiß es doch, oder?»

Und Kjel sagte: «Er hat keine Ahnung. Und ich hoffe zu Gott, daß er es nie erfährt.»

Und Pete sagte: «Zum Teufel, er muß doch was riechen. Der ganze Ort weiß doch, was für eine Nutte er geheiratet hat...»

Ich hielt einen Ringschlüssel in der Hand. Ich legte ihn hin und ging nach draußen und sagte: «Wovon redet ihr? Was behauptet ihr von Lila?»

Keiner sagte ein Wort. Sie sahen mich alle nur an. Es war ein grauer Morgen, keine Sonne. Ein dunkler Morgen, ohne viel Licht. Und es wurde noch dunkler. Ich konnte die Wolken am Horizont sehen, dunkle umrißlose Dinger, die das Licht schluckten – sie schluckten es schnell.

«Du hast meine Frau eine Nutte genannt, Pete», sagte ich. «Ich habe es gehört.»

«Reg dich nicht auf, Danny», sagte Kjel. «Er meinte es nicht –»

«Er hat etwas damit gemeint», sagte ich. «Er hat es ernst gemeint.» Ich streckte den Arm aus und packte Pete am Hemd und warf ihn gegen den Backbordausleger. Er versuchte, meine Hand wegzureißen, aber ich ließ nicht los. «Wie kommt das, Pete? Was weißt du von Lila?»

«Um Gottes willen, Danny –» rief Kjel.

«Was weißt du, verdammt noch mal?»

Pete war wütend. Es gefiel ihm nicht, daß ich ihn so grob behandelte. Und es war ihm verdammt egal, ob ich Bescheid wußte oder nicht – ich glaube, das war der Grund. Er arbeitete erst seit ein paar Monaten für uns. Er war fremd in Camaroon Bay. Er kannte mich nicht, und ich kannte ihn nicht, und es war ihm verdammt egal, ob ich es wußte oder nicht.

«Ich weiß es, weil ich mit ihr zusammen war», sagte er. «Du armer Idiot, sie hat es hinter deinem Rücken mit allen im Ort getrieben. Mit allen! Mit mir, mit Nicky, sogar mit Kjel hier –»

Da schlug Kjel zu. Er langte an mir vorbei und schlug Pete und traf ihn so fest, daß er meinen Händen entglitt, beinahe wäre er von dem Schlag über Bord gegangen. Pete sackte zusammen. Nicky wich zurück. Auch Kjel wich zurück. Er sah mich an. Sein Gesicht war ganz verzerrt. Und dunkel – so dunkel wie die Dinger am Horizont.

«Es ist also wahr», sagte ich. «Es ist wahr –»

«Hör mich an, Danny –»

«Nein», sagte ich.

«Es ist nur einmal etwas zwischen ihr und mir passiert. Nur einmal! Ich habe mich dagegen gewehrt, Danny, mein Gott, habe ich mich gewehrt, aber sie ... Danny, hör mich an ...»

«Nein», sagte ich.

Ich wandte mich ab. Ich drehte ihm und den anderen beiden den Rücken zu und den dunklen Dingern am Horizont und ging ins Steuerhaus und machte die Tür hinter mir zu und schloß ab. Ich fühlte überhaupt nichts. Ich dachte auch nichts. In einem der Schränke war etwas Treibstoff für den Hilfsmotor. Ich holte den Kanister heraus und goß den Treibstoff auf die Planken und die Schotten.

Draußen hämmerte Kjel an die Tür und rief meinen Namen.

Ich riß ein Streichholz an und warf es zu Boden.

Es geschah nicht sofort etwas. Deshalb schloß ich die Tür auf und öffnete sie, und Kjel wollte hereinkommen, und ich hörte ihn «O mein Gott!» sagen, und dann packte er mich und riß mich durch die Tür hinaus.

Das war der Moment, wo das Schiff explodierte.

Es gab einen Blitz aus blendendem Licht, daran erinnere ich mich noch. Und ich erinnere mich, daß ich im Wasser war, ich erinnere mich, daß ich Flammen sah, ich erinnere mich an die Schmerzen. An etwas anderes erinnerte ich mich nicht mehr, bis ich hier im Krankenhaus erwachte.

Die Polizisten fragten mich, ob ich meine Tat bedauerte. Ich bejahte. Und es tut mir auch leid, aber nicht aus dem Grund, den sie vermuten. Den wahren Grund konnte ich ihnen nicht verraten. Sie hätten mich nicht verstanden, weil sie dazu erst einmal die Sache mit dem Licht und dem Dunkel verstehen müßten.

Ich schließe jetzt die Augen und kann das Gesicht meines Vaters sehen, in der Nacht, als *er* starb. Er war ein Trinker, und der Schnaps brachte ihn um, aber kein Mensch wußte, warum. Außer mir. In jener Nacht rief er mich in sein Zimmer. Ich war damals elf Jahre alt, und er erzählte mir, warum. «Das Dunkel ist schuld, Danny», sagte er. «Ich habe zugelassen, daß es das ganze Licht schluckte.» Ich dachte, er redete Unsinn, aber das stimmte nicht. «Alles ist entweder hell oder dunkel», sagte er. «Es ist wichtig, daß du das begreifst. Die Menschen, Orte, alles, die ganze Welt – hell oder dunkel. Du mußt deine Hand nach dem Licht ausstrecken, Danny, nach Sonnenschein und Lächeln, nach allem, was Licht ist. Wenn du's nicht tust, läßt du zu, daß das Dunkel die Oberhand gewinnt, so wie bei mir, und das Dunkel wird dich zerstören. Versprich mir, daß dir das nicht passiert, Junge. Versprich mir, daß du das nicht zuläßt.»

Ich versprach es. Und ich versuchte es – mein Gott, Pa. Ich habe es wirklich versucht! Dreißig Jahre habe ich nach dem Licht gegriffen. Aber ich konnte es nicht genug festhalten, genau wie du. Das Dunkel kroch immer näher, immer näher.

Einmal habe ich Lila von hell und dunkel erzählt. Sie hat nur gelacht. «Willst du deshalb immer bei Licht mit mir ins Bett gehen und schläfst auch bei Licht?» sagte sie. «Manchmal bist du schon richtig verrückt, Danny, weißt du das?» sagte sie.

Da hätte ich Bescheid wissen müssen. Aber ich merkte nichts.

Ich dachte, *sie* sei Licht. Aber sie war es nicht, ist es nicht. Unten drunter ist sie dunkel. Sie war immer das Dunkel, das das Licht Stück für Stück verschluckte – Nicky, Pete und die anderen. Auch Kjel, meinen besten Freund. Auch ihn machte sie dunkel.

Ich habe alles falsch gemacht, Pa. Alles, bis zum Schluß. Und das ist der wahre Grund, warum mir leid tut, was ich heute früh getan habe.

Ich hätte sie nicht in die Luft jagen sollen, nicht mich in die Luft jagen sollen. Ich hätte es mit *ihr* machen sollen, hätte das Dunkel mit Feuer und Licht anzünden sollen.

Jetzt ist es zu spät. Ich habe alles falsch gemacht.

Und sie sitzt noch immer draußen und wartet.

Das Dunkel ist dort draußen und wartet.

Totenwache.

Der Schmerz ist jetzt nicht so schlimm, das Feuer in mir brennt nicht mehr so heiß. Wirkt das Morphium? Nein, es ist nicht das Morphium.

Irgend etwas Kühles berührt mein Gesicht. Ich bin nicht mehr allein im Zimmer.

Der Kerl mit der Sense ist da.

Aber ich werde ihn nicht ansehen. Ich werde nicht das Dunkel seiner Kleider betrachten und das Dunkel unter seiner Kapuze. Ich werde statt dessen in das Licht sehen ... hinauf zur Decke, die großen Neonröhren leuchten auf mich herunter, das Licht scheint herab, sieh ins Licht, greif nach dem Licht, dem Licht ...

Und die Tür öffnet sich, ich höre, wie sie aufgeht, und von ganz, ganz fern höre ich Lilas Stimme sagen: «Ich konnte nicht wegbleiben, Danny, ich mußte dich sehen, ich mußte kommen ...»

Das Dunkel!

Ruth Rendell

Der Tag des Jüngsten Gerichts

Sie arbeiteten zu viert auf dem Friedhof. Angestellt waren sie von der städtischen Behörde, um – ja, um was eigentlich zu tun? Selbst der Vorarbeiter wußte nicht recht Bescheid über ihren Auftrag, den man ihnen nicht sehr präzise erläutert hatte. Sicherlich bestand er nicht darin, den gesamten Mittelteil freizuräumen, denn das wäre nicht eine Arbeit für vier, sondern für vierhundert Mann gewesen. Und ein Naturschutzgebiet – denn als solches war es vorgesehen – mußte ja auch ein wenig wilde Natur bleiben. Also sollten sie es in etwa säubern, die schlimmsten Zeugnisse von Vandalismus beseitigen, Grabsteine, die umgestürzt waren, wegschleppen, diesen und jenen der vielen verschlungenen Wege von wucherndem Dornengestrüpp, Efeu und Nesseln befreien. Wenn sie den Polier fragten, ob sie dies tun sollten oder jenes, dann sagte er gewöhnlich, sie sollten das nur selbst entscheiden, er wisse es auch nicht, er werde sich aber erkundigen. Aber das tat er nie. Manchmal kam ein Vertreter der Behörde und begutachtete ihre Arbeit, nickte dann und verschwand mit dem Vorarbeiter in der Baracke, um Tee zu trinken. Als es Winter wurde, erschien der Beamte seltener, und der Polier seufzte, es sei hoffnungslos, sie bräuchten mehr Leute, aber die Behörde könne es sich nicht leisten, also müßten sie es eben so gut machen, wie sie könnten.

Die Baracke stand gleich neben dem Haupteingang. Der Polier hatte einen Lageplan des Friedhofes an die Wand geheftet, gleich neben Gillys Kalender mit dem Mädchen im durchsichtigen Nachthemd. Ihm gehörte der Wasserkessel und der Spirituskocher, die Tassen aber und die Teekanne hatte Marlon mitgebracht; er hatte sie von seiner Mutter bekommen. In der Baracke herrschten immer Hitze, schlechte Luft und Qualm. Der Vorarbeiter war Kettenraucher, und Marlon war es auch, obgleich er so jung war, und überall in der Baracke standen Untertassen voller Asche und Zigarettenstummel herum. Eines Tages brachte Gilly, der selber nicht rauchte, eine Blechbüchse in die Baracke, die er in einem offenen Grabgewölbe gefunden hatte. Der Polier und Marlon waren zufrieden, einen neuen, leeren Aschenbecher zu bekommen, denn sie kamen nie auf die Idee, die anderen auszuleeren, sondern ließen sie überquellen, bis alles auf dem Boden verstreut lag.

«Marlon würde durchdrehen, wenn er wüßte, woher das Ding stammt», sagte John, «er würde sterben vor Angst.»

Aber Gilly lachte bloß. Er fand alles komisch, was den Friedhof betraf, sogar die Soldatengräber, die einzigen gutgepflegten Grabstellen, weil sich die Kriegsgräberkommission immer noch darum kümmerte. Anfangs hatte er sich oft einen Spaß daraus gemacht, hinter einem Grabmal oder einer von Säulen getragenen Gruft hervor auf Marlon zuzuspringen, aber der Vorarbeiter hatte das trotz seiner Lethargie unterbunden, denn Marlon war nicht ganz so, wie sie waren, er war zurückgeblieben, konnte kaum lesen noch schreiben.

Die Flügel des Haupttores hingen zwischen Steinpfosten, wie der Polier sie nannte; einzig John wußte, daß es korinthische Säulen waren. Eine hohe Mauer umgab den Friedhof, der etliche Hektar groß war. Die Randbezirke, ein breiter Streifen direkt innerhalb der Mauer, waren schon vor längerer Zeit gesäubert, eingeebnet und mit Bäumen bepflanzt worden, die allerdings noch winzig klein waren. Hier sollte ein öffentlicher Park für die Stadtbevölkerung entstehen.

Der Zentralbereich dagegen, Herz und Mitte der Friedhofsanlage, früher Begräbnisstätte dieser merkantilen Stadt, war als Schutzgebiet für Vögel und andere kleine Tiere vorgesehen, die sich dort ansiedeln und heimisch werden sollten.

Schon jetzt nisteten viele Vogelarten in den Stechpalmen und Lorbeerbäumen, in den Ulmen und den schlanken, silberstämmigen Birken: Krähen mit Flügeln wie schwarze Fächer, Spechte, deren Tack-Tack-Tack aus dem verfilzten Dickicht ertönte, und kleine Vögel, deren Namen nicht einmal John kannte, die zwischen den Flechten auf den umgestürzten Grabsteinen mehr herumkrochen als -hüpften. Still war es hier drinnen, abgesehen von gelegentlichem Flügelrauschen oder dem leisen Knacken eines verdorrten, herabfallenden Zweiges. Unten in der Ebene lag die Stadt ausgebreitet. Im Winter allerdings war sie oft hinter einer Maske aus Nebel verborgen, und dann war es schwer zu glauben, daß dort unten Tausende lebten und arbeiteten, daß sie in Lichterglanz und Lärm umherhasteten. Hier oben lagen die Gräber ihrer Vorfahren in Reihen oder in Gruppen zusammengekauert, oder sie stießen rein zufällig aneinander – sinnlose Gewölbe, Marmorblöcke, Granitkreuze, zerbrochene Säulen, mit Drapierungen verzierte Urnen, schlichte Steine –, und das alles überwuchert, versunken, kaum noch zu sehen. Kein berühmter Name dazwischen, kein denkwürdiger Titel, bloß obskure Tote, vergessen, verlassen, zu nichts mehr imstande, als Stille zu gebieten.

Und diese Stille wurde vergewaltigt durch Gillys Geschwafel. Er hatte nur ein einziges Gesprächsthema, aber das war unerschöpflich und alles und jedes brachte ihn darauf zurück. Ein Name auf einem Grab, Bruchstücke eines Verses auf einem Gedenkstein, ein Spatzenpärchen, die Statue eines Engels in fließendem Gewand. «Alles tipptopp dran an der da», sagte er dann wohl schnalzend und strich dabei einer weinenden Muse über das steinerne Fleisch – mit Händen so rauh und schwielig, daß John sich fragte, ob wohl irgendeine lebendige Frau es ertrüge, von ihm berührt zu werden. Oder er riß den Efeu von einem Grab, in dem eine Wirtschafterin lag, die dreimal geheiratet hatte. «Konnte nicht genug kriegen davon, die da, was?»

Und derartige Betrachtungen führten ihn dann jedesmal zu endlosen Reminiszenzen an Frauen, die er besessen hatte, oder an solche, die er jetzt besaß, oder er prahlte im Vorgeschmack auf jene, die in der Zukunft auf ihn warteten.

Vor nichts machte er halt. Weder das steingemeißelte Leid eines Elternpaares, das den Tod seiner siebzehnjährigen Tochter betrauerte, noch die steinernen Beschwörungen der Qualen jener, die im Kindbett gestorben waren, ließen ihn verstummen. Einige der Grabgewölbe waren aufgebrochen worden und standen offen, und da stieg er dann hinein, die unterirdischen Stufen hinunter, um aus der Tiefe heraus John und Marlon zuzurufen, dies sei ein feiner Platz, mal ein Mädchen mitzubringen. «Wär dufte hier im Sommer. Diese Regale hier, das gibt 'n gutes Bett ab, aber echt! Richtiges kleines Boudoir.»

John bedauerte oft, was er einmal getan hatte – diesen Vorfall, der dazu geführt hatte, daß Gilly ihn rückhaltlos bewunderte. Es war an ihrem ersten Tag hier draußen gewesen. Noch ehe er es tat, war er sich darüber klargewesen, daß er es nur machte, um ihnen zu zeigen, daß er anders war als sie, um von Anfang an deutlich zu machen, daß er nur deshalb zum Arbeiter geworden war, weil es zur Zeit für Leute wie ihn keine andere Beschäftigung gab. Sie sollten wissen, er hatte die Universität besucht und war ausgebildeter Lehrer. Scham und ein Gefühl der Erniedrigung, daß er gezwungen war, diese unqualifizierte Arbeit anzunehmen, fraßen an seiner Seele. Sie sollten wenigstens begreifen, daß seine Ausbildung ihn zu Höherem befähigte. Aber im Grunde war es nur dumme Eitelkeit gewesen.

In einer tiefen Gruft war weiter nichts mehr gewesen als Steine und tote Blätter. Er aber war hineingesprungen, hatte einen großen Stein voller Narben und Höhlungen in die Höhe gehoben und dröhnend deklamiert: «Der Schädel hatte einmal eine Zunge und konnte singen: wie ihn der Schuft auf den Boden schleudert, als wär es der Kinnbacken Kains, der den ersten Mord beging!»

Gilly gaffte ihn an. «Denkste dir das selbst aus?»

«Shakespeare», belehrte ihn John, «Hamlet», und die Ehrfurcht auf Gillys ungeformtem Stupsnasengesicht ließ ihn weitermachen – ein erbärmlicher Aufschneider in einem Erdloch: «Sei so gut, Horatio, sage mir dies eine. Glaubst du, daß Alexander in der Erde solchergestalt aussah? Und so roch? Pah!»

Marlon war weiß geworden. Spitz ragte sein Gesicht zwischen den dünnen Strähnen gelben Haares hervor. Er trug eine schwere, blaue Joppe, eine Art Anorak. Sie verlieh ihm ein mittelalterliches Aussehen, wie er da gegen die Kapellenwand lehnte, über deren Turm ein El-Greco-Himmel wogte, purpurn und schwarz, der seine tiefhängenden Wolken über dieses nördliche Toledo jagte. Gilly aber lachte und bat John, weiterzumachen. Und John machte weiter, wandte sich an die Zuschauer im Parterre, den Stein hoch in der aufgereckten Hand: «Ach, armer Yorick! . . .», bis er ihn schließlich mit dem Pathos eines Schmierenschauspielers in die Gegend schleuderte. Und als er wieder oben auf dem Weg stand, ließ er sich von Gilly auf die Schulter hauen, der ihm sagte, was er doch für einen mordsmäßigen Grips habe. Und Gilly bewies so recht, wer er war und was das alles ihm bedeutet hatte, indem er die ganze Sache noch einmal hören wollte, diese Sache da mit den Lippen, die wer weiß wie oft geküßt hatten . . .

Marlon hatte weder gelacht noch ihm gratuliert. Völlig verstört, erschreckt durch die Dreistigkeit und die Unverständlichkeit des Ganzen fummelte er mit einer neuen Zigarette herum, zündete sie an – eine von den sechzig, die er an diesem Tage rauchen würde. Zigaretten waren alles, was er hatte, eine fragile Verbindung zu jener realen Welt, in der seine Mutter ihn vor sechzehn Jahren nach einem berühmten Schauspieler benannt hatte. Der Rauch floß von seinen hängenden Lippen. Wäre die Zigarette nicht gewesen, man hätte ihn für einen Schauspieler aus einem mittelalterlichen Mysterienspiel oder aus einem Chor von Wahnsinnigen halten können. An jenem Tage, wie auch an all den anderen, die noch folgten, trottete er hinter ihnen her, als sie sich auf den Heimweg machten, durch schattige Schneisen unter lederblättrigen Stechpalmen zwischen den kleinen Häusern der Toten.

In der Baracke gab es noch einen Tee, und dann nichts wie nach Hause; der Vorarbeiter zu seiner Doppelhaushälfte und seiner gemütlichen Frau, Marlon zu seiner Mutter in ihrem stickigen Zimmer und zum Werbefernsehen, John in sein Wohnschlafzimmer und Gilly (es war ein Privileg, daß John, der Bevorzugte, es erzählt bekam) in die Arme der Frau eines Kasinobesitzers, deren Gatte die Virilität eines Totengräbers vermissen ließ.

Die Kapelle war aus gelblichgrauen Steinen erbaut. Sie hatte ein achteckiges Hauptschiff, und auf dem Fußboden wuchsen haardünne Gräser zwischen den Steinplatten. An einer Seite war ein gedrungener Turm angefügt, der an jeder Ecke von einem schmalen, reich verzierten Helm überragt wurde. Die vier Seitentürmchen, verwittert, zerfressen und schmutzig, sahen aus wie mit Rost überzogene Nadeln. Die Arbeiter benutzten die Kapelle als Depot für Fragmente zerstörter Begräbnisstätten, Steinfiguren und alte Eisengitter. Nicht einmal Gilly brachte Marlon mit seinem rauhbeinigen Drängen dazu hineinzugehen. Er fürchtete sich zwar vor Gilly und vor dem Polier, aber doch nicht so sehr wie vor der Kapelle mit ihrem hallenden Echo und dem trockenen Staub zu seinen Füßen.

Gilly spottete: «Was würdest du machen, Marl, wenn du dich umdrehst, und da steh nicht ich, sondern ein Skelett in einem Leichentuch – na, Marl?»

«Laß ihn in Ruhe», verlangte John, und als sie allein im Mittelschiff standen: «Du weißt doch, er ist ein bißchen retardiert.»

«Großartige Worte, die du dafür benutzt, John. Ich nenn ihn beknackt. Weißt du, was er gestern zu mir gesagt hat? – All die Gräber werden sich öffnen, und die toten Leichen werden rauskommen. Und an irgendeinem bestimmten Tag soll das sein. – Und was für 'n Tag ist das? hab ich gefragt. Aber er hat bloß mit dem Kopf geschlackert.»

«Der Tag des Jüngsten Gerichts», erklärte John, «wenn die Geheimnisse aller Herzen enthüllet werden.»

«Wär mir aber gar nicht recht, so was. Paar von den alten

Schädeln würden ganz schön rot werden, wenn ich ihnen erzähle, was ich so in der letzten Nacht alles gemacht hab. Die Geheimnisse aller Herzen? Mann, da brauchste bei mir bloß ein paar zu enthüllen, und es wär ein ganzer Haufen Kerle hinter mir her, allen voran der alte Knacker, du weißt schon. Würde sein verdammtes Rouletterad zerbrechen, der!»

«Auf deinem Schädel, nehme ich an?» versetzte John.

«Ein Leben – kurz, aber geil, sag ich immer!» Sie traten in das kalte, blasse Sonnenlicht hinaus. «Sieh mal, hier haste gleich einen Beweis für meine These: Angelina Clara Bowyer, 1816 bis 1839. – Genauso alt, wie du bist, Freundchen, und hat fünf Kinder gekriegt. Die muß ihren Alten ganz schön fertiggemacht haben.»

«Er hat *sie* fertiggemacht», antwortete John, und im Geist sah er sie vor sich – mit ihren aufgesteckten, geflochtenen Haaren, mit dem langen, schlichten Kleid und den Symptomen der Schwindsucht im Gesicht. Und er sah den jungen Ehemann zwischen seinen fünf wohlgenährten Kindern trauern, den Flor am Hut, den schwarzen Mantel. Unter einem Himmel wie diesem die Sonne eine weißliche Pfütze zwischen Wolkenschichten, kam er mit dem Geistlichen und den Trauernden und den Sargträgern, um sie in die Erde zu legen. Die Blumen raschelten im beißenden Wind . . . Brachte man damals überhaupt Blumen zu einer Beerdigung mit? Er wußte es nicht, und daß er es nicht wußte, vertrieb die Vision und brachte ihn in die Wirklichkeit zurück – zum Klirren des Spatens gegen Granit, zu dem Geruch von Marlons Zigarette und zu Gillys Geschwätz, so entnervend wie das eines alten Weibes über seine Wehwehchen; bloß, daß er von Sex redete.

Sie hörten immer um vier mit der Arbeit auf, jetzt, wo die Dämmerung so früh kam. «Tja, die Nächte werden länger», meinte der Vorarbeiter, brühte Tee und füllte die Konservendose, die Gilly in dem Grab gefunden hatte, mit Kippen.

«Wann haben wir es denn geschafft?» stotterte Marlon, rückte näher an den Ofen und hustete ein wenig.

«Kommt drauf an, was wir eigentlich schaffen sollen», meinte der Polier, «hier ein bißchen graben, da ein bißchen ausholzen... Ich hab so das Gefühl, irgendwann in diesen Tagen kommt dieser Behördenheini an und sagt: ‹Das war's nun, Jungs, den Rest könnt ihr den Eichhörnchen überlassen.›»

Gilly betrachtete seinen Kalender, klappte das November-Nachthemdmädchen zugunsten des Dezember-Nikolausgirls um. «Wenn's nach mir ginge, dann würden sie das Ganze hier planieren, den gesamten Mittelteil, Rasen anlegen und die ganze Chose zu einem duften Park machen. Das ist gesund, ist so was, 'nen Platz, wo einer sein Mädchen mitbringen kann. ‹Lovers Lane Park›, das wär doch ein guter Name. Ich würd hier lieber richtige heiße Vögel sehen, nicht bloß die verdammten Krähen.»

«Das kannst du nicht machen», widersprach Marlon, «da sind doch die toten Leute drin.»

«Na und? Da waren doch auch tote Leute an den Rändern, und die haben sie ausgegraben. Die haben... die haben damit so was gemacht... wie nennt man das doch, John?»

«Sie haben den Böden säkularisiert.»

««Hörst du, was John sagt? Der ist gebildet, der weiß Bescheid.»

Marlon erhob sich langsam, die Zigarette klebte an seiner Lippe. «Du meinst, sie haben sie ausgegraben? Da waren noch mehr, und sie haben sie ausgegraben?»

«Klar haben sie das gemacht. Du glaubst doch wohl nicht, sie haben sie da drin liegengelassen, wie?»

«Aber wo sind die denn nun, wenn der Jüngste Tag kommt? Wie sollen sie die Steine aufheben und rauskommen?»

«Also um Christi willen, jetzt ist aber genug davon, Marlon, junger Freund», sagte der Vorarbeiter. «Mir scheint, es wär besser, deine Mutter nimmt dich nicht mehr mit in die Kirche, wenn du nur solches Zeug dort aufschnappst.»

«Aber sie *müssen* herauskommen, sie müssen kommen und richten!» schrie Marlon, und da befahl der Vorarbeiter ihm scharf, er solle den Mund halten, denn sogar ihn packte das Grausen bei so was, zumal bei der Dunkelheit, die die Baracke einkreiste und in der sich das Kernstück des Friedhofes abzeichnete, wie ein einziger schwarzer Grabhügel, gehörnt von den Turmspitzen der Kapelle.

John fragte sich, in was für eine Kirche Marlon wohl ging, die einer merkwürdigen Sekte vielleicht? Oder war es nur sein unvollkommenes Hirn, das die gängige Vorstellung vom Jüngsten Gericht zu seiner eigenen Version verzerrte? Die grimmigen Toten, die richtenden Toten, die wie Zensoren in der Erde lagen?

Für ihn war der Friedhof anfangs nichts anderes gewesen als eine bewaldete Hügelkuppe, die Grabsteine nichts anderes als zufällig freigeschürftes Granitgestein. Jetzt war das nicht mehr so. Die Namen der Inschriften, still für sich gelesen oder spöttisch hergesagt von Gilly, ließen leibhaftige Bilder ihrer Träger vor ihm entstehen: James Calhoun Stokes, 1798–1862, Städtischer Kaufmann: «Aufrecht in allen seinen Taten; aufrecht stand er auch, seinem Schöpfer zu begegnen.» Natürlich hatte Gilly dafür eine obszöne Bemerkung parat gehabt. Thomas Charles Macpherson, 1802–79, Baumeister: «Gesegnet sind, die reinen Herzens sind.» Lucy Matilda Osborne, 1823–1896: «Ihre ergebene Pflichterfüllung gegenüber ihrem Gatten und ihre Zuneigung zu ihren Söhnen ward nur übertroffen von ihrer frommen Hingebung zu ihrem Gott.»

John sah sie vor sich in ihren Cuts, in wollenen Amtstalaren oder auf dem Totenbett, mit der Nachtmütze auf dem Kopf.

Marlon aber sah sie als eine ehrfurchtgebietende Prozession, horchend, prüfend, vielleicht der schlimmsten Frevel gewärtig.

«So ein Haufen alter Stümper! Dabei wirst du selber bald da unten liegen, bei all den Glimmstengeln, die du so an einem Tage schaffst!» Gilly saß auf einem Stein und lachte. Er hatte John mehr über die Frauen des Kasinobesitzers erzählt, während er versuchte, zwischen den Statuen, die sie zusammengetragen hatten, eine zu finden, deren Figur der ihren vergleichbar wäre. Britannias, Musen, Allegorien von Tugenden und Künsten, alle lagen sie hingestreckt, die leeren, grauen oder bronzenen Gesichter aufwärts starrend in den bewölkten Himmel.

«Was machen wir eigentlich mit ihnen?» fragte Marlon mit seiner gequälten Stimme, die gleichermaßen verzweiflungsvoll klang, egal, ob er nach Trivialitäten fragte oder seine prophetischen Ausbrüche von sich gab.

«Frag den Vorarbeiter», meinte John.

«Der wird das auch gerade wissen!» Gilly hob sich eine Bronzestatue auf den Schoß, die nahezu nackt war, kaum über den Schenkeln mit einer metallenen Draperie verhüllt. «Ein geiler alter Teufel muß er gewesen sein, dieser Sidney George Sowieso, wenn er die über sich sitzen hatte, als er tot war.»

«Er war Historiker, besagt die Inschrift», erklärte ihm John, «und sie ist wahrscheinlich Klio, die Muse der Geschichtsschreibung. Deshalb hat sie auch eine Schriftrolle in der Hand.»

Und dann, weil Gilly ihn anödete und weil er wegen Marlon Angst hatte: «Komm, wir schaffen sie alle in die Kapelle, bis der Bursche von der Behörde kommt.»

Aber Gilly wollte nicht ablassen von dem Mordsspaß, die Bronze zu tätscheln. Jeder erreichbare Zentimeter ihrer Anatomie wurde untersucht, bis er unversehens aufsprang, sie in eine der schlammigen Fahrspuren kippen ließ, die der Lastwagen gemacht hatte, und auf das säulenverzierte Mausoleum zulief, von dessen Kuppel sie herabgestürzt war.

Er stellte sich mitten hinein und warf die Arme in die Luft – ein Satyr, dachte John, in einem von nordischem Regen besudelten Tempel.

«Ich sag ja, du warst ein geiler alter Bock, Sidney, jawohl, das warst du! Ich hatte selbst mal 'ne Schnepfe, die Klio hieß, ha, ein heißer Vogel!» Sein Geschrei durchlöcherte das dichte Grau, die Stille, die nebelgetränkte Luft. Gilly sprang von dem Podest herab, stieß mit dem Fuß hier gegen einen Grabstein, dort gegen eine Marmorurne, dann hockte er sich auf eine abgebrochene Säule. «Kommt doch raus, ihr alle, wenn ihr wollt», schrie er, «bloß, ihr könnt nicht, weil ihr so verdammt tot seid!»

Da gab Marlon einen grauenhaften Ton von sich, ein Stöhnen, wie es ein Mann im Schlaf, in einem Alptraum ausstößt, wenn er zu schreien glaubt. Er flüchtet in die Fahrerkabine des Lastwagens und kauerte sich dort zusammen.

«Du dämlicher Hund, Gilly!» John hob Marlons heruntergefallene Zigarettenpackung auf und wischte den Schmutz ab. «Mußt du dich wie ein zehnjähriges Kind benehmen?»

«Ich mußte mir einfach mal irgendwie Luft machen in dieser Knochenkippe», murrte Gilly, «diesem Endstationloch.»

«Na ja, genau das ist es nun mal, oder? Was hast du erwartet? Eine Bar? Schnaps? Tänzerinnen?»

Gilly fing erneut an zu lachen und hob seine Muse wieder auf. «Hätte nichts gegen diese Tänzerin hier. Ich glaub nicht, daß sie die vermissen würden, oder was meinst du? Würde gut aussehen in meiner Bude. Ich könnte sie auf den Tisch stellen.»

«Und wozu?»

«Na, die Leute haben doch oft solche Statuen, was? Im Rathaus haben sie welche. Würde meine Bude richtig aufmöbeln.»

«Komm», sagte John, «schaffen wir sie alle in die Kapelle. Der Vorarbeiter kriegt zuviel, wenn er dich damit weggehen sieht. Und sie ist zu groß, um unter deine Jacke zu passen.»

Also stapelten sie die Statuen und Urnen in der Kapelle auf, und Gilly amüsierte sich damit, Schimpfwörter und Obszönitäten herauszubrüllen, deren Echo von den feierlichen Wänden zurückhallte, so daß Tauben, schwarze und weiße, furchtsam aus ihren Schlupfwinkeln aufflatterten.

«Was machst du eigentlich immer so in deinem Zimmer, John? Muß ein ziemlicher Frust sein, so jede Nacht ganz allein. «Wie wär's, wenn du mal mitkommst zu meiner Puppe? Die hat 'ne sehr appetitliche Freundin. Das gäbe 'ne Festveranstaltung, du! Und ich meine damit nicht Essen und Trinken.»

«Nein danke», sagte John, und um seine Absage zu entschärfen, fügte er hinzu, er müsse lernen, was Gilly schwer beeindruckte. Nicht daß John zu stolz gewesen wäre, daß etwa die Vorstellung eines Zusammenseins mit Gillys Freunden irgendwelche snobistischen Ansprüche seiner Natur beleidigt hätte, es war keine verwöhnte Überheblichkeit; aber er zog doch die wortlose Gesellschaft eines James Calhoun Stokes und der Angelina Bowyer und des Historikers vor; besser, während der Abende von ihnen zu träumen und über ihre verlorenen Leben nachzusinnen. Aber auch, wenn er ablehnte, hielt er es für sehr wahrscheinlich, daß der plump aufdringliche Gilly sein Nein nicht ernst nahm und ihn eines Abends mit seinem Mädchen und dieser Freundin aufstöberte. Davor hatte er ein bißchen Angst, wenn es auch nicht Marlons besessene Angst vor Drohungen aus einer anderen Welt war.

Als Gilly dann wirklich bei ihm auftauchte, war es an einem kalten, mondhellen Abend, und er kam allein.

«Ich haue ab», erklärte Gilly, «bei mir ist die Hölle los. Alle guten Sachen haben mal ein Ende. Du kannst dem Vorarbeiter morgen früh Bescheid sagen, okay? Ich geh nach Süden. Hab da ein Mädchen in London, die küßt den Boden, auf dem ich gehe, die arme Kuh. Bei der komme ich unter. Aber das bleibt zwischen uns beiden, verstanden?»

«Aber warum?»

«Er hat es rausgekriegt, ihr Alter, und ich glaub bestimmt, der setzt seine schweren Jungs auf mich an, daß sie mich abknallten. Zusammengeschlagen hat er sie – verdammte Gangster sind die, allesamt! Sie wird mir fehlen.» Tränen standen ihm in den Augen, und John starrte ihn verblüfft und beschämt an. «Arme Kuh», sagte Gilly, und der Ausspruch war eine Liebkosung, eine Zärtlichkeit.

«Soll ich mit dir zum Bahnhof kommen?»

«Nicht nötig. Ich komme bloß, ums dir zu sagen, damit du dem Polier Bescheid sagst. Übrigens muß ich vorher noch was erledigen, nämlich die Statue, diese Klio, holen.» Er wandte sich halb ab. «So als Souvenir – wegen der haargenauen Ähnlichkeit.»

«Du willst jetzt, nachts, auf den Friedhof? Deswegen?»

«Hab doch gesagt, ich will sie haben.» In seinen glasigen Augen lag ein erschütternder Hunger. Alles, was seine Liebe betraf, hatte er in den dürftigen Worten ausgedrückt, die ihm zu Gebote standen. Beredt war er nur bei Unzüchtigkeiten. «Ist ja

Mondschein», meinte er, «und ich hab 'ne Taschenlampe. Ich klettere über die Mauer.»

«Tschüs Gilly», sagte John, «mach's gut.»

Am Morgen war der Himmel kupferfarben, oben grau und rötlich am Horizont, wo die Sonne hing. Es war Wintersonnenwende.

«Wie das Ende der Welt», sagte Marlon.

Händereibend kam der Polier herein. «Wir kriegen Schnee, und zwar noch ehe der Tag zu Ende ist, sag ich euch. Gilly kommt zu spät.»

John erklärte ihm, daß Gilly überhaupt nicht käme. Er sagte nicht warum und wartete auf einen Wutausbruch, aber der Vorarbeiter schob bloß die Unterlippe vor, setzte den Kessel auf und nahm sich eine von Marlons Zigaretten.

«Kein großer Verlust», meinte er. «Den werden wir nicht vermissen. Und wenn mich nicht alles täuscht, dann sind wir heute abend sowieso alle entlassen, wenn dieser Schuttplatz hier eingeschneit ist. Da könnt ihr euch alle begraben lassen, Jungs, gerade rechtzeitig zu Weihnachten.»

Marlon zeigte keine Neigung, die stickige Wärme der Baracke, wo der Vorarbeiter jetzt einen kleinen Koksofen hatte, gegen die rauhe Luft und das gelbliche Halbdunkel des Friedhofes einzutauschen. Aber der Polier wollte sie los sein, er wollte allein sein, müßig und warm und in Ruhe gelassen. Er nahm Gillys Kalender von der Wand und schob ihn zwischen die glühenden Koksbrocken, und das letzte, was John davon sah, war der sonnenbraun glänzende Körper eines nackten Mädchens, der sich im Feuer krümmte.

Sie traten hinaus in die fröstelnde Kälte des kürzesten Tages, und der Polier trieb sie zur Eile, indem er eigenhändig den Rauhreif von der Windschutzscheibe des Lasters wischte.

John fürchtete Scherereien seitens des Jungen, so abschrekkend wirkte der Friedhof in dem Dämmerlicht unter dem unheimlichen Himmel. Aber nachdem John mehrfach beteuert hatte, daß Gilly wirklich nicht käme, und nachdem das auch schließlich in seinen Kopf eingedrungen war, wurde Marlon fröhlicher und einem normalen Menschen ähnlicher, als John ihn je erlebt hatte. Er lachte sogar. In der Fahrerkabine knuffte er John übermütig, und als dadurch der Laster ins Schlingern geriet, bog er sich vor Lachen.

Als sie jedoch im zentralen Bereich des Friedhofes ankamen und sich ans Aufräumen und Jäten machten, da wurde er wieder schweigsam, wenngleich er innerlich ruhig wirkte. All die Monate lang hatte John sich nach Ruhe gesehnt, nach der Erlösung von Gillys endlosen Prahlereien und Anzüglichkeiten, aber nun, da er diese Ruhe hatte, war ihm keineswegs wohl zumute. Es hatte vielleicht etwas damit zu tun, daß er allein mit Marlon hier oben war. Insgeheim verachtete er sich selbst, daß er vor einem armen, zurückgebliebenen Jungen Angst hatte, aber es stimmte, er hatte Angst. Zum Teil lag es wohl an der immer schwerer lastenden Atmosphäre, an der kalten Windstille, der tiefer werdenden Dämmerung, wie bei einer Sonnenfinsternis, und an der Art, wie Marlon zuweilen minutenlang leer vor sich hinglotzte und dabei den Spaten hin und her schwang. Was ihn jedoch geradezu sehnsüchtig auf den Schnee warten ließ, der sie wieder in die Baracke zurücktreiben würde, das war Marlons neue Angewohnheit – jetzt, da Gilly nicht mehr da war und ihn verhöhnen konnte –, die Grabsteine zu streicheln und anscheinend mit ihnen zu flüstern. Daß er es ehrerbietig und behutsam tat, trug auch nicht dazu bei, Johns Gemüt zu erleichtern. Es war, als beschwichtige er die Toten und versicherte ihnen, daß nun alles gut werden würde. Und eine untergründige Gewißheit, die an Intensität zunahm, während die Zeit langsam verrann, beschlich John, nämlich, daß der Friedhof irgendwie eine Veränderung erfahren hatte. Anfangs war er für ihn lediglich ein Ort gewesen, an dem er arbeitete, später dann ein Hort der Traurigkeit und der verlorenen Vergangenheit, niemals aber – bis jetzt – etwas Beängstigendes oder Makabres. Vielleicht war sein Gefühl hauptsächlich auf die Absonderlichkeit dieses Tages zurückzuführen, auf dieses permanente Zwielicht und das Bewußtsein, daß in diesen Stunden die Erde die größte Entfernung zur Sonne erreicht hatte.

Aber es war doch mehr als das. Das mochte als Erklärung für die Verzerrungen hinreichen, die er zu sehen vermeinte – die Gräber schienen dichter zusammengerückt, der Kapellenturm höher und dunkler –, nicht aber für sein Empfinden, daß sich auf dem Friedhof, seit er ihn zuletzt gesehen hatte, irgendein Frevel, irgendein Exzeß ereignet habe. Als diese Wahnvorstellungen so stark geworden waren, daß er greifbare Veränderungen wahrzunehmen meinte – hatten nicht die Positionen der Steine und Grabplatten sich verschoben? –, blickte er energisch auf seine Uhr und erklärte Marlon, daß sie jetzt aufhören und Mittagspause machen köntnen.

Der Polier hatte angeordnet, sie sollten eine Wagenladung Bruchstein aus der Kapelle mit hinunterbringen, danach könnten sie dann Schluß machen. Der Himmel hatte sich ein wenig aufgehellt, er schimmerte gleichmäßig, aber sie mußten trotzdem die Scheinwerfer eingeschaltet lassen. Die bleichen, dunstigen Lichtkegel bohrten sich in das Gestrüpp und erstarben in dichter Schwärze. Sie parkten neben dem Turm.

«Kannst du dich nicht zusammennehmen und mit reinkommen», fragte John, «oder muß ich alles allein machen?»

Marlon brachte ein dümmlich verschlagenes Lächeln zuwege.

«Aber du gehst zuerst!»

Das Abbruchgestein war an der entlegensten Seite des Oktagons aufgestapelt. Er sah Gilly, noch ehe er dort war. Gilly lag auf dem Rücken zwischen den Musen und Jungfrauen, Kopf und Gesicht eine Masse schwarzklumpigen Blutes, an der Steinsplitter klebten. Klio, das Souvenir seiner Liebe, war seinen Händen entrollt. Seine Augen starrten, als sähen sie noch immer jene Abgesandten der Vergeltung.

«Gilly, Gilly!» brüllte John, und die acht Wände tönten zurück: «Gilly, Gilly!» Sie riefen es Marlon zu, als er durch den Turm ins Mittelschiff kam.

Marlon schrie nicht Gillys Namen, er brach in einen unirdisch hohlen Schrei aus.

«Die toten Menschen sind rausgekommen! Die Toten haben

ihn gerichtet! Der Tag ist gekommen, das Ende der Welt ... der Jüngste Tag, der Jüngste Tag!»

Von den Traufen, aus dem zerborstenen Dach stoben die Vögel auf, ein Krächzen, ein Kreisen, ein großes Flügelschlagen. Und das Echo lärmte wie das Dröhnen einer Totenglocke. John taumelte hinter Marlon her ins Freie, hinter der jagenden Gestalt, die da schrie wie ein Prophet in der Wildnis, taumelte hinein in das Weiß, das die Welt reinigte.

In großen, dicken Flocken hatte es zu schneien begonnen.

STANLEY ELLIN

Un-begründeter Zweifel

Mr. Willboughby fand einen Sessel im Aussichtswagen und ließ sich ein wenig umständlich darin nieder. Bis hierher, so überlegte er, von Dankbarkeit überwältigt, war der Urlaub ein absoluter Erfolg gewesen. Nicht die Spur von Kopfschmerzen, mit denen er sich das vergangene Jahr herumgeschlagen hatte. Auch nicht eine Idee von dem eisernen Ring, der sonst immer seinen Schädel fest umklammert hatte, keine Bohrer bohrten, keine Hämmer hämmerten in seinem Kopf. «Seelische Spannungen», hatte der Doktor gesagt. «Physisch sind Sie gesund wie ein Fisch, aber Sie sitzen an Ihrem Schreibtisch und zerbrechen sich den Kopf über ein Problem nach dem anderen, bis Ihr Geist so angespannt ist wie eine Uhrfeder. Dann gehen Sie mit Ihren Problemen nach Hause und machen weiter und quälen sich damit zu Tode. Viel Schlaf kriegen Sie dabei nicht, was?»

Mr. Willboughby gab zu, daß er nicht viel Schlaf kriegte.

«Dachte ich mir», sagte der Doktor. «Nun, es gibt nur ein Mittel dagegen: Urlaub. Und damit meine ich richtigen Urlaub, wo Sie wirklich alles hinter sich lassen. Schalten Sie ab. Lassen Sie einfach nichts an sich heran außer harmlosem Geschwätz. Wälzen Sie nicht das kleinste Problem. Nicht mal Kreuzworträtsel sollen Sie lösen. Machen Sie einfach die Augen zu und hören

Sie nur, wie die Welt sich dreht. Das hilft bestimmt», versicherte er ihm. Und es hatte tatsächlich geholfen, das erkannte Mr. Willboughby schon nach dem allerersten Tag dieser Behandlung. Und er hatte noch Wochen vor sich, Wochen glückseliger Erholung. Es war natürlich nicht immer leicht, jedes Problem, das ihm in den Sinn kam, beiseite zu schieben. Da war zum Beispiel jetzt gerade eine Zeitung auf dem Rauchtisch neben seinem Sessel, die Schlagzeile war halb zu sehen: NEUE KRISE IN ... Mr. Willboughby wandte den Kopf ab und warf das Blatt in das Zeitungsfach unter dem Tisch. Ein kleiner Triumph nur, aber wie erfreulich ...

Er beobachtete den steten Wechsel des Landschaftsbildes draußen vor dem Zugfenster, zählte halb im Traum die Meilensteine, die vorbeihuschten, als er sich zum ersten Male der Stimme bewußt wurde, die an seiner Seite erklang. Die Ecke seines Stuhles war gegen die Rücklehne seines Nachbarn gelehnt, eines stämmigen, weißhaarigen Mannes, der in ein Gespräch mit einem Unbekannten vertieft war. Die Stimme des stämmigen Mannes war nicht laut, aber sie war durchdringend. Es war die Stimme – so könnte man sagen – eines geschulten Schauspielers, der, wenn er nur wisperte, noch auf der Galerie einwandfrei zu hören war. Selbst wenn man nicht die Absicht hatte, den Horcher zu spielen, mußte man wohl oder übel jedem Wort, das gesprochen wurde, folgen. Mr. Willboughby indessen zog es mit Bedacht vor, zu horchen. Das Gespräch war im großen und ganzen eine gelehrte Abhandlung über Justizangelegenheiten, der stämmige Mann offensichtlich ein Anwalt mit enormer Erfahrung und einem unheimlichen Gedächtnis; und alles in allem wirkte diese Kombination auf Mr. Willboughby wie sanfte Kammermusik, die von Meisterhänden gespielt wurde.

Dann plötzlich spitzte er seine Ohren wie ein Terrier. «Der interessanteste Fall, an dem ich jemals gearbeitet habe?» so seufzte der stämmige Mann als Antwort auf die Frage seines Gefährten. «Tja, mein Herr, da gibt es einen, den ich nicht nur als den interessantesten betrachte, der je durch meine Hände gegangen ist, sondern der wohl jeden Anwalt in der Geschichte, bis hin zu Salomon selber, verblüfft hätte. Das war die seltsamste, phantastischste, verdammteste Sache, die mir je begegnet ist. Und wie es dann schließlich ausgegangen ist – die wahre Überraschung ganz am Ende, nachdem alles eigentlich schon vorbei war –, das reicht wahrhaftig, um einen Mann glatt umzuhauen, wenn er darüber nachdenkt. Aber lassen Sie mich's Ihnen erzählen, genauso, wie es sich zugetragen hat.»

Mr. Willboughby duckte sich in seinen Sessel, stemmte die Absätze gegen den Fußboden und schloß unauffällig, indem er den Sessel langsam heranschob, den Zwischenraum zwischen seinem Stuhl und dem seines Nachbarn. Mit ausgestreckten Beinen, die Augen geschlossen und die Arme friedvoll über der Brust gekreuzt, bot er dann das Bild eines Mannes in tiefem Schlaf. In Wahrheit aber war er niemals zuvor in seinem Leben so wach gewesen.

«Selbstverständlich», so sagte der stämmige Mann, «werde ich nicht die richtigen Namen dieser Leute benutzen, wenn sich auch das Ganze schon vor längerer Zeit ereignet hat. Das ist durchaus zu verstehen, wenn Sie bedenken, daß es sich um Mord handelt. Ein kaltblütiger Mord aus Gewinnsucht, wunderschön geplant, fehlerlos ausgeführt und dazu angetan, aus allem, was je in Gesetzbüchern geschrieben wurde, ein Gespött zu machen.

Der Ermordete – lassen Sie mich ihn Hosea Snow nennen – war der reichste Mann in unserer Stadt. Ein altmodischer Mann auf seine Art – ich erinnere mich, daß er selbst an den heißesten Sommertagen eine schwarze Melone und einen steifen Kragen trug –, ihm gehörte die Bank, die Spinnerei und ein paar andere Sachen in der Stadt. Es war für niemand ein Geheimnis, was er so etwa besitzen mochte. Am Tage seines Todes waren es ungefähr zwei Millionen Dollar. Wenn man bedenkt, wie niedrig damals die Steuern waren und wieviel man für einen Dollar kaufen konnte, so begreifen Sie wohl, warum er bei jedermann so hoch geachtet war. Seine ganze Familie bestand aus zwei Neffen, Söhne seines Bruders, mit Namen Ben und Orville. Sie vertraten sozusagen die arme Seite der Familie. Als ihre Eltern starben, blieb ihnen nichts weiter als ein heruntergekommenes altes Haus, in dem sie zusammen wohnten. Ben und Orville waren damals gutaussehende junge Männer Mitte Zwanzig. Glatte Gesichter mit regelmäßigen Zügen, einer dem anderen ziemlich ähnlich, so hätten die beiden durchaus beliebter sein können, als sie es tatsächlich waren, aber sie hielten sich absichtlich von den Leuten fern. Es war nicht so, daß sie unfreundlich gewesen wären – jedesmal, wenn man ihnen auf der Straße begegnete, lächelten sie und sagten guten Tag –, aber sie waren sich selbst genug. Heutzutage hört man eine Menge gerade über Eifersucht zwischen Blutsverwandten und Bruderkomplexe, aber das hätte auf diese zwei Jungen nie gepaßt.

Sie arbeiteten in der Bank ihres Onkels, aber sie waren nie mit ganzem Herzen dabei. Obwohl sie doch wußten, daß, wenn Hosea starb, sein ganzes Geld unter ihnen beiden aufgeteilt würde, schien sie das kein bißchen aufzumuntern. Tatsache ist, Hosea war eines von diesen zähen, ausgetrockneten Exemplaren, von denen man meinen könnte, daß sie ewig am Leben blieben. Darauf warten, bis jemand wie er einem schließlich etwas hinterläßt, kann auf die Dauer ziemlich anstrengend werden, und es besteht kein Zweifel darüber, daß die Jungen auf diese Erbschaft warteten, seit der Zeit, als sie das erste Mal begriffen hatten, was ein Dollar wert ist.

Aber in der Zwischenzeit, so schien es, beschäftigten sie sich mit etwas ganz anderem als mit Banken und mit Geld, etwas, wofür Hosea selber niemals irgendwelches Verständnis oder gar Sympathie haben konnte, wie er mir mehr als einmal versicherte. Sie wollten Schlagerdichter werden, und, soviel ich weiß, hatten sie sogar Talent dafür.

Wann immer in der Stadt etwas los war, das mit Unterhaltung zu tun hatte, da waren Ben und Orville dabei und trugen ihre Lieder vor, die sie selber gemacht hatten. Niemand hat je gewußt, wer von den beiden die Musik komponierte und wer die Texte schrieb, und schon allein das war eines der kleinen Geheimnisse, das die ganze Stadt unterhielt. Sie können aus der

Tatsache, daß so eine Angelegenheit Anlaß zur Unterhaltung gab, sicher selber ersehen, wie klein und weit abgelegen der Ort war.

Aber an dem Tage, als man Hosea fand, tot, mit einer Kugel genau in der Mitte seiner Stirn, da war alles plötzlich ganz anders. Das erste, was ich davon hörte, war ein Telefonanruf, der mich am Morgen aus dem Bett aufschreckte. Es war der Staatsanwalt des Kreises, der mir erzählte, daß Ben Snow in der Nacht seinen Onkel ermordet habe, daß man ihn soeben festgenommen hatte und daß er nun mich bat, so schnell wie möglich zu ihm ins Gefängnis zu kommen.

Ich rannte halb angezogen ins Gefängnis und war dann ganz perplex bei Bens Anblick. Er saß da, eingeschlossen in einer Zelle, las eine Zeitung und schien völlig unberührt durch die Tatsache, daß er auf dem besten Wege war, mit einem Strick um den Hals auf eine Falltür zu treten.

‹Ben›, sagte ich, ‹du hast es nicht getan, nicht wahr?›

‹Man sagt, daß ich's getan habe›, sagte er mit sachlicher Stimme.

Ich weiß nicht, was mich mehr erstaunte – was er sagte oder die unbeteiligte Art, wie er's sagte.

‹Was soll das heißen?› fragte ich ihn. ‹Und ich hoffe nur, mein Junge, daß du mir eine überzeugende Geschichte zu erzählen hast, weil du nämlich ganz schön in der Tinte sitzt.›

‹Tja nun›, sagte er, ‹mitten in der Nacht kam die Polizei mit dem Kreisstaatsanwalt zu Orville und mir, weil jemand meinen Onkel Hosea umgebracht hatte, und nach einigem Hin und Her sagten sie, ich sei's gewesen. Als ich es satt hatte, von ihnen ausgefragt zu werden, sagte ich, gut, ich war es.›

‹Das heißt›, sagte ich, ‹sie haben Beweismaterial gegen dich?›

Er lächelte. ‹Das wird sich vor Gericht zeigen›, sagte er. ‹Das einzige, was Sie zu tun haben, ist, Orville als meinen Zeugen bei der Verhandlung aufzurufen, und dann werden Sie keine weiteren Schwierigkeiten haben. Ich werde nicht selbst in den Zeugenstand gehen, so daß man mich nicht ins Kreuzverhör nehmen kann. Aber machen Sie sich keine Sorgen. Orville wird schon alles besorgen.›

Ich fühlte, wie ein böser Verdacht sich bei mir einschlich, aber ich erlaubte mir nicht, dem nachzugeben.

‹Ben›, sagte ich, ‹habt ihr, du und Orville Gesetzbücher gelesen?›

‹Wir haben hineingeschaut›, gab er zu. ‹Sie sind ungeheuer interessant› – und das war alles, was ich aus ihm herausbringen konnte. Von Orville erfuhr ich noch weniger, als ich zu ihm auf die Bank ging, um mit ihm über seine Zeugenaussage zu sprechen.

Wenn Sie sich das vor Augen halten, können Sie sich bestimmt vorstellen, in welcher Verfassung ich war, als es schließlich zur Verhandlung kam. Der Fall war die größte Sensation, die es jemals in der Stadt gegeben hatte, der Gerichtssaal war überfüllt, und da stand ich nun, mittendrin, und hatte keine Ahnung, wie ich Ben helfen könnte, während Ben selber absolut gleichgültig schien. Mir war jedesmal übel, wenn ich einen Blick auf das lächelnde, selbstzufriedene Gesicht des Staatsanwaltes warf. Ich konnte es ihm auch nicht verübeln, daß er aussah wie die Katze, die den Kanarienvogel gefressen hat. Es war schließlich ein brutales Verbrechen, er und die Polizei hatten es im Handumdrehen aufgeklärt, und da saß er nun mit seinem todsicheren Fall.

In seiner Eröffnungsrede an die Geschworenen warf er ihnen die Tatsachen hin. Das Motiv war offensichtlich: Ben Snow würde eine Million Dollar beim Tode seines Onkels erben. Die Mordwaffe lag hier auf dem Tisch des Gerichtsschreibers, und jedermann konnte sie sehen: eine alte Pistole, die Bens Vater vor Jahren mit seinen übrigen Habseligkeiten hinterlassen hatte und die, als die Polizei bei Ben und Orville eindrang, in der Küche gefunden wurde, genau da, wo die beiden beim Kaffeetrinken saßen – und erst kurz zuvor war damit geschossen worden. Und das Geständnis, das Ben vor Zeugen unterzeichnet hatte, klärte die Sache vollends auf und ließ auch nicht den Schatten eines Zweifels übrig.

Demgegenüber blieb mir nichts weiter übrig, als blindes Vertrauen zu Ben zu haben und genau das zu tun, was er von mir verlangte. Ich hatte Orville Snow als meinen ersten Zeugen benannt – und als meinen einzigen Zeugen, soweit ich das bisher übersehen konnte –, und nun, ohne daß ich die geringste Ahnung hatte, was er sagen würde, nahm ich ihn in den Zeugenstand. Er leistete den Eid, setzte sich, glättete eine Falte in seiner Hose und sah mich an. Mit derselben ruhigen Unbekümmertheit, wie sie sein Bruder während der ganzen gräßlichen Angelegenheit gezeigt hatte.

Sehen Sie, ich wußte so wenig über die Geschichte, daß es mir schwerfiel, auch nur eine gute Eröffnungsrede für ihn zu finden.

Schließlich nahm ich den Stier bei den Hörnern und sagte: ‹Würden Sie mir bitte sagen, wo Sie sich in der Nacht des Verbrechens aufgehalten haben?›

‹Sehr gerne›, sagte Orville. ‹Ich war im Hause meines Onkels Hosea und hielt eine Pistole in meiner Hand. Wenn die Polizei sich nur an mich gewandt hätte, bevor sie anfingen, Ben zu belästigen, dann hätte ich es ihnen gleich sagen können. Tatsache ist, ich war es, der unseren Onkel getötet hat.›

Und da reden sie von Sensationen im Gerichtssaal! Aber mitten in dem ganzen Aufruhr sah ich, wie Ben mir eifrig ein Zeichen gab, daß ich zu ihm kommen solle. ‹Nun, was Sie auch tun›, flüsterte er mir zu, ‹verlangen Sie auf keinen Fall, daß die Verhandlung abgebrochen wird. Es muß ein Urteil gefällt werden, verstehen Sie mich?›

Ich verstand ganz genau. Ich hatte ja schon die ganze Zeit einen Verdacht gehabt, ich wollte ihn nur nicht zur Kenntnis nehmen. Jetzt war ich sicher, und sosehr ich auch Ben und Orville in diesem Augenblick verachtete, so mußte ich sie doch ein wenig bewundern. Und dieses bißchen Bewunderung brachte mich dazu, auf Bens Vorschlag einzugehen. Während der Staatsanwalt wie ein Schießhund darauf wartete, daß ich die Verhandlung abbrach, ging ich zurück zu Orville im Zeugenstand und ließ ihn weitererzählen, gerade so, als wäre gar nichts

Besonderes vorgefallen. Er erzählte seine Geschichte meisterhaft. Er fing ganz am Anfang an, mit dem Verlangen, das er nach dem Geld seines Onkels gehabt habe, dieses Verlangen, das langsam in seinen Adern gebrannt hatte wie Gift, und so fort in allen Einzelheiten bis zu dem Mord selbst. Er hielt die Geschworenen im Bann, und nur um ganz sicher zu sein, daß die Sache ganz eindeutig war, beendete ich mein Plädoyer, indem ich sie ermahnte, daß ein begründeter Zweifel an der Schuld des Mannes ausreichend ist, um ihn freizusprechen.

‹So lautet das Gesetz in diesem Staat›, erklärte ich ihnen. ‹Begründeter Zweifel. Das ist doch genau das, was Sie im Augenblick für den Angeklagten empfinden unter dem Eindruck des Geständnisses von Orville Snow, daß er allein den Mord begangen hat, den man seinem Bruder zur Last legt!›

Die Polizei schnappte sich Orville gleich, nachdem das Urteil ‹nicht schuldig› ausgesprochen worden war. Ich traf ihn am selben Abend in der kleinen Zelle, die auch Ben beherbergt hatte, und ich wußte schon, was er mir sagen würde.

‹Ben ist mein Zeuge›, sagte er. ‹Bringen Sie mich nur nicht in den Zeugenstand und lassen Sie Ben reden.›

Ich sagte zu ihm: ‹Einer von euch hat euren Onkel umgebracht. Glaubst du nicht, ich als euer Anwalt sollte wissen, wer von euch beiden es getan hat?›

‹Nein, das glaube ich nicht›, sagte Orville freundlich.

‹Du setzt eine Menge Vertrauen in deinen Bruder›, sagte ich zu ihm, ‹Ben ist jetzt entlassen und frei von dem Verdacht. Wenn er nicht für dich aussagen will, wie du für ihn ausgesagt hast, dann bekommt er zwei Millionen Dollar, und du kommst an den Galgen. Beunruhigt dich das gar nicht?›

‹Nein›, sagte Orville. ‹Wenn uns das beunruhigen würde, dann hätten wir's gar nicht erst getan.›

‹Meinetwegen›, sagte ich, ‹wenn ihr's so haben wollt, bitte. Aber sag mir eines, Orville, nur aus Neugier. Wie habt ihr entschieden, wer von euch Hosea töten soll?›

‹Wir haben gelost›, sagte Orville. Und damit war die Frage für ihn erledigt.

Wenn Bens Verhandlung schon die ganze Stadt auf die Beine gebracht hatte, so kamen zu Orvilles Verhandlung Leute von überallher aus dem ganzen Kreis. Jetzt war der Staatsanwalt an der Reihe, krank auszusehen, als er die Menge vor sich sah. Er wußte im Innersten, was bevorstand, und er konnte nicht das geringste dagegen tun. Und es entrüstete ihn noch mehr, weil der ganze Prozeß eine gemeine Verspottung des Gesetzes zu werden versprach. Ben und Orville Snow hatten ein Schlupfloch in den Maschen des Gesetzes gefunden, wenn man so sagen will, und sie waren auf dem besten Wege hindurchzuschlüpfen. Ein Gericht konnte einen Mann nicht verurteilen, wenn es begründete Zweifel an seiner Schuld gab, ein Mann konnte nicht zum zweiten Male wegen eines Verbrechens vor Gericht gestellt werden, wenn er schon einmal freigesprochen worden war; es war nicht einmal möglich, die beiden Jungen wegen Beihilfe zum Mord anzuklagen, denn das war ein Tatbestand, der bereits in der Mordanklage enthalten war und der durch sie gedeckt wurde. Das reichte aus, um jeden Staatsanwalt um den Verstand zu bringen.

Aber dieser hier beherrschte sich, bis Ben seine Geschichte vor den Geschworenen beendet hatte. Er tat das so anschaulich, daß man ihn fast zu sehen glaubte, wie er da in dem Zimmer seinem Onkel gegenüberstand, wie seine Waffe Tod spie und wie der alte Mann auf dem Boden zusammensank. Die Geschworenen saßen gebannt, und der Staatsanwalt kaute seine Nägel bis ans Fleisch ab, während er sie beobachtete. Dann, als Ben im Zeugenstand ihm gegenüberstand, legte er richtig los.

‹Ist das nicht eine ganz ungeheuerliche Lüge?› schrie er. ‹Wie können Sie an einem Tag unschuldig an diesem Verbrechen sein und am nächsten Tag schuldig?›

Ben hob seine Augenbrauen. ‹Ich habe niemals zu irgend jemand gesagt, ich sei unschuldig›, sagte er ungehalten. ‹Ich habe die ganze Zeit gesagt, ich sei schuldig.›

Das war nicht zu bestreiten. Es stand nichts im Protokoll, das man hätte anfechten können. Und ich war meiner selbst nie so sicher und zugleich nie so unglücklich als in dem Augenblick, wo ich dastand und mein Plädoyer zusammenfaßte. Ich brauchte nicht länger als eine Minute dazu, das schnellste Plädoyer in meiner Laufbahn.

‹Wenn ich unter Ihnen säße, meine guten Leute, auf dieser Geschworenenbank›, sagte ich, ‹dann wüßte ich genau, was ich denken würde. Ein abscheuliches Verbrechen ist verübt worden, und einer der beiden Männer hier in diesem Gerichtssaal hat es getan. Aber ich kann einen Eid darauf schwören, daß ich nicht weiß, welcher von beiden es gewesen ist. Ich weiß das nicht besser, als Sie es wissen. Und, ob es mir nun gefällt oder nicht, wenn ich an Ihrer Stelle wäre, so müßte das Urteil lauten: nicht schuldig.›

Das war alles, was sie noch brauchten. Sie hatten ihr Urteil noch schneller gefällt als die Geschworenen in Bens Fall. Und ich hatte das zweifelhafte Vergnügen, zwei junge Männer, von denen einer eines Mordes schuldig war, lächelnd aus dem Gerichtsgebäude gehen zu sehen. Wie ich schon sagte, ich verachtete sie, aber dennoch empfand ich ihnen gegenüber eine Art von wütender Bewunderung. Sie hatten alles auf ihre gegenseitige Treue gesetzt, und ihre Treue hatte die Feuerprobe bestanden.»

Der stämmige Mann schwieg. Aus seiner Richtung kam das Geräusch eines Streichholzes, das angezündet wird, und dann zogen Kringel von Rauch einer teuren Zigarre unter Mr. Willboughbys Nase dahin. Es war der Einbruch der Gegenwart, die das faszinierende Gewebe der Vergangenheit wie Rauchschwaden auflöste.

«Ja, mein Herr», sagte der stämmige Mann, und in seiner Stimme war ein Abgrund von Wehmut, «Sie können lange suchen, bis Sie einen Fall finden, der diesem gleichkommt.»

«Sie wollen damit sagen», bemerkte sein Gefährte, «daß die beiden tatsächlich davongekommen sind? Daß sie damit den Weg zum perfekten Mord gefunden haben?»

Der stämmige Mann schnaubte. «Perfekter Mord, Quatsch! Und jetzt kommt die endgültige, die phantastische Überraschung: Sie sind nicht davongekommen!»

«Nicht?»

«Natürlich nicht. Sehen Sie, als die beiden – lieber Himmel, ist das nicht unsere Station?» rief der stämmige Mann plötzlich, und im nächsten Augenblick rannte er an Mr. Willboughbys ausgestreckten Füßen vorbei, die Aktentasche in der Hand, den wehenden Mantel über dem Arm und seinen Begleiter im Schlepptau.

Mr. Willboughby saß einen Augenblick ganz betäubt da, die Augen weit offen. Sein Mund war trocken, und sein Herz hämmerte. Dann sprang er auf die Füße – aber es war zu spät: Die Männer hatten den Zug verlassen. Er machte ein paar verzweifelte Schritte in der Richtung, die sie genommen hatten, begriff, daß es zwecklos war, lief dann zum Zugfenster, von dem aus man den Bahnsteig übersehen konnte.

Der stämmige Mann stand auf dem Bahnsteig, beinahe unter ihm, knöpfte seinen Mantel zu und sagte etwas zu seinem Begleiter. Mr. Willboughby machte eine heftige Anstrengung, um das Fenster zu öffnen, aber es gelang ihm nicht. Dann klopfte er mit den Knöcheln an das Fensterglas, und der stämmige Mann sah zu ihm auf.

«W-i-e?» versuchte er durch das geschlossene Fenster lautlos die Worte mit dem Mund zu formen, und dann sah er mit Entsetzen, daß der stämmige Mann ihn überhaupt nicht verstand. Da kam ihm ein Einfall. Er ahmte mit der Hand eine Pistole nach, zielte mit dem ausgestreckten Zeigefinger auf den stämmigen Mann und bewegte den Daumen wie einen Hahn, der auf den Patronenboden schlägt.

«Peng!» schrie er. «Peng, peng! W-i-e?»

Der stämmige Mann sah ihn erstaunt an, blickte auf seinen Reisegefährten und hob dann seinen eigenen Zeigefinger an seine Schläfe, machte eine langsame, kreisende Bewegung. Und das war das letzte, was Mr. Willboughby von ihm sah, während der Zug erst langsam, dann mit zunehmender Geschwindigkeit weiterfuhr.

In dem Augenblick, als er sich vom Fenster abwandte, wurden Mr. Willboughby zwei Dinge bewußt. Das erste war, daß jedes einzelne Gesicht im Abteil sich ihm mit hingerissenem Interesse zuwandte. Das andere war das eiserne Band, das sich fest um seinen Schädel legte, der Bohrer, der wieder zu bohren begonnen hatte, die winzigen Hämmer, die angefangen hatten zu hämmern.

Es würde, so wußte er nun mit äußerster Verzweiflung, ein ganz gräßlicher Urlaub werden.

AGATHA CHRISTIE

Poirot und der Kidnapper

Sie müssen die Gefühle einer Mutter verstehen!» sagte Mrs. Waverly vielleicht zum sechstenmal.

Sie sah Poirot flehend an. Mein kleiner Freund, der mit einer verzweifelten Mutter immer Mitleid hatte, machte ein paar beschwichtigende Gesten.

«Aber ja, aber ja, ich verstehe vollkommen. Vertrauen Sie nur Papa Poirot.»

«Die Polizei –», begann Mr. Waverly.

Seine Frau schob seinen Einwurf mit einer Handbewegung beiseite. «Ich will nichts mehr mit der Polizei zu tun haben. Wir haben ihr vertraut, und was hat sie erreicht? Aber ich habe so viel von Monsieur Poirot und den großartigen Dingen gehört, die er vollbracht hat, daß ich überzeugt bin, er kann uns helfen. Die Gefühle einer Mutter ...»

Poirot verhinderte mit einer hastigen, sehr ausdrucksvollen Geste, daß sie wiederholte, was sie schon so oft gesagt hatte. Mrs. Waverlys Erregung war offensichtlich aufrichtig, aber sie paßte nicht zu ihren klugen, ziemlich harten Gesichtszügen. Als ich später erfuhr, daß sie die Tochter eines bekannten Stahlindustriellen aus Birmingham war, der sich vom Büroboten zu seiner derzeitigen Stellung hochgearbeitet hatte, wurde mir klar, daß sie viele der väterlichen Eigenschaften geerbt hatte.

Mr. Waverly war ein großer, blühend und freundlich aussehender Mann. Er stand mit weitgespreizten Beinen da und sah wie die Verkörperung eines Landjunkers aus.

«Ich vermute, Sie wissen alles über die Sache, Monsieur Poirot?»

Die Frage war fast überflüssig. Seit einigen Tagen berichtete jede Zeitung ausführlich über die sensationelle Entführung des kleinen Johnnie Waverly, des dreijährigen Sohnes und Erben von Marcus Waverly, «Waverly Court», Surrey. Die Waverlys waren eine der ältesten Familien Englands.

«Die wesentlichen Tatsachen kenne ich natürlich, aber ich bitte Sie, mir noch einmal die ganze Geschichte zu erzählen, Monsieur. Und in allen Einzelheiten.»

«Tja, angefangen hat es, glaube ich, vor zehn Tagen, als ich einen anonymen Brief bekam – immer eine gräßliche Sache –, aus dem ich nicht schlau wurde. Der Schreiber hatte die Unverschämtheit, fünfundzwanzigtausend Pfund von mir zu verlangen – fünfundzwanzigtausend Pfund, Monsieur Poirot! Falls ich nicht zahlte, drohte er, Johnnie zu entführen. Selbstverständlich warf ich den Zettel sofort in den Papierkorb. Hielt ihn für einen albernen Scherz. Fünf Tage später bekam ich den nächsten Brief: ‹Wenn Sie nicht zahlen, wird Ihr Sohn am Neunundzwanzigsten entführt.› Das war am Siebenundzwanzigsten. Ada machte sich Sorgen, aber ich brachte es einfach nicht fertig, die Sache ernst zu nehmen. Verdammt noch mal, wir leben schließlich in England! Hier werden keine Kinder entführt und Lösegelder erpreßt.»

«Nun, es ist gewiß nicht landesüblich», sagte Poirot. «Fahren Sie fort, Monsieur.»

«Ada ließ mir keine Ruhe, also trug ich – wobei ich mir ein bißchen albern vorkam – die Sache Scotland Yard vor. Auch dort schien man sie nicht ernst zu nehmen und neigte – wie ich – zu der Überzeugung, daß es ein dummer Scherz sei. Am Achtundzwanzigsten bekam ich einen dritten Brief. ‹Sie haben nicht gezahlt. Ihr Sohn wird morgen, am Neunundzwanzigsten, um zwölf Uhr mittags entführt. Es kostet Sie fünfzigtausend, ihn zurückzubekommen.› Ich fuhr wieder zu Scotland Yard. Diesmal war man dort mehr beeindruckt. Man schien der Meinung zu sein, daß die Briefe von einem Verrückten stammten und zum angegebenen Zeitpunkt etwas geschehen könnte. Man versicherte mir, man werde alle nötigen Vorsichtsmaßnahmen treffen. Inspektor McNeil wollte am nächsten Morgen mit einer ausreichenden Anzahl seiner Leute nach ‹Waverly Court› kommen, um uns Polizeischutz zu geben.

Ich fuhr sehr erleichtert nach Hause. Wir hatten schon das Gefühl, uns im Belagerungszustand zu befinden. Ich ordnete an, daß kein Unbekannter hereingelassen und niemand aus dem Haus gehen dürfe. Der Abend verlief ohne Zwischenfall, aber am nächsten Morgen fühlte meine Frau sich ernstlich krank. Ihr Zustand beunruhigte mich, und ich ließ Dr. Dakers holen. Die Krankheitssymptome erschienen ihm rätselhaft. Obwohl er zögerte anzudeuten, daß sie vergiftet worden sei, merkte ich, daß er diese Möglichkeit in Betracht zog. Es bestehe keine Gefahr, versicherte er mir, aber es würde einen oder zwei Tage dauern, bis sie wieder gesund sei. Als ich in mein Zimmer zurückkehrte, entdeckte ich zu meinem Erstaunen einen an mein Kopfkissen gehefteten Zettel. Es war dieselbe Handschrift wie die in den Briefen. Nur drei Worte: ‹Um zwölf Uhr.›

Da sah ich rot, Monsieur Poirot, das gebe ich zu. Jemand im Haus war in die Sache verwickelt, einer der Dienstboten. Ich ließ alle heraufkommen und hielt ihnen eine Standpauke. Sie verraten sich nie gegenseitig. Es war Miss Collins, die Gesellschafterin meiner Frau, die mir mitteilte, sie habe am frühen Morgen Johnnies Kinderschwester die Zufahrt hinunterlaufen gesehen. Ich sagte es ihr auf den Kopf zu, und sie brach zusammen. Sie hatte das Kind in der Obhut eines Mädchens zurückgelassen und sich aus dem Haus geschlichen, um sich mit einem – Mann zu treffen. Eine schöne Bescherung! Sie leugnete, den Zettel an mein Kopfkissen geheftet zu haben. Vielleicht sagt sie sogar die Wahrheit. Ich weiß es nicht. Ich wußte nur, ich konnte es nicht riskieren, daß die Kinderschwester meines Sohnes an der Verschwörung beteiligt war. Einer der Angestellten war darin verwickelt, davon bin ich überzeugt. Schließlich verlor ich die Geduld und warf die ganze Bande hinaus, die Kinderschwester und alle andern. Ich gab ihnen eine Stunde Zeit, ihr Bündel zu schnüren und das Haus zu verlassen.»

Mr. Waverlys rotes Gesicht war in der Erinnerung an seinen gerechten Zorn um zwei Schattierungen röter geworden.

«War das nicht ein bißchen unbesonnen, Monsieur?» meinte Poirot. «Woher wollten Sie wissen, daß Sie damit nicht dem Gegner in die Hände spielten?»

Mr. Waverly sah ihn starr an. «Das glaube ich nicht. Die ganze Bande hinauswerfen, das war mein einziger Gedanke. Ich telegrafierte nach London, man solle mir bis zum Abend eine neue Mannschaft schicken. Inzwischen würden nur Leute im Haus sein, denen ich vertrauen konnte, die Sekretärin meiner Frau, Miss Collins, und Tredwell, der Butler, der schon seit meiner Kindheit bei uns ist.»

«Und wie lange ist diese Miss Collins bei Ihnen?»

«Erst ein Jahr», sagte Mrs. Waverly. «Sie ist mir als Sekretärin und Gesellschafterin unentbehrlich, und außerdem ist sie eine sehr tüchtige Haushälterin.»

«Die Kinderschwester?»

«Sie war sechs Monate bei uns, und sie hatte ausgezeichnete Referenzen. Trotzdem habe ich sie nie so recht gemocht, obwohl Johnnie sehr an ihr hing.»

«Aber als es zur Katastrophe kam, war sie nicht mehr hier, wenn ich das richtig verstanden habe. Fahren Sie bitte fort, Mr. Waverly.»

Mr. Waverly nahm seinen Bericht wieder auf.

«Inspektor McNeil kam gegen halb elf. Das Personal hatte das Haus bereits verlassen. Er war mit den internen Maßnahmen sehr zufrieden und postierte mehrere seiner Männer im Park, so daß sie alle Zugänge zum Haus beobachten konnten. Er versicherte mir, daß wir, wenn das Ganze kein Schwindel sei, den geheimnisvollen Briefschreiber zweifellos erwischen würden.

Ich hatte Johnnie bei mir und ging mit ihm und dem Inspektor in ein Zimmer, das wir die Ratsstube nennen. Der Inspektor schloß die Tür ab. In dem Zimmer steht eine große Standuhr, und ich muß gestehen, daß ich, während die Zeiger langsam auf die Zwölf vorrückten, entsetzlich nervös wurde. Die Uhr gab ein schnarrendes Geräusch von sich und begann dann zu schlagen. Ich drückte Johnnie fest an mich, denn ich hatte das Gefühl, der Mann könnte – sogar vom Himmel fallen. Die Uhr schlug zum letztenmal, und gleichzeitig hörten wir draußen einen großen Tumult – Schreien und Hinundherlaufen. Der Inspektor riß das Fenster auf. Ein Polizist kam herbeigelaufen.

‹Wir haben ihn, Sir!› keuchte er. ‹Er wollte sich durch die Büsche ans Haus anschleichen. Er hat genug Betäubungsmittel bei sich, um uns alle einzuschläfern.›

Wir liefen auf die Terrasse, wo zwei Polizisten einen brutal aussehenden Kerl in schäbiger Kleidung festhielten, der sich drehte und wendete und vergeblich versuchte zu entkommen. Ein Polizist reichte uns ein offenes Päckchen, das dem Gefangenen abgenommen worden war. Es enthielt einen Wattebausch und eine Flasche Chloroform. Mein Blut begann zu kochen, als ich das sah. Außerdem enthielt das Päckchen eine Nachricht für mich. Sie lautete: ‹Sie hätten zahlen sollen. Das Lösegeld für Ihren Sohn beträgt jetzt fünfzigtausend Pfund. Trotz Ihrer Vorsichtsmaßnahmen wurde er am Neunundzwanzigsten um zwölf Uhr entführt, wie angekündigt.›

Ich lachte vor Erleichterung laut auf, aber im selben Augenblick hörte ich einen Motor aufheulen und jemand laut rufen. Ich wandte den Kopf. Die Zufahrt hinunter, auf das südliche Pförtnerhaus zu, raste mit halsbrecherischer Geschwindigkeit ein flacher, langer grauer Wagen. Es war der Fahrer, der gerufen hatte. Aber nicht das erschreckte mich fast zu Tode, sondern der Anblick von Johnnies flachsblonden Locken. Das Kind saß neben dem Mann im Wagen.

Der Inspektor fluchte laut.

‹Das Kind war doch eben noch hier!› rief er und sah uns nacheinander an. Wir waren alle da. Ich, Tredwell, Miss Collins. ‹Wann haben Sie ihn zum letztenmal gesehen, Mr. Waverly?›

Ich überlegte, versuchte mich zu erinnern. Als der Polizist uns gerufen hatte, war ich mit dem Inspektor hinausgelaufen und hatte Johnnie ganz vergessen.

Und dann hörten wir einen Ton, der uns erschrocken zusammenzucken ließ, das Läuten einer Kirchenglocke aus dem Dorf. Mit einem Ausruf zog der Inspektor seine Uhr aus der Tasche. Es war Punkt zwölf. Wie auf Befehl liefen wir gleichzeitig in die Ratsstube. Die Standuhr zeigte zehn Minuten nach der vollen Stunde. Jemand mußte sie heimlich vorgestellt haben, denn ich habe noch nie erlebt, daß sie vor- oder nachgegangen wäre. Sie zeigt die Zeit auf die Minute genau an.»

Mr. Waverly unterbrach sich. Poirot lächelte in sich hinein und zog eine kleine Matte wieder gerade, die der besorgte Vater verschoben hatte.

«Ein hübsches, kleines Problem», murmelte er, «kompliziert und reizvoll. Ich werde den Fall mit Vergnügen für Sie untersuchen. Er wurde wahrhaftig *à merveille* geplant.»

Mrs. Waverly sah ihn vorwurfsvoll an. «Aber mein Junge!» jammerte sie.

Poirot machte ein würdevolles Gesicht und sah wieder wie die Verkörperung des Mitleids aus. «Er ist gesund und munter, Madame. Seien Sie versichert, daß diese Lumpen ihn hüten werden wie ihren Augapfel. Schließlich ist er für sie der Truthahn – nein, die Gans, die goldene Eier legt.»

«Monsieur Poirot, ich bin überzeugt, daß es für uns nur eine Möglichkeit gibt – wir müssen zahlen. Ich war zuerst dagegen, doch jetzt! Die Gefühle einer Mutter . . .»

«Aber wir haben Monsieur nicht weiterberichten lassen!» rief Poirot hastig.

«Ich nehme an, den Rest kennen Sie ziemlich genau aus den Zeitungen», sagte Mr. Waverly. «Selbstverständlich hängte Inspektor McNeil sich sofort ans Telefon und gab die Beschreibung des Wagens und des Mannes durch. Die Fahndung wurde eingeleitet. Zuerst sah es aus, als käme alles rasch wieder in Ordnung. Ein Wagen, auf den die Beschreibung zutraf, mit einem Mann und einem kleinen Jungen darin, war durch mehrere Dörfer gekommen und, wie es schien, nach London unterwegs. Als der Fahrer einmal anhielt, war jemandem aufgefallen, daß das Kind geweint und sich offensichtlich vor seinem Begleiter gefürchtet hatte. Als Inspektor McNeil mir mitteilte, der Wagen sei angehalten und der Mann festgenommen worden, wurde mir fast übel vor Erleichterung. Sie kennen die Fortsetzung der Geschichte. Der Junge war nicht Johnnie und der Mann ein leidenschaftlicher Autofahrer und sehr kinderlieb. Er hatte den Jungen, der in Edenswell – einem Dorf ungefähr fünfzehn Meilen von hier – auf der Straße gespielt hatte, aus reiner Nettigkeit ein Stück mitgenommen. Dank der überheblichen Selbsteinschätzung der Polizei wurden alle Spuren verwischt. Hätte man nicht hartnäckig den falschen Weg verfolgt, wäre der Junge vielleicht gefunden worden.»

«Beruhigen Sie sich, Monsieur, die Polizei hat tapfere und intelligente Männer. Es war ein begreiflicher Irrtum. Und der Plan war auch sehr schlau ausgedacht. Was den Mann anbetrifft, der in Ihrem Park festgenommen wurde, so besteht, wenn ich recht unterrichtet bin, seine einzige Verteidigung bisher in hartnäckigem Leugnen. Er behauptet, er habe Nachricht und Päckchen nur auf ‹Waverly Court› abgeben sollen. Der Mann, der ihm beides gab, habe ihm auch einen Zehnshillingschein in die Hand gedrückt und einen zweiten versprochen, wenn er die Sachen pünktlich zehn Minuten vor zwölf abliefere. Er solle durch den Park zum Haus gehen und am Nebeneingang klopfen.»

«Ich glaube kein Wort davon», erklärte Mrs. Waverly empört. «Es sind lauter Lügen.»

«*En vérité* – es ist eine dünne Geschichte», sagte Poirot nachdenklich. «Doch bisher konnte man sie noch nicht erschüttern. Soviel ich weiß, hat er auch jemand beschuldigt?»

Er sah Mr. Waverly fragend an, und der Vater des entführten Kindes wurde wieder beängstigend rot.

«Der Kerl hatte die Frechheit zu behaupten, er erkenne in Tredwell den Mann wieder, der ihm das Päckchen übergab. ‹Er hat sich aber den Schnurrbart abrasiert.› Tredwell, der schon auf unserem Gut geboren wurde!»

Poirot lächelte leicht über die Entrüstung des Landedelmannes. «Aber Sie haben doch selbst einen Hausbewohner beschuldigt, bei der Entführung mitgeholfen zu haben.»

«Ja, aber nicht Tredwell.»

«Und Sie, Madame?» fragte Poirot plötzlich Mrs. Waverly.

«Es kann nicht Tredwell gewesen sein, der diesem Landstreicher Brief und Päckchen übergab – wenn es überhaupt jemand getan hat, was ich nicht glaube. Er sagt, er habe beides um zehn Uhr bekommen. Um zehn Uhr war Tredwell mit meinem Mann im Rauchzimmer.»

«Konnten Sie denn das Gesicht des Mannes in dem grauen Wagen sehen? Ähnelte es Tredwells in irgendeiner Beziehung?»

«Ich war zu weit entfernt, um das Gesicht zu sehen.»

«Wissen Sie, ob Tredwell einen Bruder hat?»

«Er hatte mehrere, doch sie sind alle tot. Der letzte ist im Krieg gefallen.»

«Ich kann mir vom Park von ‹Waverly Court› noch kein genaues Bild machen. Der Wagen, sagten Sie, fuhr zum südlichen Pförtnerhaus. Gibt es noch einen Eingang?»

«Ja, beim östlichen Pförtnerhaus, wie wir es nennen. Man sieht es von der anderen Seite des Hauses.»

«Es kommt mir sehr merkwürdig vor, daß niemand gesehen haben will, wie der Wagen in den Park fuhr.»

«Es gibt da ein altes Wegerecht und eine Zufahrt zu einer Kapelle. Es fahren ziemlich viele Wagen bei uns durch. Der Mann muß sein Auto an einer günstig gelegenen Stelle abgestellt haben und genau dann zum Haus gelaufen sein, als wegen des Landstreichers Alarm gegeben wurde und wir alle abgelenkt waren.»

«Es sei denn, er war bereits im Haus», überlegte Poirot laut. «Wo könnte er sich versteckt haben?»

«Nun ja, wir haben das Haus vorher natürlich nicht gründlich untersucht. Es schien nicht nötig zu sein. Er hätte sich schon irgendwo verstecken können, aber wer hätte ihn hereinlassen sollen?»

«Davon später. Erledigen wir eines nach dem anderen, gehen wir methodisch vor. Gibt es im Haus kein besonderes Versteck? ‹Waverly Court› ist ein altes Gebäude, und da gibt es manchmal Geheimkammern, in denen sich zur Zeit der Katholikenverfolgung Priester versteckten.»

«Bei Gott, ein solches Priesterversteck existiert tatsächlich! Man betritt es durch eine Geheimtür in der Täfelung der Halle.»

«Ist diese Tür in der Nähe der Ratsstube?»

«Unmittelbar daneben.»

«Voilà!»

«Aber außer meiner Frau und mir weiß niemand etwas davon.»

«Tredwell?»

«Er könnte davon gehört haben.»

«Miss Collins?»

«Ich habe das Versteck ihr gegenüber nie erwähnt.»

Poirot dachte eine Weile nach.

«Nun, Monsieur, als nächstes muß ich mir ‹Waverly Court› ansehen. Ist es Ihnen recht, wenn ich heute nachmittag hinauskomme?»

«So bald wie möglich, bitte, Monsieur Poirot!» rief Mrs. Waverly. «Hier, lesen Sie das noch einmal.»

Sie drückte ihm die letzte Nachricht des Entführers in die Hand, die die Waverlys am Morgen erhalten hatten und die der unmittelbare Anlaß für sie gewesen war, Poirot sofort aufzusuchen. Sie enthielt gutdurchdachte und sehr genaue Anweisungen für die Geldübergabe und schloß mit der Drohung, daß der Junge jeden Verrat mit dem Leben bezahlen werde. Es war deutlich zu merken, daß die Liebe zum Geld mit Mrs. Waverlys Mutterliebe im Streit lag, letztere jedoch immer mehr an Boden gewann.

Poirot hielt Mrs. Waverly noch einen Augenblick zurück, nachdem ihr Mann gegangen war.

«Sagen Sie mir bitte die Wahrheit, Madame. Teilen Sie das Vertrauen Ihres Gatten in Butler Tredwell?»

«Ich habe nichts gegen ihn, Monsieur Poirot, ich kann mir auch nicht vorstellen, wie er in diese Sache verwickelt ist, aber – nun ja, ich habe ihn nie gemocht. Nie!»

«Noch etwas, Madame, können Sie mir die Adresse der Kinderschwester Ihres Sohnes geben?»

«Netherall Road 149 in Hammersmith. Sie vermuten doch nicht...»

«Ich vermute nie etwas. Ich lasse nur die kleinen grauen Zellen für mich arbeiten, und manchmal – manchmal habe ich eine kleine Idee.»

Nachdem sich die Tür hinter ihr geschlossen hatte, kehrte Poirot zu mir zurück.

«Madame hat den Butler nie gemocht. Das ist interessant, nicht wahr, Hastings?»

Ich ließ mich nicht aufs Glatteis führen. Poirot hat mich schon so oft getäuscht, daß ich jetzt auf der Hut bin. Irgendwo gibt es bei ihm immer eine Überraschung.

Nachdem er sorgfältig Toilette gemacht hatte, brachen wir zur Netherall Road auf. Wir hatten Glück und trafen Miss Jessie Withers zu Hause an. Eine Frau mit einem freundlichen Gesicht, ungefähr fünfunddreißig, tüchtig und selbstsicher. Ich konnte nicht glauben, daß sie mit dem Fall etwas zu tun hatte. Sie war bitterböse über die Art und Weise ihrer Entlassung, gab jedoch zu, daß sie im Unrecht gewesen sei. Sie war mit einem Maler und Dekorateur verlobt, der zufällig in der Nachbarschaft gearbeitet hatte, und war hinausgelaufen, um ihn zu treffen. Das schien mir eine durchaus natürliche Sache zu sein. Ich konnte Poirot nicht verstehen. Alle Fragen, die er stellte, kamen mir so belanglos vor. Sie drehten sich hauptsächlich um den Tagesablauf auf «Waverly Court».

Ich langweilte mich und war froh, als Poirot sich verabschiedete.

«Ein Kind zu entführen ist eine einfache Sache, *mon ami*», stellte er fest, während er in der Hammersmith Road einem Taxi winkte. Er wies den Fahrer an, uns zur Waterloo Station zu bringen. «Dieses Kind hätte in den letzten drei Jahren an jedem

Tag, den Gott werden ließ, ohne Schwierigkeiten gekidnappt werden können.»

«Ich sehe nicht, daß uns das viel weiterbringt», erwiderte ich kühl.

«*Au contraire*, es bringt uns einen Riesenschritt weiter, wirklich, einen Riesenschritt! Wenn Sie schon eine Krawattennadel tragen müssen, mein lieber Hastings, dann stecken Sie sie bitte genau in die Mitte Ihrer Krawatte. Im Moment sitzt sie etwas zu weit rechts.»

«Waverly Court» war ein schöner alter Landsitz und erst kürzlich mit Geschmack und großer Sorgfalt renoviert worden. Mr. Waverly zeigte uns die Ratsstube, die Terrasse und alle anderen Örtlichkeiten, die mit dem Fall zusammenhingen. Schließlich drückte er in der Halle auf Poirots Bitte hin auf eine Feder in der Wand, ein Stück der Täfelung glitt zur Seite, und wir gelangten durch einen kurzen Korridor in das Priesterversteck.

«Es ist nichts drin, wie Sie sehen», sagte Waverly.

Der winzige Raum war tatsächlich kahl, es gab nicht einmal eine menschliche Fußspur auf dem Boden. Ich ging zu Poirot, der sich in der Ecke aufmerksam über mehrere Abdrücke beugte.

«Wofür halten Sie das, mein Freund?»

Die vier Abdrücke waren dicht beieinander.

«Ein Hund!» rief ich.

«Ein sehr kleiner Hund, Hastings.»

«Ein Spitz.»

«Kleiner als ein Spitz.»

«Ein Griffon?» fragte ich zweifelnd.

«Sogar noch kleiner als ein Griffon. Eine Rasse, die dem Zuchtverband unbekannt ist.»

Ich sah ihn an. Sein Gesicht strahlte vor Erregung und Zufriedenheit.

«Ich habe recht gehabt», murmelte er. «Ich wußte, daß ich recht hatte. Kommen Sie, Hastings.»

Als wir wieder in der Halle standen und die Täfelung sich

hinter uns schloß, kam eine junge Dame aus einer Tür fast am Ende des Korridors. Mr. Waverly stellte sie uns vor.

«Miss Collins.»

Miss Collins war ungefähr dreißig, energisch und lebhaft. Sie hatte helles, ziemlich glanzloses Haar und trug einen Kneifer.

Auf Poirots Bitte begleitete sie uns in ein kleines Frühstückszimmer, wo er sie sehr eingehend über das Personal befragte. Vor allem über Tredwell. Sie gab zu, daß sie den Butler nicht mochte.

«Er tut so vornehm», erklärte sie ihre Abneigung.

Dann wandte sie sich der Frage zu, was Mrs. Waverly am Abend des Achtundzwanzigsten gegessen hatte. Miss Collins sagte, sie habe oben in ihrem Wohnzimmer die gleichen Speisen zu sich genommen, sei jedoch nicht erkrankt. Als sie gehen wollte, stieß ich Poirot leicht an.

«Der Hund», flüsterte ich.

«Ach ja, der Hund!» Er lächelte breit. «Hält man hier übrigens Hunde, Mademoiselle?»

«Ja, draußen im Zwinger gibt es zwei Apportierhunde.»

«Nein, ich meine einen kleinen Hund, eher einen Spielzeughund.»

«Nein, so was gibt es ganz bestimmt nicht.»

Poirot erlaubte ihr zu gehen. Während er auf den Klingelknopf drückte, sagte er: «Sie lügt, die gute Mademoiselle Collins. Wahrscheinlich würde ich es an ihrer Stelle auch tun. Und jetzt der Butler.»

Tredwell war eine würdevolle Erscheinung. Er erzählte seine Geschichte sehr selbstbewußt. Sie war im wesentlichen dieselbe wie die von Mr. Waverly. Er gab zu, daß er das Geheimnis des Priesterverstecks kannte.

Als er sich, hoheitsvoll bis zuletzt, schließlich zurückzog, begegnete ich Poirots fragendem Blick.

«Wie sehen Sie die ganze Sache, Hastings?»

«Und wie sehen Sie sie?» parierte ich.

«Wie vorsichtig Sie werden. Nie, niemals werden die grauen Zellen funktionieren, wenn man sie nicht reizt. Ah, aber ich will

Sie nicht necken. Ziehen wir gemeinsam unsere Schlüsse. Welche Punkte kommen uns besonders schwierig vor?»

«Mir ist eines aufgefallen», sagte ich. «Warum hat der Mann, der das Kind entführte, den Park durch das südliche Tor verlassen statt durch das östliche, wo niemand ihn gesehen hätte?»

«Das ist ein sehr guter Punkt, Hastings, ein ausgezeichneter sogar. Ich füge einen zweiten hinzu. Warum hat er die Waverlys vorher gewarnt? Warum hat er das Kind nicht einfach entführt und Lösegeld verlangt?»

«Weil sie hofften, das Geld zu bekommen, ohne in Aktion treten zu müssen.»

«Aber es war höchst unwahrscheinlich, daß das Geld nur auf eine Drohung hin bezahlt werden würde.»

«Man wollte die Aufmerksamkeit auf zwölf Uhr lenken, damit der echte Entführer während des allgemeinen Durcheinanders bei der Festnahme des Landstreichers unbemerkt sein Versteck verlassen und mit dem Kind entkommen konnte.»

«Das ändert nichts an der Tatsache, daß etwas erschwert wurde, das ganz einfach war», wandte Poirot ein. «Hätten sie weder das genaue Datum noch die genaue Zeit angegeben, hätten sie nur ihre Chance abzuwarten brauchen. Nichts einfacher, als den Jungen in einem Auto zu entführen, während er mit der Kinderschwester im Freien war.»

«Ja-a», räumte ich zweifelnd ein.

«Tatsächlich wird hier mit Absicht eine Posse aufgeführt. Nähern wir uns der Frage von einer anderen Seite. Alles weist darauf hin, daß es im Haus einen Komplizen gegeben hat. Punkt eins: die geheimnisvolle Vergiftung von Mrs. Waverly. Punkt zwei: der Brief, der auf dem Kopfkissen festgesteckt war. Punkt drei: die Uhr, die zehn Minuten vorgestellt wurde. All das kann nur ein Hausbewohner getan haben. Und dazu kommt noch eine Tatsache, die Ihnen entgangen sein dürfte. Im Priesterversteck gab es keinen Staub. Es war mit einem Besen ausgefegt worden.

Nun weiter! Wir haben vier Leute im Haus. Die Kinderschwester können wir ausschließen, denn es wäre ihr zwar möglich gewesen, Punkt eins bis drei zu erledigen, aber das Priesterversteck hätte sie nicht ausfegen können. Vier Leute also: Mr. und Mrs. Waverly, Butler Tredwell und Miss Collins. Nehmen wir uns zuerst Miss Collins vor. Wir können kaum etwas gegen sie vorbringen, außer daß wir nicht viel über sie wissen, sie offensichtlich eine intelligente junge Frau und erst etwas länger als ein Jahr im Haus ist.»

«Sie sagten, sie hätte wegen des Hundes gelogen», erinnerte ich ihn.

«Ach ja, der Hund.» Poirot lächelte merkwürdig. «Wenden wir uns jetzt Tredwell zu. Es gibt da ein paar verdächtige Tatsachen, die gegen ihn sprechen. Erstens behauptet der Landstreicher, es sei Tredwell gewesen, der ihm im Dorf das Päckchen gab.»

«Aber für diesen Punkt kann Tredwell ein Alibi vorweisen.»

«Trotzdem hätte er Mrs. Waverly vergiften, die Nachricht auf das Kissen legen, die Uhr vorstellen und das Priesterversteck ausfegen können. Andererseits ist er hier geboren und für den Dienst bei den Waverlys erzogen worden. Es scheint absolut unwahrscheinlich, daß er bei der Entführung des Sohnes des Hauses mitspielen würde. Das paßt nicht ins Bild.»

«Was paßt dann?»

«Wir müssen logisch vorgehen – so absurd es auch scheinen mag. Beschäftigen wir uns kurz mit Mrs. Waverly. Aber sie ist reich, das Geld gehört ihr. Mit ihrem Geld wurde der Besitz renoviert. Sie hätte keinen Grund, ihren eigenen Sohn zu entführen und an sich selbst Lösegeld zu bezahlen. Ihr Mann hingegen ist in einer anderen Lage. Er hat eine reiche Frau. Das ist nicht dasselbe, wie wenn man selbst vermögend wäre. Ich habe so die kleine Idee, daß die Dame sich nur ungern von ihrem Geld trennt, es sei denn aus einem sehr guten Grund. Aber Mr. Waverly, das sieht man sofort, versteht zu leben.»

«Unmöglich!» rief ich.

«Aber gar nicht! Wer schickt das Personal weg? Mr. Waverly. Er kann die Briefe schreiben, seine Frau vergiften, die Uhr vorstellen und seinem getreuen Gefolgsmann Tredwell ein ausgezeichnetes Alibi geben. Tredwell hat Mrs. Waverly nie gemocht. Er ist seinem Herrn ergeben und bereit, seinen Befehlen bedingungslos zu gehorchen. Sie sind zu dritt in diese Sache verwickelt. Waverly, Tredwell und ein Freund von Waverly. Das ist der Fehler, den die Polizei begangen hat. Sie hat sich nicht näher nach dem Mann erkundigt, der den grauen Wagen mit dem falschen Kind darin gefahren hat. Er war der dritte Mann. Er liest in einem Dorf in der Nähe ein Kind auf, einen Jungen mit flachsblonden Locken. Er fährt durch das östliche Tor herein und genau im richtigen Augenblick winkend und rufend durch das südliche Tor wieder hinaus. Man kann weder sein Gesicht noch die Wagennummer erkennen, also natürlich auch nicht das Gesicht des Kindes. Dann legt er eine falsche Spur, die nach London führt. In der Zwischenzeit hat Tredwell seine Aufgabe erledigt, indem er dafür sorgte, daß ein Vagabund Päckchen und Nachricht abliefert. Sein Herr kann ihm ein Alibi geben, falls er, was höchst unwahrscheinlich ist, von dem Mann wiedererkannt wird, obwohl er sich einen falschen Schnurrbart angeklebt hatte. Und nun zu Mr. Waverly. Sobald draußen der Tumult anfängt und der Inspektor hinausstürzt, bringt er seinen Sohn schnell ins Priesterversteck und läuft hinter McNeil her. Im Laufe des Tages, wenn der Inspektor fort und Miss Collins aus dem Weg ist, wird es für Waverly nicht schwer sein, das Kind in seinem eigenen Wagen an einen sicheren Ort zu bringen.»

«Aber was ist mit dem Hund?» fragte ich. «Und warum hat Miss Collins gelogen?»

«Das war nur ein kleiner Scherz von mir. Ich fragte sie, ob es im Haus Spielzeughunde gebe, und sie sagte nein. Aber es gibt sie – im Kinderzimmer. Mr. Waverly hat nämlich ein paar ins Priesterversteck gelegt, damit Johnnie sich die Zeit vertreiben konnte und ruhig blieb.»

«Monsieur Poirot!» Mr. Waverly betrat den Raum. «Haben Sie etwas entdeckt? Haben Sie einen Anhaltspunkt, wohin man den Jungen gebracht hat?»

Poirot reichte ihm einen Bogen Papier. «Hier ist die Adresse.»

«Aber das ist ein leeres Blatt.»

«Weil ich hoffe, daß Sie die Adresse aufschreiben.»

«Was zum . . .» Mr. Waverlys Gesicht wurde hochrot.

«Ich weiß alles, Monsieur. Und ich gebe Ihnen vierundzwanzig Stunden Zeit, den Jungen zurückzubringen. Ihr Einfallsreichtum wird sicherlich groß genug sein, das Wiederauftauchen des Kindes zu erklären. Andernfalls wird Mrs. Waverly den genauen Ablauf der Ereignisse erfahren.»

Mr. Waverly sank in einen Sessel und vergrub das Gesicht in den Händen. «Er ist bei meiner alten Kinderfrau, ungefähr zehn Meilen von hier. Er ist glücklich und wird gut versorgt.»

«Das bezweifle ich nicht. Wenn ich nicht glaubte, daß Sie im innersten Herzen ein guter Vater sind, wäre ich nicht bereit, Ihnen noch eine Chance zu geben.»

«Der Skandal . . .»

«Eben! Sie tragen einen alten, ehrenvollen Namen. Riskieren Sie so was lieber nicht wieder . . . Guten Abend, Mr. Waverly. Ach, übrigens einen kleinen Rat: Kehren Sie auch immer in den Ecken.»

Sheila Radley

Es bleibt in der Familie

Hier, Mam – fang!»

Aber für Moya war ein Ball ein Geschoß und kein Spielzeug. Sie hatte Angst, wenn er auf sie zukam. Ihre Söhne, die die Augen und Geschicklichkeit ihres Vaters geerbt hatten, spielten ständig Fußball, warfen sich Bälle zu oder schlugen sie mit den verschiedensten Arten von Schlägern umher. Normalerweise konnte sie es Francis überlassen, mit ihnen zu spielen, aber bei einem Familienpicknick in den Pfingstferien konnte sie sich schlecht davor drücken. Williams helles, hübsches Gesicht hatte sich ihr zugewandt, seine Hand war schon in Schulterhöhe.

«Bitte, nein!» rief sie und versuchte, heiter zu klingen statt furchtsam. «Bitte ohne mich. Es ist zu heiß.»

Der vierzehnjährige William überhörte ihre Bitte geflissentlich. Sein kräftiges Handgelenk machte eine schnelle Bewegung, und dann sah sie einen harten kleinen Squashball aus seiner Hand auf sich zufliegen, wie einen schmalen dunklen Schatten über dem Gras; sie schrak zurück, riß die Augen auf und wollte ihn fangen, doch der Ball klatschte gegen ihre Finger, so daß sie sich schmerzhaft nach hinten bogen, und sie ließ ihn fallen, wie sie es vorher schon gewußt hatte. Wie sie alle es gewußt hatten.

«Tolpatsch!» höhnte Matthew, zwei Jahre jünger als sein Bruder. Von der Sonne und der Demütigung erhitzt, spürte sie mehr, als sie wirklich wahrnahm, wie sich all die schönen überlegenen Lexham-Gesichter ihr zudrehten, manche voll Mitleid, manche aufgebracht.

«Jane ist zehnmal besser als du», sagte William nachdrücklich, «und sie sitzt im *Rollstuhl*. Hier, Jane.»

Sein Bruder hatte den Ball für ihn geholt, und William warf ihn jetzt der jungen Frau im Rollstuhl zu, die von seinem Vater in den Schatten einer hohen Hecke gerollt worden war. Er nahm beim Werfen keinerlei Rücksicht auf ihre Behinderung. Seiner Mutter hatte er den Ball voller Geringschätzung ganz locker zugeworfen, während dieser gezielt und scharf ziemlich knapp über Jane Lexhams Rollstuhl hinwegsauste. Und obgleich sie mit ihrem Stuhl gerade rückwärts über holperigen Boden gezogen wurde, lachte sie, beugte sich ein bißchen zurück, streckte die Hand aus und fing den Ball so leicht aus der Luft, als wäre er aus Eisen und ihre Handflächen ein Magnet.

«Was habe ich gesagt?» freute sich William. «Die gute alte Jane!»

«*Tante* Jane», verbesserte ihn Moya böse, während sie sich mit dem Picknickkorb beschäftigte. «Sie ist deine Tante.»

«Tanten sind so was Gewöhnliches», sagte Matthew und dachte dabei mit Verachtung an die Schwestern seiner Mutter. «Jane ist etwas Besonderes.»

Jane Lexham war in der Tat so besonders, daß Moya es kaum über sich gewann, sie anzuschauen. Sie war ihrem gutaussehenden, blonden, göttergleichen Bruder so ähnlich, daß sie Zwillinge hätten sein können; und da die Jungen in ihrem Äußeren wie auch in ihren sportlichen Fähigkeiten auf ihren Vater kamen, machten die vier zusammen den Eindruck, als seien sie die einzigen Mitglieder eines Klubs, zu dem Moya, dunkelhaarig und unbeholfen, nie Zutritt erhalten würde.

Die Lexhams waren begabt, sportlich und attraktiv. Jane, infolge eines Reitunfalls im Alter von achtzehn Jahren an den Rollstuhl gefesselt, hatte ihre erzwungene Muße dazu benutzt, viel zu lesen, klassische Gitarre zu lernen und sich das Malen beizubringen. Sie hatte auch so gut Maschineschreiben gelernt, daß sie sich ihren Lebensunterhalt damit verdienen konnte. Sie war so selbständig, wie man nur sein kann, dabei intelligent und positiv eingestellt und voller Lebenslust trotz ihrer häufigen Schmerzanfälle. Jeder, der Jane kannte, war sowohl von ihrem Charakter als auch von ihrem äußeren Erscheinungsbild sehr angetan und ließ sich von ihr inspirieren; jeder außer ihrer Schwägerin.

Moya mischte einen Salat und blickte dabei mürrisch zu dem fröhlichen Quartett hinüber. Jane neckte die Jungen und jonglierte den Ball so von einer Hand in die andere, daß sie ihn nicht erreichen konnten; und Francis stand dabei und lachte so glücklich über seine Schwester und seine beiden Söhne, daß es den Anschein hatte, als hätte er seine Frau ganz vergessen.

Eifersucht ergriff Moya, ihr Magen krampfte sich zusammen, und ein Kloß stieg ihr in die Kehle. Hastig machte sie sich an dem Verschluß der Flasche Salatsauce zu schaffen, wie um sich einzureden, er sei losgegangen und der Geruch habe ihr Übelkeit erregt; dabei kannte sie dieses Gefühl nur zu gut. Zehn Monate hatte sie es schon, seit Francis, sie und die Jungen nach Underwood Lodge gezogen waren, um in Janes Nähe zu sein.

Sie hatte mit aller Kraft versucht, Mitleid für ihre Schwägerin aufzubringen. Sie hätte Mitleid mit ihr haben müssen, das wußte sie. Aber wie konnte sie Mitleid mit jemandem haben, der sich allem Anschein nach nie selbst bemitleidete?

Am meisten ärgerte es Moya, daß Jane stets im Mittelpunkt stand, nicht etwa, weil sie es darauf angelegt hätte, sondern weil sie ohne eigenes Zutun Aufmerksamkeit erregte. Die Attraktivität ihrer Schwägerin zehrte an Moya wie ein Geschwür. Sicher, Janes Behinderung hatte ihr Lexham-Aussehen beeinträchtigt: Das dicke blonde Haar, das bei Francis und den Jungen so hell schimmerte, war stumpf geworden; Schmerztabletten hatten die frische Gesichtsfarbe erbleichen lassen; die langen Beine waren überflüssig, ohne Nutzen. Und doch sah Moya nur den edlen Kopf, die Schönheit beim Lächeln, die

Eleganz der Hände mit den langen Fingern, die den Ball der Jungen so mühelos auffingen und zurückwarfen.

«Fangt ihn, wenn ihr ihn haben wollt!» rief Jane ihnen zu, als ein Anfall von Schmerzen sie zwang, aus dem Spiel auszuscheiden. Sie hob den Arm mit den vom Stuhlrollen kräftigen Muskeln, bewegte die Hand aus dem Gelenk heraus und schleuderte den Ball in die Luft. Er beschrieb als dunkler Punkt vor dem drückend graublauen Dunst des Himmels einen weiten Bogen und fiel dann klatschend irgendwo auf dem Wiesengrund nieder, der sich jäh abwärts neigte, ohne daß man sehen konnte, wohin.

«Du weißt gar nicht, welche Kraft du hast», sagte Francis bewundernd. «Der wird in den Steinbruch rollen.»

Die Jungen jagten schreiend hinter dem Ball her. Unten am Hang blieben sie wie angewurzelt stehen und beugten sich wie Schwimmer am Rande eines Schwimmbeckens mit wild fuchtelnden Armen vor. Dann verloren sie das Gleichgewicht, kreischten und verschwanden vor aller Augen.

Moya stand angstgepeinigt auf und krampfte ihre Finger so stark zusammen, daß die Schale eines hartgekochten Eis zerbrach. «Der Steinbruch! O nein, Francis – Francis, sie sind in den Steinbruch gefallen!»

«Bestimmt nicht!» sagte ihr Mann unbesorgt und goß seiner Schwester ein Glas Weißwein ein. «Sie kennen ihn inzwischen genausogut wie wir, als wir noch Kinder waren, was, Jane? Sie machen nur Theater – sie werden einen der Wege hinuntergerannt sein. Reg dich nicht auf, Moya, es ist alles in Ordnung.»

Aber Moya hatte seine beruhigenden Worte nicht abgewartet. Sie ließ das Ei fallen und rannte ungeschickt und ungelenk mit wedelnden Armen los, die Füße auf groteske Weise x-beinig verrenkt. Die Sonne brannte auf ihren Kopf und ihre Schultern herab. Bald schnappte sie nach Luft. Von innen verursachte ihr die Überanstrengung von Lunge und Herz Rippenschmerzen und von außen das Hüpfen ihrer schweren Brüste. Als sie endlich am Rand des Steinbruchs anlangte, war sie der Erschöpfung nahe.

Sie spähte voller Angst hinab in Erwartung eines mindestens hundert Fuß tiefen felsigen Abgrunds. Dann fiel ihr ein, was ihr Mann den Jungen erzählt hatte, als sie alle zusammen zu ihrem neuen Heim gefahren waren. Es gäbe dort einen herrlich wilden Ort, hatte er gesagt, nicht weit von Underwood Lodge entfernt: einen alten Eisenerzsteinbruch, der vor etwa fünfzig Jahren verlassen worden sei. Der Erdaushub sei zu Hügeln zusammengeschoben und mit Koniferen bepflanzt worden, so daß eine kleine Schweiz daraus geworden sei. Das Gestein sei nach und nach verwittert und abgebröckelt, und Gras und Büsche seien darübergewachsen und – ob sie's wohl glauben würden? – wilde Erdbeeren.

Die sammelten die Jungen gerade, überlegte sie dumpf, als ihr das Atmen wieder leichter fiel und ihr Blick klar wurde. Sie konnte William und Matthew sehen, wie sie etwa zwanzig Fuß unter ihr, auf halber Höhe des Abhangs, mit den Händen im Gras herumsuchten. Es ging tief hinunter und steil genug, um ihr Angst einzuflößen vor dem Abstieg den schmalen Pfad hinab, den die Jungen genommen hatten; hier und da bildeten Erhebungen aus fettem braunen Eisenstein grimmig wirkende scharfe Klippen. Aber ein Großteil der Steinbruchwände war von einem üppigen Gewirr aus Hundsrosen und Brombeeren überwuchert, durchsetzt mit den hohen roten Spitzen der Weideröschen.

Moya stemmte die Hand in die Seite, um den Schmerz zu dämpfen. «William!» rief sie mit einer Stimme, die durch die eben ausgestandene Angst und die Erkenntnis, daß sie sich vor Janes Augen zum Gespött gemacht hatte, schrill klang. «Matthew! Kommt sofort herauf – es gibt jetzt Essen.»

«Ja, Mutter», rief William zurück in dem gedrückten, pflichtschuldigen Ton, den sie haßte. Sie wußte sehr wohl, daß er damit im Grunde sagen wollte «Geh zum Teufel!» oder gar noch Schlimmeres. Das Vokabular, das er von der Public School mitbrachte, fand sie abscheulich.

Sie schleppte sich mühsam zum Picknickplatz zurück, diesmal auf dem Fußweg, der sich am Rand des Steinbruchs entlangzog und dann in leichtem Anstieg oben auf den Wiesenhang führte. Sie hatte keine besondere Eile, wieder zu Francis und Jane zurückzukommen; ihr war heiß, und sie war verschwitzt und gedemütigt. Außerdem hatte sie keinen Zweifel, daß sie sich auch ohne sie amüsierten.

Sie hob die Hand und beschattete die Augen vor der grellen Sonne, um sie besser sehen zu können. Francis saß auf dem gefällten Baumstamm einer abgestorbenen Ulme nahe bei dem Rollstuhl der Schwester. So nahe, daß sie sehen konnte, wie er den Arm um sie gelegt hatte.

Moyas Hand zitterte, das Sonnenlicht blitzte zwischen ihren Fingern hindurch und blendete sie. Die Galle stieg ihr hoch. Sie hockte sich hin und senkte den Kopf, und dann erbrach sie die spärliche, bittere Flüssigkeit, die sich im Staub zu kleinen Kügelchen zusammenrollte. Da wußte sie, daß sie Jane mehr haßte als alle Freundinnen, die Francis neben seiner Ehefrau noch gehabt hatte. Sie waren nur ein kurzer Zeitvertreib gewesen; er hätte sie deshalb nie verlassen, und sei es nur wegen ihres Geldes oder wegen der Jungen. Aber Jane war immer und ewig da.

Sie stolperte auf die Füße, strich sich das Haar aus dem roten Gesicht und schleppte sich unter düsteren Gedanken weiter. Dann hob sich ihr Gemüt ein wenig. Die Jungen waren aufgetaucht, sie kamen eben über den Rand des Steinbruchs geklettert und rannten jetzt geradewegs die Wiese hoch, wie zuvor hinunter. Sie hielten die zusammengelegten Hände wie mit Geschenken beladen vor sich und sahen so glücklich und gesund aus, daß Moya das Empfinden hatte, ihnen alles verzeihen zu können. Schließlich gab es keine Mutter in ihrem Bekanntenkreis, die nicht zugegeben hätte, daß sie das Betragen ihrer Kinder bisweilen abscheulich fände; und diese Jungen, für ihr Alter groß und stark, waren bei weitem hübscher als die meisten anderen. Moya schwoll das Herz vor Stolz bei dem Gedanken, daß sie, obgleich sie kaum Ähnlichkeit mit ihr hatten, ihre Mutter war.

Sie liefen wenige Meter an ihr vorbei, die Hände vollgehäuft mit winzigen roten Beeren. «Wilde Erdbeeren?» rief sie fröhlich, aber sie ignorierten sie.

«Jane, Jane!» schrien sie. «Wir haben den Ball nicht wiedergefunden, aber sieh mal, was wir statt dessen haben!»

Und dann neigten sie die vier Köpfe zusammen, der Lexham-Klub in schöner Eintracht. Moya blieb vollkommen ausgeschlossen. Sie wandte sich ab, aber diesmal ohne ein Gefühl der Übelkeit; nachdem sie die Galle ausgespien hatte, war ihr wohler. Ihre Eifersucht war kalter Wut gewichen.

Ich hasse Jane, dachte sie und kostete aus, daß sie es sich eingestand. Sie will meinen Platz einnehmen, und niemand kann von mir erwarten, daß ich das zulasse. Ich lasse das nicht zu. Sie nickte bedächtig über sich selbst, wie sie dort stand, mit gespreizten Füßen und strubbeligem Haar, das Gesicht rot und voller Staub, und ihre Augen blitzten vor Entschlossenheit. Irgend etwas muß geschehen, sagte sie sich.

Ihr Umzug nach dem Tod von Francis' verwitwetem Vater aus dem vorstädtischen Weybridge ins ländliche Northamptonshire hatte ebenso Moyas Wünschen wie denen ihres Mannes entsprochen. Sie wußte, daß Francis sehr an seiner Schwester hing und sich für sie verantwortlich fühlte, und sie selbst hatte Jane gegenüber so etwas wie Mitleid und Gönnerhaftigkeit zugleich empfunden.

Underwood Lodge, der Familienbesitz, gehörte Francis und Jane zu gleichen Teilen. Es war ein gediegenes Haus, aus örtlichem Eisenstein und Schiefer gebaut. Nach Janes Unfall waren einige Umbauten vorgenommen worden, so daß sie im Erdgeschoß wohnen konnte, und ihr Vater ging davon aus, daß nach seinem Tod auch Francis und seine Familie dort einziehen würden.

Das war, wie bei einem Familienrat nach der Beerdigung einhellig festgestellt wurde, keine gute Idee. Jane war ein unabhängiger Mensch und mit ihrem Rollstuhl sehr beweglich. Sie hatte immer für sich und ihren Vater gekocht, und es war ihr ebensowenig wie Moya zuzumuten, die Küche fortan gemeinsam zu benutzen. Andererseits hatte Jane kein Verlangen danach, ganz allein in einem so großen Haus zu wohnen. Sie hatte sich schon darauf gefreut, ihren Bruder und seine Familie häufiger zu sehen, und machte deshalb jetzt das Angebot – falls Francis ihr ihren Anteil am Lodge ausbezahlen würde und ihr so genug Geld zur Verfügung stände –, sich ein passendes kleines, aber ebenso schönes Haus im Dorf zu kaufen.

Das Geld, das Francis dafür gebraucht hatte, stammte von Moya. Weder er noch seine Schwester hatten eigenes Kapital; Underwood Lodge war ihr einziges Erbe. Moya hingegen war verhältnismäßig wohlhabend. Sie, nicht Francis, hatte ihr Haus in Weybridge erstanden; sie bezahlte das Schulgeld für die Jungen. Der Umzug nach Underwood Lodge wäre ohne ihre Zustimmung und finanzielle Hilfe gar nicht möglich gewesen, und sie konnte letztlich nur sich selbst Vorwürfe machen, als das Arrangement schiefging.

Damals hatte es den Anschein gehabt, als sei es eine exzellente Idee. Sie wußte, daß Francis das Haus liebte und seine Kinder gern dort aufgezogen hätte. Sie mochte das Haus auch; überdies war sie sich dessen bewußt, daß Mrs. Francis Lexham gesellschaftlich ein größeres Gewicht in Northamptonshire besaß, als sie in Weybridge je haben würde. Die Hauptanziehungskraft des Ortes lag allerdings in seiner Entfernung von London und von Francis' Freundinnen. Das Pendeln in die Stadt, so schloß sie, würde so viel Zeit und Energie brauchen, daß seine Barbesuche und Diners nach Feierabend mit seiner Sekretärin ein Ende haben dürften.

Sie hatte recht. Aber sie hatte nicht damit gerechnet, daß ihr Mann seine knapp bemessene freie Zeit mit seiner Schwester verbringen würde. Trotz ihrer Selbständigkeit in dem auf sie zugeschnittenen neuen Haus brauchte Jane jemanden, der sich um das kümmerte, was ihr Vater bisher erledigt hatte: größere und kleinere Aufgaben, die nicht durch Umstellung und Anpassung zu lösen waren.

Nicht, daß sie übertriebene Anforderungen an ihren Bruder gestellt hätte. Sie hatte gelernt, Enttäuschungen ebenso zu verkraften wie Schmerzen, und sie nahm es als gesichert hin, daß Francis stets die Wünsche seiner Frau über die ihren stellen würde. Andererseits war Jane keine Heilige. Sie hatte Moya nie besonders gemocht oder sie für gut genug für ihren Bruder gehalten, den sie anbetete, und sie frohlockte darüber, daß er so offenkundig ihre Gesellschaft der seiner Frau vorzog.

Francis selbst war entzückt, endlich wieder die enge Beziehung zu ihr herstellen zu können, die sie in der Kindheit gehabt hatten. Ihm tat es nicht im mindesten leid, von seinen Freundinnen weggezogen zu sein; sein sexuelles Interesse an ihnen war nie besonders ausgeprägt gewesen, und jedes Mädchen hatte ihm meist schon bald Komplikationen verursacht und war zur Last geworden. Größte Freude machte ihm die Gesellschaft attraktiver, kluger Frauen, und er kannte keine, die attraktiver und klüger gewesen wäre als Jane. Er mochte Moya, er wußte ihre Haushaltsführung und ihre Kochkünste zu würdigen und war ihr dankbar, daß sie ihm die beiden Söhne geschenkt hatte, aber er war doch viel lieber mit Jane zusammen. Außerdem brauchte sie ihn, Moya hingegen nicht.

Er hatte recht: Moya brauchte ihn nicht. Sie kam hervorragend ohne ihn zurecht. Was sie krank vor Neid machte in den ersten Monaten nach ihrem Einzug in Underwood Lodge, war nicht versagte Liebe, sondern verletzter Stolz. Seine Aufmerksamkeit muß in erster Linie mir gelten, dachte sie.

Anfangs versuchte sie, sie zu fordern: «Du gehst doch nicht schon wieder dorthin, oder? Das wäre dann das fünfte Mal in dieser Woche! Und was mache ich, die ich hier den ganzen Tag festsitze? Was ist mit den Arbeiten, die *ich* erledigt haben muß?»

«Um Himmels willen, Moya – du sitzt hier nicht fest, du hast dein eigenes Auto und kannst fahren, wohin du willst. Was die Arbeiten im Haus betrifft, so weißt du sehr wohl, daß du die meisten entschieden besser erledigen kannst als ich. Jane ist *behindert*. Wie kannst du nur eifersüchtig auf sie sein!»

«Ich bin nicht eifersüchtig. Mach dich nicht lächerlich.»

«Für mich sieht es ganz nach Eifersucht aus.»

«Ist es unvernünftig von mir, wenn ich erwarte, ab und zu

selbst etwas von meinem Mann zu haben? Und wenn du wirklich einmal zu Hause bleibst, kommt sie herüber.»

«Aber wir sind doch eine Familie. Wir sind die einzige Familie, die Jane je haben wird. Großer Gott, hast du denn keinen Funken Mitleid für jemanden in ihrer Lage?»

Doch wie die Monate verstrichen und sich ihr Mann und ihre Söhne immer mehr um Jane kümmerten – und, was noch schlimmer war, offenbar auch ihre Freude daran hatten –, schwand Moyas Fähigkeit zum Mitgefühl vollkommen dahin. Das Picknick jetzt in den Pfingstferien brachte ihr klar zu Bewußtsein, daß sie diese Situation nicht länger ertragen konnte.

Als sie vom Steinbruch her über die Wiese geschritten kam, gesellte sie sich still zu den anderen, ohne einen Ton zu sagen, nur lächelte sie in sich hinein. Sie trug den Picknick-Lunch auf und achtete darauf, daß Janes Salatteller so hübsch und appetitanregend wie nur möglich aussah; danach setzte sie sich und lehnte den Rücken gegen den gestürzten Baum, um ein Nickerchen zu halten, während Jane, bei unebenem Boden mit Francis' Hilfe, ihren Rollstuhl zum Rand des Steinbruchs hinunterrollte, so daß sie den Jungen zuschauen konnte, die noch mehr Erdbeeren sammelten.

Bei ihrer Rückkehr saß Moya aufrecht und rieb sich das rechte Bein. Zuerst nahm keiner von ihr Notiz, aber schließlich fragte Francis doch: «Was ist los?»

«Ich weiß es nicht. Ich hatte ein entsetzliches Kribbeln und Stechen im Bein, und jetzt kann ich nicht aufstehen. Reich mir bitte die Hand, Francis.»

Er hievte sie auf die Beine. Sie vermochte kaum mit dem rechten Fuß aufzutreten, und ihr Mann mußte sie stützen.

Das Picknick war vorüber. Die Jungen packten unter Anleitung ihrer Mutter den Korb und wandten sich heimwärts; William begleitete Jane, Matthew trug den Korb, und Francis half Moya.

«So etwas Dummes», entschuldigte sie sich, während sie langsam dahinhumpelte, wobei sie ab und zu zusammenzuckte. «Es tut mir so leid, allen den Nachmittag zu verderben.»

«Mach dir bloß keine Sorgen», sagte Francis. «Wie geht es denn jetzt deinem Bein?»

«Ein bißchen bes . . . – autsch!»

«Immer sachte», empfahl er ihr. «Du kannst sagen, was du willst, aber wenn wir zur Straße kommen, setzt du dich auf die Bank, und ich gehe und hole das Auto.»

«Danke dir, Liebling», sagte sie.

William und Matthew wurden normalerweise nach Ablauf des Schulsemesters von ihrer Mutter abgeholt, aber in diesem Sommer kam statt dessen ihr Vater. Die Jungen waren viel zu aufgeregt, um zu bemerken, daß er sehr mitgenommen aussah und vor lauter Kummer ein graues Gesicht hatte.

Nachdem sie zehn Minuten geredet und sich auch teilnahmsvoll nach Jane erkundigt hatten, fiel es Matthew ein, zu fragen: «Wo ist denn Mam?»

«Es geht ihr nicht sehr gut, fürchte ich», sagte Francis und wählte die Worte sorgsam. «Erinnert ihr euch noch, daß sie in den Pfingstferien Schwierigkeiten mit einem Bein hatte? Nun, es ist schlimmer geworden. Jetzt sind es beide Beine.»

«War sie beim Arzt?» fragte William.

«Ja, natürlich. Bei ihrem Hausarzt und bei einem Spezialisten, aber sie haben nicht feststellen können, was es ist. Sie war gerade zur Untersuchung in einer Londoner Klinik, und vielleicht erfahren wir mehr, wenn die Ergebnisse vorliegen.»

«Kann sie denn gehen?»

«Manchmal ein wenig. Die Taubheit kommt und geht, wißt ihr. Zuerst konnte sie sich noch mit Krücken fortbewegen, und das gelingt ihr auch jetzt noch ab und zu. Aber die meiste Zeit sitzt sie im Rollstuhl.»

«Heiliger Himmel . . .» sagte William.

Seine Mutter hätte ihn deswegen getadelt, aber Francis ließ es ihm durchgehen.

Jetzt fing Matthew, der bisher totenstill auf der Rückbank gesessen hatte, an zu wimmern. «Und was wird aus uns?» wollte er wissen. «Wie kann sie denn jetzt für uns sorgen?»

«Ach, das kriegen wir schon hin», sagte Francis mit erzwungener Unbekümmertheit. «Ihr werdet überrascht sein, was sie alles von ihrem Rollstuhl aus machen kann. Sie kann natürlich nicht die Treppe hinauf, aber glücklicherweise ist ja das Erdgeschoß für ein Leben im Rollstuhl eingerichtet. Mrs. Howe kommt jetzt öfter zum Putzen, und ihr müßt von nun ab eure Betten selbst machen und ordentlicher sein als sonst, aber eure Mutter kocht noch selbst und führt den Haushalt. Und sie hat ihr Auto auf Handbetrieb umstellen lassen, so daß sie beweglich bleibt.»

«Sie ist also nicht krank?» fragte William. «Ich meine, sie *fühlt* sich nicht krank?»

«Sie hat wohl erhebliche Schmerzen», sagte Francis wieder vorsichtig. «Das dürft ihr nicht vergessen. Wir müssen alle ihr gegenüber rücksichtsvoll und hilfsbereit sein. Doch im großen und ganzen ist sie recht gut beieinander. Sie nimmt es sehr tapfer und gutwillig hin.»

William drehte sich auf seinem Sitz um und sah seinen Vater scharf an. «Sie macht uns doch nichts vor, oder?» fragte er argwöhnisch. «Ich meine, es ist schon ein merkwürdiger Zufall, nicht wahr, daß sie genauso im Rollstuhl sitzt wie Jane.»

Francis tat, als sei er so mit dem Überholen eines Mähdreschers beschäftigt, daß er die Frage überhörte.

Wie Francis den Jungen gesagt hatte, nahm Moya ihre Behinderung wirklich sehr gefaßt hin. Jane war ein so großartiges Vorbild an Frohsinn im Unglück gewesen, und sie tat ihr Bestes, es ihr gleichzutun. Sie erklärte ihrem Mann und seiner Schwester, das sei das mindeste, was sie tun könne.

Francis und Jane ihrerseits waren im allgemeinen sehr hilfreich und fürsorglich. Das einzige, was ihr bei ihnen und bei ihren Söhnen, wenn sie von der Schule heimkamen, zu schaffen machte, war ein gewisser Unwillen, etwas für sie zu tun, ein spürbarer Argwohn.

Moya fand das im Grunde sogar verständlich. Schließlich war es ein außergewöhnlicher Zufall. Und außerdem waren die Jungen ungehalten darüber, daß sie mehr als früher selbst tun mußten. Jane bedauerte es, daß sie ihren Bruder jetzt viel seltener zu sehen bekam, und Francis, der arme Kerl, wußte nicht mehr, wo ihm der Kopf stand bei den zunehmenden Verpflichtungen. Moya hatte Verständnis dafür und ertrug seine gelegentliche schlechte Laune mit beispielloser Geduld – bis zu dem Tag, an dem sie in einem Brief von ihrem Arzt über die Untersuchungsergebnisse aus der Klinik informiert wurde.

Francis hatte den Bericht voller Unruhe erwartet. Sobald er nach einem anstrengenden Tag in seinem Stadtbüro und nach der langen Zugfahrt zu Hause ankam, erkundigte er sich gleich, ob es Neuigkeiten gäbe. Sie zeigte ihm den Brief. In dem anschließenden Streit – die Jungen waren glücklicherweise außer Haus – sagten sie einander unverzeihliche Dinge, und dann stürzte Francis unter Türenknallen aus dem Haus.

Er ging sofort zu Jane. «Nichts», sagte er, vor Wut fast unfähig zu sprechen, «der beste Spezialist, der für Geld zu haben ist, hat keine physiologischen Störungen finden können, nur einen gewissen Muskelschwund in den Beinen – und das, habe ich ihr klargemacht, könnte daher kommen, weil sie sie nicht gebraucht. Er hat vorgeschlagen, sie solle sich in der Klinik weiteren Tests unterziehen, aber sie kommt mit Vorwänden. Natürlich. Was sollte das auch, wenn sie weiß, daß alles in Ordnung ist? Solange sie einfach sagt, sie hätte Schmerzen und ihre Beine gäben nach, wenn sie zu gehen versucht, kann ihr niemand das Gegenteil beweisen.»

Jane schlug in ohnmächtigem Zorn auf die Lehnen ihres Rollstuhls. Ihre blauen Lexham-Augen, dunkel vor Schmerz, waren in den vergangenen paar Wochen noch tiefer in die Höhlen gesunken; ihre Fassade von Fröhlichkeit war wie weggeblasen. Sie hatte das Empfinden, als spotte ihre Schwägerin ihrer Behinderung und deren Realität. «Was die Frau macht, ist widerlich! Es ist grotesk! Mein Gott, wie kann sich jemand freiwillig so bewegungsunfähig machen, wie ich es bin – sich von anderen Menschen abhängig machen. Wie kann ein gesunder Mensch *sich entschließen*, nie mehr zu gehen?»

Francis war erbittert. Auch er hatte sich seit den Pfingstferien verändert. War er vorher auf charmante Art nachgiebig gewesen und stets den Weg des geringsten Widerstands gegangen, war er nun vor Sorge und Argwohn zermürbt. Wie Janes hatte sich auch sein Empfinden verhärtet.

«Woher wissen wir, daß sie sich daran hält?» fragte er. «Woher wissen wir, daß sie *nicht* herumgeht, wenn sie allein im Haus ist oder mit dem Wagen die Gegend verläßt?»

«Verflucht soll sie sein», knirschte Jane mit zusammengebissenen Zähnen, «dreimal verflucht!» Sie schaute zu ihrem Bruder auf. «Weißt du, ich habe noch nie jemandem etwas Böses gewünscht, jedenfalls nicht seit meinem Unfall. Ich habe zu sehr gelitten, um jemandem ein Gleiches zu wünschen, wie sehr ich den Betreffenden auch verabscheuen mochte. Aber bei Gott, ich hoffe, die Mediziner haben Moya ordentlich zugesetzt, als sie in der Klinik war ... Sie braucht keine weiteren medizinischen Tests mehr, Francis, sie muß zu einem Psychiater.»

«Ich weiß», sagte er rauh, «das habe ich ihr heute abend auch gesagt. Wir hatten einen furchtbaren Krach. Du kennst doch ihre zur Schau getragene verlogene Sanftheit und Ruhe? Nun, damit ist es jetzt vorbei. Sobald ich ihr einen Besuch beim Psychiater vorschlug – und ich fürchte, ich habe es nicht sehr taktvoll getan –, hat sie ihr Gift verspritzt. Sie haßt dich, Jane. Sie ist vor Eifersucht zerfressen wegen unserer engen Beziehung. Sie hat sogar von Inzest gesprochen –»

Janes fahle Haut rötete sich im Zorn. «Wie kann sie sich unterstehen! Wie zum Teufel kann sie es *wagen*!» Sie ergriff eindringlich die Hand ihres Bruders. «Francis! Das können wir nicht auf uns sitzen lassen! Wir müssen etwas unternehmen!»

Sein starrer Blick mied die Augen der Schwester, aber seine Hand erwiderte den kräftigen Druck der ihren. «Ich weiß es, meine Liebe. Ich bin selbst schon zu diesem Schluß gekommen.»

William und Matthew hatten gerade das Gras im Garten hinter Janes Haus gemäht, als ihr Vater ankam, und da sie ihm am Gesicht ablesen konnten, daß etwas sehr Schlimmes geschehen sein mußte, hatten sie es fertiggebracht, von einem Versteck unter dem Wohnzimmerfenster aus heimlich zu lauschen. Sie hatten sich mit wachsendem Entsetzen angeschaut und sich dann davongemacht, um im Geräteschuppen eine Beratung abzuhalten.

«Was ist Inzest?» fragte Matthew.

William klärte seinen jüngeren Bruder in einfachen Worten auf.

Matthew war erschüttert. «Ist das wahr?» fragte er unglücklich. «Papa und Jane – tun sie das?»

«Wie sollten sie?» meinte William, der sich weniger gut auskannte, als er dachte. «Wo doch Jane im Rollstuhl sitzt.»

Das tröstete Matthew etwas. «Aber warum hat denn Mam so etwas gesagt?»

«Weil sie einen Vogel hat», sagte William. «Übergeschnappt. Bekloppt. Verrückt.» Er versuchte, unbekümmert zu klingen, aber seine zufriedene heile Welt war auf den Kopf gestellt worden, und er war ebenso verstört und geängstigt wie sein Bruder.

Matthew unterdrückte mit aller Macht seine Tränen. «Was machen wir denn jetzt?» flüsterte er mit feuchten Augen so groß wie Untertassen.

William runzelte die Stirn und dachte angestrengt nach. «Ich weiß es noch nicht», sagte er schließlich langsam. Dann drückte er seinem Bruder die Schulter. «Nur keine Sorge, Matt, wir denken uns schon etwas aus.»

Moya wußte nicht genau, wer von den Lexhams ein Familienpicknick auf der Steinbruchwiese vorgeschlagen hatte, kurz nachdem die Jungen für die großen Ferien nach Hause gekommen waren. Jedenfalls war die Sache auf einmal abgemacht, und Moya schloß sich dem Vorschlag zufrieden an.

Ihr Verhältnis zu Francis war sehr gespannt seit dem Streit, in dessen Verlauf er unerträgliche Andeutungen über ihre geistige Gesundheit gemacht hatte. Später an jenem Abend hatte er sich allerdings entschuldigt, und danach hatten sie einander mit zurückhaltender, würdevoller Höflichkeit behandelt. Ihre Beziehung zu den anderen war erheblich mehr belastet: Jane mied sie, und die Jungen waren reizbar und verdrossen geworden. Alle waren sie jetzt weniger rücksichtsvoll, aber mangelnde Rücksichtnahme war wohl, wie sie annahm, ein Kreuz, das sie tragen mußte. Ein Familienpicknick schien ihr eine gute Gelegenheit zu sein, die Spannungen ein wenig abzubauen.

Es war Anfang August, noch zu früh für reife Brombeeren im Steinbruch, aber es herrschte Einigkeit darüber, daß es sich lohne nachzuschauen, ob sie Fortschritte machten. Und so kam es, daß sie, statt gleich auf den Picknickplatz an der Hecke zuzuhalten, den Pfad durch die Wiese hinab und dann am Steinbruch entlang nahmen, wenige Meter vom Rand entfernt – Moya und Jane in ihren Rollstühlen: Jane bewegte sich selbständig fort, während Moya abwechselnd von Francis, William oder Matthew geschoben wurde.

Niemand war an diesem Tag zum Reden aufgelegt. Es war heiß, noch heißer als bei ihrem Pfingstferienpicknick, und sie mußten sich alle ab und zu den Schweiß von der Stirn wischen.

Es war sonst niemand da. Aus der Ferne konnten sie Erntemaschinen brummen hören, die sich durch die reifen Kornfelder fraßen, gelegentlich auch den ohrenbetäubenden Lärm eines Düsenjägers, der im Tiefflug über sie hinwegschoß, aber der Hang zum Steinbruch war vollkommen abgeschirmt durch die hohen Hecken, die ihn auf drei Seiten umgaben. Für Bewegung sorgten einzig Schmetterlinge, Heuschrecken und ihre Myriaden ferner Verwandter sowie die treibenden Samenflokken der Weideröschen, die sich im Steinbruch angesiedelt hatten.

Die langsame Prozession stoppte und schob sich zusammen, als sie auf der Höhe des Steinbruchrandes angekommen war, über den einige Brombeerranken hinausragten. Moya, deren Rollstuhl vorn stand, beugte sich vor, um den Reifegrad der Beeren begutachten zu können.

«Sie sind noch nicht ganz –» hub sie an; dann kippte jemand ihren Rollstuhl abrupt nach hinten und stieß ihn mit einer heftigen Bewegung auf den Steinbruch zu. Sie schrie und wollte hinausspringen, aber der Stuhl schoß über den Rand hinaus. Dann verfingen sich die Räder im Gestrüpp. Der Stuhl kippte, und Moya flog mit ausgebreiteten Armen und Beinen 40 Fuß in die Tiefe hinab, hier und da aufklatschend, übers Gras oder die Eisensteinzacken schleifend, bis sie nahe am Grund liegenblieb.

Moya war sich nie sicher, wer von den Lexhams versucht hatte, sie umzubringen. Sie hatte jedoch ausgiebig Zeit, Vermutungen darüber anzustellen, an den Rollstuhl gefesselt, da ihr das Rückgrat bei dem Sturz gebrochen war.

Sie hatte nicht in Erfahrung bringen können, wer von ihnen den Stuhl geschoben hatte, aber das spielte vielleicht auch keine Rolle. Jeder von ihnen hätte es tun können. Jeder dieser schönen Köpfe hätte sich über die Rollstuhllehne beugen können, und jeder ihrer starken Arme und biegsamen Gelenke hätte ihm den nötigen Schwung geben können. Manchmal dachte sie, es sei Francis gewesen, und manchmal verdächtigte sie Jane; manchmal meinte sie sogar, es hätte William sein können oder William und Matthew zusammen. Es war unwesentlich. Ihr tiefes, entsetztes Schweigen sprach für aller Schuld.

Moya machte keine Vorwürfe. Dazu bestand keine Notwendigkeit. Rachsucht war unangebracht, denn sie wußte, daß sie jetzt bekam, was sie immer gewollt hatte: die unerschütterliche bereitwillige Aufmerksamkeit aller vier Mitglieder ihrer Familie für den Rest ihres Erdenlebens.

URSULA CURTISS

Etwas Grünes

Obwohl Monate vergehen sollten, ehe sie ihr auf ihr entsetzliches Geheimnis kam, konnte Mrs. Lear die Pflanze vom ersten Moment an nicht leiden. Und ausgerechnet zum Muttertag hatte sie sie bekommen.

Zwar hatte sie, da wahllose Vorschläge zur Veränderung jeglichen Status quo nun einmal ihre Art waren, einmal die Bemerkung gemacht, daß es hübsch wäre, etwas Grünes im Haus zu haben; näher befragt, hätte sie von einer hübschen Blumenampel gesprochen, aber niemand befragte sie näher. So war es dann, als hätte man sehnsüchtigen Gedanken an ein Baby nachgehangen und statt dessen einen rebellischen Teenager präsentiert bekommen.

Die Pflanze war sehr groß und üppig. Mrs. Lear hatte ihresgleichen in Banken und Bibliotheken und in Wartezimmern von Ärzten gesehen, eine Garantie dafür, daß sie nicht totzukriegen war. Ihr Stamm war kräftig, die ledrigen, ovalen Blätter von einem tiefen Grün mit hellerer Äderung.

«Es gibt ein Spray, mit dem man die Blätter glänzend machen kann», sagte Mrs. Lears Schwiegersohn Leslie, der edle Spender dieses Geschenks.

«Aber sie sind doch sehr schön so, wie sie sind», meinte Mrs. Lear engstirnig.

Isabel sah ihre Mutter an. «*Ich* finde sie schön. Ich weiß nicht, ob sie allzuviel Sonne mögen. Dein Westfenster müßte eigentlich genau richtig sein.»

Sie betrachteten alle die Pflanze, die jetzt etwas von der grimmigen Entschlossenheit eines unwillkommenen Gastes hatte, der sich nicht vertreiben lassen will. Im Zusammenhang mit Isabels früherem Geschenk gesehen, einem dekorativ verspielten Vogelbad, und selbst ohne das schnelle Zwinkern ihrer veilchenblauen Augen, war die Botschaft unüberhörbar: Jeder, der die Möglichkeit hatte, sich an diesen exquisiten Dingen zu ergötzen, würde mit Freuden mehr Zeit in seinen eigenen Räumen verbringen.

Die Räumlichkeiten waren in der Tat großzügig: der eigentlich als Elternschlafzimmer gedachte Raum, den die Gillis' ihr im Februar fertig eingerichtet übergeben hatten, dazu ein geräumiges Bad und eine Terrasse mit Blick auf üppigen grünen Rasen. Es waren Bücherregale da und auch ein kleiner Schreibtisch.

Doch das Arrangement schmeckte jetzt irgendwie nach Gefangenschaft, ganz gleich, wie behaglich und bequem, und wer konnte wissen, was vielleicht folgen – und schließlich in der Bemerkung kulminieren würde: «Isabel, du mußt etwas unternehmen, deine Mutter irrt schon wieder ziellos herum»?

Bei Mrs. Lear entsprang wie bei den meisten Wesen aus der Angst der Zorn.

«Du sagtest doch, sie würde ziemlich groß werden, nicht wahr, Leslie?» fragte sie, während sie das fleischige Wesen in dem schwarzen Topf musterte. «Da drüben hin, denke ich, neben das Klavier. So können wir uns alle an ihr freuen.»

Als ihre Tochter drei Jahre zuvor ganz unerwartet im Alter von sechsunddreißig Jahren geheiratet hatte, hatte Mrs. Lear pro forma alles das durchexerziert, was Witwen mit Einzelkindern vorgeschrieben war.

Nein, sie würde nicht zu ihnen ins Haus ziehen, und wenn sie noch so drängten und beteuerten, sie hätten genug Platz, und sie würde auch nicht nach New Mexico ziehen. Beide Entscheidungen, versicherte sie ihnen, wären rein egoistischer Natur – sie sei zu alt, um ihre Freunde aufzugeben, insbesondere ihre Golffreunde. Was die riesigen Entfernungen anginge, die Connecticut von New Mexico trennten, so gäbe es schließlich die Post und das Telefon und nicht zuletzt das Flugzeug.

Worauf Mrs. Lear, so gebrannt von doppelter Zurückweisung, daß wochenlang jeder Fremde sich voll Unbehagen zu winden begann, wenn er ungesehenes Ziel ihres starren eisblauen Blicks wurde, allein in ihr uninteressantes Haus außerhalb von Hartford zurückkehrte.

Leslie Gillis war mit seinen neunundvierzig Jahren im Alter etwa gleich weit von ihr und ihrer Tochter entfernt, und in den ersten vierundzwanzig Stunden ihrer Bekanntschaft in Puerto Vallarta, das die Lears in diesem Jahr als Urlaubsort gewählt hatten, hätte ein Außenstehender leicht annehmen können, daß Leslie der älteren, nicht der jüngeren Frau den Hof machte. Die Vorstellung war gar nicht abwegig. Mrs. Lear war eine mittelgroße, elegant gekleidete Frau mit hübschen Augen, kurzem, weichem Haar, dessen Farbnuance, lichtes Braun und Grau, die Sonne ausgeglichen hatte, und einem Gesicht, das in der Jugend scharf gewesen war, jetzt aber aristokratisch wirkte. Als es Abend wurde, waren sie «Juliet» und «Leslie», während Isabel still in der warmen, schimmernden Dunkelheit am Swimmingpool saß, wo eine zartduftende Brise in ihrem schulterlangen kastanienbraunen Haar spielte.

War es gerade diese ruhige Gelassenheit, die einen so erfolgreichen und zurückhaltenden Mann angezogen hatte – der Eindruck, daß beide Frauen sich selbst genug waren?

Mrs. Lear, die genug Vermögen hatte, um mit etwas Umsicht ganz gut zu leben, verspürte jedenfalls keine körperliche Anziehung. Isabel, wenn auch nie von Verehrern umschwärmt, hatte viele Freunde beiderlei Geschlechts und einen gutbezahlten Posten bei einem Versorgungsbetrieb, wo sie viel mit Menschen zu tun hatte und ab und zu auch reisen mußte. Keine der beiden Frauen stürzte sich auf Leslie Gillis, als wäre er der einzige Brunnen in einer unendlichen Wüste.

Und dann waren sie plötzlich zusammen, und Mrs. Lear war allein. Wir werden sehen, sagte sie sich in der sehr kleinen Welt, die ihres einzigen echten Interesses entleert worden war.

All ihren indirekten Versprechungen entgegen rief sie nicht an, sprach aber fröhlich, wenn Isabel telefonierte, und tauschte immer einige liebenswürdige Worte mit Leslie. In ihren seltenen Briefen erzählte sie von erfundenen Bekannten und gesellschaftlichen Verpflichtungen und erwähnte unweigerlich irgend etwas, das ihre Zukunft in Anspruch nahm.

Am zweiten Erntedankfest ihrer Ehe flogen die Gillis' nach Connecticut, was Isabel Gelegenheit zum gründlichen Eintauchen in nostalgische Gefühle gab.

«Ich hatte eigentlich vor, ein paar Leute einzuladen», sagte Mrs. Lear und deutete nickend auf ein Sortiment ungeöffneter Flaschen, als hätte ihr Verhalten nicht schon längst die niemals große Schar möglicher Gäste vertrieben, «aber dann fand ich, es wäre viel schöner, wenn wir unter uns sind.»

Nachdem sie sich nunmehr als rüstig, selbständig und absolut nicht besitzergreifend ausgewiesen hatte, hielt sie im Januar die Zeit für gekommen. Auf eine Geschichte zurückgreifend, die sie in einem Modegeschäft belauscht hatte, schrieb sie ihrer Tochter, jetzt, wo es überstanden sei, könne sie ihr ja von «meinen drei Wochen auf Krücken» erzählen, und schilderte in aller Einzelheit ihren unerfreulichen Unfall auf der Treppe, berichtete von dem gebrochenen Knöchel und der schwer angeschlagenen Hüfte, daß sie aber nach Meinung des Arztes noch glimpflich davongekommen sei.

In dem Haus in Santa Fé gab es keine Treppen.

Sie verfolgte den Brief auf seinem Flug, und am frühestmöglichen Abend rief Isabel an. «Mutter», sagte sie, «hör mir jetzt bitte mal zwei Minuten lang zu, ohne mich zu unterbrechen, ja? Leslie und ich haben alles genau besprochen, seit heute nachmittag dein Brief kam ...»

Ein Kinderspiel war es. Mrs. Lear fügte sich mit Würde, und im Februar zog sie für immer zu den Gillis' nach Santa Fé.

Das Haus aus Adobeziegeln stand unter Föhren auf einem

zwei Morgen großen Grundstück in den Hügeln nördlich der Stadt, von so blendendem Licht umflutet, daß in den ersten ein, zwei Wochen das Tragen einer Sonnenbrille eine Notwendigkeit war. Es hatte riesige Fenster, drei Terrassen und ein Schwimmbecken. Auf den glänzenden, tiefroten Fliesenböden lagen grau- oder gelbgrundige bunte Teppiche, von denen Isabel sagte, es wären Chimayos, was immer das heißen mochte; aber das große Eckzimmer, das Mrs. Lear bekam, war ganz neu mit einem blaßrosa Florteppich ausgelegt worden – «nur für den Fall», bemerkte Isabel mit einem Lächeln, damit Mrs. Lear sich deshalb keine Gedanken machte.

Fünfzehn Meter hinter dem Haus stand die Werkstatt, wo Leslie, der sich von den Geschäften seiner Anlageberatungsfirma inzwischen teilweise zurückgezogen hatte, sich mit dem beschäftigte, was er seine «kleine Spielerei» nannte. Es war nicht ausschließlich ein Hobby – einige seiner Erfindungen hatte er patentieren lassen und verkauft, in erster Linie Modifizierungen kleiner Maschinen. Er hatte Mrs. Lear die Werkstatt bei dem Besichtigungsrundgang am Tag nach ihrer Ankunft nicht gezeigt; es sähe dort drinnen immer aus wie Kraut und Rüben, und außer für jemanden, der für derartige technische Spielereien etwas übrig hatte, gäbe es dort nichts zu sehen.

«Außerdem», fügte Isabel erbittert hinzu, «ist die Luft immer voll von Metallspänen oder Holzstaub, wenn Leslie in den letzten vierundzwanzig Stunden drinnen war.»

Allein mit Mrs. Lear, sagte sie: «Ich hoffe, du bist nicht schokkiert, aber die Werkstatt ist wirklich ein Gottesgeschenk, Leslie ist manchmal den ganzen Abend drüben. Ich weiß nicht, wie sich zuviel Beisammensein auswirken würde, aber ich bin viel zu glücklich, um das Risiko einzugehen, es in Erfahrung zu bringen.»

Das ließ sich nicht bestreiten, mochte man noch so genau hinsehen. Isabel hatte immer einen blassen Teint gehabt, der ihre Augen und ihr Haar, das hübscheste an ihr, zur Geltung gebracht hatte; hier in ihrem eigenen Haus jedoch, ohne Reisemüdigkeit, schimmerte ihre Haut wie Perlmutt. Mrs. Lear fand alle Männer unergründlich, wenn sie nicht gerade vor Lachen brüllten oder vor Wut tobten, aber es war klar, daß auch Leslies Leben einen einzigen echten Mittelpunkt hatte ...

Anfangs fühlte sich Mrs. Lear nicht ausgeschlossen. Wenn sie sich auch nicht für fremde Sprachen interessierte und daher Isabels Einladung ausschlug, an dem kleinen Spanischkurs teilzunehmen, der einmal in der Woche nachmittags stattfand, fuhren sie doch im allgemeinen morgens irgendwo zusammen hin. Nach dem Mittagessen legte sie sich meistens hin und half dann am späten Nachmittag Isabel in der Küche beim Gemüseputzen oder Kartoffelschälen oder was sonst im voraus getan werden mußte, damit die Cocktailstunde möglichst nicht gestört wurde. Sie verstanden sich prächtig – so prächtig, daß Leslie, wenn er an die Tür kam, wie ein Eindringling wirkte.

Wenn zum Cocktail Gäste kamen, blieb Mrs. Lear, taxierte Kleider und Schmuck und trug am Rande zum Gespräch bei. Als eine Einladung zum Abendessen geplant war, erbot sie sich, in ihrem Zimmer zu essen.

«Sonst fühlen sich die Leute womöglich verpflichtet, sich bei mir zu revanchieren. Das wäre doch peinlich.»

So daran gewöhnt, von beiden umworben zu werden, zweifelte sie keinen Augenblick daran, daß sie von diesem Spiel von der armen geduldeten Verwandten nichts würden wissen wollen, und war daher höchst bestürzt, als Leslie mit leichtem Spott parierte. «Aber alle unsere Freunde wissen, daß du hier bist, Juliet. Wir wollen doch nicht den Eindruck erwecken, du seist für den Abend an dein Bett gekettet.»

«Ich finde, Mutter soll das tun, was ihr zur gegebenen Zeit am liebsten ist», sagte Isabel, und es gelang ihr beinahe, die scherzhaften, schmerzhaften Worte zu übertünchen. Warm lächelnd sah sie von einem zum anderen, als machte sie sie miteinander bekannt. «Lieber Himmel, man könnte ja meinen, wir sprächen über die Grundregeln für ein Gipfeltreffen.»

Der Schaden war angerichtet, gerade auch dank ihrer Verteidigung, und unter Leslies immer liebenswürdigem, aber aufmerksamem Auge hatte Mrs. Lear keine andere Wahl, als an ihrer erklärten Absicht festzuhalten und sich selbst in ihr Zimmer zu verbannen. Sie brütete nicht darüber. Ihr Blut wußte sehr wohl, was geschehen konnte, wenn sie ihm freien Lauf ließ. Statt dessen blickte sie hinüber zur Werkstatt, die von ihrem Westfenster aus sichtbar war, und schwor sich: Ich komm da noch hinein.

An einem Nachmittag, als wegen eines heraufziehenden Gewitters, dessen Donner aus der Ferne schon zu hören war, das Licht in der Küche schon um fünf Uhr brannte, war Mrs. Lear gerade dabei, die Äpfel für einen Waldorfsalat zu schnipseln, als Isabel, so steif und verlegen wie jemand, der endlich eine Bemerkung anzubringen wagt, die er lange hinausgeschoben hat, zu ihr sagte: «Könntest du – ich weiß, das klingt lächerlich, aber könntest du versuchen, nicht immer so ein erschrockenes Gesicht zu machen, wenn Leslie erscheint? Er hat dich sehr gern, weißt du, aber manchmal erweckst du den Anschein, als glaubtest du, er – wolle sich heimlich an dich heranschleichen.»

Mrs. Lear, gerade in einem angenehmen Tagtraum gefangen, wo es nur sie beide gab, weniger Mutter und Tochter als ebenbürtige Freundinnen, dachte wütend, dann soll er sich doch bemerkbar machen, und merkte erst, daß sie laut gesprochen hatte, als Isabel, die die gewaschenen Salatblätter in eine Schüssel gab, erstaunt den Kopf drehte.

Sie war verwirrt, aber nur sekundenlang.

«Ich hab es dir damals nicht geschrieben, weil ich dich nicht beunruhigen wollte», sagte sie, während sie mit einem Messer das Kernhaus eines Apfels zerhackte und die zähen Teile und Kerne zu den sauberen kleinen Scheibchen in die Schüssel warf, «aber eines Tages, als ich noch an Krücken ging, erschien tatsächlich plötzlich ein Mann in unserem Haus. Er behauptete, er hätte geklopft, aber ich bin sicher, das hat er nicht getan. Er suchte die Crawfords, die ein Stück straßabwärts wohnen, aber so etwas kann sehr beängstigend sein, wenn man praktisch hilflos ist.»

«Ja, natürlich, das kann ich mir vorstellen», erwiderte Isabel mit offenkundiger Erleichterung.

So, Leslie, dachte Mrs. Lear triumphierend und diesmal stumm, doch sie begegnete ihm von da an mit einer neuen Vorsicht, lächelte ihn manchmal sogar an, wenn ihre Blicke sich an einem ruhigen Abend begegneten – oder entblößte zumindest ihre Zähne. Und so kam der Muttertag.

Die Dieffenbachia, von einer Bekannten, die zu Besuch kam, als solche identifiziert und von Leslie regelmäßig gegossen und ab und zu gedüngt (gerade so, wie Isabel sich um das Vogelbad kümmerte), gedieh erbarmungslos. Mitte Juli wirkte sie urwaldhaft genug, um Kokosnüsse oder Bananen hervorzubringen, doch das einzige, was sie produzierte, war eine Folge neuer Blätter, deren Nadelspitzen, eingerollte blaßgrüne Blattknospen, eine nach der anderen aus der Pflanzenspitze hervorsprossen.

Das neue Wachstum an der Spitze schien ein lebendes Opfer am unteren Ende zu verlangen. Hätte man sie gelassen, so hätte Mrs. Lear sich an dem todgeweihten, braunfleckigen, schlaff hängenden Ding, das noch vor wenigen Tagen so zäh und unbesiegbar geschienen hatte, von Herzen ergötzt, aber Leslie oder Isabel oder Mrs. Sedillo, die zweimal in der Woche zum Saubermachen kam, knipsten es immer gleich ab. Nach dem Abfallen der Blätter blieb auf dem dicken Stengel, den man eigentlich nur noch als Stamm bezeichnen konnte, eine Leiter weißlicher Riefen zurück, die aussahen wie Sprossen für Paviane oder Schlimmeres.

Dieselbe Bekannte, die die Pflanze als Dieffenbachia klassifiziert hatte, war so entgegenkommend, Mrs. Lear beim Abschied noch mitzuteilen, daß die Pflanze giftig sei.

«Giftig?» wiederholte Mrs. Lear höflich.

«Richtig.» Die Frau – groß, sachlich und kenntnisreich – hatte etwas mit den öffentlichen Bibliotheken zu tun. «Sie ist giftig oder kann zumindest ein Anschwellen der Zunge verursachen, das zum Erstickungstod führen kann.»

«Interessant», bemerkte Mrs. Lear freundlich, obwohl sie empört und wütend war. Sie schloß die Haustür, und in einem leichten Luftzug bewegten sich die Blätter der Pflanze wie ihr zum Spott. «Zum Glück sieht sie nicht so verlockend aus, daß man sie essen möchte.»

Sie zog sich in ihr Zimmer zurück. Mit geballten Fäusten marschierte sie auf dem roséfarbenen Florteppich hin und her – achtundsiebzig, neunundsiebzig, achtzig – und blieb nur einmal mit unheilschwangerer Miene vor der Glastür zur Terrasse stehen. Gift! Leslies kleiner Privatscherz, an dem er sich jedesmal freute, wenn er leuchtendblauen Pflanzendünger im Wasser auflöste, um das schauderhafte Ding zu füttern. Sollte sie ihm den Garaus machen? Mrs. Lear hatte ihre Golfschläger aus Connecticut mitgebracht. Sie brauchte nicht einmal allzu nah heranzugehen.

Oder Leslie darauf ansprechen?

Weder das eine noch das andere. Er und Isabel waren am nächsten Abend zum Essen eingeladen.

Sie gingen um Viertel vor sechs aus dem Haus, aber Mrs. Lear wartete, bis der letzte rote Sonnenstrahl verglüht war, ehe sie sich, entsprechend ausgerüstet, daran machte, die Mission auszuführen, die durch eine Reihe von Hindernissen immer wieder hinausgeschoben worden war.

Der Himmel war mit Sternen dicht besiedelt, und nach ein, zwei Minuten auf dem Rasen hinter ihrem Schlafzimmer brauchte sie die Taschenlampe nicht mehr. Etwa zwölf Meter Gras, dann ein Streifen steinigen, von Föhren bewachsenen Bodens und sie stand vor der Tür zu Leslies Werkstatt. Obwohl in der untersten Küchenschublade ein ordentlich mit einem Etikett versehener Schlüssel lag, schlug sie mit einem Hammer das ganze Glas aus der Scheibe oberhalb vom Schloß. Obwohl ihr das Bewußtsein um die Begrenztheit ihrer Zeit im Nacken saß, ging sie mit kleinlicher Gründlichkeit zu Werke wie jemand, der völlig ausgedörrt ist, aber aus dem endlich erreichten Hahn das Wasser absichtlich erst noch laufen läßt, damit es richtig kalt wird.

Der Wandschalter drinnen war dort, wo ihre behandschuhte

Hand ihn zu finden erwartete. Sie knipste das Licht an und gönnte sich einen gierigen und umfassenden Blick, ehe sie es wieder ausschaltete und statt dessen die Taschenlampe anmachte und auf einen Hocker mit Rädern legte.

Es war ein großer Raum, ungefähr neun mal fünf, mit einem Betonboden. An einer Wand waren alle möglichen Materialien gestapelt, Glas und Kunststoff und auch Holz in verschiedenen Dicken. Eine zweite Wand, voller Haken, hätte praktisch so, wie sie war, aus einem teuren Eisenwarengeschäft hierher verpflanzt worden sein können.

Eine Couch war da, ein Spülbecken, ein Schreibtisch mit verstellbarer Platte, eine lange Werkbank, an der verschiedene Werkzeuge festgeklammert waren, ein Ding, das wie eine Drehbank aussah, ein Werkzeugkasten mit mindestens einem Dutzend flacher Schubladen.

Die Werkbank war im Boden verankert, aber es gelang Mrs. Lear, sie mit einem Klauenhammer ziemlich übel zuzurichten. Sie riß die flachen Schubladen mit ihren unendlich vielen, in winzigen Fächern aufbewahrten Kleinteilen aus dem Kasten und schleuderte sie quer durch den Raum, hörte, wie beim Aufprall das Holz splitterte, und riß, während noch Schrauben und Nägel und andere metallische Dinge über den Boden rollten, ein Werkzeug mit einer scharfen Spitze vom Haken an der Wand, um mit ihm Tuben und Dosen voll Farben, Lacken und anderen Gemischen aufzuschlitzen.

In dem Zeichenblock auf dem Schreibtisch, den sie hastig durchblätterte, entdeckte sie nichts Erkennbares. Obwohl ihre Seele nach einem Feuer lechzte, und wäre es auch nur ein kleines gewesen, begnügte sie sich damit, den ganzen Block in Fetzen zu reißen. Sie pfropfte den Abfluß des Spülbeckens zu und drehte beide Wasserhähne ganz auf, dann nahm sie ihre Taschenlampe, ließ die glaslose Tür weit offen und kehrte zum Haus zurück.

Ein Blick auf ihre Uhr, die sie sogleich abnahm, sagte ihr, daß das ganze Unternehmen acht Minuten in Anspruch genommen hatte. Eilig schlüpfte sie in Nachthemd, Morgenrock und Hausschuhe, dann rief sie die Polizei an. Sie gab ihren und Leslies Namen an und dazu die Adresse und erklärte in erregtem Ton, draußen, hinter dem Haus, triebe sich jemand herum, beinahe mit Sicherheit in der etwas abseits stehenden Werkstatt, ob man sogleich jemanden schicken könne, da sie ganz allein wäre. Ja, die Türen wären alle abgeschlossen, aber man solle sich beeilen.

Die Gillis' versäumten niemals, wenn sie weggingen, aufzuschreiben, wo sie zu erreichen waren, und bei dieser Nummer rief Mrs. Lear als nächstes an. Sie beendete das Gespräch mit Leslie mit den Worten: «Der Kerl da draußen weiß, daß jemand im Haus ist, weil das Licht ausging, sobald ich den Vorhang zurückzog – kommt also bitte, so schnell ihr könnt.»

Die beiden Wagen trafen beinahe gleichzeitig ein, die Polizei mit einem winzigen Vorsprung. Inzwischen hatte Mrs. Lear ihr Gesicht geschrubbt, bis es glänzte, wobei sie gleichzeitig die Wanne mit kochendheißem Wasser füllte, das sie sogleich wieder abließ. Dann hatte sie sich mit einem ihrer Golfschläger bewaffnet. Es kam so, wie sie erwartet hatte, sie mußte ihre Geschichte zweimal erzählen, erst der entsetzten Isabel, die daraufhin sich und ihrer Mutter einen Kognak eingoß, dann der Polizei und Leslie, als diese von ihrer Inspektion der verwüsteten Werkstatt zurückkehrten.

Abgesehen von der zentralen Handlung, entsprach der Ablauf des Abends so sehr dem Gewohnten, daß Mrs. Lear ihn völlig unbefangen schildern konnte: Nach dem Essen hatte sie eine Weile ferngesehen, sich dann in ihre Räume zurückgezogen, um zu baden – gegen zwanzig Uhr fünfzehn müsse das gewesen sein, meinte sie. Das Geräusch oder die Geräusche, die sie aufmerksam gemacht hatten, konnte sie eigentlich nicht beschreiben, weil sie nicht bewußt gelauscht hatte, aber irgend etwas hatte sie veranlaßt, den Vorhang an der Terrassentür zurückzuziehen, und im selben Augenblick war ein Licht, das sich in Richtung der Werkstatt bewegte, gelöscht worden.

Die Polizei, die lästigen Schwiegermüttern meist in Verbindung mit abgebrochenen Flaschenhälsen oder stumpferen Gegenständen begegnete, hatte sich angesichts ihrer Blässe, ihrer gepflegten, aber unlackierten Fingernägel, ihres marineblauen Morgenrocks mit dem schneeweißen Kragen und den ebenso schneeweißen Ärmelaufschlägen bereits ihr Bild gemacht. Pflichtschuldig notierten sie sich die Geschichte von den beiden jungen Leuten, die in der Woche zuvor auf der Suche nach Aushilfsarbeiten im Garten vorbeigekommen waren, gerade als Leslie einen Schubkarren mit Unkraut beladen hatte, das immer wieder rund um das Schwimmbecken wucherte, schlugen einen großen Hund oder ein schmiedeeisernes Gitter vor und fuhren wieder ab.

Mrs. Lear, die aussah, als wollte sie mit ihren festverschränkten Unterarmen eine verspätete Reaktion eindämmen, freute sich in Wirklichkeit diebisch. Niedergeschlagenheit und Schmerz über den Verlust überkamen Leslie jetzt, wo die erste Aufregung vorüber und kein Polizeibeamter mehr da war, vor dem man sich energisch und entschlossen zeigen mußte.

Er litt, wie sie wußte, gelegentlich an Schlaflosigkeit. Scheinbar mit großer Anstrengung stand sie aus ihrem Sessel auf und sagte in einem beinahe demütig bittenden Ton, den sie nie zuvor gehört hatten: «Könntest du mir eine von deinen Schlaftabletten geben, Leslie? Ich glaube wirklich –»

Auf diese Weise zur Besinnung gebracht, baten die Gillis' sie um Verzeihung, sie an diesem schrecklichen Abend allein gelassen zu haben. Isabel begleitete sie liebevoll in ihr Schlafzimmer und wartete, bis sie im Bett lag. Sie ließ sich von ihr noch ein Glas Wasser aus dem Badezimmer holen, so daß sie mit eigenen Augen die noch nasse Wanne und das feuchte Handtuch am Halter sehen, die feuchte Luft spüren konnte.

Mrs. Lear nahm sogar die Schlaftablette, obwohl ihr so ruhig und behaglich war, als läge sie in leise plätscherndem, warmem Wasser. Eine Giftpflanze! Die einen erstickte! Nun, sie hatte es ihm gezeigt.

Der folgende Tag ging von Anfang an schief.

Anstatt wie sonst für drei Stunden in sein Büro zu fahren, setzte es sich Leslie in den Kopf, sogleich mit der Reparatur seiner verwüsteten Werkstatt anzufangen. Um zehn Uhr rief Isabels Spanischlehrerin an; ein entzündeter Zahn zwang sie, den Nachmittagsunterricht abzusagen. Isabel, die diese Nachricht empfing, als sie vom Briefkasten zurückkam, überlegte einen Moment und sagte, da es nichts Dringendes einzukaufen gäbe, könnte sie gleich den ganzen Tag zu Hause bleiben und Leslie, dem armen, bei den Aufräumungsarbeiten in der Werkstatt helfen.

Um halb elf Uhr setzte sich Mrs. Lear, entschlossen, keinerlei schwiegermütterliche Sühnearbeiten zu leisten, mit einer Zeitschrift ins Wohnzimmer. Um fünf nach halb elf entdeckte sie, daß es ihr nicht behagte, mit der versammelten Mannschaft üppiger ovaler Blätter allein im Zimmer zu sein.

Sie versuchte, die Situation zu analysieren, während sie so tat, als konzentriere sie sich auf die Bilder einer eleganten Wohnzimmereinrichtung in Safrangelb und Perlgrau. Die Pflanze, zweifellos von Anfang an mit Leslie unter einer Decke, hatte inzwischen wahrscheinlich längst Informationen von dem Gras erhalten, über das Mrs. Lear am vergangenen Abend auf ihrem Weg zur Werkstatt geschritten war, und von den Föhren, die sie gestreift hatte; Isabel hatte ja die Fenster schon früh am Morgen geöffnet. Doch wenn sie auch Feindseligkeit verströmte wie einen bösen Geruch, konnte sie doch nicht plötzlich losgehen und in mühsamen Halbdrehungen vorwärtshüpfen, um sich auf sie zu stürzen. Die Teppiche würden sich wellen und sie aufhalten.

An dieser Stelle wurde sich Mrs. Lear bewußt, daß an ihren Überlegungen irgend etwas nicht ganz in Ordnung war, und in der Absicht, das näher zu untersuchen, stand sie abrupt auf, so daß die Zeitschrift klatschend auf die Fliesen fiel, und flüchtete sich in ihr Zimmer.

Um die Mittagszeit kam Isabel ins Haus zurück, um ein paar Brote zu machen. Wenn auch alle Entwürfe Leslies unrettbar verloren waren, er also wieder ganz von vorn anfangen mußte, kamen sie mit den Aufräumungsarbeiten ganz gut vorwärts.

Mrs. Lear, die ihr Gesicht hatte abwenden müssen, um ein

kleines Zucken der Schadenfreude zu verbergen, sah ihr zu, wie sie Mayonnaise auf die Brote strich.

«Entwirft Leslie eigentlich auch Spielsachen? Das wäre doch ein großes Gebiet.»

Wie die meisten ihrer Äußerungen in letzter Zeit war diese in der Stille ihres Zimmers formuliert worden, und obwohl sie im Augenblick den genauen Zusammenhang nicht mehr zurückverfolgen konnte, war sie ganz sicher, die Antwort wissen zu wollen.

«Spielsachen?» Isabel streute Salz und Pfeffer auf die Brote, klappte sie zusammen, halbierte sie und schob sie in eine Plastiktüte. «Kann sein, mir erzählt er von seinen Erfindungen immer erst, wenn sie ein bestimmtes Stadium erreicht haben ... Ich glaube, ich nehme eine Flasche Wein mit, dann können wir so tun, als wäre es ein Picknick.»

Mrs. Lear wollte ihren gewohnten Mittagsschlaf machen, aber es ging nicht. Es war, als wäre es einem höhnischen Feind gelungen, in ihr Hirn einzudringen und das gesamte Mobiliar ihres Oberstübchens durcheinanderzuwerfen, so daß sie, wenn sie auf dem Weg in den Schlaf gerade einen wunderbar ruhigen Raum betrat, plötzlich an irgend etwas anstieß, das gar nicht an diese Stelle gehörte. Puppen, dachte sie und schlug die dünne Decke zurück.

Vielleicht noch einmal eine von Leslies Tabletten. Isabel hatte in der vergangenen Woche erst neue gekauft; er würde sie noch nicht nachzählen. Mrs. Lear schlüpfte in einen Morgenrock, öffnete die Tür, lauschte in die Stille des Hauses und schlich sich sehr leise zum Schlafzimmer der Gillis'.

Und sie mußte tatsächlich eingenickt sein, wenn auch nur für ein paar Minuten, denn in der Zwischenzeit waren sie hereingekommen und hatten ihre Schwimmsachen angezogen. Ein Flügel des Seitenfensters stand offen, und obwohl nur ein Teil der geschwungenen Betonumrandung sichtbar war, konnte Mrs. Lear das gedämpfte Plätschern aufgewühlten Wassers hören und zugleich Isabels Stimme. «... das alles sehr gründlich besprochen, ehe ich Mutter anrief, und wir waren uns beide einig darüber, daß es, wenn sie tatsächlich kommen sollte, für immer sein würde. Und jetzt, nur weil diese schreckliche Geschichte alles mit einer dunklen Wolke überzogen hat –»

«Es hat mit der Werkstatt nichts zu tun.» Das war Leslie, gemäßigt und daher, wie Mrs. Lear wußte, um so hartnäckiger. «Dir fällt es nicht auf, weil es sich nicht an dich richtet, aber die Art und Weise, wie deine Mutter mich ansieht, wird allmählich äußerst merkwürdig.»

«Liebling, du hast die ganze Zeit so viel Verständnis gezeigt, daß es für dich wahrscheinlich schwer einzusehen ist, aber Mutter ist in einer schwierigen Lage. Sie hat jahrelang in ihrem eigenen Haus allein gelebt und fragt sich natürlich, ob sie hier wirklich willkommen ist. Es dauert einfach eine Zeitlang –»

«Sie ist jetzt fünf Monate hier, und ich spreche nicht von Befürchtungen irgendwelcher Art, ich spreche von Feindseligkeiten. Um es mal ganz milde auszudrücken.»

Mrs. Lear stand wie zu Stein erstarrt.

Nach einigen Sekunden des Schweigens sagte Isabel: «Also wirklich, Leslie! Warum sollte sie dir gegenüber feindselig sein? Du mußt doch eine Theorie haben, wenn du das alles so ernst nimmst.»

«Also gut, ich glaube, deine Mutter befand sich damals in Puerto Vallarta, ganz am Anfang, in einem kleinen Irrtum. Ich glaube –»

Mrs. Lear sprang unwillkürlich einen Schritt vor, als ihr glühender Haß auf Leslie Gillis sich zischend und funkensprühend aus dem Wust von Gefühlen befreite, in dem er sich gewöhnlich versteckt hielt. Nicht in Erkenntnis, sondern vor wütender Verachtung stockte ihr einen Moment lang der Atem. Wie kann er es wagen? widerhallte es dröhnend in ihrem Kopf, und sie überhörte ein paar Worte.

«Aber selbst wenn wir einmal annehmen, daß etwas Wahres daran ist» – Oh, schlau! Nichts so entwaffnend wie die Bereitschaft zum Zugeständnis! –, «es ist jetzt drei Jahre her, Liebling, und ich muß dich darauf aufmerksam machen, daß Männer für

Mutter nur ein notwendiges Übel sind. Sie hatte einen, so einfach ist das. Darum –»

Leslie war mindestens genauso raffiniert wie Isabel. Sein «dann weiß ich auch nicht» klang so herzzerreißend, daß sie augenblicklich versuchte, ihn zu trösten.

«Weißt du was, Leslie, ich rufe Marietta an. Ich denke, eine Einladung zum Abendessen wäre am besten, auch wenn ich nicht versprechen kann, daß ich ihr Urteil akzeptieren werde – sie praktiziert schließlich seit Jahren nicht mehr. Inzwischen unterhalte ich mich mal mit Mutter, und du unterhältst dich mal mit dir selber, hm? Mir ist kalt, dir auch? Komm, gehen wir in die Sonne...»

Selbst wenn ihre Stimmen nicht unhörbar geworden wären, hätte Mrs. Lear mehr nicht ertragen können. Was den Anschein teilweisen Weichwerdens hatte, war nicht mehr als eine von Isabels Notlösungen, um die Ablehnung zu vertuschen; aber wie lange würde sie Leslies Unwillen gegenüber standhaft bleiben, wie lange ihr ruhiges eheliches Glück der Gefahr aussetzen?

Nicht lange.

Nicht eigentlich eine Anstalt, würden sie zu ihren Freunden sagen, sondern einfach ein sehr schönes Haus mit gründlich ausgebildetem Personal, das im Umgang mit Leuten, die zur Exzentrik neigten, Erfahrung hatte. Sie hatten dort auch einige Patienten, die an der Alzheimerschen Krankheit litten. Der Park war wunderschön. Mrs. Lear knirschte mit den Zähnen. Niemals!

Irgendwie überstand sie den Nachmittag, half sogar Isabel in der Küche und dachte beim Abendessen daran, Leslie zuzulächeln, obwohl ihre Zukunft sich mit beschleunigtem Tempo zu nähern schien. Die unbekannte Marietta war natürlich Psychiaterin. Mrs. Lear fehlte wahrhaftig nichts, aber jeder wußte, daß Chirurgen schnitten, Redakteure redigierten und Psychiater immer eine Macke fanden. Schlimme Marietta, dachte Mrs. Lear in flüchtiger Erheiterung.

Leslie ging früh zu Bett, schützte Müdigkeit nach den anstrengenden Arbeiten in seiner Werkstatt vor, obwohl er nach dem Kaffee nicht zu müde gewesen war, die gräßlichen Blätter der Pflanze noch abzuwaschen. «Sie muß atmen können», sagte er vielleicht zum zehntenmal zu Mrs. Lear, als hoffte er, sie würde diese Liebesmüh übernehmen. Und sie antwortete zweideutig: «Tatsächlich?»

Isabel duschte und kehrte in einem feinen Hauch von Veilchenduft zurück, um noch etwas zu lesen, wie sie das häufig tat, wenn Leslie vor zehn zu Bett ging. An diesem Abend jedoch merkte man ihr eine gewisse hektische Gespanntheit an, die zweifellos Vorbotin der «kleinen Unterhaltung» war. Mrs. Lear war auf sie inzwischen wohlvorbereitet; sie beabsichtigte, abwechselnd Erstaunen, Gekränktheit und Nachdenklichkeit zu zeigen. Ob Isabel denn ganz sicher wäre, wollte sie fragen, daß diese Beschuldigung nicht mit Leslies jüngster Gewohnheit, vor sich hin zu murmeln, zu tun hatte, Isabel hatte das noch gar nicht gehört? Nun, zweifellos gab er sich mehr Mühe, wenn sie in Hörweite war, aber ...

Es lag in der Natur der Sache, daß der Beweis, daß man nicht vor sich hin murmelte, schwer zu erbringen war. Zweifellos würde die Beschuldigung ein bißchen Verwirrung stiften.

Die Minuten verstrichen, und nichts geschah, außer daß eine kühle Brise durch eines der offenen Fenster strich. Augenblicklich bewegte sich die Pflanze leise in ihrem zufriedenen Schlummer, und in der schützenden Anwesenheit einer zweiten Person im Raum hob Mrs. Lear, die in letzter Zeit nicht in der Lage gewesen war, ein Buch zu finden, das sie über mehr als zwei oder drei Seiten fesselte, ihren Kopf von der Zeitschrift, die sie am Morgen weggeworfen hatte, und sah die Pflanze kühn an.

Und schloß entsetzt die Augen, als ihr Hirn ihr sagte, was sie sah, und öffnete sie wieder, um dasselbe stumm spähende Schreckensgeschöpf zu sehen.

In schlauer Wachsamkeit war er erstarrt, der winzige braune Mann, der in dem V zwischen dem Stamm und einem der gebogenen Stengel hing, halb verborgen hinter einer kürzeren gebogenen Luftwurzel, die die Blätter nährte. Alles an ihm verriet, daß er ein grausamer Wilder war, nicht mehr als fünfzehn oder sechzehn Zentimeter groß, aber so exakt im Größenverhältnis zu seinem Wirt, daß er Lebensgröße erreichen würde, wenn diesem gestattet wurde, zu seinen richtigen Proportionen heranzuwachsen.

Es war klar, daß Leslie ihm Nahrung brachte, während er so tat, als pflegte er nur die Pflanze. Und Anweisungen, die er an diesem Abend ausführen wollte.

Nein, früher schon. Jetzt.

Er geriet sofort in leise, wachsame Bewegung, als Mrs. Lear mit erstickter Stimme «Isabel!» sagte. Was, fragte sie sich entsetzt, wenn er jetzt den Stamm herunterrutschen und versuchen sollte, zu ihr zu gelangen? Aber das tat er natürlich nicht; heimtückisch wie alle seiner Art, wurde er so unschuldig wie Lampenlicht und Chlorophyll.

Isabel brauchte keine weitere Aufforderung. Sie stand sofort auf und eilte durch das Zimmer, beugte sich hinunter wie gezogen von der Hand, die mit der Kraft wilder Verzweiflung ihren Arm umklammerte. Mrs. Lears brüchige Flüsterstimme war kaum mehr als ein Rascheln in der vom bösen Zauber durchwirkten Stille. «Schau, da in der Pflanze, in der Mitte, ungefähr auf halber Höhe – das ist keine Puppe, das ist ein kleiner Mann, er lebt, er *lebt* –»

«Ja, ich sehe ihn», erwiderte Isabel nach einer kleinen Pause ebenfalls flüsternd. Sie war sehr bleich geworden, aber ihre Beherrschung, während sie ihrer Mutter aus dem Sessel half, war beinahe vollkommen. «Schau, da ist dein Golfschläger.» Sie drehte Mrs. Lear sachte zu der Ecke, wo immer noch das Eisen stand, vergessene Erinnerung an den Abend zuvor. «Halt ihn ganz fest und gib acht. Ich rufe inzwischen –»

«Nicht Leslie!»

«Nein, nein, die – Polizei. Wir müssen sie unterrichten. Halte den Schläger hinter deinen Rücken, damit du ihn nicht provozierst. Schaffst du das, Mutter? Ich komme gleich wieder.»

Isabel hielt bei dem Apparat, der im Eßzimmer stand, gar nicht an, sondern rannte, Mrs. Lears Auge entkommend, ins

Schlafzimmer, schaltete rücksichtslos das Licht an und schüttelte Leslie wach – mit einiger Mühe, weil er trotz seiner körperlichen Müdigkeit eine seiner Schlaftabletten genommen hatte.

«Leslie! Leslie, du mußt sofort aufstehen! O Liebling, du hattest ja so recht mit dem, was du über Mutter sagtest. Sie ist im Wohnzimmer, im Geist offenbar in ihre Kindheit zurückgekehrt, und ist ganz außer sich wegen einer Lieblingspuppe von ihr, die sie ihren kleinen Mann nennt. Sie ist überzeugt, daß die Puppe sich in der Pflanze versteckt hat, du mußt ihr also einfach versprechen, daß du sie ihr herausholst, während ich Dr. Fellowes anrufe. Das ist kein Fall mehr für Marietta –»

«Du lieber Gott! Ihr kleiner Mann!» Noch halb benommen wiederholte Leslie die Wendung, die ihm in Verbindung mit seiner Schwiegermutter völlig absurd erschien, und strich sich glättend über den Pyjama, während er zum Schrank ging.

Isabel riß scheinbar in höchster Panik den Hörer vom Telefon und trieb ihn mit den Worten hinaus: «Du kannst jetzt nicht erst deinen Bademantel suchen! Du mußt zu ihr!»

Und wie lang würde der Wahn andauern, auch wenn sie ihn durch ihre Behauptung, das Ding gesehen zu haben, noch gestützt hatte? Und wie lange der Anfall von Verfolgungswahn, der für diesen langersehnten Augenblick wesentlich war?

Daß man Mrs. Lear nicht ungestraft verärgerte, war eine Tatsache, mit der Isabel seit ihrer Kindheit gelebt hatte. Daß Mrs. Lear am vergangenen Erntedankfest Anzeichen von wachsender Labilität gezeigt hatte, kam nicht unerwartet. Beide Umstände hatte Isabel erst verknüpft, als sie sich zum erstenmal in ihrem Leben unsterblich verliebt hatte. Sie merkte, daß ihr ein gestohlenes Rendezvous in der Woche unter dem Deckmantel eines Spanischkurses nicht reichte, und erkannte, daß nichts Leslie dazu bewegen würde, sie freizugeben. Und ferner erkannte sie, daß ein Scheidungsprozeß bei Leslies entschiedenem Widerstand nicht nur äußerst kostspielig werden, sondern sich auch endlos hinziehen würde.

Warum sollte sie so lange warten und sich von so viel schönem Geld trennen – Isabel war neununddreißig, der Mann ihrer

Wahl fünf Jahre jünger –, wenn da ja noch Mutter war, Mutter mit dem Hang zum unversöhnlichen Groll, den vom jahrelangen Golfspiel gestählten Armen, den obskuren Gedankengängen, so verschlungen wie Maulwurfstunnel?

Aber trotz ihrer Entschlossenheit, trotz ihres monatelangen Balanceakts, ihrer gezielten Bemühungen, Mrs. Lears Wut immer von neuem anzustacheln – ihr Einfall, Leslie zu der häßlichen Pflanze zu raten, hatte zweifellos Früchte getragen –, und trotz ihres Triumphes über den zerstörerischen Tobsuchtsanfall in der Werkstatt fehlte es Isabel nicht an Feingefühl. Leslie hatte mittlerweile Zeit gehabt, das Wohnzimmer zu erreichen, versprach Mrs. Lear vielleicht in diesem Moment – sicherlich redete er leise –, ihr das Objekt des Entsetzens zu holen.

Sie hatte im Spiegel Augen betrachtet, von denen sie sich nicht vorstellen konnte, daß sie eines Tages nur noch ausgebleichtes, steinernes Lavendel sein würden. Sehr leise schloß sie die Schlafzimmertür.

Peter Lovesey

Vandalen

Miss Parmenter konnte den jungen Mann auf Anhieb nicht ausstehen. Er schockierte sie. Sie faßte es als eine persönliche Beleidigung auf, daß er so vor ihrer Tür stand, in schwarzer Lederjacke, ausgebleichten Bluejeans und dem, was sie gelernt hatte, für Tennisschuhe zu halten.

Sie hatte es sich angewöhnt, abends am Fenster zu stehen und in den Hof hinunterzustarren. Der Hotelprospekt bezeichnete ihn als die Piazza. Piazza! *Schweinestall* kam der Wirklichkeit näher, seit die Gangster und Rowdies angefangen hatten, sich abends hier zu treffen. Sie hatten ihn ruiniert. Sie saßen auf ihren Motorrädern, ließen sich mit Bier vollaufen, stocherten im Essen aus der Imbißstube herum und verdreckten den Boden mit den Dosen und Pappschachteln, die sie angeschleppt hatten. Das meiste Essen landete am Boden. Oft bewarfen sie sich damit. Manchmal warfen sie mit Flaschen, und der Platz war voller Scherben. Sie hatten die Wände verwüstet mit Wörtern, die sie in meterhohen Lettern an die Mauern sprühten – Namen von berühmten Popgruppen, wie sie gehört hatte. Das Schlimmste war, daß sie gar kein Recht hatten, sich dort aufzuhalten. Sie waren keine Hotelgäste. Der Manager hätte sie schon vor Monaten wegschicken sollen, aber er war ein Schwächling. Er behauptete, er hätte sie mehrmals angesprochen.

Und jetzt stand dieser junge Mann da vor ihrer Türe, nicht anders gekleidet als einer von diesen Gangstern.

Miss Parmenter versuchte, ihrer Angst verstandesmäßig Herr zu werden. Sie wußte, daß sie ein Leben wie im Kloster führte im *Ocean View*. Wahrscheinlich war es ein anständiger junger Mann, der zufällig Leder und Jeans bevorzugte. Vielleicht taten das alle heutzutage.

Sie trat vom Spion zurück und holte tief und stockend Atem, rieb dann gedankenverloren an ihren Fingernägeln und schob die Haut zurück, bis es schmerzte. Sie konnte ihn leicht loswerden, wenn sie vorgab, ausgegangen zu sein.

Und doch hatte sie zwanzig Jahre auf diese Gelegenheit gewartet. Sie würde sie nicht vorbeigehen lassen.

Sie sah nach ihrem Haar. Eine widerspenstige Strähne mußte unter dem Knoten festgesteckt werden.

Er läutete wieder.

Er *mußte* es sein. Niemand anderer hatte einen Grund, sie zu besuchen.

Sie legte die Sperrkette vor und öffnete die Tür die paar Zentimeter, die möglich waren; halb hoffte sie, den jungen Mann auf wundersame Weise im dreiteiligen Anzug mit gestreifter Krawatte vorzufinden.

Es gab kein Wunder, aber immerhin sah die Jacke sauberer aus als andere, die sie gesehen hatte.

Er grinste. «Ich bin Paul Yarrow. Hoffentlich bin ich nicht zu spät?»

Er hatte bemerkenswert ebenmäßige Zähne. Sie waren so makellos, daß sie hätten künstlich sein können. Vielleicht war er gar nicht so jung, wie es der Stil seiner Kleidung vermuten ließ. Seine Augen waren hinter einer großen Sonnenbrille verborgen.

«Erinnern Sie sich?» sagte er. «Ich habe letzte Woche angerufen.»

«Ja.»

Sie meinte, sie hätte einen Hauch Alkohol in seinem Atem gerochen. Vielleicht war es auch etwas anderes, dieses Rasierwasser, für das sie im Fernsehen Reklame machten. Sie hielt die Türe noch fester.

«Woher weiß ich, wer Sie sind?»

Er zuckte die Schultern und lächelte. «Hab ich doch gesagt. Ich bin der Kerl, der angerufen hat.»

«Haben Sie keine Karte oder so etwas?»

«Wie?»

«Eine Art Ausweis?»

«Sie müssen sich schon auf mein Wort verlassen.»

«Ich hätte gedacht, daß eine so angesehene Firma wie Ihre...»

«Ich bin nicht bei der Firma. Ich bin so 'ne Art freier Mitarbeiter, verstehen Sie? Man hat mich angerufen und gebeten, die Sache zu erledigen. Soll ich reinkommen, oder würden Sie gerne etwas trinken irgendwo?»

Sein Benehmen gefiel ihr überhaupt nicht, aber sie sagte sich, daß er eine kultivierte Aussprache hatte. Genaugenommen wollte sie es einfach glauben. Sie mußte die Sache unbedingt zu Ende führen.

Sie holte tief Luft und hakte die Sperrkette auf. «Es ist besser, Sie kommen herein, Mr. Yarrow.»

«Danke.»

Sie hatte schon alles für den Tee auf dem Rosenholztischchen im Wohnzimmer bereitstehen. Sie mußte nur noch die Teekanne aus der Küche holen, wo der Kessel seit zwanzig Minuten am Sieden war, aber sie überlegte es sich anders. Sie wagte nicht, ihn im Zimmer allein zu lassen.

«Möchten Sie sich nicht setzen?»

Ohne die Aufforderung zu beachten, ging er quer über den Teppich zum Eckschrank und nahm eine große Keramikvase in die Hand. Er wog sie auf der Hand und strich behutsam über die Oberfläche, den Rillen folgend, die die Finger des Töpfers zurückgelassen hatten.

«Einmalig. Phantastische Glasur.»

«Sie ist recht hübsch», stimmte Miss Parmenter zu.

«Die muß aus der Zeit nach ihrer Japanreise 1933 stammen.»

Ihre Haut kribbelte. «Sie wissen, wer sie gemacht hat?»

«Ihre Schwester – wer sonst?»

Er wußte es. Ihre Erleichterung war so spürbar wie Regen in tropischer Hitze. Trotz seiner wenig einnehmenden Erscheinung hatte er bewiesen, daß es ihm zustand, hier zu sein. Er kannte sich aus mit Keramik, mit Maggies Keramik. Er war ein Kenner. «Ich könnte nicht sagen, was für eine Glasur es ist», erzählte sie ihm in einem Wortschwall. «Sie hatte Hunderte, na gut, Dutzende jedenfalls. Sie hat sie alle aufgeschrieben wie Kochrezepte. Sie nannte sie tatsächlich Rezepte. Das hier kann alles sein, einfach alles.»

«Seladon», sagte Mr. Yarrow. «Es ist ein Seladon. Das Graugrün.»

«Wirklich? Ich glaube, Sie haben womöglich recht, aber ich könnte Ihnen nicht um alles in der Welt sagen, was sie dafür verwendete.»

«Feldspat, Holzasche und eine Spur Eisenoxyd», sagte er.

«Sie wissen sehr gut Bescheid.»

«Deswegen bin ich hier.» Er stellte die Vase zurück. «Kommen wir zum Geschäft?»

Miss Parmenter sagte: «Ich hole uns etwas Tee. Sie trinken doch eine Tasse, Mr. Yarrow?»

«Sicher.»

Sie hatte das Gefühl, daß sie ihm jetzt einfach trauen mußte, auch wenn sie noch immer den Gedanken an Gangster und Vandalen nicht loswerden konnte. Sie war so in Eile, daß sie bewußt darauf verzichtete, die Teekanne zuerst anzuwärmen, eine Regel, von der sie in ihrem Leben nur ein- oder zweimal abgewichen war. Als sie die Kanne – nackt, ohne den Teewärmer – ins Wohnzimmer brachte, hatte Mr. Yarrow Maggies Vase wieder in der Hand.

«Toll!»

«Ein schönes Beispiel ihrer Kunst», sagte Miss Parmenter, als sie den Tee ausgeschenkt hatte. Sie hatte das Sieb vergessen. Sie würde nochmals von einer Regel abweichen und ohne zurechtkommen.

«Nein, ich habe Sie gemeint», sagte Mr. Yarrow. «Sie, eine kleine alte Dame, vergraben in einem kleinen Hotel an der Südküste. Hatten früher eine berühmte Schwester, aber sie starb vor zwanzig Jahren. Wer hätte gedacht –»

«Einen Moment», fiel ihm Miss Parmenter ins Wort. «Vielleicht bin ich alt, Mr. Yarrow, aber klein bin ich ganz gewiß nicht. Und ‹vergraben› bin ich auch nicht, wie Sie es ausdrückten. Es gibt stündlich einen Zug nach London, wenn mir danach ist.»

Er schüttelte den Kopf und lächelte. «Das war kein sehr guter Einstieg, fürchte ich.»

«Wenn Sie so freundlich wären, die Vase wieder ins Regal zurückzustellen, kann ich Ihnen eine Tasse Tee reichen.»

«Gut.»

«Zucker?»

«Nein. Macht's Ihnen etwas aus, wenn ich's noch mal versuche? Ihre Schwester hatte einen internationalen Ruf als Töpferin. Sie reiste in der ganzen Welt herum. Sie arbeitete mit den größten Töpfern des zwanzigsten Jahrhunderts, mit Leuten wie Hamada und Bernard Leach.»

«Ich habe sie kennengelernt.»

«Da bin ich sicher, aber es muß doch die Hölle gewesen sein, als Schwester von Margaret Parmenter.»

«Ich weiß nicht, was Sie meinen.»

«Sind Sie denn im Ausland gereist wie sie?»

«Nein.»

«Hat man Sie jemals ein Genie genannt?»

«Mr. Yarrow, ich weiß nicht, worauf Sie hinauswollen, aber ich finde es aufdringlich und peinlich.»

«Ich versuche, Ihnen ein Kompliment zu machen, Miss Parmenter. Sie müssen schon eine recht außergewöhnliche Frau sein, um das alles auf sich zu nehmen, was Sie getan haben, damit der Name Ihrer Schwester in Erinnerung der Öffentlichkeit bleibt, wenn man bedenkt, daß Sie selbst keine Begabung hatten. Das nenne ich Selbstlosigkeit.»

«Ach Unsinn», murmelte Miss Parmenter und blickte schamhaft in ihre Tasse.

«Ganz und gar nicht. Geben Sie's zu. Haben Sie denn nie einen Funken Eifersucht gespürt?»

Sie sah auf und musterte ihn unverwandt. «Sie werden einsehen müssen, daß ich dazu erzogen wurde, meine Schwester und meine ganze Familie zu lieben und zu schätzen. Vater glaubte an gewisse Prinzipien, die leider von der heutigen Elterngeneration vernachlässigt werden.»

«Altmodische Werte?»

«Man kann sie vielleicht so nennen. Ich habe gehört, man sagt, daß wir unterdrückt waren, vermutlich, weil wir nicht in Banden herumzogen und der Schrecken der Leute waren. Wenn wir uns verwirklichen wollten, lernten wir, es auf schöpferische Art und Weise zu tun, wie meine Schwester.»

«Und Sie?» fragte er. «Waren Sie schöpferisch tätig?»

«Ich möchte eigentlich nicht von mir sprechen.»

«Wurden Sie nicht ermuntert?»

«Ich hatte keine Gelegenheit. Mutter starb, als ich zwanzig war, also mußte ich mich um das Haus und Vater kümmern.»

«Ah, die Elternfalle», sagte Mr. Yarrow. «Die unverheiratete Tochter, die sich des alternden Vaters annimmt.»

Miss Parmenter stellte Tasse und Untertasse ab. Sie war so aufgebracht, daß sie fürchtete, den Henkel der Tasse abzubrechen. «Mr. Yarrow, ich weiß nicht, ob diese Bemerkung mitleidig gemeint war. Wenn ja, dann war sie unangebracht. Es war mir eine Genugtuung und Ehre, daß ich mich über dreißig Jahre lang um meinen Vater kümmern konnte. Die Tatsache, daß ich mich dafür entschied, unverheiratet zu bleiben, ist ohne Belang. Ich habe nichts zu verbergen vor Ihnen oder irgend jemand anderem, aber ich lasse mir mein Leben nicht von einem völlig Fremden sezieren, der nichts darüber weiß. Nichts.»

«Langsam», sagte Mr. Yarrow, als ob er zu einem gefährlichen Tier spräche. «*Sie* haben mich hierher eingeladen. Ja?»

«Ich bat die Galerie Artemis, jemanden zu schicken, um eine Ausstellung zu arrangieren.»

«Aber Sie haben nicht mit einem Burschen wie mir gerechnet, der sich persönlich für die Sache interessiert?»

«Ich gebe gerne zu, daß ich jemanden erwartete, der ... nun, mehr einem Geschäftsmann gleicht.»

«Nadelstreifen und Melone?»

«Nun ...»

«Gott, steh mir bei», murmelte Mr. Yarrow. «Na schön, machen wir's so, wie Sie's wollen. Was können Sie mir zeigen?»

Miss Parmenter verschränkte die Arme und setzte sich im Stuhl zurück. «Einen Augenblick noch. Zunächst, was wissen Sie über den Werdegang meiner Schwester?»

«Genug. Royal College. Die zwei Jahre mit Hamada in Japan. Diese eleganten hohen Gefäße mit den blassesten Holzascheglasuren, die sie während der vierziger und fünfziger Jahre machte.»

«Wie viele haben Sie gesehen?»

«Nicht viele», gab er zu. «Die meisten kamen in private Sammlungen.»

«Wenigstens sind Sie ehrlich.»

«Besten Dank. Die paar, die ich gesehen habe, sind umwerfend.» Ihretwegen ergänzte er: «Exquisit.»

«Ehrlichkeit gefällt mir», bemerkte Miss Parmenter. «Wenn meine Generation einen Fehler hatte, dann den, daß sie zuviel Wert darauf legte, taktvoll zu sein, manchmal auf Kosten der Wahrheit. Die jungen Leute sind nicht so zimperlich mit dem, was sie sagen. Sie können verletzend sein, aber wenigstens sind sie ehrlich. Ich wäre gern ehrlich zu Ihnen.»

«Kein Problem. Ich war bei den Pfadfindern.»

Sie stand auf, nahm das Tablett und trug es zur Türe. «Sie brauchen sich nicht lustig zu machen.»

Er folgte ihr zur Tür und griff nach der Klinke. «Miss Parmenter, ich versuchte, Ihnen klarzumachen, daß Sie mich nicht wie ein Kind zu behandeln brauchen.»

Sie lachte. Sie konnte es kaum glauben, daß sie wirklich lachte, aber es war so. Das Komische daran war, daß er recht hatte. Sie behandelte ihn wie ein Kind. Sie fürchtete sich nicht im geringsten vor ihm. Und das war der Mann, den sie beinahe nicht eingelassen hätte, wegen der Kleidung, die er trug.

«Was ist daran so komisch?» fragte er.

«Nichts, was Sie verstehen würden.»

«Soll ich das Tablett nehmen?»

«Nein. Ich komme zurecht damit, danke. Aber kommen Sie mit.» Sie hatte merklichen Spaß an der Sache. Ihr großer Augenblick würde gleich kommen, und sie wollte ihn auskosten. Sie trug das Teegeschirr in die Küche und stellte es ab. Sie war überaus zuversichtlich. Sie stand in der Küche und leerte die Teekanne, dabei sagte sie, ohne ihn anzusehen: «Wissen Sie, was ich mache, seit Vater starb?»

«Spüren Sie die Gefäße Ihrer Schwester auf?»

«Ja. Maggie war von peinlicher Genauigkeit. Sie führte Aufzeichnungen über jedes einzelne, wer es kaufte, was sie bezahlten und wann. Einige haben mehrmals den Besitzer gewechselt seit damals, und einige wenige haben leider Schaden erlitten, aber ich glaube, ich kann über jedes einzelne Bericht erstatten.»

«Nützlich.»

«Manche Leute weigern sich natürlich einfach zu verkaufen.»

«Zu *verkaufen*? Sie kaufen die Gefäße zurück?»

«Ich biete einen sehr anständigen Preis. Seit Vaters Tod fehlt es mir nicht an Geld. Insgesamt habe ich über siebzig zurückgekauft.»

«Wozu? Warum haben Sie das getan?»

«Dafür.»

«Wofür?»

«Die Ausstellung.»

Mr. Yarrow rieb sich den Nacken. «Ich verstehe Sie nicht. Sie müssen doch nicht alles wieder in Ihren Besitz bringen, um es auszustellen. Die Leute sind normalerweise bereit, die Sachen auszuleihen.»

Sie lächelte wieder. «Sie halten mich offensichtlich für leicht verblödet, wie man wohl heute sagt.»

«Ich meine nur, daß es eine höllisch teure Methode ist, um eine Ausstellung zustande zu bringen. Schön, es ist eine phantastische Huldigung an Ihre Schwester, aber was bleibt Ihnen? Trocken Brot, wenn ich auch nur das Geringste vom Wert dieser

Gefäße verstehe. Selbst wenn wir die Sache durchziehen, kann ich Ihnen nicht garantieren, daß Sie Ihr Geld zurückbekommen.»

«Das Geld interessiert mich nicht.»

«Sie verlangen Provision für alles, was Sie verkaufen.»

Miss Parmenter hörte ihn kaum. Sie sagte: «Ich finde, Sie sollten die Sammlung jetzt sehen.»

«Nichts kann mich davon abhalten», sagte Mr. Yarrow.

«Sie versprechen, daß Sie Ihre ehrliche Meinung abgeben?»

«Sie können sich auf mich verlassen.»

«Dann kommen Sie bitte hier entlang.» Sie führte ihn aus der Küche und durch den Gang zu einer Tür am anderen Ende. Sie trat beiseite. «Sie können aufmachen und hineingehen.»

Mr. Yarrow trat ein.

Miss Parmenter wartete draußen mit einem Lächeln. «Lassen Sie sich Zeit, solange Sie wollen», rief sie. «Da drinnen ist immerhin die Arbeit eines Lebens.»

Eines Lebens ... und mehr. Eine alte Melodie ging ihr durch den Kopf. Etwas, das Vater oft gepfiffen hatte, wenn er gut gelaunt war, an einem jener Morgen, an denen ein Brief ankam.

«Von unserer Maggie, und der Teufel soll mich holen, wenn sie nicht schon wieder einen Pott verkauft hat. Ist sie nicht ein toller Hecht?»

Schade, daß Vater es nicht erleben durfte, was seine andere, unbeachtete Tochter zu guter Letzt erreicht hatte. Oder Maggie gar, die hervorragende, gefeierte Maggie. Wäre *sie* nicht erstaunt gewesen!

Schritte! Mr. Yarrow kam heraus!

Er hatte seine Sonnenbrille abgenommen. Er hatte blaue Augen, und sie waren weit offen, wie es sich gehörte, nach dem, was sie eben gesehen hatten.

Sie war so gespannt, daß sie ihn beinahe angefaßt hätte. «Nun?»

Er fingerte an seinem Hemdkragen herum. «Mir ... fehlen die Worte.»

Miss Parmenter lachte nervös auf. «Das nehme ich an, aber sagen Sie mir, was Sie davon halten.»

Mit einem Schulterzucken sagte er: «Ich bin lediglich erstaunt, das ist alles.»

«Das wußte ich. Aber es gefällt Ihnen doch, nicht wahr?»

Er wandte die Augen ab. «Es ist eine unglaubliche Geschichte. Jahrelange Arbeit, da bin ich sicher.»

«Ich möchte es wissen», sagte sie. «Sie haben mir versprochen, ehrlich zu sein.»

«Gut.» Er rieb sich die Arme, als fühlte er plötzlich einen kalten Luftzug. «Gehn wir in Ihr Wohnzimmer hinüber?»

«Wenn Sie wollen – aber Sie werden ehrlich sein?»

Als er im Lehnstuhl saß, sagte er: «Sind das alles Gefäße Ihrer Schwester?»

«Ja. Habe ich Ihnen doch gesagt.»

«Und die Muscheln – haben Sie die selbst gesammelt?»

«Jeden Morgen, vom Strand, ganz früh, bevor irgend jemand anderer dort war.»

«Es müssen Millionen sein.»

«Vermutlich. Ich mußte die ganz kleinen Muscheln nehmen. Große wären ungeeignet gewesen. Und sie mußten alle nach Form und Farbe sortiert werden, bevor ich sie verwenden konnte.»

«Gewiß», sagte Mr. Yarrow. «Wie haben Sie sie denn an der Oberfläche der Gefäße befestigt?»

«Fliesenkleber. Sehr stark. Es besteht keine Gefahr, daß sie abfallen, falls Sie das meinen.»

«Wie sind Sie auf die Idee gekommen?»

Sie kicherte in ihr Taschentuch. «Eigentlich durch einen der Souvenirläden am Weg zum Strand. Sie haben alle möglichen Sachen, die mit Muscheln verziert sind. Tischlampen, Aschenbecher, Kästchen. Dilettantisch gemacht, natürlich. Man kann es nicht als Kunst bezeichnen.»

«Und so haben Sie sich entschlossen, jedes Gefäß, das Ihre Schwester jemals gemacht hat, zurückzukaufen und mit Meeresmuscheln zuzudecken.»

«Zu *verzieren*. Meine Muster sind hochkompliziert, was Sie gewiß zu würdigen wissen. Ich habe einige Ideen für den Ausstellungskatalog, falls es Sie interessiert. Für die Titelseite dachte ich an eine Nahaufnahme von einem der Gefäße und darauf in weißer Schrift *Margaret und Cecily Parmenter*.»

Mr. Yarrow stand auf und ging zum Eckschrank hinüber. «Eine haben Sie übersehen.» Er nahm die Vase, die er schon vorher in der Hand gehalten hatte, und drehte sie langsam, den Blick auf die Glasur gerichtet. «Warum haben Sie die so gelassen?»

«Die?» Sie nahm sie ihm aus der Hand. «Weil es die einzige ist, die mir gehörte. Sie schenkte sie mir.»

«Und so durfte sie entkommen.»

Miss Parmenter zögerte. «Entkommen?»

Seine Stimme änderte sich. Es lag etwas darin, das Miss Parmenter frösteln ließ. «Sie wollten die Wahrheit hören», sagte er. «Sie haben diese Gefäße ruiniert. Sie haben die Glasur zerstört, den Umriß, die Oberfläche, alles. Das sind keine Kunstwerke mehr.»

Sie starrte ihn an, unfähig, etwas zu sagen.

Er setzte seine Sonnenbrille wieder auf. «Ich gehe jetzt besser. Ich kann nur sagen, Sie müssen diese Schwester gehaßt haben.» Er wandte sich zur Tür.

Miss Parmenter hatte noch immer die Vase in der Hand. Sie hob sie hoch und schmetterte sie auf Mr. Yarrows Hinterkopf.

Er stürzte hin ohne einen Laut. Blut floß über das Rosenholztischchen und färbte die Steingutsplitter, die auf der Platte verstreut lagen.

Sie ging zum Küchenschrank, wo sie ihre Schlaftabletten aufbewahrte. Sie schluckte zwei Hände voll und spülte sie mit Wasser hinunter. Dann ging sie in das Zimmer, in dem die Gefäße auf Regalen angeordnet waren. Sie öffnete das Fenster, um sie langsam, eines nach dem anderen, zu den leeren Bierdosen auf den Hof fallen zu lassen.

Sue Grafton

Ein Gift, das keine Spuren hinterläßt

Die Frau wartete am Morgen auf mich vor meinem Büro. Sie war klein und ziemlich korpulent und hatte Jeans in einer Übergröße an, wie sie nur in Spezialgeschäften zu haben sind. Die Bluse fiel locker über ihre Hüften, vermutlich, um ihr stattliches Hinterteil zu kaschieren. Jemand mußte ihr erzählt haben, daß Querstreifen dick machen, denn ihr Oberteil war diagonal gestreift, mit leuchtendroten und blauen Balken, was beim Betrachter leichte Schwindelgefühle auslöste. Dazu trug sie eine große rote Leinentasche und passende Leinenschuhe mit Keilabsatz. Ihr Gesicht war rund, weich und faltenlos, ihr Haar so gleichmäßig dunkel, daß die Farbe kaum natürlich sein konnte. Ihr Alter? Zwischen vierzig und sechzig tippte ich. «Sie sind nicht etwa Kinsey Millhone?» fragte sie.

«Die bin ich. Möchten Sie reinkommen?» Ich schloß die Tür auf und trat zur Seite, um sie vorbeizulassen. Sie musterte mich eingehend von Kopf bis Fuß, als ob ich für sie einen ebenso erstaunlichen Anblick böte wie sie für mich. Dann setzte sie sich und hielt ihre Einkaufstasche quer auf dem Schoß. Ich nahm hinter meinem Schreibtisch Platz. «Was kann ich für Sie tun?»

Sie starrte mich unverhohlen an. «Tja, ich weiß nicht. Ich dachte, daß Sie ein Mann wären. Was ist das für ein Name, Kinsey? Hab ich noch nie gehört.»

«Es ist der Mädchenname meiner Mutter. Ich vermute, Sie suchen einen Privatdetektiv?»

«Sieht so aus. Ich bin übrigens Shirese Dunaway. Aber alle nennen mich Sis. Wie lange sind Sie schon im Geschäft?» Skepsis und Mißtrauen waren nicht zu überhören.

«Im Mai sechs Jahre. Davor war ich zwei Jahre im Polizeidienst. Falls es Sie stört, daß ich eine Frau bin, empfehle ich Ihnen gern eine andere Detektei. Ich bin nicht so empfindlich.»

«Hm ... Wenn ich schon mal hier bin, kann ich genausogut mit Ihnen reden. Schließlich bin ich deswegen den ganzen Weg von Orange County hergekommen. Für eine kurze Beratung verlangen Sie doch wohl nichts, oder?»

«Nein. Normalerweise kriege ich dreißig Dollar die Stunde plus Spesen ... Das aber auch nur, wenn ich überzeugt bin, was ausrichten zu können. Worum geht's denn?»

«Dreißig Dollar die Stunde! Oje! Mit soviel habe ich nicht gerechnet!»

«Beim Anwalt zahlen Sie hundertzwanzig», entgegnete ich achselzuckend.

«Weiß ich. Aber nur wenn es vor Gericht geht. Mann! Dreißig Dollar die *Stunde* ...!»

Ich hielt den Mund und wartete ab. Ich hatte nicht vor, gleich bei der ersten Begegnung Streit anzufangen. Während sie überlegte, schaltete ich einfach ab.

«Es geht um meine Schwester», sagte sie schließlich. «Hier, lesen Sie das.» Sie reichte mir einen kleinen Ausschnitt aus einer Tageszeitung von Santa Teresa. Es war eine Todesanzeige: «CRISPIN, MARGERY – die geliebte Mutter von Justine, ist am 10. Dezember von uns gegangen. Die Bestattung findet in aller Stille auf dem Wynington-Blake-Friedhof statt.»

«Das war vor fast zwei Monaten», bemerkte ich.

«Man hat mir noch nicht einmal mitgeteilt, daß sie krank war. Das ist es ja», fuhr Sis Dunaway auf. «Ich wäre bis heute völlig ahnungslos, wenn nicht eine ehemalige Nachbarin dies hier entdeckt und für mich ausgeschnitten hätte.» Sie schien mehr empört als traurig zu sein.

«Und die Anzeige haben Sie gerade erst erhalten?»

«Nein, das war im Januar. Aber ich konnte schließlich nicht einfach alles stehen- und liegenlassen. Ich hab mich erst jetzt aufraffen können. Das müssen Sie verstehen, ich war fix und fertig.»

«Natürlich», sagte ich. «Wann haben Sie denn das letzte Mal mit Margery gesprochen?»

«Das genaue Datum weiß ich nicht mehr. Es muß vor acht oder zehn Jahren gewesen sein. Sie können sich vorstellen, was das für ein Schock gewesen ist. Aus heiterem Himmel zu erfahren, daß sie tot ist!»

Ich schüttelte den Kopf. «Schrecklich», murmelte ich. «Haben Sie schon mit Ihrer Nichte gesprochen?»

Sis Dunaway machte eine wegwerfende Handbewegung. «Diese Justine ist eine Katastrophe! Marge war nicht zu beneiden. Ich habe mal kurz bei ihr vorbeigeschaut. Das hat mir genügt. Ich habe gesagt: ‹Justine, woran zum Teufel ist Margery gestorben?› Wissen Sie, was sie geantwortet hat? ‹Tante Sis, an Herzversagen.› Sie hatte's noch nicht ganz ausgesprochen, da wußte ich, daß das blanker Unsinn war. An Herzversagen ist in unserer Familie noch nie jemand gestorben . . .»

Und sie verbreitete sich ausführlich darüber, woran alle wirklich gestorben waren; Mutter, Vater, Onkel Buster, Rita Sue. Da war von Krebs, Lungenkrankheiten und ein oder zwei Gehirnschlägen die Rede, aber von schwachen Herzen keine Spur. Ich gab mich verständnisvoll, um ihren Redeschwall nicht zu unterbrechen, bevor sie zum Wesentlichen kam, und machte sogar ein paar Notizen. «Sie haben also das Gefühl, daß mit dem Tod Ihrer Schwester was nicht stimmt?» faßte ich schließlich zusammen.

Sis spitzte die Lippen und senkte den Blick. «Drücken wir's mal so aus: Ich rieche, wenn's stinkt. Und ich möchte wetten, daß Justine die Finger im Spiel hat.»

«Weshalb hätte sie so etwas tun sollen?»

«Marge hatte eine gute Lebensversicherung. Harley hatte sie 1966 abgeschlossen: Wenn das kein Motiv ist?» Nachdem sie ihren Standpunkt deutlich gemacht hatte, lehnte sie sich selbstzufrieden auf dem Stuhl zurück.

«Harley?»

«Ihr Mann. Er ist längst tot. Sie waren auf Gegenseitigkeit versichert. Nach seinem Tod hat Marge ihre Versicherung beibehalten. Die Nutznießerin ist Justine. Da Marge nie wieder geheiratet hat, kriegt Justine vermutlich alles und macht wer weiß was damit. Das ist doch nicht richtig, oder? Sie hat gelogen und betrogen, seit sie auf der Welt ist. Eine richtige Hochstaplerin. Viermal war sie schon im Knast. Meine Schwester hat sich den Mund fusselig geredet, aber bei Justine hat das nichts genützt.»

«Um welchen Betrag geht es denn eigentlich?»

«Hunderttausend Dollar», erwiderte Sis Dunaway. «Im übrigen haben die zwei sich nie verstanden. Sie waren von jeher wie Hund und Katze. Haben immer versucht, sich gegenseitig zu übertrumpfen. Das war bei denen so eine Art Familiensport. Justine hat mir ziemlich deutlich gesagt, daß sie sich zwei Monate vor Marges Tod endgültig verkracht hatten. Seit Marges Auszug haben die beiden kein Wort mehr miteinander geredet.»

«Sie haben zusammen gewohnt?»

«Ja . . . bis zu dem großen Krach. Und dann war Marge plötzlich tot. Da ist doch was faul, oder?»

«Sind Sie schon bei der Polizei gewesen?»

«Wieso denn? Ich habe doch keine *Beweise*.»

«Was ist mit der Versicherungsgesellschaft? Wenn es Anlaß zu Zweifeln an einem natürlichen Tod Ihrer Schwester gegeben hätte, hätte sich doch bestimmt der Versicherungsdetektiv eingeschaltet.»

«O Schatz, Sie wissen doch auch, wie's im Leben so geht. Wenn die Versicherungssumme mal ausbezahlt wurde, will die Versicherung mit der Sache nichts mehr zu tun haben. Sollen die vielleicht zugeben, daß sie einen Fehler gemacht haben? Nein, danke. Viel zuviel Arbeit, den ganzen Papierkram wieder aufzurollen. Außerdem hätte Justine denen doch umgehend ein

Verfahren an den Hals gehängt. Da stellen die sich doch lieber taub und schreiben das Geld in den Schornstein.»

«Wann ist die Versicherungssumme ausbezahlt worden?»

«Angeblich vor einer Woche.»

Ich starrte sie einen Moment nachdenklich an. «Ich weiß nicht, was ich da sagen soll, Mrs. Dunaway...»

«Nennen Sie mich ruhig Sis. Ich hab nichts am Hut mit diesen Förmlichkeiten.»

«Also gut, Sis. Wenn Sie wirklich überzeugt sind, daß Justine etwas mit dem Tod ihrer Mutter zu tun hat, dann will ich selbstverständlich helfen. Ich möchte Ihre Zeit nur nicht nutzlos verschwenden.»

«Das verstehe ich», sagte sie.

Ich rutschte unruhig auf meinem Stuhl hin und her. «Hören Sie, ich mache Ihnen einen Vorschlag. Sie bezahlen mich für zwei Stunden. Wenn ich danach keine konkreten Hinweise gefunden habe, unterhalten wir uns noch mal, und Sie entscheiden, ob ich weitermachen soll.»

«Sechzig Dollar», stellte sie fest.

«Ganz richtig. Zwei Stunden.»

«Also gut. Ich schätze, das kann ich riskieren.» Sie machte ihre Einkaufstasche auf und zog sechs Zehndollarscheine aus einer mit einem Gummiband zusammengehaltenen Rolle. Ich setzte eine verkürzte Version meines Standardvertrags auf. Sis Dunaway wollte über Nacht in der Stadt bleiben und gab mir die Telefonnummer ihres Motels. Dann überließ sie mir die Todesanzeige. Ich notierte mir den vollständigen Namen und das Todesdatum ihrer Schwester und versprach, sie anzurufen.

Mein erster Gang führte mich zum Amtsgericht von Santa Teresa, zweieinhalb Blocks weiter. Dort füllte ich einen Antrag aus, bezahlte sieben Dollar und hielt eine Stunde später die beglaubigte Kopie von Margery Crispins Totenschein in der Hand. Als Todesursache war darauf «Herzinfarkt» angegeben. Unterschrieben hatte ein gewisser Dr. Yee, einer der amtlichen Gerichtsmediziner. Falls Marge Crispin Opfer eines Mordanschlags geworden war, hätte Dr. Yee das eigentlich merken müssen.

Ich holte meinen Wagen und fuhr zur Leichenhalle von Wynington-Blake, die in der Todesanzeige angegeben war. Dort fragte ich nach Mr. Sharonson. Sharonson kannte ich bereits von einem anderen Fall her. Er trug einen anthrazitfarbenen Anzug und befleißigte sich des ernsten, wohlmodulierten Tonfalls seiner Berufssparte. Als der Name Marge Crispin fiel, verdüsterte sich seine Miene.

«Erinnern Sie sich an die Frau?»

«O ja», erwiderte er und schwieg dann. Sein Blick allerdings war beredt.

Ich fragte mich, ob auch die Angestellten von Leichenschauhäusern einer beruflichen Schweigepflicht unterliegen. Trotzdem beschloß ich, ihm auf den Zahn zu fühlen. Männer sind in der Regel größere Klatschmäuler als Frauen, wenn sie erst mal in Fahrt kommen. «Mrs. Crispins Schwester hat mich mit Nachforschungen beauftragt. Sie scheint der Meinung zu sein, daß... nun, daß mit dem Tod ihrer Schwester etwas nicht stimmt.»

Es war Mr. Sharonson anzusehen, wie er nach den richtigen Worten suchte. «Ich würde nicht gerade behaupten, daß ‹was nicht gestimmt hat›. Aber die Umstände waren doch etwas... unappetitlich.»

«Ach ja?»

Er senkte die Stimme und sah sich flüchtig um, um sich zu vergewissern, daß uns niemand hören konnte. «Mutter und Tochter hatten sich zerstritten. Soviel ich weiß, hatten sie seit Monaten keinen Kontakt mehr. Die Frau ist mutterseelenallein in einem verkommenen Hotel an der unteren State Street gestorben. Sie hat getrunken.»

«Nein», murmelte ich mißbilligend und ungläubig zugleich.

«Tja, so war es», fuhr Mr. Sharonson fort. «Die Polizei hat die Leiche gefunden, aber sie konnte wochenlang nicht identifiziert werden. Ohne den Zeitungsartikel hätte es vermutlich nicht mal ihre Tochter erfahren.»

«Welcher Zeitungsartikel?»

«Na, Sie wissen doch ... Diese Kolumne im Lokalteil über die vielen Obdachlosen. Der Autor hat auch über die arme Frau geschrieben. Unter der Überschrift ‹Ein einsamer Tod›. Als Miss Crispin den Artikel las, hatte sie wohl gleich den Verdacht, daß es sich um ihre Mutter handeln könnte. Sie ist dann hierhergekommen, um die Tote anzusehen.»

«Muß ja ein Schock für sie gewesen sein», bemerkte ich. «Ist die Frau denn eines natürlichen Todes gestorben?»

«O ja.»

«Keinerlei Hinweise auf Fremdeinwirkung?»

«Nein, nein. Ich weiß, daß man toxikologische Tests durchgeführt hat. Zuerst haben sie auf Alkoholvergiftung getippt ... aber dann stellte sich heraus, daß es das Herz war.»

Ich fragte ihn noch eine ganze Liste weiterer Möglichkeiten ab, konnte aber keine Ungereimtheiten entdecken. Schließlich bedankte ich mich für seine Mühe, stieg in den Wagen und fuhr zu dem Campingplatz, wo Justine Crispin wohnte.

Der Caravan hatte schon bessere Zeiten gesehen. Er stand auf einem morastigen Geviert. Eine umgekippte Holzkiste diente als Treppe. Ich klopfte. Die Tür wurde einen Spaltbreit geöffnet. Dahinter wurde ausschnittsweise ein rundes Gesicht sichtbar. «Ja, was gibt's?»

«Sind Sie Justine Crispin?»

«Ja.»

«Hoffentlich störe ich nicht. Mein Name ist Kinsey Millhone. Ich bin eine alte Bekannte Ihrer Mutter und habe gerade erfahren, daß sie verstorben ist.»

Vorsichtig abwartendes Schweigen. «Wie haben Sie das erfahren?» fragte sie schließlich.

Ich zeigte ihr den Zeitungsausschnitt. «Das kam mit der Post. Ich glaubte, meinen Augen nicht trauen zu können. Schließlich wußte ich nicht mal, daß sie krank war.»

Justines Augen wurden schmal. «Wann haben Sie sie zuletzt gesehen?»

Ich tat mein Bestes, Sis Dunaways flapsigen Ton zu imitieren. «O Mann! Das muß letzten Sommer gewesen sein. Ich bin im Juni fortgezogen. Um die Zeit herum war's wohl, denn ich habe ihr noch meine Adresse gegeben. Es kam ganz plötzlich, oder?»

«Herzversagen.»

«Armes Mädchen. Sie war solch ein Schatz.» Ich hatte schon Angst, zu dick aufzutragen. Justine starrte mich an, als sei ich an der falschen Adresse. «Wissen Sie zufällig, ob sie meinen letzten Brief gekriegt hat?» fragte ich.

«Nein, davon weiß ich überhaupt nichts.»

«Ich hatte nämlich keine Ahnung, wie ich das mit dem Geld machen soll.»

«Hat sie Ihnen Geld geschuldet?»

«Nein, nein. Ich ihr . . . deshalb habe ich auch geschrieben.»

Justine zögerte. «Wieviel?»

«Nicht sehr viel», antwortete ich verlegen. «Sechshundert Dollar. Aber es war so lieb von ihr, mir das Geld zu leihen. Deshalb war's mir auch peinlich, daß ich's nicht gleich zurückzahlen konnte. Ich hatte sie gebeten, mir bis diesen Monat Zeit zu lassen, und dann habe ich nichts mehr von ihr gehört. Ich hatte ja keine Ahnung. Was soll ich jetzt nur machen?»

Ihre Haltung hatte sich merklich verändert. Habgier bewirkt dergleichen in Rekordzeit. «Sie können es mir geben. Ich sorge dafür, daß es zu ihrem Nachlaß kommt», sagte sie hilfsbereit.

«Aber ich möchte nicht, daß Sie unnötig Laufereien haben.»

«Das macht mir nichts aus. Wollen Sie nicht reinkommen?»

«Ich möchte nicht aufdringlich sein. Sie haben sicher zu tun . . .»

«Ein paar Minuten kann ich erübrigen.»

«Also gut. Wenn Sie meinen», erwiderte ich.

Justine hielt die Tür weit auf. Ich betrat den Wohnwagen und hatte sie jetzt erstmals ganz im Blick. Das Mädchen hatte mindestens dreißig Pfund Übergewicht, ihr glanzloses braunes Haar war zu einem fettigen Pferdeschwanz zusammengebunden. Sie trug Bluejeans wie Sis und ein wallendes T-Shirt, das ihr fast bis zu den Knien reichte. Fette Hinterteile schienen ein Familienerbteil zu sein. Sie schob hastig einigen Krimskrams beiseite, damit ich auf der Sitzbank Platz nehmen konnte, eine euphemistische Bezeichnung für das zerschlissene Plastikding in der Küchenecke.

«Hat sie sehr gelitten?» erkundigte ich mich.

«Der Arzt sagt nein. Er meint, es müsse sehr schnell gegangen sein. Ihr Herz setzte offenbar aus, und sie war tot, bevor sie noch einmal Luft holen konnte.»

«Muß schrecklich für Sie gewesen sein.»

Sie wurde schuldbewußt rot. «Wir waren verkracht, wissen Sie.»

«Ach? Das tut mir leid. Ihre Mutter hat allerdings oft davon gesprochen, daß Sie beide Meinungsverschiedenheiten hätten. Hoffentlich war's nichts Ernstes.»

«Sie hat getrunken. Immer wieder habe ich sie angefleht aufzuhören, aber es war zwecklos.»

«Ist sie hier zu Hause gestorben?» wollte ich wissen.

Sie schüttelte den Kopf. «In einem Hotel für Obdachlose. Der Alkohol hatte sie geschafft. Wenn ich nur gewußt hätte... wenn sie nur zu mir gekommen wäre...»

Ich glaubte schon, sie würde weinen, aber es gelang ihr offenbar nicht recht. Ich drückte ihr die Hand. «Sie war zu stolz», murmelte ich.

«Ja, da haben Sie vermutlich recht. Ich habe schon daran gedacht, die Anonymen Alkoholiker zu unterstützen oder so was, in ihrem Namen, wissen Sie.»

«Eine ‹Marge-Crispin-Stiftung›», half ich nach.

«Ja, so was. Das Geld von Ihnen könnte ein Anfang sein.»

«Ein guter Gedanke. Ich hole nur mein Scheckheft aus dem Wagen, um Ihnen einen Scheck auszuschreiben.»

Draußen an der frischen Luft atmete ich erleichtert auf. Die Dame hatte reichlich dick aufgetragen. Allerdings bewies das noch lange nicht, daß sie auch eine Mörderin war.

Ich fuhr mit dem Wagen auf der Suche nach der nächsten Telefonzelle durch die Gegend und fand sie an einer Tankstelle, einen Block entfernt vom Campingplatz. Dort grub ich in meiner Handtasche nach Kleingeld und wählte dann die Nummer von Sis Dunaways Motelzimmer. Sie war nicht besonders glücklich über das, was ich zu berichten hatte.

«Sie haben nichts entdeckt?» fragte sie. «Sind Sie sicher?»

«Moment mal. Ich habe nur gesagt, daß es keinen Beweis dafür gibt, daß was faul ist. Wenn Justine am Tod ihrer Mutter schuld ist, muß sie's verdammt geschickt angestellt haben. Jedenfalls scheint bei der Autopsie nichts rausgekommen zu sein.»

«Vielleicht hat sie ihr Gift gegeben, das nicht nachweisbar ist.»

«Sis, ich bitte Sie! Tut mir leid, daß ich das sagen muß, aber ein solches Gift gibt's überhaupt nicht. Das ist ein Märchen, das zwar in vielen Köpfen herumspukt, aber es ist ein Märchen.»

Sie war störrisch. «Es wäre immerhin möglich. Das müssen Sie doch zugeben. Es könnte ein solches Gift geben. Vielleicht aus Südamerika ... oder Afrika ...»

Die Sache begann abstrus zu werden. Ich starrte auf den Hörer in meiner Hand. «Und wie sollte Justine an das Zeug rangekommen sein?»

«Woher soll ich das wissen? Das herauszufinden ist Ihr Job. Erwarten Sie nicht, daß ich Ihre verdammte Arbeit tue! Schließlich sind Sie es, die dreißig Dollar pro Stunde kassiert.»

«Soll ich weitermachen?»

«Nicht, wenn Sie mich ausnehmen wie eine Weihnachtsgans!» sagte sie. «Also gut. Ich zahle noch mal sechzig Dollar. Aber dann will ich Ergebnisse sehen. Sonst verlange ich mein Geld zurück.»

Sie hatte aufgelegt, bevor ich protestieren konnte. Wie konnte Sis ihr Geld zurückfordern, wenn sie die zweiten sechzig Dollar noch gar nicht bezahlt hatte? Ich stand in der Telefonzelle und dachte nach. Dabei mußte ich mir eingestehen, daß meine Neugier geweckt war. Sis Dunaway mochte reichlich schrullig sein, aber ihre Überzeugung war beeindruckend. Hinzu kam, daß Justine ganz offensichtlich ein falsches Spiel spielte. Und einer solchen Herausforderung kann ich einfach nicht widerstehen.

Ich fuhr zum Campingplatz zurück, hielt an einem geschützten Plätzchen auf der gegenüberliegenden Straßenseite und wartete. Schon wenige Augenblicke später tauchte Justine hinter dem Steuer eines verbeulten weißen Pinto auf, aus dessen Auspuff dunkler Qualm entwich. Es war nicht schwer, ihr zu folgen. Ich brauchte nur die Nase aus dem Fenster zu strecken; die Rauchwolken wiesen den Weg. Justines Ziel war die Filiale einer Sparkasse in der Milagro Street. Ich fand ein paar Meter weiter eine Parklücke und ging in diskretem Abstand hinter ihr her. In der Sparkasse verhandelte Justine mit dem Filialleiter, bis dieser sie zu einer Kasse begleitete, wo er offenbar die Auszahlung eines Schecks veranlaßte. Nach der Menge der Banknoten zu schließen, die der Kassierer abzählte, mußte es sich um einen stattlichen Betrag handeln.

Kurz darauf verließ Justine die Sparkasse. Ich hätte wetten mögen, daß sie den Versicherungsscheck eingelöst hatte. Sie fuhr zum Campingplatz zurück und verschwand in ihrem Wohnwagen; vermutlich um das Geld zu deponieren.

Dann kam sie wieder heraus, und weiter ging's in Richtung Stadtmitte. Ich folgte ihr wie ein Schatten. Sie fuhr auf einen öffentlichen Parkplatz. Ich stellte meinen VW in einiger Entfernung unauffällig ab. Bis jetzt hatte sie offenbar noch nicht gemerkt, daß sie beschattet wurde. Ich hielt mich weiterhin sorgsam im Hintergrund, als sie zur State Street hinüber und dort einen Block weit bis zum Santa-Teresa-Reisebüro marschierte. Ich tat so, als betrachtete ich interessiert die Urlaubsplakate im Schaufenster, während ich Justine nicht aus den Augen ließ. Sie verhandelte mit einer Angestellten des Reisebüros, deren Schreibtisch gleich am Eingang stand, so daß ich sah, wie ihr schließlich offenbar bereits vorbereitete Tickets übergeben wurden. Justine schrieb einen Scheck aus. Ich konzentrierte mich auf den Zeitschriftenständer und griff nach einer Illustrierten, als Justine wieder herauskam. Sie ging die Straße ein Stück hinunter bis zu einem Bastelladen, wo sie einen ausnehmend häßlichen Blumenkranz aus Plastik erstand. Die Dame hatte ein volles Programm, das mußte man ihr lassen.

Schließlich kam sie aus dem Laden wieder heraus und bog in eine Seitenstraße ein, wo sie im Eingang eines Friseur- und Kosmetiksalons verschwand. Ein verstohlener Blick durchs Schaufenster zeigte Justine mit einem grünen Plastikumhang bekleidet im Gespräch mit einer Friseuse vertieft. Offenbar wurde ein neuer Haarschnitt diskutiert. Ich warf einen Blick auf die Uhr. Es war fast halb eins. Ich hastete zum Reisebüro zurück, wartete, bis die Angestellte, die Justine bedient hatte, zur Mittagspause die Agentur verließ. Als sie außer Sichtweite war, ging ich hinein und las das Namensschild auf ihrem Schreibtisch an der Tür.

Die blonde Reisebüroangestellte auf der gegenüberliegenden Seite sah mich lächelnd an.

«Ist Kathleen nicht da?» fragte ich.

«Sie ist zu Tisch. Sie haben sie knapp verpaßt. Kann ich irgendwie helfen?»

«Das hoffe ich. Ich habe gerade meine Tickets abgeholt, kann aber den Reiseplan nicht finden, den sie mir in den Umschlag gesteckt hatte. Würden Sie mir vielleicht eine Kopie machen? Ich hab's eilig.»

«Natürlich. Kein Problem. Wie ist Ihr Name?»

«Justine Crispin», erwiderte ich.

Ich ging in die nächste Telefonzelle und rief Sis im Motel an. «Hören Sie gut zu», begann ich. «Um vier Uhr fliegt Justine nach Los Angeles. Und von dort nach Mexico City.»

«Dieses Biest!»

«Es kommt noch schlimmer. Sie hat nur einfach gebucht.»

«Hab ich's doch geahnt. Ich wußte, daß sie was im Schilde führt. Wo ist sie jetzt?»

«Beim Friseur. Vorher war sie bei der Sparkasse und hat sich einen Scheck auszahlen lassen ...»

«Wetten, daß das die Versicherungssumme war?»

«Das denke ich auch.»

«Soll das heißen, daß sie das ganze Geld mit sich rumschleppt?»

«Nein, nein. Sie ist erst zum Wohnwagen zurückgefahren. Dann hat sie die Tickets abgeholt. Ich glaube, sie will auch noch zum Friedhof und einen Kranz auf Margerys Grab legen...»

«Das ist ja nicht zum Aushalten. Mit dem schönen Geld verduften und sich auch noch lustig machen über die tote Margery.»

«Sis, ich bitte Sie! Wenn Justine die Versicherungssumme ordnungsgemäß ausgezahlt wurde, können Sie gar nichts tun.»

«Das glauben Sie! Ich werde dafür sorgen, daß sie dafür zahlt. Das schwöre ich, bei Gott!» Damit warf sie den Hörer auf die Gabel.

Mir wurde ziemlich mulmig. Ich versuchte mich zu erinnern, ob ich den Namen des Friseurs erwähnt hatte. Ich sah Sis bereits vor mir, wie sie Justine mit einer MP über den Haufen schoß. Nervös drückte ich mich vor dem Friseursalon herum und beobachtete den Verkehr in beiden Richtungen. Von Sis keine Spur. Möglicherweise wartete sie auf dem Friedhof auf die Chance, mit Justine abzurechnen.

Um Viertel nach zwei kam Justine heraus und ging an mir vorbei. Sie war kaum wiederzuerkennen. Ihr Haar war kürzer geschnitten, Dauerwellen umrahmten ihr Gesicht, das mit Lidschatten und Rouge von der Kosmetikerin geschickt modelliert worden war. Mit anderen Klamotten hätte man sie in dieser Aufmachung durchaus auf eine Million oder wenigstens hunderttausend schätzen können. Sie wirkte beschwingt und achtete eher auf ihr Spiegelbild in den Schaufenstern als auf mich. Ich folgte ihr in sicherem Abstand.

Justine kehrte zum Parkplatz zurück und reihte sich mit ihrem Pinto in den Verkehrsstrom auf der Bundesstraße ein. Ich fuhr im Abstand einiger Wagenlängen hinterher und hielt nach Sis Ausschau. Zwar hatte ich keine Ahnung, was Sis vorhatte, aber so verrückt, wie sie war, mußte ich damit rechnen, daß sie etwas im Schilde führte.

Eine Viertelstunde später kamen wir am Campingplatz an, Justine voraus, ich in weitem Abstand hinterher. Das Honorar, das Sis für meine Arbeit veranschlagt hatte, war aufgebraucht, doch mittlerweile hatte mich die Geschichte gepackt. Nach allem, was passiert war, würde ich Justine vielleicht vor einem Mordanschlag schützen müssen. Justine war nur zurückgekommen, um ihr Gepäck im Auto zu verstauen. Dann fuhr sie weiter zum Santa Teresa Memorial Park, dem Friedhof, der in der Nähe des Flugplatzes lag.

Der Friedhof lag einsam und verlassen da, eine sonnige Rasenfläche mit Grabsteinen und Blütensträuchern. An einer Weggabelung bog Justine rechts ab, und ich fuhr links weiter, behielt ihren Wagen über eine weite Rasenfläche hinweg jedoch ständig im Auge. Schließlich hielt sie an und trug den Plastikkranz zu einer viereckigen Vertiefung mit einem provisorischen Holzkreuz; der Grabstein war anscheinend noch nicht aufgestellt worden. Sie lehnte den Kranz gegen das Kreuz und verharrte davor mit gesenktem Kopf. In dieser Pose gab sie eine gute Zielscheibe ab, und ich wünschte mir unwillkürlich, sie möge niederknien in ihrer Trauer. Vermutlich lauerte Sis irgendwo mit einem Messer zwischen den Zähnen, jederzeit bereit, aus ihrem Versteck hervorzuspringen und Justine die Klinge in den Rücken zu stoßen.

Nach der Gedenkminute setzte Justine sich wieder hinters Steuer und fuhr zum Flughafen, wo sie für den Flug nach Los Angeles eincheckte. Bis zum Abflug hatte sie noch eine knappe Stunde Zeit. Und von Sis war noch immer nichts zu sehen. Falls es zu einer Abrechnung zwischen Tante und Nichte kommen sollte, mußte das bald passieren. Ich schlenderte zu einem Zeitschriften- und Andenkenladen und postierte mich zwischen Buchständer und Wand, um Justine zwischen den Santa-Teresa-T-Shirts, die im Schaufenster hingen, hindurch zu beobachten. Sie saß auf einer Bank und las seelenruhig in einem Taschenbuch.

Was wurde hier eigentlich gespielt?

Sis Dunaway war schließlich ganz wild darauf gewesen, Margerys Tod zu rächen. Und wo blieb sie jetzt? Hatte sie sich an die Polizei gewandt? Ich behielt gleichzeitig Justine und die Uhr im Auge. Was Sis auch vorhatte, allzulange durfte sie nicht mehr warten. Minuten bevor Justines Flug aufgerufen wurde, verließ ich endlich den Zeitschriftenladen, durchquerte die Abflughalle und setzte mich neben Justine. «Tag», sagte ich. «Hübsche Dauerwelle. Steht Ihnen gut.»

Sie starrte mich an. Dann erwies sie sich als der klassische Fall des Schnellspanners: «Was machen Sie denn hier?» fragte sie.

«Ich passe auf Sie auf.»

«Wozu?»

«Ich bin der Meinung, daß Sie ein Kindermädchen brauchen. Ihre Tante Sis ist höchstwahrscheinlich auf dem Kriegspfad. Ich leiste Ihnen Gesellschaft, bis sie auftaucht.»

«Tante Sis?» fragte sie ungläubig.

«Ich muß Sie ernsthaft warnen. Vom Herzinfarkttod Ihrer Mutter ist die Dame keineswegs überzeugt.»

«Wovon reden Sie überhaupt? Tante Sis ist tot.»

Ich konnte mir ein verächtliches Grinsen nicht verkneifen.

«Was Sie nicht sagen? Und seit wann?»

«Seit fünf Jahren.»

«Blödsinn!»

«Das ist kein Blödsinn! Es war ein Gehirnschlag. Sie war auf der Stelle tot.»

«Faszinierende Geschichte», entgegnete ich.

«Es ist die Wahrheit!» behauptete sie mit Nachdruck. Mittlerweile hatte sie sich von ihrem Schreck erholt und ging zum Angriff über. «Wo ist mein Geld? Ich sollte doch einen Scheck über sechshundert Dollar kriegen.»

«Mausetot, sagen Sie?»

In diesem Augenblick kam die Ansage über den Lautsprecher. «Erster Aufruf für die Passagiere des Fluges der United Airlines nach Los Angeles. Bitte zu Flugsteig 5. Halten Sie Ihre Bordkarten bereit, und kommen Sie zur Sicherheitskontrolle.»

Justine raffte ihre Sachen zusammen. Schon die ganze Zeit über hatte ich mich gefragt, wie sie die große Summe Bargeld durch die Sicherheitskontrolle bringen wolle. Ein Blick auf ihre füllige Taille verriet mir jetzt, daß sie sicher einen Geldgürtel trug. Auf spitzen, klappernden Absätzen stolzierte sie zur Schlange der wartenden Passagiere hinüber.

Ich folgte ihr verwirrt, während ich noch einmal die Ereignisse des Tages Revue passieren ließ. Alles war innerhalb weniger Stunden passiert. Ich hatte weder einen Dachschaden, noch litt ich an Gedächtnisschwund. Und Gespenster hatte ich auch nicht gesehen. Sis war leibhaftig in meinem Büro gewesen, hatte mir die ganze Geschichte von Marge und Justine erzählt: alles über das Verhältnis zwischen Mutter und Tochter, über Justines Vergangenheit als Betrügerin, über die Art und Weise, wie die Frauen sich stets gegenseitig zu übervorteilen versucht hatten, über die Versicherung und Marges Tod. Wie hatte Dr. Yee übersehen können, daß es sich um ein Verbrechen handelte? Darauf gab es nur eine Antwort: weil die Frau überhaupt nicht ermordet worden war!

Endlich ging mir ein Licht auf.

Justine reihte sich hinter einem jungen Mann mit Seesack und einer Frau mit einem quengelnden Kind auf dem Arm ein. Die Schlange geriet kurz ins Stocken, während der Kontrolleur Platz nahm. Dann ging es weiter. Justine rückte einen Schritt vor. Ich blieb an ihrer Seite.

«Ihre Mutter und Sie sollen so 'ne Art Konkurrenzverhältnis zueinander gehabt haben.»

«Was geht Sie das an?» entgegnete sie und hielt den Blick stur geradeaus gerichtet, während sie sicher sehnlichst wünschte, es würde schneller vorwärts gehen, und sie könnte mir entkommen.

«Sie sollen beide ständig versucht haben, sich gegenseitig zu übervorteilen», fuhr ich fort.

«Was soll der Quatsch?» fragte sie ärgerlich.

Ich zuckte mit den Schultern. «Wie ich die Sache sehe, haben Sie den Artikel über die Tote in der Obdachlosenunterkunft gelesen, die niemand identifizieren konnte. Daraufhin sind Sie zum Leichenschauhaus gefahren und haben behauptet, die Frau sei Ihre Mutter. Ihr beide habt euch dann darauf geeinigt, euch die Versicherungssumme zu teilen. Aber Ihre Mutter hatte den Verdacht, daß Sie sie reinlegen wollten ... womit sie auch recht hatte ... Wie man sieht.»

«Reden Sie kein Blech.»

Die Schlange rückte weiter. Ich wich Justine nicht von der Seite. «Sie hat mich engagiert, damit ich Sie beschatte. Als ich dahinterkam, daß Sie die Stadt verlassen wollen, habe ich Ihre Mutter angerufen. Ich habe ihr gesagt, was los ist. Sie ist fast explodiert! Ich dachte, sie würde sofort losschlagen, aber bisher ist sie noch nicht aufgekreuzt ...»

Justine reichte dem Beamten ihre Flugkarte. Der Mann winkte sie durch. Sie passierte anstandslos die Kontrolle mit dem Metalldetektor. Ich schenkte dem Kontrolleur ein Lächeln. «Möchte nur schnell einer Freundin ‹Wiedersehn› sagen», log ich und ging hinter Justine durch die Sperre. Justine beschleunigte ihren Schritt. Offenbar konnte sie es kaum erwarten, endlich die Maschine nach Los Angeles zu erreichen.

Ich hielt im Lauftempo mit ihr Schritt und redete währenddessen ungeniert weiter. «Ich habe nicht begriffen, weshalb Sie keinen Versuch gemacht hat, Sie aufzuhalten. Aber dann ist es mir klargeworden ...»

«Lassen Sie mich in Ruhe. Ich lege keinen Wert auf Ihre Gesellschaft!»

«Sie hat das Geld genommen, Justine. In Ihrer Bauchbinde steckt vermutlich nur altes Zeitungspapier. Immerhin hatte sie reichlich Zeit für diesen Tausch ... während Sie beim Friseur saßen.»

«Guter Witz», bemerkte Justine sarkastisch. «Haben Sie noch mehr auf Lager?»

Ich blieb stehen. «Na gut. Mehr sage ich nicht. Ich wollte Ihnen nur ersparen, in Mexico City feststellen zu müssen, daß Sie völlig abgebrannt sind.»

«Sie können mich mal!» zischte Justine. Sie reichte der Stewardeß am Flugsteig ihre Bordkarte und ging ins Freie. Draußen verklang allmählich das Stakkato ihrer Absätze.

Ich ging zurück zur Aussichtsterrasse mit den Panoramascheiben. Draußen auf dem Flugfeld lief Justine mit trotzigen Schritten auf die wartende Maschine zu. Offenbar hatte sie mir gar nicht zugehört. Plötzlich sah ich, wie ihre Hand zur Taille glitt. Sie ging noch ein paar Schritte weiter, blieb dann stehen und ließ ihr Gepäck fallen. Im nächsten Moment zog sie ihr T-Shirt hoch und griff in den Gürtel. Aus dieser Entfernung sah ich nur, wie sich ihr Mund weit öffnete. Es dauerte eine volle Sekunde, bis ihr Wutschrei zu mir herüberhallte.

Schicksal, dachte ich. Manchmal wirkt Mutterliebe wie ein Gift, das keine Spuren hinterläßt. Man taumelt so durchs Leben, und wenn man denkt, man hätte es endlich geschafft, ist plötzlich alles aus.

Mignon G. Eberhart

Der Valentinsmord

Ich sah mir das Spitzengebilde auf meinem Schreibtisch an. «Was ist das?»

Der junge zweite Kassierer antwortete: «Ein Taschentuch. Wahrscheinlich ein Gag für den Valentinstag», meinte er. «Es hat Herzform.»

«Das sehe ich!»

Auf das herzförmige Taschentuch mit der Spitzeneinfassung waren in leuchtendem Rot Wörter und Zahlen geschrieben. Ich berührte das Geschriebene vorsichtig.

«Das ist kein Blut», sagte der Kassierer. «Nur Lippenstift.»

«So alt bin ich noch nicht, daß ich Lippenstift nicht mehr erkenne.»

«Ja, Sir», sagte er hastig. «Ich meine, nein, Sir. Soll ich Bescheid geben, daß man ihn einlöst?»

Gereizt überlegte ich einen Moment. Das Ding war tatsächlich ein Scheck. Es war nicht zu fassen. Ein Scheck über zwanzigtausend Dollar, ausgestellt auf einen gewissen Ronald Murch, unterzeichnet von Clarissa Hartridge, einer meiner Witwen.

Mißverstehen Sie mich nicht, ich bin Junggeselle und gedenke – so Gott will – es zu bleiben. Mein Name ist James Wickwire, und ich bin Seniorvizepräsident einer Bank, hinter deren ehrwürdigen Mauern ich die meiste Zeit meines Lebens verbracht habe.

Clarissa war lediglich in dem Sinn eine meiner Witwen, als ihr Vermögen, genau wie das diverser anderer Witwen, sich in meiner Obhut befand. Immer wieder bereiten mir meine Witwen beträchtliche Seelenqualen, vor allem, weil sie es einfach nicht lassen können, ihr Geld in nichtexistierende Ölquellen zu stekken oder Expeditionen zur Bergung untergegangener Piratenschätze zu finanzieren.

Clarissa jedoch hatte mir bis zu diesem Tag kaum Kummer gemacht. Sie lebte nicht über ihre Verhältnisse, verrechnete sich nie und war zudem eine überaus charmante und hübsche Person.

Ich war ihr für soviel Rücksicht natürlich sehr dankbar und genoß es, wenn ich ein- oder zweimal im Jahr mit ihr und Miss Gray, mit der sie zusammenwohnte, zu Abend aß, da ich mich darauf verlassen konnte, daß sie mich nicht bitten würde, ihr Scheckbuch auszugleichen.

Dieser Wahnsinnsscheck jedoch zerstörte nicht nur eine schöne Illusion, er stellte außerdem einen großen Teil von Clarissas Kapital dar. Zwar gerieten die Mauern der Bank nicht ins Wanken, aber ich war tief erschüttert. Mir war nur allzu klar, daß etwas mit Clarissa geschehen war, und ebenso klar war, was das war. Meine Witwen blieben nämlich nicht alle immer Witwen. Und manchmal folgen sie bei der Wahl ihres nächsten Ehemanns dem gleichen blinden Impuls wie bei ihren Geldanlagen.

«Sie sagen, dieser Ronald Murch ist jetzt draußen?» fragte ich den Kassierer.

«Ja, Sir. Jung, dunkel, gutaussehend. Legte den Scheck ganz kaltblütig vor. Man brachte ihn sofort zu mir, und ich hielt es für besser, ihn Ihnen zu zeigen.»

«Natürlich.» Ich klopfte auf das Spitzengekräusel am Rand des Tüchleins. Jung, dunkel, gutaussehend. Clarissa hatte gut ihre fünfzig Jährchen auf dem Buckel, und wenn ich sie in diesem Augenblick vor mir gehabt hätte, hätte ich ihr mit Wonne den fülligen kleinen Hals umgedreht. So aber sagte ich nur meiner

Sekretärin, sie solle Mrs. Hartridge anrufen, und dem Kassierer, dessen wasserblaue Augen voll Neugier waren, er könne gehen, ich würde das schon erledigen. Er war enttäuscht, aber er ging.

Clarissa begann sofort zu sprechen, als sie mit mir verbunden war. «James, ich weiß, warum Sie anrufen», sagte sie lebhaft. «Das mit dem Scheck geht in Ordnung. Lassen Sie ihn auszahlen.»

Ich glaube, ich konnte nur einen halberstickten Laut von mir geben, worauf sie freundlich fragte: «Sind Sie erkältet, James?»

«Nein! Was soll das –»

«Ich habe ein Rezept für eine Gesichtscreme gekauft.»

«Gesichtscreme? Aber Clarissa, das geht ans Kapital!»

Sie lachte. «Natürlich. Ich habe die Turnpike-Obligationen verkauft.»

Mir blieb fast die Luft weg.

«Ach, James», sagte sie, «würden Sie mir den Scheck direkt zurückgeben? Ich meine, nach der Auszahlung. Ich möchte nicht, daß er den üblichen Weg durch die Bank geht.»

«Das kann ich mir vorstellen», versetzte ich bissig, aber sie hatte schon aufgelegt.

Als ich mich wieder gefaßt hatte, ließ ich Mr. Ronald Murch holen, der immer noch wartete. Er war in der Tat dunkel, jung und gutaussehend und besaß einen Charme, der meine armen, zerschlissenen Nerven arg strapazierte. Zu meiner Überraschung hatte er eine junge Dame mit üppigem goldenen Lokkenkopf und einem blassen, aber stark geschminkten Gesicht am Arm. Er stellte sie mir vor.

«Miss April Moon.»

Die junge Dame lächelte mir kokett zu. «In Kürze Mrs. Ronald Murch», sagte sie und schmiegte sich enger an ihn. «Wir haben uns gerade die Lizenz geholt.»

Ich war völlig verblüfft, hatte ich doch bis zu diesem Moment geglaubt, diese zweifelhafte Ehre würde Clarissa zuteil werden. Ronald Murch deutete auf das herzförmige Taschentuch mit der roten Beschriftung.

«Bißchen albern, was?» meinte er.

«Darf ich fragen, warum es auf diese bemerkenswerte Art beschriftet wurde?»

Flüchtig flackerte etwas in seinem Blick, das ich nicht verstand. «Es war Clarissas – ich meine, Mrs. Hartridges Einfall. Reiner Impuls. Sie meinte, das paßt zusammen – Lippenstift und Kosmetik, verstehen Sie?»

«Das kann ich nicht behaupten», versetzte ich kurz.

Miss April Moon kicherte. «Ist doch egal, wie das alte Mädchen es schreiben wollte. Legal ist es auf jeden Fall. Er bekommt das Geld, sie ihr Rezept, und dann heiraten wir.»

Er zog ein gefaltetes Blatt Papier aus der Jackentasche und wedelte es hin und her. «Das ist das Rezept für meine Gesichtscreme.»

Ich griff automatisch danach, aber er steckte es schnell wieder ein. «Tut mir leid», sagte er, «aber das ist geheim. Ich hab es ganz allein entwickelt. Glauben Sie mir, das ist eine Goldgrube.»

Seine Worte trafen bei mir einen empfindlichen Nerv. In eisigem Ton fragte ich: «Weiß Mrs. Hartridge von Ihrer bevorstehenden Heirat?»

Miss Moon kicherte wieder. Mr. Murch gab sich geschäftsmäßig. «Ich finde nicht, daß Sie das etwas angeht, Mr. Wickwire. Wenn Sie wegen des Schecks irgendwelche Zweifel haben, dann rufen Sie doch Mrs. Hartridge an.»

Ich war gezwungen, den absurden Scheck auszahlen zu lassen.

Danach ließ ich mir das Taschentuch wieder bringen und verstaute es in meinem Schreibtisch. Mehr konnte ich in dieser Sache nicht tun. Clarissas Anweisungen waren klar gewesen, und ich hatte meine geringen Befugnisse bereits überschritten, und Clarissa war verliebt. Ich weiß nicht viel von Frauen, aber ich weiß, wann ich geschlagen bin.

Schon eine knappe Stunde später allerdings rief Clarissa mich an. «James», sagte sie, «er ist tot. Ronald Murch. Er ist erschossen worden. In meiner Bibliothek. Die Polizei ist hier. Sie sagen, er sei ermordet worden. Bitte kommen Sie so schnell wie möglich her.»

Ihr hübsches, wenn auch bescheidenes Haus war von Polizei umringt. Als ich ins Wohnzimmer kam, fiel sofort ein Lieutenant über mich her, um mich ausgiebig und, das muß ich sagen, ziemlich argwöhnisch ins Verhör zu nehmen (Verdächtige waren knapp), bis ich ihn davon überzeugen konnte, daß ich ein stichhaltiges Alibi hatte und keinerlei Interesse daran, Ronald Murch umzubringen. Ich hatte zwar, das muß ich zugeben, eine starke Abneigung gegen ihn gefaßt, aber ich bin weiß Gott kein impulsiver Mensch.

Der Lieutenant berichtete mir dann von den Umständen des Mords. «Er ist da drin», sagte er und wies zu der kleinen Bibliothek, die sich ans Wohnzimmer anschloß. Die Tür war offen; eine Gruppe Männer, teils in Uniform, teils in Zivil, teilte sich, und ich sah am Rand des Teppichs ein Paar Füße, die in blankgewienerten schwarzen Halbschuhen steckten. Den Rest des Körpers konnte ich nicht sehen.

«Zwei Schuß», sagte der Lieutenant. «Eine Kugel ging direkt ins Herz. Mrs. Hartridge gibt an, sie hätte die Schüsse gehört und geglaubt, es sei eine Fehlzündung auf der Straße gewesen. Kurze Zeit später, sagt sie, sei sie nach unten gekommen und hätte den Mann da auf dem Teppich liegen sehen. Mausetot. Sie hätte dann sofort die Polizei alarmiert. Ihren Angaben zufolge war sie allein im Haus.»

Es gab keine Hausangestellten, nur Miss Gray. Ich sagte: «Bei Mrs. Hartridge wohnt eine gewisse Miss Gray –»

«Die ist in die Stadt gegangen», unterbrach mich der Lieutenant, «und noch nicht zurück.»

«Haben Sie die Mordwaffe gefunden?» fragte ich.

Er nickte. «Das ist der entscheidende Beweis. Die Waffe gehört Mrs. Hartridge. Ursprünglich, sagte sie, gehörte sie ihrem Mann. Sie lag immer in einer Schublade des Flurtischs. Angeblich hat sie sie nie in der Hand gehabt, sich nie dafür interessiert. Fingerabdrücke wurden keine gefunden. Wahrscheinlich hatte sie Handschuhe an.»

«Soll das heißen, Sie verdächtigen Mrs. Hartridge?»

«Wen sonst?» Er stand auf, als sei das Gespräch für ihn damit beendet.

«Warten Sie», sagte ich hastig. «Sie hatte doch gar kein Motiv, keinen Grund –»

Sein Blick war kühl und skeptisch. «Hören Sie, der Mann hatte zwanzigtausend Dollar in der Tasche. Mrs. Hartridge gibt zu, daß sie ihm heute morgen einen Scheck über diese Summe gegeben hat. Er hatte einen Schlüssel zum Haus in seiner Jakkentasche – zu *diesem* Haus. Sie ist Witwe, nicht mehr ganz jung und hat einen Haufen Geld. Und er hatte eine andere.» Er sah mich triumphierend an. «Man hat eine Heiratslizenz in seiner Tasche gefunden. Was wollen Sie denn noch?»

Das sah wirklich düster aus. Ich schluckte. «Was ist mit dem Mädchen?»

«*Die* hat ihn nicht getötet. Wir haben sie bereits ausfindig gemacht. Sie sitzt beim Friseur und läßt sich Locken machen, und das schon seit einer Stunde. Ich hab einen Streifenwagen hingeschickt.»

Wenn ich Miss Moons ungezügeltes Verlangen nach noch mehr Locken auch nicht nachvollziehen konnte, so mußte ich doch die Unumstößlichkeit ihres Alibis anerkennen.

«Hat Ihnen denn Mrs. Hartridge nicht gesagt, daß sie ihm die zwanzigtausend Dollar für das Rezept einer Gesichtscreme bezahlt hat?»

Er lachte kurz. «Natürlich. Sie hat auch zugegeben, daß sie ihn auf der Straße aufgegabelt hat. Sie weiß überhaupt nichts über ihn. Hatte auch von seiner geplanten Heirat angeblich keine Ahnung. Das war bestimmt nicht das erste Mal, daß sie ihm Geld gegeben hat. Ach, übrigens, wenn Sie ihr Vermögensverwalter sind – wir brauchen alle ihre Schecks.»

Und unter diesen Schecks würde einer sein, der – absolut tödlich – mit Lippenstift auf ein herzförmiges Taschentuch geschrieben war. Ich hielt es für das klügste, ihm gleich davon zu sagen und Murchs Erklärung mitzuliefern, um den zweifellos katastrophalen Eindruck wenn möglich etwas abzuschwächen.

Ich schilderte ihm also gewissenhaft die ganze Episode.

Aber für den Lieutenant war das nur Anlaß, neuerlich Triumph zu zeigen. Er schlug mit der Faust so kräftig auf Clarissas kleinen Pembroke-Tisch, daß ich fürchtete, er würde auseinanderbrechen. «Das ist der Beweis! Sie war in ihn verliebt. Sie sind doch Bankfachmann. Haben Sie schon jemals so einen Scheck in die Hände bekommen?»

Ich mußte bekennen, daß das nicht der Fall war. «Aber es war doch nur ein impulsiver Einfall», sagte ich noch einmal. «Lippenstift – Kosmetikbranche – da besteht doch eine Verbindung. Er sagte, er hätte das Rezept für eine Gesichtscreme. Er hatte es in der Tasche.»

Der Lieutenant schüttelte den Kopf. «Er hat gelogen. Und sie auch, weil sie wußte, Sie würden den Scheck nicht fraglos akzeptieren. Den wahren Grund, weshalb sie ihm das Geld gegeben hatte, sollten Sie aber nicht erfahren. Ein Rezept existiert nicht. Ich habe selbst seine Taschen durchsucht.» Er sah zur Tür, als ein zweiter Polizeibeamter ins Zimmer kam. «Was gibt's, Jake?»

Clarissas Freundin und Hausgenossin war aus der Stadt zurück und tief entsetzt. Sie führten sie zu uns ins Zimmer, und ich durfte bleiben, während sie sie verhörten.

Ich hörte natürlich mit Interesse zu. Miss Gray kannte ich ja schon. Sie war eine angenehme, eigentlich recht unscheinbare Frau, aber an diesem Morgen wirkte sie weit attraktiver als sonst; im Licht, das durch das Fenster hereinfiel, schimmerte ihr Teint so rein und klar, daß er ihre dunklen Augen zum Leuchten brachte. Sie trug ein hübsches graues Kostüm, dazu einen passenden Hut und eine schwarze Handtasche.

Sie habe Mr. Murch natürlich gekannt, antwortete sie dem Lieutenant. Er sei häufig bei Mrs. Hartridge zu Gast gewesen. Sie sei an diesem Morgen in der Stadt gewesen. Als er sie fragte, ob sie mit jemandem gesprochen habe, der sie identifizieren könne, begriff sie sofort den Sinn der Frage und erwiderte mit blitzenden Augen, das bezweifle sie, da sie lediglich Strümpfe gekauft und diese bar bezahlt habe, nicht mit Kreditkarte. Die

Schachtel mit den Strümpfen liege im Flur. Sie habe eigentlich mehr einen Schaufensterbummel gemacht.

Der Lieutenant wurde direkt. «Mrs. Hartridge war recht angetan von Ronald Murch, nicht wahr? Da hatte sich doch etwas angesponnen. Sagen Sie uns die Wahrheit, Miss Gray.»

Sie sprang entrüstet auf. Ihre Augen flammten. «Das ist doch die Höhe! Wie können Sie es wagen, so etwas zu behaupten?»

«Und wenn ich es beweisen kann? Wenn Mrs. Hartridge mit ihm einer anderen Frau wegen Streit hatte und ihn erschoß?»

«Dann würde ich sagen, Sie haben keine Ahnung, wovon Sie reden! Es war nichts zwischen beiden, absolut nichts. Ich bin bereit, das vor Gericht zu beschwören, wenn es soweit kommen sollte.»

Ich schaltete mich ein. «Es scheint, daß ein Rezept für eine Gesichtscreme verschwunden ist, Miss Gray. Hätten Sie etwas dagegen, wenn der Lieutenant – äh – einen Blick in Ihre Handtasche wirft?»

Sie zog die Augenbrauen hoch, gab dem Lieutenant aber die Tasche. Er durchsuchte sie und reichte sie ihr zurück. Zu mir gewandt, sagte er: «Ich habe Ihnen doch schon gesagt, daß es dieses Rezept nicht gibt, Mr. Wickwire. Sprechen Sie doch einmal mit Mrs. Hartridge. Gehen Sie zu ihr, und versuchen Sie, sie zu einem Geständnis zu bewegen. Das würde uns allen eine Menge Zeit und Mühe sparen. Jake!» Der Polizeibeamte trat einen Schritt vor. «Führen Sie Mr. Wickwire zu Mrs. Hartridge.»

Ich folgte Jakes breitem blauen Rücken die kleine Treppe zu Clarissas Zimmer hinauf. Ein Wort von Jake genügte, und der Beamte, der vor der Tür stand, ließ mich eintreten. Clarissa eilte mir sogleich entgegen.

«James! Ich glaube, sie halten mich für die Mörderin!» Sie war sehr hübsch, blaue Augen, braunes Haar und ein erstaunlich schöner Teint – in der Tat sah sie so frisch und soviel jugendlicher aus, als ich sie in Erinnerung hatte, daß das allein schon meine Befürchtung verstärkte.

Es heißt, daß die Liebe die Frauen schöner macht, und sie sah wirklich unglaublich jung und strahlend aus. Andererseits jedoch zeigte sie keinerlei Zeichen von Trauer oder Bekümmerung. Aber es heißt ja auch, daß Mörder ungemein gefühllos und kaltblütig sind.

Ich sagte niedergedrückt: «Am besten erzählen Sie mir alles, Clarissa.»

Das tat sie, und ihre Geschichte wich nicht in einem einzigen Detail von dem ab, was sie der Polizei berichtet hatte. Als ich sie fragte, wie der junge Murch zu ihrem Hausschlüssel gekommen sei, sah sie mich groß an.

«Ich habe keine Ahnung. Ich habe ihm keinen Schlüssel gegeben.»

Das konnte ich ihr nicht abnehmen. «Clarissa, wann und wo haben Sie diesen jungen Mann kennengelernt?»

Auch hier stimmte ihre Antwort mit dem überein, was ich vom Lieutenant gehört hatte. Sie erklärte mit bedauerlicher Offenheit, es sei in einem Taxi gewesen. «Das heißt, ich wartete auf ein Taxi, und er auch. Es regnete. Als eines kam, überließ er es mir, und da mußte ich ihn natürlich fragen, ob er mitfahren wolle. Wir hatten zufällig den gleichen Weg. Ach, übrigens, James, das Rezept für die Gesichtscreme gehört mir. Ich habe es, wie Sie wissen, bezahlt, und Murch war gekommen, um es mir zu übergeben. Bitte sorgen Sie dafür, daß ich es bekomme.»

«Clarissa, sagen Sie mir auch wirklich die Wahrheit über dieses Rezept?»

«Aber natürlich.» Sie huschte an mir vorbei in ihr Ankleidezimmer und kam mit einem weißen Döschen mit schwarzem Deckel zurück. Sie hob den Deckel und hielt mir die Dose unter die Nase. «Das ist die Creme.»

Ich stieß das Ding ziemlich heftig weg. «Clarissa», fragte ich, «warum haben Sie den Scheck mit Lippenstift ausgeschrieben?»

Zerstreut schnupperte sie an der Creme. «Von selbst wäre ich nie auf die Idee gekommen. Aber ich fand sie glänzend.»

Ich faßte sie bei den Schultern. «Wer hatte denn die Idee? Wer war es? Der junge Murch?»

Sie sagte es mir.

Wie der Wind lief ich wieder hinunter. Als ich unten ankam,

öffnete sich gerade die Haustür, und eine schluchzende April Moon trat von zwei Polizeibeamten begleitet in den Vorsaal. Der Lieutenant und Miss Gray kamen aus der Bibliothek. Für mich gab es nur ein Ziel.

Auf dem Flurtisch lag ein flaches, verschnürtes Päckchen. Ich schnappte es mir. Miss Gray stürzte sich auf mich wie eine Löwin, die ihre Jungen verteidigt. Miss Moon schrie. Ich warf dem Lieutenant das flache Päckchen zu und sprang hinter ihn, um Miss Grays Klauen zu entkommen. Miss Gray wirbelte herum und rannte zur Tür, wo sie von zwei Polizeibeamten aufgehalten wurde.

Das Rezept für die Gesichtscreme war fein säuberlich in die gefalteten Strümpfe eingeschlagen.

Ich erklärte, obwohl eigentlich alles klar war.

«Es ist eine ganz hervorragende Gesichtscreme. Beide haben sie verwendet. Mrs. Hartridge und –» Ich wies mit dem Kopf auf Miss Gray, deren makelloser Teint jetzt so weiß leuchtete wie ihre Augen dunkel. «Beide erkannten den Wert des Rezepts. Beide wollten es haben. Miss April Moon wollte lediglich das Geld aus dem Verkauf.»

«Ich hab sie nie benutzt», rief Miss Moon. «Sie ist gar nichts wert, das hat Ronald mir selbst gesagt. Er sagte, es wäre eine miese Mixtur. Es war nur ein Trick, um an Geld zu kommen –» Sie drückte beide Hände auf den Mund.

Ich sagte zum Lieutenant: «Die Rezeptur ist in Wirklichkeit von hoher Qualität. Offensichtlich wußte das Murch nicht; er kam nur durch Zufall an das Rezept und wollte es einzig dazu verwenden, bei Mrs. Hartridge Geld lockerzumachen. Aber sowohl Miss Gray als auch Mrs. Hartridge haben dank der Creme einen wunderbaren Teint bekommen.

Mrs. Hartridge kaufte Murch das Rezept ab. Er wollte es ihr heute übergeben. Miss Gray erkannte, daß dies ihre letzte Chance sein würde, um an das Rezept heranzukommen. Sie dachte sich einen sehr schlauen Plan aus.»

«Hä?» sagte der Lieutenant.

«Sie beschloß, den Eindruck zu erwecken, daß zwischen Mrs.

Hartridge und dem jungen Mann eine Liebesbeziehung bestehe. Die Voraussetzungen waren ideal. Ältere Witwe mit Geld; charmanter, aber bettelarmer junger Mann. Als Mrs. Hartridge den Scheck für das Rezept ausstellen wollte, schlug Miss Gray ihr vor, ihn mit Lippenstift auf ein herzförmiges Taschentuch zu schreiben – das sollte dem Kosmetikgeschäft Glück bringen. Und Mrs. Hartridge folgte ihrem Vorschlag.»

Hierfür hatte ich keine Erklärung parat, darum sprach ich schnell weiter. «Selbst Murch war ein wenig verwundert. Aber Miss Gray wußte, daß man einen Scheck in dieser Form genau so deuten würde, wie ich ihn gedeutet habe. Und wie auch Sie ihn gedeutet haben, Lieutenant.

Miss Gray wußte, daß Sie den Scheck sehen würden, der ja wahrhaftig ungewöhnlich genug war, um Aufmerksamkeit zu erregen. Sie bestritt das Bestehen einer Beziehung zwischen Mrs. Hartridge und Murch deshalb so entrüstet, weil sie wußte, daß ihre Verteidigung Mrs. Hartridges sie in Ihren Augen entlasten würde. Von einer Schuldigen, sagte sie sich, würden Sie erwarten, daß sie jeglichen Verdacht gegen Mrs. Hartridge gierig aufgreifen würde.»

Einen Moment lang betroffen vom Paradox menschlicher Reflexe, machte ich eine Pause.

«Aber», warf der Lieutenant ein, «woher wußte sie –»

«Ich behaupte», sagte ich, «Miss Gray wußte, daß Murch kommen würde. Ich behaupte, sie kehrte unbemerkt zurück, wartete auf ihn, ließ ihn ein, führte ihn in die Bibliothek und erschoß ihn kaltblütig.

Dann mußte sie sich beeilen. Sie steckte ihren Hausschlüssel in seine Jackentasche – um die Theorie von der Liebesbeziehung zu erhärten –, nahm das Rezept an sich und verschwand – wahrscheinlich durch die Küchentür. Sie versteckte das Rezept in dem Päckchen mit den Strümpfen, vermutlich weil sie glaubte, dieses Versteck würde man leicht übersehen.

Nachdem mir das klargeworden war, schnappte ich mir sofort die Strümpfe, weil ich – nun ja, wenn in dem Päckchen nichts Wichtiges gewesen wäre, hätte sie gar nicht reagiert.

Statt dessen –» Ich spürte ein Kribbeln an meiner Wange und tupfte sie mit meinem Taschentuch ab. Es waren die blutigen Kratzer, die Miss Gray mir mit den Fingernägeln beigebracht hatte. Mir fiel auf, mit welcher Nervosität Miss Gray ständig ihre Hände öffnete und schloß, und ich erklärte dem Lieutenant kurzerhand, ich müsse dringend wieder ins Büro. Wenig später verließ ich das Haus.

Kürzlich aß ich mit Clarissa in ihrem luxuriösen neuen Penthouse zu Abend. Wie wohl jeder weiß, hat sie aus der geschickten Vermarktung einer Gesichtscreme mit dem einfachen, aber passenden Namen «Clarissas Creme» ein Vermögen gemacht. Wahrscheinlich ist der Verkaufserfolg in erster Linie auf das Markenzeichen zurückzuführen – ein fröhlich wirkendes rot-weißes Foto eines herzförmigen Taschentuchs, das als Scheckformular zweckentfremdet worden ist. Es erwies sich als genialer Werbegag.

«Das ist also der Grund», sagte ich, «warum Sie den Scheck unversehrt wiederhaben wollten.»

Sie lächelte. «James», sagte sie, «ich habe soviel Geld. Jetzt verraten Sie mir einmal, wie man es am gescheitesten investiert.»

Ich musterte ihr elegantes Kleid, die unvergleichlichen Perlen, die Saphire und Brillanten an ihrer Hand. «Nein, meine Liebe», gab ich zurück, «das müssen schon Sie mir sagen.»

Celia Fremlin

Das Blut der Unschuldigen

Ausnahmsweise war es einmal Sallys Baby, das brüllte, und nicht ihres. Tina hob den Kopf vom Kissen, um das köstliche Geräusch noch mehr zu genießen. Sie wünschte, Colin im Nebenbett wachte auch auf, hörte das widerwärtige Getöse und mußte endlich einmal zugeben, wie unfair er gewesen war, wie unfreundlich.

«Andere Mütter bringen es ja auch fertig, ihre Gören ruhig zu halten», hatte er sich ärgerlich und hohläugig erst vor wenigen Nächten beklagt. «Andere Mütter schaffen das ... Sieh dir doch nur mal Sally an ...»

Tina hatte sich Sally natürlich sehr oft angesehen, seit jener Nacht vor nun fast sechs Monaten, als das Unglücksmädel lange nach Mitternacht aufgetaucht war, ohne Ehemann, ein Baby auf dem Arm, das Haar funkelnd von Regentropfen, und bei Colins und Tinas Wirtin um Quartier für eine Nacht gebeten hatte. Aus der einen Nacht waren zwei, drei und schließlich viele Monate geworden, und mittlerweile waren Sally und ihre zwanzig Monate alte Julie als zum Haushalt gehörig akzeptiert.

Das heißt: akzeptiert von der Wirtin und von Colin und von der dußligen, alten Schachtel im Souterrain und dem netten, geschäftigen Ehepaar im ersten Stock. Nicht von Tina.

Tina war von Anfang an überhaupt nicht gefragt worden.

Kein Mensch hatte sich erkundigt, ob *sie* etwas gegen ein weiteres Baby in der Wohnung einzuwenden hatte, dessen Sachen überall herumlagen, dessen Windeln die Wäscheleine füllten, so daß für Edwards kein Platz mehr war... das endlos das Badezimmer besetzt hielt, genau dann, wenn Edward ins Bett sollte – und zum Schaden noch die Kränkung fügte durch das gemächliche Geräusch von Plätschern und Lachen, das durch die geschlossene Tür drang.

«Uusie, Wuusie, pitschi-patsch», hörte sie Sally idiotisch krähen und das begeisterte Quieken und Wasserrauschen übertönen.

«Ja, wo is' sie denn, wo is' sie denn, wuusie, wuusie!»

Und Tina, die mit zusammengebissenen Zähnen auf dem Treppenabsatz stand, ein Auge auf der Uhr, hörte sich das Gefasel an, das Geplätscher und Gelächter und stellte sich vor, wie die Geräusche sich plötzlich in ein unheilvolles «Blubb-blubb-blubb» verwandelten und das Baby ertrank.

Tagträume dieser Art waren es, dachte sie manchmal, die sie seelisch aufrecht hielten, während Edward jämmerlich brüllte und Colin fragte: «Wann gibt's eigentlich Abendessen?» und die Wirtin von oben rief: «Was hat denn das Kind, Tina? Kann ich was helfen?»

Ihr helfen, du meine Güte! Daran hatten die gerade gedacht, als sie dieses kleine Hürchen und ihren Bastard ins Haus ließen. Starke Ausdrücke vielleicht für eine ehrbare, verheiratete junge Frau, sogar wenn sie unausgesprochen blieben, aber berechtigt. Julie war ein Bastard – binnen Stunden nach ihrer Ankunft hatte es sich Tina angelegen sein lassen festzustellen, daß Sally ledig war, und binnen einer Woche herausbekommen, daß Sally nicht nur einen festen Freund hatte, der zwei, drei Abende pro Woche kam, sondern auch noch einen ehemaligen, der dauernd anrief und leidenschaftliche Briefe schrieb! Keiner von ihnen war der Vater des Kindes! Widerwärtig, so was!

Und was noch widerwärtiger war: Julie schien in keiner Weise gebührend darunter zu leiden. Tina hatte haufenweise Bücher über Kindererziehung gelesen, und alle bestätigten, daß das Fehlen einer soliden Vaterfigur unbeschreiblichen Schaden anrichtete. Julie hätte von Rechts wegen zurückgeblieben, daumenlutschend und weinerlich sein müssen, in sich gekehrt, nörglerisch und schwierig, hätte von Zeit zu Zeit Wutanfälle kriegen und Essenprobleme haben müssen. Und dabei war es die ganze Zeit Edward, der so war. Edward mit seinem soliden Umfeld, seinen zwei aufmerksamen, anständig verheirateten Eltern! Edward war es, der im Alter von über zwei Jahren noch nicht auf dem Töpfchen sitzen und nicht «Bitte» sagen wollte, der unten im Flur einen Wutanfall bekam, wenn er seine roten Gummistiefel ausziehen sollte, ehe er die Treppe hinaufging. Ausgerechnet im Flur, wo man es im ganzen Haus hörte!

Es war alles so schrecklich ungerecht. Julie, die zwischen den Mahlzeiten endlos Bonbons und Lollies lutschte, aß täglich ihr Fleisch und Gemüse, wogegen Edward, auf dessen ausgewogene Diät Tina so viel Sorgfalt und Fleiß verwendete, sein Gemüse auf den Boden warf, mit den Fäusten auf den Küchentisch drosch und schrie.

«Du bist eine ganz brave Maus, du», sagte die Wirtin und hob Julie aus dem Kinderstuhl, wobei sie den strampelnden und kreischenden Edward auf der anderen Tischseite ostentativ übersah, «eine ganz brave Maus, dir hat deine Mami beigebracht, alles schön aufzuessen, nicht wahr?»

Beigebracht! So ein verdammter Blödsinn! Als ob Sally ihrem Kind je etwas beibrächte! Die summte und sang immer vor sich hin, telefonierte, schminkte sich und ließ ihr Kind halbe Vormittage lang im Nachthemd im ganzen Haus herumschlampen – auch in anderer Leute Zimmer – und ihren Teddybären auf der Treppe mit Keksen füttern!

Nein, es war Tina, die davon beseelt war, ihrem Kind etwas beizubringen. Manieren und rücksichtsvolles Benehmen und «Bitte-Danke»-Sagen. Und nach all diesen Anstrengungen passierte was? Julie war lieb und zutraulich und wickelte die Wirtin um den kleinen Finger, während Edward sie nur anglotzte und am Daumen lutschte und sagte: «Ich mag dich nicht, du bist häßlich», wenn sie ihm anbot, ein bißchen fernzusehen.

Unfair war es! Unfair! Unfair! Und die äußerste, bitterste Ungerechtigkeit dabei war, daß Colin die Partei der Wirtin ergriff – gegen sein eigenes Kind.

«Ich wollte, Edward äße so», pflegte er nachdenklich zu sagen und zuzusehen, wie Julie beim Tee in der Küche der Wirtin ihr zweites Würstchen verdrückte. «Wie machen Sie's nur, Sally, daß sie gut ißt?» Und Sally, eben damit beschäftigt, auf dem Herd irgendeinen ausgefallenen Papp zu rühren (ohne Zweifel für den Freund heute abend!), wandte sich dann um, lächelte abwesend und sagte: «Wer? Julie? Hat sie ihr Würstchen schon wieder auf? Was, schon das zweite? Du meine Güte, hoffentlich läßt sie uns noch ein paar übrig.»

Dann machte sie summend weiter mit ihrer Kocherei.

Ja, war es ihr denn *egal*, was das Kind aß oder nicht aß? Tina jedenfalls achtete peinlich darauf, daß Edward genügend Proteine und Kohlehydrate und all das bekam, kaufte unter Berücksichtigung von Vitaminen und Nährwerten überlegt ein, legte den Jungen rechtzeitig ins Bett, damit er als Zweijähriger genügend Schlaf bekam, wogegen Julie – die vier Monate jünger war – bis wer weiß wann aufbleiben durfte, dem jeweiligen «Onkel» auf dem Schoß saß, Schlückchen vom spanischen Wein, Löffelchen vom Krabbencocktail bekam. *Sie* hätte das spitze, hohle Gesichtchen und die dunklen Ringe um die Augen haben sollen.

«Ich wollte, er nähme ein bißchen zu, Tina», hatte Colin erst gestern abend gesagt, als er die beiden Kinder einander am Küchentisch gegenübersitzen sah, und dann noch – eine selbst für einen Ehemann fast unglaubliche Taktlosigkeit: «Warum läßt du dir nicht von Sally ein paar Tips geben, Liebling? Du siehst ja, was die für ein Prachtexemplar zuwege gebracht hat.»

Damit kniff er Julie anerkennend leicht in die Wange, wandte sich zu seinem Sohn und befahl ihm in scharfem Ton, er solle sofort das Spielen auf dem Teller lassen und gefälligst alles aufessen.

Das dadurch ausgelöste Geschrei brachte natürlich wieder die Wirtin in die Küche, eben rechtzeitig, um zu sehen, wie Stückchen gehackter Leber überall herumflogen, weil sich Edward in einen ausgewachsenen Koller hineinsteigerte. In der allgemeinen Aufregung und dem Durcheinander hatte niemand besonders auf Tina oder ihre Miene geachtet.

Hoffentlich erstickt sie daran, dachte Tina bei sich und beobachtete, wie Julie sich einen halben Schmalzkringel auf einmal ins rosige Mündchen stopfte. Hoffentlich erstickt sie jetzt gleich, und der Schmalzkrapfen bleibt ihr im Hals stecken und blockiert das muntere kleine Lachen für immer. Die rosigen Wangen würden erst blau, dann schwarz werden, und dann wüßte endlich jeder, was für eine fahrlässige, miserable Mutter Sally war, die zuließ, daß ihr Kind unbemerkt erstickte, während sie kicherte und den Kopf schüttelte und ins Telefon lachte – den dampfenden Kochtopf immer noch in der Hand – und sich (ohne Zweifel) mit einem ihrer Liebhaber verabredete.

Natürlich war Julie nicht erstickt, aber das jetzt, heute nacht, war das Zweitbeste! Mit wachsender Wonne lag Tina da und lauschte dem Geschrei aus dem Nebenzimmer, betete, daß auch die Wirtin es hören und in Schlafrock und Lockenwicklern heraufkommen würde, um sich zu beschweren. So, wie sie es tat, wenn Edward schrie. Wie wundervoll wäre es, zu hören, wenn diesmal Sally ausgeschimpft und gedemütigt würde. «Was ist denn nur los mit dem Kind? Können Sie nicht irgendwie erreichen, daß es still ist? Nehmen Sie es doch auf... Nehmen Sie es doch zu sich ins Bett...»

Genau diesen Vorschlag hatte sie Tina einmal zu machen gewagt, ausgerechnet Tina, die sich über dieses Thema so umfassend informiert hatte und genau wußte, welchen Schaden man einem Kind zufügte, wenn es zu den Eltern ins Bett genommen würde – sogar verheirateten Eltern. Und nun auch noch Sally... Tina ließ ihrer Phantasie freien Lauf, um sich die widerwärtigsten Möglichkeiten auszumalen und auszukosten: Eben jetzt nahm Sally das brüllende Kind aus dem Bettchen und kuschelte es samt Teddybär und allem zwischen sich und denjenigen, der ihr heute nacht gerade beischlief... Widerlich! Ekelerregend! Das Geschrei dauerte an. Allmählich wurde Tina etwas unruhig. Angenommen, es ließ sich keiner dadurch stören? Angenommen, sie wachten alle zu spät auf, wenn das Schlimmste vorüber war? Schließlich konnte es ja nicht für immer weitergehen, und wie furchtbar wäre es, wenn es in erschöpften Schluckaufs verebbte, ohne daß es irgendwen gestört hätte.

Insbesondere natürlich, ohne daß es Colin gestört hatte. Tina beugte sich im Dunkeln aus dem Bett und war drauf und dran, dorthin zu greifen, wo ihr Mann schlief, und ihn zu rütteln, als ihr einfiel, daß sie sich dadurch verraten würde. Man kann einen Mann nicht wachrütteln, ohne daß er merkt, daß ihn das Rütteln geweckt hat, und dann wäre alles verdorben. Nein, das Geschrei mußte ihn wecken! Ihn wecken und ihn wachhalten, ihn nerven und wütend machen, wie Edwards Geschrei immer. Ihm beweisen, daß andere Mütter auch nicht immer mit allem fertig wurden, daß andere Kinder auch nicht immer Engel waren – nicht einmal die blauäugige Julie, hol sie der Teufel ... Das Gebrüll mußte lauter werden, das war es! Ganz einfach! Sie kroch aus dem Bett, schlich auf Zehenspitzen durchs Zimmer und öffnete behutsam die Tür.

Schon besser! Jetzt drang das Geschrei prächtig ins Zimmer herein ... und trotzdem – noch nicht laut genug. So zog sie ihr Nachthemd eng um sich, damit auch nicht das leiseste Rascheln sie verraten konnte, und trat leise durch die geöffnete Tür hinaus auf den Treppenabsatz. Langsam und vorsichtig bewegte sie sich in der Dunkelheit, ihre nackten Füße machten kein Geräusch auf dem eiskalten Linoleum.

Krach! Klickeradoms! Tina wäre fast in Ohnmacht gefallen bei dem donnernden Schrecken und dem scharfen Schlag gegen ihre Schienbeine.

Der Puppenwagen! Der gottverdammte Puppenwagen, den Julie wie immer – päng – mitten auf dem Treppenabsatz hatte stehen lassen. Der gottverdammte Puppenwagen, in dem sie ihren gottverdammten Teddybär ewig herumkarrte, rauf, runter, rein, raus. Tina hätte vor Schreck und Wut laut aufschreien können, hätte himmelhoch fluchen können, stand aber statt dessen regungslos, ohne zu atmen, während der Schmerz in ihren Schienbeinen allmählich nachließ und die Stille des schlafenden Hauses langsam zurückebbte.

Der Krach konnte wohl doch nicht so laut gewesen sein, wie sie im ersten Schock gedacht hatte. Nur ein Puppenwagen, leer, der gegen das Treppengeländer geprallt war. Gewiß konnte er (wie ihr jetzt klar wurde) bei weitem nicht so laut gewesen sein wie das Gebrüll, das noch immer durch die geschlossene Tür drang.

Wartet nur! Wartet nur! Das Geschrei würde noch viel lauter werden. Wartet es nur ab.

Jetzt kam das Schwerste – Sallys Tür aufzukriegen, ohne gehört zu werden. Irgendwo dort drin in der Dunkelheit würde Sally das Kind wiegen, sich über das Bettchen beugen oder so etwas, und nur wenn Tina sehr langsam, sehr behutsam war, würde sie nicht merken, daß sich die Tür im Dunkeln leise öffnete ... Tinas Finger tasteten die Türfüllung ab, hinauf und hinunter, bis sie endlich den Türknopf trafen ... und darunter war das Schlüsselloch ... bitte, lieber Gott, mach, daß Sally nicht abgeschlossen hat ...

Sie hatte nicht abgeschlossen. Der Knauf ließ sich unter Tinas schwitzenden Fingern leicht bewegen und der Schnapper fast ohne Geräusch heben.

Was für ein herrliches Crescendo. Das Geschrei schwoll jetzt bei weit offener Tür derart an, daß es Tote aufwecken konnte. Glühend vor Siegesfreude glitt Tina zurück über den Treppenabsatz und in ihr Bett. Dort lag sie, die Arme eng um sich geschlungen, und zitterte vor lauter Glück, während sie darauf wartete, daß Colin von dem Irrsinnslärm aufwachte. Wartete darauf, daß er sich bewegte, stöhnte und – fast noch im Schlaf – murmelte: «Dieses elende Gör ... Tina, so tu doch was ... Andere Mütter ...»

Das würde der Augenblick ihres Triumphes sein. Der Moment, auf den sie – wie ihr jetzt vorkam – Jahr um Jahr gewartet hatte.

Dieses elende Gör, würde sie ihm sanft entgegenhalten, wäre diesmal nicht Edward, sondern das Sonnenscheinchen, die blauäugige Julie. Und was die «anderen Mütter» betraf...

Schon jetzt leckte Tina sich im Dunkeln die Lippen ... es war, als würde ein Tagtraum endlich Wirklichkeit.

Aber was war das? Sekundenlang wollte sie ihren Ohren nicht trauen. Mit einem Ruck setzte sie sich im Bett auf und lauschte.

Das Geschrei hatte aufgehört! Aber wann – und wie? Sie war so in ihre genußreichen Phantasien versunken gewesen, daß sie das Geschrei kaum mehr gehört hatte und jetzt nicht sagen konnte, ob es plötzlich verstummt war oder Stück für Stück, mit erschöpften Schluchzern.

Wie auch immer, es hatte aufgehört. Keinen Laut hörte man mehr, kein Murmeln.

Und Colin war überhaupt nicht aufgewacht.

Diese Enttäuschung war ärger als alles, was sie je in ihrem Leben empfunden hatte. Keinen Ton hatte er gehört – und jetzt war es zu spät! Was für Sinn hatte es, am Morgen darüber zu reden, es würde ihn nicht interessieren, er würde es gar nicht recht erfassen. «Nun laß schon», würde er abwesend sagen, wenn sie immer wieder davon anfing, oder ihr vielleicht sogar vorwerfen, sie sei gehässig.

Ach, wäre er doch nur davon aufgewacht, hätte es mit eigenen Ohren gehört! Wäre davon wachgehalten, entnervt und verrückt gemacht worden, wie er es immer von Edwards Geschrei wurde! Oder wenn doch wenigstens die Wirtin raufgekommen wäre und sich beklagt hätte ... Und draußen auf dem Treppenabsatz einen solchen Aufstand inszeniert hätte, daß er ihn nicht hätte verschlafen *können*. Und Sally hätte vielleicht – zeternd wie ein Marktweib – widersprochen, gräßlich anzusehen mit Lockenwicklern und Gesichtscreme, die Stimme schrill und keifend.

Allmählich wurden aus diesen Träumen von «Wenn» und «Wäre» wirkliche Träume. Erschöpft vor Enttäuschung und sinnlosem Bedauern schlief Tina ein, und als sie aufwachte, war

Morgen. Sogar recht später Morgen, schloß sie aus den blendenden Sonnenstrahlen, denen es gelang, sich zwischen den dicht zugezogenen Vorhängen hindurch hereinzudrängen. Ein Glück, daß Sonntag war, sonst wäre Colin zu spät zur Arbeit gekommen! Sonderbar übrigens, daß Edward sie so lange hatte schlafen lassen. Sonst plagte er sie an allen Tagen bereits um sieben Uhr oder noch früher: jaulte, quengelte, wollte unterhalten sein. Wollte Wasser und trank es dann nicht. Normalerweise gab er keine Minute Ruhe, sobald es einmal hell war.

Ulkig, daß er so still war. Was konnte ihn so lange schlafen lassen? Oder was konnte er zum Spielen gefunden haben, das ihn so beschäftigte? Und just in diesem Augenblick hörte Tina tappende kleine Schritte auf dem Treppenabsatz.

«Mami!» tönte Edwards helles Stimmchen, als er ins verdunkelte Schlafzimmer getrottet kam. «Mami, schau mal, Teddy. Teddy ist ganz naß . . .»

Das magere blasse Kerlchen stand jetzt neben ihrem Bett und hielt ihr einen dunklen Gegenstand hin . . . einen patschnassen – Ekelhaft!

«Edward, tu das weg!» befahl sie und knipste dabei die Nachttischlampe an.

Er lächelte und war von oben bis unten voller Blut, Gesicht, Pyjama – alles. Und in seinen Händen – er streckte ihn ihr hin wie ein Geburtstagsgeschenk – war Julies Teddybär, blutgetränkt und tropfend.

Wie sollte sie beweisen, daß nicht sie es gewesen war? Daß sie es nicht getan hatte? Daß ihr Mann, bei Sally im Bett, von jemand anderem umgebracht worden war – vermutlich jenem ehemaligen Freund von Sally, der die leidenschaftlichen Briefe geschrieben hatte und gestern abend vorbeigekommen sein mußte, um nachzusehen, was los war?

Der Mörder hatte versucht, Sally ebenso umzubringen wie Colin – man hatte sie, ohnmächtig vom Blutverlust, gefunden, doch war sie außer Lebensgefahr. Julie war nichts geschehen, und sie schien sich unter der Pflege der liebevollen Wirtin bereits wieder vom Schock dessen zu erholen, was sie mitangesehen haben mußte.

Wer sich nicht erholte, war Tina. Man ließ ihr keine Chance. Nach Aussagen der anderen Hausbewohner – einschließlich der Wirtin – hatte ein Kind zwei Stunden lang unaufhörlich geschrien – aber sie hatten natürlich alle gedacht, es sei Edward, also nichts Außergewöhnliches.

Aber Tina – Tina mußte doch gewußt haben, daß es nicht Edward war? Sie war doch in nächster Nähe, gegenüber auf dem gleichen Treppenabsatz. Wie kam es, daß sie einfach dagelegen und zwei Stunden lang nichts getan hatte? Es mußte ihr doch aufgefallen sein, daß da irgend etwas nicht in Ordnung war? Und wie kam es außerdem, daß ihre noch frischen Fingerabdrücke überall außen an Sallys Zimmertür waren, oben und unten und rings um den Türknopf und das Schlüsselloch, als habe sie sich im Dunkeln herangetastet? Und die Abdrücke ihrer bloßen Füße auf dem Linoleum vor Sallys Tür? Und abgesehen von alledem – wollte Tina sie wirklich glauben machen, sie habe nicht gewußt oder doch nicht geahnt, daß ihr Mann bei Sally war? Daß er während der letzten Wochen Sally ins Herz geschlossen hatte ... daß sie nicht einmal gemerkt hatte, daß sein Bett leer war ...?

Wie konnte sie sie überzeugen? Wie konnte sie ihnen erklären, daß sie deswegen dagelegen und nichts getan hatte, weil sie das Geräusch des Kindergeschreis herrlich gefunden und gewünscht hatte, es ginge ewig weiter? Daß sie den Treppenabsatz überquert und Sallys Tür geöffnet hatte in keiner anderen Absicht, als um das Geschrei noch lauter zu hören? Ob sie denn nicht gemerkt hatte, daß etwas verkehrt war? Sie hatte sogar dagelegen und *gehofft*, daß etwas verkehrt sei. Es gehofft. Gebetet, geträumt, wie seit Monaten ...

Doch wie erklärt man das Menschen, die einen nicht verstehen? Wie gibt man zu, boshaft, grausam, hinterhältig und von dem Wunsch beseelt gewesen zu sein, jemand zu schaden, aber doch nicht fähig zu einem Mord? Ja, daß man eigentlich unschuldig ist ...?

Quellenverzeichnis

Robert Bloch: «Das Meisterwerk» (The Masterpiece), aus: Robert Bloch NACHT DER SCHRECKEN, Copyright © by Robert Bloch. Aus dem Amerikanischen übersetzt von M. F. Arnemann. Scherz Verlag, Bern, München, Wien. (Veröffentlicht mit Genehmigung Nr. 58385 der Paul & Peter Fritz AG, Zürich.)

Agatha Christie: «Poirot und der Kidnapper» (The Adventure of Johnnie Waverly), aus: Agatha Christie DER GUTENACHTKRIMI MIT HERCULE POIROT, Copyright © 1923 by Agatha Christie. Aus dem Englischen übersetzt von Edith Walter. Scherz Verlag, Bern, München, Wien.

Ursula Curtiss: «Etwas Grünes» (Something Green and Growing), aus: Ursula Curtiss MORD AUS LIEBE, Copyright © 1965 by Ursula Curtiss. Aus dem Amerikanischen übersetzt von Mechtild Sandberg-Ciletti. Scherz Verlag, Bern, München, Wien.

Roald Dahl: «Der Weg zum Himmel» (The Way up to Heaven), aus: Roald Dahl KÜSSCHEN, KÜSSCHEN, Copyright © 1962 by Rowohlt Verlag GmbH, Reinbek. Aus dem Englischen übersetzt von Wolfheinrich von der Mülbe.

Mignon G. Eberhart: «Der Valentinsmord» (The Valentine Murder), aus: Mignon G. Eberhart EIN DOPPELGÄNGER KOMMT SELTEN ALLEIN, Copyright © 1934 bis 1988 by Mignon G. Eberhart. Aus dem Amerikanischen übersetzt von Mechtild Sandberg-Ciletti. Scherz Verlag, Bern, München, Wien.

Stanley Ellin: «Un-begründeter Zweifel» (Unreasonable Doubt), aus: Stanley Ellin SPEZIALITÄTEN DES HAUSES, Copyright © by Stanley Ellin. Aus dem Amerikanischen übersetzt von Kristin Wallstroem. Scherz Verlag, Bern, München, Wien.

William Faulkner: «Hand auf den Wassern» (Hand Upon the Waters), aus: William Faulkner DER SPRINGER GREIFT EIN, Copyright © 1962 by Fretz & Wasmuth Verlag, Lachen. Aus dem Amerikanischen übersetzt von Elisabeth Schnack.

Frederick Forsyth: «Wer zuletzt lacht» (Money With Menaces), aus: Frederick Forsyth IN IRLAND GIBT ES KEINE SCHLANGEN, Copyright © 1982 by Piper Verlag GmbH, München. Aus dem Englischen übersetzt von Rolf und Hedda Soellner.

Celia Fremlin: «Das Blut der Unschuldigen» (The Blood of the Innocents), aus: DOLLY DOLITTLE'S CRIME CLUB 5, Copyright © 1988 by Diogenes Verlag AG, Zürich. Aus dem Englischen übersetzt von Isabella Nadolny.

Ron Goulart: «Fahr langsam, Bestatter» (Undertaker, Please Drive Slow), aus: Alfred Hitchcock (Hrsg.) MEINE HAARSTRÄUBENDSTEN MORDSERLEBNISSE 3, Copyright © 1967 by Ron Goulart. Aus dem Amerikanischen übersetzt von Ute Forsythe-Jauch. Scherz Verlag, Bern, München, Wien. (Veröffentlicht mit der Genehmigung der Agenturen Fifi Oscard, New York und Thomas Schlück, Garbsen.)

Sue Grafton: «Ein Gift, das keine Spuren hinterlässt» (A Poison That Leaves No Trace), aus: DETEKTIVIN, ANFANG 30, SUCHT AUFTRÄGE, Copyright © 1989 by Sue Grafton. Aus dem Amerikanischen übersetzt von Christine Frauendorf-Mössel. Fischer Taschenbuch Verlag GmbH, Frankfurt am Main.

Dashiell Hammett: «Der Engel vom ersten Stock» (The Second-Story Angel), aus: Dashiell Hammett DER ENGEL VOM ERSTEN STOCK. Neu entdeckte Stories. Copyright © 1991 by Literary Property Trustees under the Will of Lillian Hellman, Copyright © 1991 der deutschen Übersetzung Hoffmann und Campe Verlag, Hamburg. Aus dem Amerikanischen übersetzt von Benjamin Schwarz.

Patricia Highsmith: «Der geheimnisvolle Friedhof» (The Mysterious Cemetery), aus: Patricia Highsmith GESCHICHTEN VON NATÜRLICHEN UND UNNATÜRLICHEN KATASTROPHEN, Copyright © 1988 by Diogenes Verlag AG, Zürich.

Robert R. Irvine: «Die tote Zeit» (In the Dead Hours). Copyright © 1975 by R. R. Irvine. First publication in ELLERY QUEEN'S MYSTERY MAGAZINE. (Veröffentlicht mit der Genehmigung der Agenturen Dominick Abel, New York und Thomas Schlück, Garbsen.)

Peter Lovesey: «Vandalen» (Vandals), aus: DOLLY DOLITTLE'S CRIME CLUB 5, Copyright © 1988 der deutschen Übersetzung by Diogenes Verlag AG, Zürich. Aus dem Englischen übersetzt von Harald Beck. (Veröffentlicht mit der Genehmigung der Liepman AG, Zürich.)

John Lutz: «Bleib ruhig, Kumpel» (The Explosive Expert), aus: Alfred Hitchcock (Hrsg.) MEINE HAARSTRÄUBENDSTEN MORDSERLEBNISSE 3, Copyright © 1977 by HSD Publications. Aus dem Amerikanischen übersetzt von Ute Forsythe-Jauch. Scherz Verlag, Bern, München, Wien. (Veröffentlicht mit der Genehmigung der Agenturen Larry Sterning & Jack Byrne und Liepman AG, Zürich.)

Hansjörg Martin: «Nonnen rauchen nicht», aus: Hansjörg Martin GUTE MESSER BLEIBEN LANGE SCHARF, Copyright © by Hansjörg Martin. Rowohlt Taschenbuch Verlag GmbH, Reinbek.

Wade Miller: «Die Gedenkstunde» (The Memorial Hour), aus: Marcia Muller/Bill Pronzini (Hrsg.) MORDE AUF REZEPT, Copyright © by Wade Miller. Aus dem Amerikanischen übersetzt von Ursula Gail.

Wir danken den genannten Rechtsinhabern für die Genehmigung zum Abdruck der Auszüge aus den obengenannten Werken.